U0933042

Wuthering Heights

呼啸山庄

[英] 勃朗特◎著　麦芒◎译

天津出版传媒集团
天津人民出版社

图书在版编目（CIP）数据

呼啸山庄 / (英) 勃朗特著 ; 麦芒译. -- 天津 : 天津人民出版社, 2016.7(2020.3重印)
ISBN 978-7-201-10637-3

Ⅰ. ①呼… Ⅱ. ①勃… ②麦… Ⅲ. ①长篇小说—英国—近代 Ⅳ. ①I561.44

中国版本图书馆CIP数据核字(2016)第157755号

呼啸山庄

HU XIAO SHAN ZHUANG

出　　版　天津人民出版社
出 版 人　黄　沛
地　　址　天津市和平区西康路35号康岳大厦
邮政编码　300051
邮购电话　（022）23332469
网　　址　http: //www.tjrmcbs.com
电子信箱　tjrmcbs@126.com
责任编辑　王昊静
印　　刷　北京欣睿虹彩印刷有限公司
经　　销　新华书店
开　　本　880×1230毫米　1/32
印　　张　11
插　　页　8
字　　数　352千字
版次印次　2016年7月第1版　2020年3月第4次印刷
定　　价　32.00元

Especially several small pine trees on the other side of the houses tilted excessively, as if the old woman's waist, unable to stand erect. (P2)

Two benches linked together, and placed in a semicircle, almost surrounding the fire. (P37)

A thick trunk had fallen down onto the roof, and the chimney on the east was not immune of course, which brought a pile of stones and dust to the kitchen, and made us busy for a while. (P119)

On a sunny but cold afternoon, the air was not so good, the ground was bare, as if just swept over by a gust of wind , and the road was hard and dry. (P153)

Primrose and saffron hid beneath the snow, larks quieted down, and the buds of young trees were blackened. (P212)

He looked attentively at the facade house and the latticed windows with short eaves, then shook his head. (P242)

It was a misty afternoon, however, we could also distinguish the two fir trees in the cemetery, as well as those gravestones odds and ends. (P282)

The weather was warm and pleasant. Grass was nourished as green as possible by rain and the sun. Two dwarf apple trees by the southern wall were in full bloom season. (P328)

前言

艾米莉·勃朗特（Emily Bronte，1818—1848）是19世纪英国维多利亚时代的一位诗人和小说家。她与《简·爱》（Jane Eyre）的作者夏洛蒂·勃朗特（CharlotteBronte，1816—1855）及她们的小妹妹——《艾格尼丝·格雷》（AgnesCrey）的作者安妮·勃朗特（Anne Bronte，1820—1849）——并称“勃朗特三姐妹”，在英国19世纪文坛上焕发异彩。

小说的整个故事的情节实际上是通过四个阶段逐步铺开的。第一阶段叙述了希斯克利夫与凯茜朝夕相处的童年生活；一个弃儿和一个小姐在这种特殊环境中所形成的特殊感情，以及他们对亨德雷专横暴虐的反抗。第二阶段着重描写凯茜因为虚荣、无知和愚昧，背弃了希斯克利夫，成了画眉田庄的女主人。第三阶段以大量笔墨描绘希斯克利夫如何在绝望中把满腔仇恨化为报仇雪耻的计谋和行动。最后阶段尽管只交代了希斯克利夫的死亡，却突出地揭示了当他了解哈里顿和小凯茜相爱后，思想上经历的一种崭新的变化——人性的复苏，从而使这出具有恐怖色彩的爱情悲剧透露出一束令人快慰的希望之光。

《呼啸山庄》通过一个爱情悲剧，向人们展示了一幅畸形社会的生活画面，勾勒了被这个畸形社会扭曲了的人性及其造成的种种可怖的事件。

目录 Contents

第一章

一八〇一年的一天，我刚刚拜访过我的房东回来——就是那个将要给我惹麻烦的孤独的邻居。这一带的乡间风景可真是美不胜收啊！在整个英格兰境内，我简直不敢相信我还能找到这样远离喧嚣的地方，简直像是世外桃源，而希思克利夫和我正是分享这景色的如此合适的一对。当我骑着马走上前时，看见他用猜忌的眼光瞄着我。而在我说出自己姓名时，他把手指深深地藏到背心袋里，完全一副不信任我的样子。刹那间，我对他产生了一种亲切之感，但他根本未察觉到，我对他充满了何等的热忱。

“希思克利夫先生吗？”我说。

他点了一下头回答了我。

“先生，我是洛克伍德，您的新房客。我一到这儿就马上冒昧地来向您表示敬意了。希望我坚持要租画眉田庄没有让您感觉到麻烦。昨天我听说，您想……”

“画眉田庄是我自己的，先生。”他突然打断了我的话，愣了一下，“只要我可以阻止，我绝不允许任何人给我制造麻烦，进来！”

这一声“进来”是他咬着牙说出来的，表示的是“见鬼”的意思。甚至连他靠着的那扇大门也没有对这句话许诺表现出同情。我想正是因为此情此景决定我接受这样的邀请：我对一个似乎比我更怪癖的人颇感兴趣。

他看见我的马胸部就要碰到栅栏了，才伸手去解开了门链，然后他忧郁地领我走上石路，当我们到了院子里时，他就大叫着：

“约瑟夫，去把洛克伍德先生的马牵走。顺便拿点酒来！”

“我想他全家应该只有他一个人吧，”那句双重命令让我产生了这种莫名其妙的想法，“怪不得石板缝间长满了郁郁葱葱的草，而且只有那头老牛代替他们修剪篱笆。”

约瑟夫是一个上了年纪的人，不，简直是个老头——也许比想象的还老，虽然他看起来显得很健壮结实。

“求主保佑我们。”他顺手接过我牵着的那匹马时，别别扭扭地低声自言自语着，不知道在说些什么，同时又用愤怒的眼神盯着我的脸，使我善意地揣度他一定迫切需要神的力量来帮助他才能彻底消化他的饭食，而他那脱口而出的虔诚的祷告和我没有预兆的造访并没有密切的联系。

“呼啸山庄”是希思克利夫先生的住宅的名称。“呼啸”是一个意味深长的形容词，形容这地方在有风暴的恶劣天气里所能承受的气体的压力极其令人不安的骚动。的确，他们身处的这一片土地一定是一年四季空气明净，清新爽朗，让人有种心旷神怡的感觉。特别是房屋那头几棵矮小的松树过度的倾斜，像是老婆婆直不起的腰似的。还有那一排排非常瘦削的荆棘全都朝向同一个方向伸展枝条，像孩子一样在向太阳乞讨温暖，就可以猜想到英格兰的北风呼呼吹过的巨大威力了。幸亏建筑师有先见之明，建房子时把房子盖得相当的结实：看那窄小的窗子深深地嵌在白白的墙壁里，好像它们是不可分割的一个整体，墙角还有大块凸出的石头静静地防护着。

在跨进门槛之前，我停下了脚步，站在那里观赏了一下整个房子的轮廓。在房子的前脸上大肆装点的那些让人感觉奇形怪状的雕饰，尤其是正门周围，除了许多残破不堪的小怪兽和一个不知羞愧的小男孩之外，我还发现了“1500”年和“哈顿·恩肖”的名字。看到那些情景之后，出于好奇，我本想说一两句话，向这倨傲无礼的主人请教这地方的简短历史，但是从他站在门口的那副姿态，让我彻底打消了这个念头。他就像是在暗示我，要不赶快进去，要不就干脆离开。而我在准备参观内部之前并不想无缘无故地增加他的不耐烦。

没有经过任何穿堂过道，我们径直走进了这房子的起居间：他们颇有见地地干脆把这里叫作“堂屋”。一般所谓的堂屋就是把厨房和大厅都包括在其中的，但是在呼啸山庄里，不同寻常的是厨房被挤到另一个角落里去了。至少我还听得出在房子的尽头有人咕咕哝哝地在说些什么话，还有锅碗瓢盆叮叮当当的响声，显得异常的清脆。而且在那边的大壁炉里面我也没看出明显烧煮食物或烘烤食物的痕迹，甚至墙壁上也没有铜锅和锡滤锅之类的有关厨房用具在闪闪发光。倒是屋子的另一头，在一个大橡木橱柜上摆放着一沓沓的白盘子以及一些闪闪的银壶和银杯，一排排，垒得高高的直到屋顶。的确，它们发出的光线和热气映照得房子灿烂无比。橱柜从来没有上过漆，它的整个构造一览无余，没有任何的隐藏。只是其中一处，被摆满了麦饼、牛羊腿和火腿之类的木架完全遮盖住了。另外壁炉台上还放着一些杂七杂八的老式的特别难看的枪，还有一对马枪，而且，为了美观，壁炉架上一溜摆放了三个涂得眼花缭乱的茶叶桶。房子地面是由平滑的白石砌成的；摆放的椅子是高背的，非常老式的结构，涂着绿色；还有一两把笨重的黑椅子藏在暗处。橱柜下面的圆拱里，躺着一条猪肝色、短毛的大母猎狗，一窝唧唧叫着的小狗围着它，还有些其他的狗在别的空地徘徊。

如果这间屋子和里面的家具属于一个平凡质朴的北方农民，他有着顽强的面貌以及穿短裤和绑腿套挺方便的精壮的腿，那倒没有什么稀奇的。这样的一个人，坐在他的扶手椅上，一大杯啤酒摆在面前的圆桌上冒着白沫。只要你在饭后适当的时间，在这山中方圆五六英里区域内走一趟，总可以看到的，这是再普遍不过的事。但是希思克利夫先生和他的住宅以及生活方式，却形成一种奇特的反差。首先，他看起来像个黑皮肤的吉卜赛人，在衣着和风度方面却又像个绅士——也就是像乡绅那样的绅士，也许他看起来有点儿邋遢，可是还远不至于使人感觉不得体，这归功于他有一个相当挺拔、漂亮的身材比例，而且他那副郁郁寡欢的神情，让人充满了期待。可能有人会怀疑，他是因缺乏某种程度的教养而傲慢无礼，但我不如此认为，我对他心生一丝同情，认为他并不是这类人。我凭着直觉认为他的冷淡完全是由于对人和人之间矫揉造作的虚伪十分厌恶，他是个超凡脱俗的人。对于爱或是恨，他都深藏不露，让人捉摸不透。至于他被人爱或恨，他多半认为这是鲁莽的。不，我这样茫然地下结论可能太早了，毕竟我对他还不够了解，只是把自己的想法强扣在他的头上。当希思克利夫先生在街上遇见一个熟人时，便不由自主地把手藏起来，这让人很不解。而这会我也这样做的理由与他有所不同，或许我也是一个与常人不同的人吧！但愿我这所谓的天性可以称得上是特别的吧！在我儿时，我亲爱的母亲常说，我不会像其他平凡人那样拥有一个舒适温馨的家。对于这一点，直到去年夏天我才渐渐证实了自己真的完全没有资格拥有那样一个家。

当时，我正在海边享受着一个月天气最好的时候，无意间认识了一个非常迷人的姑娘——在她还没有对我中意那阵儿，她在我的眼里就是一位不可侵犯的女神。我从来没有把我的爱意对她表达出来。可是，如果神色可以传情的话，我感觉就连傻子也能猜得出来我在没命地爱着她。让人感到欣慰的是，她懂得了我的那点心思，就善意地回送了我一个爱的秋波——要多甜美就有多甜美的一泓秋水。我的荷尔蒙马上剧烈上升，我该怎么办呢？我低下了头，觉着脸上火辣辣的，羞愧地招认了——我冷冰冰地退缩，哆哆嗦嗦地像个蜗牛似的。她越是看我，我就退缩得越远，好像她能够把我吃了似的。直到最后这可怜的天真的孩子不得不怀疑她自己当时的感觉，她突然对自己的感觉起了疑心，为自己闹下的误会感到不胜惶恐，竟然退缩到她妈妈的身后悄悄地溜了。这件事之后，由于我极其古怪的举止，让我因此得了个冷酷无情的名声。基于这些，只有我自己才能够切身体会，我有多么冤枉。

当我在炉边的椅子上坐下时，我的房东就坐在对面的一把椅子上。我们都相对无言，为了不冷场，我壮着胆子伸手去摸了摸那条躺着的大母狗。随后它离开那窝生机勃勃的崽子，突然它充满凶狠的目光偷偷地溜到我的腿后面，龇牙咧嘴地，白牙上馋涎欲滴，感觉像是要把我一口吃了似的，我哆嗦了一下，随后它从嗓子里发出一长串的咆哮，像是在警告我什么。

“不想活了？你没事最好别理这只狗！”希思克利夫先生以同样的音调向我咆哮着，接着转向了那条狗，重重地跺了一下它的脚来警告它，意思是让它安静一点。随后他又对我说：“长期生活在这里，它是不习惯受人如此娇惯的——它不是被当作宠物来养的。”接着，他从椅子上站了起来迈着大步走到一个边门，又朝外大声叫喊：“约瑟夫……”

只听见约瑟夫在地窖的深处隐隐约约地咕哝了两句，不知在讲些什么。但是，他并没有打算要上来的样子。因此他的主人走出了屋子，朝着地窖的方向去找他，而屋子里只留下我和那凶暴的母狗还有一对表情相当狰狞的蓬毛牧羊犬面面相觑。这情景好像一部冒险的戏剧一样，主人公被困到了一个危险的境地，面临着生存的威胁。此时此刻，这对狗同那母狗正一起对我的一举一动提防着，监视着，生怕我会有什么举动对它们产生威胁。屋子里静悄悄的，就算掉了一根针都能听得十分清楚。我静静地坐着，并不想和犬牙打交道。随后，出于无聊，我就对这三条狗挤眉弄眼做起了鬼脸。鬼脸突然激怒了其中的狗夫人，它忽然暴怒，猛地一跃，跳上我的膝盖。我惊慌失措地把它一下扔了回去，又急忙把那张桌子拼命地拉了过来，挡在我们中间，感觉这样对彼此的安全都有保障。但是这一举动惹起了公愤，六只大小不同、年龄不一的带有四只脚爪的恶魔，从它们的藏身之处一下跳了出来，这让我感到手足无措。我觉得我的脚跟和衣边是它们进行攻击的目标，所以我一面奋力地用火钳来挡开那个较大的斗士，一面又不得不向屋外的人大声求援，希望这家里的什么人能出现，让我脱离魔掌。

这时，我突然听到希思克利夫正在和他的仆人迈着极其烦躁的懒洋洋的脚步，爬上了地窖的梯阶。我觉得他们和平常一样，迈着沉重的步伐，丝毫没有加快一秒钟，即使是炉边已经被撕咬和狂吠闹得大乱，也无动于衷。不过幸亏厨房里有人快步地走来：一个极其健壮的女人，只见她卷着衣裙，光着粗壮的胳膊，两颊火红，像两个小火轮。抡着拳头冲到我们身边——这个武器和她的吼声一样见效，还没等我反应过来，几只狗就平静了下来，简直就像变了一场魔术。等她的主人出现时，虽然都已平息，但是她依然像风暴过后却还在起伏的海洋一般，大口大口地喘息着。

“见鬼，到底是怎么回事？”他带着斥责的语气向我喊道。在我受到了这样失礼的怠慢之后，他没有表现出一丝的同情，还这样对待我，一下子使我难以忍受。

“是啊，我真是活见鬼了，大白天遇上这样的事。”我嘀咕着，“先生，就是那群被魔鬼附体的猪也不会像这些想要吃人的畜生这样凶神恶煞。与其这样，您倒不如把一个活生生的客人丢给一群凶猛的老虎的好，这样更干净利落，不是吗？”

“您先别着急，对于什么都不碰的人，一般而言它们是不会多事的。”他平静地说，然后把酒瓶放在我面前，算是给我压惊，随后又把搬开的桌子回归到原位。

“当有人对它造成威胁时，它应该警觉的。别生气，喝杯酒吗？”

“不，我一般不喝酒，谢谢您。”

“看您这样应该没被咬着吧？”

“那是必须的啊，我要是给咬着了，就不会站在这里了，早就给那咬人的畜生打上戳子了，让它们也体会一下什么是痛苦。”我一脸委屈地抱怨着。

而此时，希思克利夫的脸上却露出了笑容。

“好啦，好啦，您消消气！”他说，“碰到这样的情况，你大概是慌了神了，洛克伍德先生。”随后递给我一杯酒，“喏，喝点酒压压惊吧！一般情况下，这所房子里来的客人非常少，只有我和我的狗相依为命。所以我得承认，我和我的狗都不大知道该怎么接待客人。对于这些不便，请您原谅！先生，祝你健康！”

我向他鞠了一躬，并且回敬了他。对于希思克利夫对我的安慰，我开始觉得自己竟然为了一群狗的失礼而坐在那儿生闷气，真是十分愚蠢的行为！我可真是太傻了。此外，对于希思克利夫，我也不愿意让这个家伙看着我幸灾乐祸，而对我产生一系列心理的攻击，因为我怀疑他肯定会这么做。

也许他也已察觉到，这些事可能会愚蠢地得罪一个好房客，所以他改变了对我的态度，说话不再像以前那么生硬了。突然他转移了话题，提起了他以为我会感兴趣的话题——谈到我目前住处的优缺点，我们侃侃而谈，之前的事情完全被我抛到了脑后。但是后来我发现他对我们所触及的话题，是非常精明、有分寸的。令人感到奇怪的是在我准备动身回家之前，一系列情绪都烟消云散了，我居然兴致勃勃，并且还提出明天再来拜访。

对于今天所发生的事，他显然并不愿我再来打搅，以免再生出一些不必要的事端。但是，不管怎样，我还是要去。此时我突然觉得，同他一比我居然如此爱好交际！真是让人不敢相信，太惊呆了！

第二章

昨天下午这儿的气候雾气重重，伸手不见五指，天气也异常的寒冷。作为外来人的我实在没有什么兴致出去了。于是我想今天就在书房炉边消磨一下午算了，我不想冒着寒冷踩着杂草污泥跑到呼啸山庄去了，再说，也没有什么重要的事。

但出乎意料的是，吃过午饭（请注意：我一般在十二点与一点钟之间吃午饭，而这所房子的附属物的管家婆——一位慈祥的太太却不能这样做，或者根本不愿理解我请求在五点钟开饭[①]的用意），我怀着这个懒惰的想法上了楼，当我迈进屋子的时候，看见一个女仆正跪在地上，旁边摆着扫帚和煤斗。我注视了一会儿才发现她正在用一堆堆煤渣封火，搞得一片弥漫的灰尘在漫天起舞，这景象让我立刻转身回来。于是我拿起了帽子往外走，大概走了四里路，不知不觉中已经到了希思克利夫的花园门口，万幸的是，刚好躲过了今年初降的一场鹅毛大雪，心中窃喜。

在这荒凉的小山包上，四周光秃秃的，唯有泥土因结着黑霜而变得生硬，而此时寒气也侵入骨髓。面对这样的天气，我费力好大力气实在弄不开门链，所以就无所畏惧地跳了进去，然后就顺着两边蔓延的醋栗树丛的石路跑。终于到了门口，我白白地敲了半天

① 不同地区和阶级用正餐的时间不同，伦敦人普遍比乡下人晚，而此处的管家却按照当地习惯开饭照当地习惯开饭。

门，没人回应，一直敲到我的手指骨都痛了，不仅没有人来开门，连狗也狂吠了起来，我感到无比的失望。

“倒霉的人家，真是不通人情世故啊！”我心里直叫，“像你们这种人天生刻薄待人，活该与人老死不相往来，这是必然的结果。遇到这样的情况，我至少不会在大白天把门闩住，这是做人基本的标准。我才不管呢，总之我要进去！”如此决定了之后，我就付出了行动。我不管三七二十一就抓住门闩，用上全身的力气使劲摇它，却只是见它微微地晃动。而此时，愁眉苦脸的约瑟夫从谷仓的一个圆窗里偷偷探出头来。

“先生，你干什么？”他大声地叫着，“主人不在家，他在牛栏里干活呢，你要是想找他说话，别在这敲了，直接从这条路口绕过去就行了。”

“这是什么情况啊，屋里没人吗？”我也大声地叫起来。

“除了太太，里边一般都没人，不管你待到什么时候，就由着你骂到夜晚，她也不会开！”

“为什么？难道你就不能告诉她我是谁吗？呃，约瑟夫？”我一脸不解地问。

“千万别找我，这种事我可管不着。”大概被我的话给吓到了，这个脑袋嘀咕着，转眼又不见了，真是神龙见首不见尾啊。

随着时间的逝去，雪开始越下越大了，渐渐地覆盖了地面。我没有放弃，最后我握住门柄又试一回，然而还是无济于事。失望之余，这时突然看到一个没穿外衣的年轻人，只见他扛着一根草耙，踽踽地在后面院子里出现了。我们对视了一眼，他招呼我跟着他走，我像个孩子似的跟在他的身后，我们一起穿过了一个洗衣房和一片铺平的地，彼此都没有说话，仅仅看到那里有煤棚、抽水机和鸽笼，这还真是应有尽有。最后我们一起进入昨天接待我的那间又宽大、又暖和、又舒适的堂屋，此时我才感觉到这才是人应该享受的待遇。只见煤、炭和木材混合在一起共同燃起了熊熊炉火，从而使这个舒适的屋子放出了光彩。正在他们准备摆上丰盛晚餐的桌旁，我无意间看到了那位所谓的“太太”，以前我从没想过，甚至不敢去想，他家里还有这么个人存在，真是不可思议。我向她深深地鞠了一躬，站在那儿，以为她会叫我坐下。然而她望了望我，好像无视我的存在，然后继续往椅背上一靠，一动不动，也不出声，真是个怪人。

“这里的天气真坏！”我说，“希思克利夫太太，您应该没有意识到，恐怕大门因为您仆人偷懒而大吃苦头，您应该难以想象我费了多大劲才使他们听见我敲门！要不然，现在我可能还在那里站着呢！”

不管我说什么，她就是不开口。我瞪眼——她也瞪眼，真是让人摸不着头脑。她眼睛一眨不眨地看着我，好像我是个怪物一样，让我觉得很别扭，又有点儿生气。

“别站在那里了，过来坐下吧，”那年轻人粗声粗气地对我说，“他就要来了，而且后面还会跟着他的狗。”

对他的建议我无条件地服从了，出于本能地轻轻咳了一下，称呼那恶狗为“朱诺”（罗马神话中主神朱庇特的妻子，此处主人公称房东家的狗为朱诺是友好的表示）。我想那条狗应该会有所收敛，毕竟是第二次会面，不出所料，它总算赏了脸，对我摇起尾巴叫，这不是向我示威，而是表示我们是熟人了。

“哇，好漂亮的狗！”我又情不自禁地开始向那位夫人说话，“它们看起来是多么可爱啊，您是不是不打算要这些小的呢，夫人？”

“那些和我没关系，因为它们不是我的。”这可爱可亲的女主人说，她的语气竟然比希思克利夫本人的腔调还要更冷淡些，真让人无法理解。

“啊，真是看不出，原来你宠爱的东西在那儿！”我把身子转向远处一个不大起眼的坐垫，在它上面好像是毛之类的东西，接着说下去。

“真是荒唐，对于我这样的身份，宠爱那些东西才怪呢！”她轻蔑地说。

怎么这么倒霉，仔细瞅了一眼，原来是堆死兔子。为了缓和一下气氛，我又轻咳一声，随后缓缓地向火炉凑近些，仅仅为了感受一点儿暖气，接着又把今晚天气不好的话大概地重复了一通。

“像这种情况，你本来就不该出来的。”她说，然后站起来伸手去拿壁炉台上高高放着的两个彩色茶叶罐。

她原先坐的地方是背光的，我只能看到她模糊的背影。但当她站起来够茶叶罐的时候，我清清楚楚地看出了她整个的形体容貌：她很苗条，像根垂柳似的，显然还没有过青春期，是一个含苞待放的花朵。她体态优美，还有一张我生平从未见过的绝妙的小脸蛋，让人不由自主地产生爱慕之情。她五官纤丽，非常漂亮，人见人爱。配有天然的淡黄色的鬈发，倒不如说是金黄，射出耀眼的闪光松松地垂在她那细嫩的颈上，好像一不小心就能把那细嫩的颈压断了似的。至于眼睛，像一串熟透的葡萄似的，晶莹剔透，要是眼神能显得更和悦些，那就更使人无法抗拒了。何况对我这么容易动情的人，这也算是不足为奇的常事，仔细看她那双炯炯有神的秀目流露出来的情感，只是介于蔑视一切和有点无可奈何的神色，面对这种表情，让人看了不会产生其他什么感受，只会觉得别扭。

那些茶叶罐对她来说很棘手，因为她够不着。所以我动一动，暗示我可以帮她一下。但出乎意料的是，她猛地扭身转向我，特别警惕地看着我，像守财奴看见别人正打算偷偷拿走她的金子一样。

“你站着别动，我不要你帮忙，”她脱口而出，“我自己拿得到。”她用排斥的眼光看着我。

“对不起，我对我的冲动感到抱歉。”我连忙回答，生怕她会做出什么事。

“是他们请你来喝茶的吗？”她问，随后把一条围裙系在她那干净的黑衣服上，显得如此淡定，然后站起来，熟练地盛一匙子茶叶正要往茶壶里倒。

“我是真的很想喝杯茶。”我回答。

“是他们请你来的吗？直接回答我就好了。”她不耐烦地问。

“没有，我自己来的。”我说，勉强笑一笑，好让她心情放松一点儿。

“那您正好请我喝茶。”她不耐烦地对我说。

说着她就把茶壶甩了过来，连匙子带茶叶一起收起来，满脸不高兴地又坐在椅子上，我真的搞不清楚这是什么状况。只见她眉头紧皱，孩子似的撇着嘴唇，就要哭出来。我不知所措，就跟我欺负了她似的。同时，我看到刚刚那年轻人已经穿上了一件相当破旧的上衣，虽然很破，但也比光着膀子好多了，他恶狠狠地瞅着我，简直要把我吃了似的，让我满头雾水。我渐渐感到疑惑，怀疑他究竟是不是仆人。因为他的衣着和言语都显得那么没有教养，简直就是一个目中无人的家伙，完全没有那种在希思克利夫先生和他太太身上所能看到的优越感，真不知道他们是怎么相处在一起的。他那厚厚的棕色鬈发乱七八糟，像团草似的，他的胡子像头熊似的布满面颊，让人看了觉得发毛，由于长期的劳作，他的双手是棕黑色。可是，让我感到奇怪的是，他的姿态很随便，甚至有点儿傲慢，完全没有一点儿伺候女主人的、谨慎殷勤的家仆的样子，好像根本不是仆人。不过反正我也搞不清他的身份，也没兴趣了解他的背景，也就不再去注意他那古怪的举止，以免再生事端。对于这种事，我已经有点儿害怕了，所以尽量让自己的好奇心少一点。五分钟以后，我解脱了，因为希思克利夫进来了，他的到来多少算是把我从那种不舒服的境况中解救出来了。

“您瞧，先生，我没食言吧，我说好要来就来了吧！”还没等他缓过神来，我装着高兴的样子叫道，“本来我还担心要被这恶劣的天气困住半个钟头呢，没想到您来了，您能不能让我在这避一下，等天气好转一点我就会离开。”

“什么，半个钟头？”他惊讶地说，顺便抖落了他衣服上的雪片，“我感到非常奇怪，你竟会在暴风雪这么紧时溜达到这儿来，真不知道你哪来的这么高的兴致，你难道不知道有陷进沼泽地的危险吗？就连特别熟悉这些荒野的人，也不敢独自而行。有时往往还会在这样的晚上迷路的。至于你，到底有多大胆？而且我明白地告诉你，对于这样的地方，现在的天气是不会转好的，除非太阳从西边出来了。”

“先生，您先别着急，或许我可以在您的仆人中间找一位带路人吧，让他带我回到我的住处，应该不会有问题的，另外他可以在我田庄那边过夜，您能给我一位吗？真是给您添麻烦了。”

“想都别想，我不答应。”他语气坚定地说。

“哎呀，这就没办法了！真的，走出这里我就得凭我自己的本事了，愿上帝保佑我吧！”

“哼！”他依然无动于衷。

“别傻站在那里了，你是不是该准备茶啦？”穿着破衣服的人问，随后他那凶狠凝视的目光从我身上转向那边面无表情的太太。

“请他喝吗？”她转身问希思克利夫。

“别这么多话，行吗？”他的回答这么粗暴，在我心情还未平静时又把我吓了一跳，真是一波未平一波又起啊。也许这句话的腔调才露出他真正的坏性子，我彻底看清了。我再也不想称希思克利夫为一个绝妙的人了，因为他的这一举动，让我有点儿小失望。茶准备好了之后，他就打算这样请我……

“好了，先生，过来坐下吧！把你的椅子往前挪挪。”于是我们全体包括那粗野的年轻人在内，都拉过椅子围桌而坐。满满的一桌人，满满的一桌菜，大家津津有味地吃了起来，顿时整个屋子只有咀嚼食物的声音。这是多么怪异的一家人啊！

我想，如果是我引起了这朵乌云的出现，那我就该负责驱散它，这是我的本分。不管怎么说，他们不能每天都这么阴沉缄默地坐着吧！无论他们有多坏的脾气，甚至多么怪异的行为，他们平常也不至于总是这样愁眉苦脸的吧！我突然想做点什么。

“真是让人想不明白，奇怪的是……”在我喝完一杯茶，接过第二杯的时候开始说，“奇怪的是习惯这东西到底是如何形成我们的趣味和思想的呢？很多人就不能想象，比如像您，希思克利夫先生，说句不好听的，您这样过着完全遁世隐居的生活，不与外界联系，究竟还有什么幸福可言？大多数人这样认为。可是我敢说，有您一家人围着您，是一件幸福的事，还有您可爱的夫人作为您的家庭成员与您的心灵上的主宰……”

“哼，我可爱的夫人。”我还没说完他就插嘴，脸上露出一副凶神恶煞的冷笑。“她在哪——我可爱的夫人？”他带着悲伤的语气说。

“您没听明白，我的意思是说希思克利夫夫人，您的太太。”我补充道。

“哦，是啊！你指的是，尽管她的肉体已经消逝，但她没有离开我们，她的灵魂还站在家族保护神的岗位上，不仅守护着我们，而且守护着呼啸山庄的产业，是不是这样？”她回答着。

这时我察觉到我刚才的言论是错误的了，想赶快改正它。我是怎么回事？我本该看出他们双方的年龄相差太大，根本不像是夫妻。更何况一个大概四十，正在精力健壮时期的男人，怎么会正好有位大姑娘爱上他而结为夫妇呢？这话听起来多荒唐啊！老年时想着解闷还差多，根本不现实。而另一个人呢，看上去还不到十七岁，甚至还未到鲜花怒放的时刻。这根本是不可能的事，我在想什么呢？说着敲了一下脑袋，希望希思克利夫不要误会我的想法。

这时我脑子里闪过一个可怕的念头——“坐在我胳臂肘旁边的、那个举止异常的傻瓜：他用茶缸喝茶，用没洗过的手拿面包吃，看着这样一个让人不舒服的家伙，也许就是她的丈夫：希思克利夫少爷，当然是啰。只因为她全然不知道天下还有比她丈夫更好的人，结果就是将自己活活埋葬，永无出头之日。真是憾事，我必须当心，不能做出什么不该做的事，我可不能引起她悔恨她之前所做的选择。”最后的念头仿佛有点儿自负，但也不足为奇，其实倒也不是。我注视到旁边的这个人在我看来简直可以说令人生厌，在他身上我找不到任何亮点。根据经验，不谦虚地说我知道我多少还是有点儿吸引力，不是自夸，而是实事求是。

“你说的什么话？希思克利夫太太是我的儿媳妇。”希思克利夫说，证实了我的猜测。突然我对自己的无知而感到羞愧。他说着，然后掉过头用一种特别的眼光向她望着：一种憎恨的眼光，好像眼光中又带了刺，这种表情除非是他脸上的肌肉天生生得极反常，要不然不会像别人一样地表现出他心灵的语言。

“啊，当然，我现在看出来啦！你真是艳福不浅，能够拥有这位仁爱为怀的仙女，你可真是幸运啊！”我转过头来对我旁边那个让我极其讨厌的人说。

出乎意料的是，这下可比刚才更糟：只见这年轻人的脸上通红，像火辣辣的太阳，握紧拳头，简直想要摆出动武的架势，我不知道又说错了什么话，他的这一举动吓了我一跳。可是他好像马上又镇定了，不知什么原因，这通本来要向我撒的怒火只化为一句冲我而来的狠话，压下了这场风波。对我来说无所谓这句话，我假装没注意。不过还算万幸，没发生什么事。

“真是不幸，你猜得不对，先生。”我的房东说，“我们两个人谁都没有这份殊荣拥有你说的这位吉祥仙子，她非常的不幸，她的男人死啦。你还记得吧，我说过她是我的儿媳妇，因此，她当然是嫁给我的儿子了。”

“这位年轻人是？”我不解地问。

“你看错了，他当然不是我的儿子！”

希思克利夫又笑了，一脸不屑的表情，好像把那个粗人算作他的儿子，是他人生的一大败笔，简直是把玩笑开得太莽撞了。

“你仔细听着，我的姓名是哈顿·恩肖。”另一个人朝我吼着，“小子，你最好放聪明点，而且我劝你尊敬他。”

“您误会了，伙计，我没有表示不尊敬呀。”这是我的回答。虽然这样回答，但在心里却暗笑他报出自己的姓名时的庄严神气，感觉像个小丑，让人发笑。

然而这时他的眼睛死死盯着我，好像稍一放松我就会对他们构成威胁似的。我也回瞪了他一眼，表示回应他。渐渐地，我开始感到自己的存在好像给他们造成了极大的困扰，是个碍事的局外人。以至于那种精神上的阴郁气氛不能抵消，而且还压倒了我四周明亮的物质上的舒适①。这是对我暗示，我决心要小心谨慎，以免再次造成我的失误，我不要在这个屋顶下面第三次冒失了，我之前已经够丢人了。

待吃喝完毕舔了舔嘴唇，大家各奔东西，各忙各的，谁也没说句应酬话，我意识到我该离开了，所以我走到窗前查看天气。令我有点儿失望的是，我见到一片悲惨的景象：不要说天气好转了，转眼间黑夜提前降临，天空和群山混杂在一团凛冽的旋风和使人窒息的大雪中，四周黑漆漆的，伸手不见五指，给人一种阴森森的感觉。

“天哪！现在这种情况如果没有带路人，我恐怕不可能回家了，这可如何是好啊！”我不禁叫起来，好让他们对我引起注意。

“天这么黑，道路都看不见了，就是还能看见道路，我也看不清往哪儿迈步啦！更别说去干什么事了，一切都只是空谈。”其中一个人抱怨着。

“哈顿，你去跑一趟，把那十几只羊赶到谷仓的走廊上去，这么冷的天，要是整夜都留在羊圈就得给它们盖点东西，前面也要挡块木板，它们也有感受的啊，别让它们冻着了。”希思克利夫说。

“伙计们，我该怎么办呢？谁来帮我一下啊！”我又说，带着更焦急的表情。

依旧没有人搭理我，留我一个人孤零零地在那站着。我回头望望，他们都在忙碌着，只见约瑟夫给狗送进一桶粥，那狗向他摇着尾巴。希思克利夫太太俯身向着火，由于闲得无聊，于是就烧着火柴玩，那是她刚才把茶叶罐放回原处的时候从壁炉架上碰下来的，虽然那几根火柴个头不大，但是似乎她不处理掉它们就不安心似的。约瑟夫放下了他的粥桶之后，也没闲着，找碴儿似的把这屋子

① 指炉火和茶点。

浏览一通，结果并没让他感到满意，然后扯着沙哑的喉咙喊起来："我真是奇怪了，别人都在各忙各的，你怎么就能闲站着发呆呢？如此可见，你是没出息的，不说了，说也没用，白白浪费我的口舌，像你这种人一辈子也改不了，天生的懒人，就等死后见魔鬼吧，真是上梁不正下梁歪，跟你妈一样，简直不可理喻！"

我一时还以为这一番滔滔不绝的话是对我而发的。这种情况下，任何一个人都会这样想的。愤怒的我决定采取行动，就向这老流氓走去，准备把他踢出门外，一解我心头之恨。但是，结果出人意料，希思克利夫夫人的回答使我停下脚步。我还真是个爱冲动的人。

"真不害臊，你这老不要脸的伪君子。"她破口大骂道，"你提到魔鬼的名字时，心里竟会如此平静吗？像你这种坏蛋，你就不怕被活捉吗？我事先警告你不要惹我，不是和你开玩笑，不然我就要特别请它把你勾去，让你受尽折磨。你不相信？站住！你瞧瞧这儿，约瑟夫，"她接着说，那天真的脸上透着一股阴森森的感觉，并从那高出她的书架上费力地拿出一本大黑书，指向约瑟夫，"你来这里，我要给你看看我学魔术已经进步了多少，千万不要感到惊讶，不久我就可以完全精通，到时候就可以呼风唤雨了。还有，你还记得那头红牛吗？它不是偶然死掉的，其中自有内幕，而你的风湿病也不能不算是天赐的惩罚，这是你自作自受，怨不得别人。"

"啊，歹毒，歹毒，真是最毒妇人心啊！"老头惊恐地喘息着，"求主拯救我们脱离邪恶吧！我用最真诚的心祷告。"

"不，混蛋！你没有资格这样说，你这个没人要的伪君子——滚开，不要在这虚情假意，不然我要狠狠地揍你啦！我会说到做到的，我要把你们全用蜡和泥捏成模型[①]，要是谁先越过我定的界限，可就倒大霉了，我会——我现在不说，这个不能提前透漏——可是，别高兴太早，瞧着吧！去，别做坏事了，我可在瞅着你呢。"

这个小女巫那双美丽的眼睛故意装出一副恶毒的样子，还真是

① 指巫术，即用蜡和泥捏出某人的形象，然后在上面使用针刺、刀砍、火烧等，并念巫词加以诅咒。

很逼真！她的样子竟然把约瑟夫吓得直抖，慌里慌张地赶紧跑出去，一边跑一边祷告，生怕希思克利夫太太的话应验似的，嘴里还嚷着："恶毒！"看到这一幕，我觉得真是滑稽，我想她的行为一定是出于无聊闹着玩的，可是却把约瑟夫吓得四处逃窜。现在只有我们俩了，我渐渐向她走近，因为我想对她诉诉苦，告诉她一些我的心里话。

"希思克利夫太太，您好！"我恳切地说，"真是不好意思这么冒昧地打扰您，但您一定得原谅我麻烦您。请您听我说，我敢于这样冒昧，是因为您既然有这么一张脸，让人感觉很亲切，我敢说您一定心也好，这是必然的，不是吗？真是感到太抱歉了，我迷路了，请您指出几个路标，然后我参照着也好知道回家的路。对于这里，我一点儿也不知道该怎么走，还生怕走错了，就跟您不知道怎么去伦敦一样，希望您能帮助我摆脱困境。"

"那还不简单，顺着你来的路走回去好啦。"她用甜甜的声音回答，没有动弹，仍然安坐在椅子上，面前一支蜡烛，微弱地散发着光芒，旁边还有那本摊开的大书。"很简单的办法，不要想得太复杂，也是我所提到的挺稳当的办法，相信我没错的。"她重复说。

"您真的这么想？您要是听人说我因为听取了您的建议而死在大雪覆盖的沼泽里或是坑洼里，难道您的良心就不会谴责您吗？到时您后悔都来不及了。"我有点儿不耐烦地说道。

"怎么会呢？您既然来了，就还可以回去。再说我又不能送你走，他们都不许我走到花园墙那头的，我都不知道墙那头是怎样的景色。有时候，还真想出去看看。"

"您送我！说的这是什么话，在这样一个晚上，为了我的个人方便就请您迈出这个门槛，我真算是个罪人了，再说我也于心不忍啊！"我叫道，"您误会了，我只是要您告诉我怎么走，给我说一下路线，而不是领我走，看来这样是不行了。要不然就劝劝希思克利夫先生给我派一位带路人吧，您开口他应该不会拒绝的。"

"说的也是，但是该派谁去呢？这里的人屈指可数，只有他自己、恩肖、泽拉、约瑟夫和我。随你选，你想要哪一个呢？”

“你们几个吗？庄上没有其他小伙计吗？”我急忙问。

“是的，没有了，仅仅就这些人。”她面无表情地说。

“那就没办法了，这样说来，我只好留下了，这应该是上帝的意思吧！”

“那你可以跟你的房东商量，这是你的自由，我不管。”她满不在乎地说。

“经过这次经历，我希望这是对你的一个教训，长个心眼，以后别独自一人再在这山间瞎逛荡，这次你运气还算好的。”这时从厨房门口传来希思克利夫的严厉的喊声，“以前从没遇过这种情况，至于住在这里，也不是说不可以，但是强调一点，我可没有招待客人的东西。你要真心住的话，也别嫌弃，就跟哈顿或者约瑟夫睡一张床吧！”

“不需要这么麻烦的，我完全可以睡在这间屋子里的一把椅子上，那对我来说已经够感激了。”我急忙回答。

“不行，不行！他只是一个外来人，不管怎样毕竟是陌生人，他跟我没有半毛钱关系。不论他是穷是富，我不允许任何人进入我防范不到的地方！这是我的底线。”这没有礼貌的坏蛋说。

平白无故受了这种侮辱，冲破了我的底线，我的忍耐到头了。我要爆发了，我十分愤怒地骂了一声，向他表示我的不满。然后飞快地从他的身边擦过，像射出弓的箭一样冲到院子里，匆忙中正撞着迎面走来的恩肖。那时那种天气是这么漆黑，我这么一个外来人员找不到出口，这也不足为奇。当时我正在乱转，偶尔又听见他们之间有教养的举止的另一例证：是不是太过分了，起初那年轻人好像对我挺友好，不能这样子对人家。

“其实我也没什么事，我可以陪他走到林苑的尽头，然后他就能自己回去了。”他说。

“你这么无私，干脆你陪他下地狱好了！送佛送到西嘛！”他的主人或是他的什么亲属叫道，“真那么做的话，谁来看马呢，嗯？你脑袋里都在想啥呢？”

“再怎么说，一条人命总比一夜没有照看马更强吧！总得有个人去的，让他留在这里也不是长久之计啊。”希思克利夫夫人轻轻地说，没有先前的那种严肃，比我所想的和善多了。

“你算什么，不要你命令我！”哈顿反攻了，“真是看不出来，你还有副好心肠呢！你要是重视他，我劝你最好别吭声。”

“那是我的自由，你管不着。既然这样，那么我希望他的鬼魂永久地缠住你，让你不得安宁。我也希望希思克利夫先生从此再也找不到一个房客，没有人会愿意来这里，直等田庄全毁掉！”她尖刻地回答。

“听吧，听吧，大家仔细听吧！她又在咒我们啦！”约瑟夫嘀咕着，好像事情闹得多大似的，我正向他走去。

他坐在还能听得见说话的那个地方，看着我们的一举一动，借着一盏提灯的挤奶工，真是个不一般的人。我毫无礼貌地把提灯抢过来，因为他没有防备，所以没费什么力气。我一边大喊着“我明天就把它送回来”，一边奔向最近的一个边门，打算离开。

“主人，主人，您快看啊，他把提灯偷跑啦！”这老头一面大喊，一面追我，真是个难缠的人，“喂，咬人的！喂，狗！喂，狼！逮住他，逮住他！他是个小偷，快来帮我抓住他。”

只见他一开小门，闪电的工夫，两个一身毛的妖怪便扑到我的喉头上，压得我喘不过气来，不仅把我弄倒了，而且把灯也弄灭了。真是倒霉！同时站在旁边的希思克利夫与哈顿一起对我放声大笑，使我的屈辱简直到了极点。不过心里暗自庆幸到：幸亏这两个畜生没把我当成猎物，只是想张牙舞爪，摇尾示威一番，好让我有所畏惧，并不是真想把我生吞活剥。但即便如此，它们仍虎视眈眈地看着我，也不容我再起来，根本不用尝试着做什么，那也是自增徒劳。于是我就不得不安静地躺着等它们的恶毒的主人什么时候良心发现，感觉高兴了来解救我逃离苦海。而这时的我真是一片狼藉：我帽子也丢了，头发乱糟糟的，气得直抖，感觉声音都是颤的。我心急如焚，命令这些像土匪一样的人把我放出去，真的不知道自己会做出什么事，甚至再多留我一分钟，事情就会升华，就要让他们遭殃，让他们后悔。我不知怎么了，说了好多不连贯的、恐吓的、要报复的话，感觉像失去了理智，措辞之恶毒，颇有李尔王①之风，事后我都感觉有点儿闻风丧胆。

我在怒火中的爆发，结果使我流了大量的鼻血，虽已到了这种情况，可是希思克利夫还在笑，而我也还在骂，这种局面不知道持续了多久，要不是恰在此时突然来了一个比我清醒理智，也比我的房东仁厚善良的人轻松地化解了这种局面，我真不知道该怎么收场。这人名叫泽拉，一个健壮的管家婆。经过激烈的思想斗争，她终于挺身而出，探问这场战斗的真相。她不同于他们，她是一个善良的人，看着我狼狈不堪，她以为他们当中必是有人对我下了毒手，并对我投以同情的目光。她毕竟是个仆人，不敢直面攻击她的主人，于是就向那年轻的恶棍开火了。

“好啊，恩肖先生，不知你长了什么胆子，”她叫道，“你真是让人捉摸不透啊！我不知道你下次还会干出什么好事！多积点德吧！你是要在我们家门口谋害人吗？你就不怕报应吗？难道你死后想要去地狱吗？我看，这房子里我是再也待不下去了，我不愿和你同流合污去干那些违背良心的事，你睁开眼，瞧瞧这可怜的小子吧，他有什么错，看他现在马上都要背过气去啦！你竟无动于衷。”“喂，喂！”她转向我，“我可不能让你这样走，身上还受了这么重的伤，进来，快进来，我给你治治。好啦，别动，马上就好。”

她一边这样说，转移他们的视线，一边把一桶冷水哗啦一下浇在我身上，弄得我不知所措。然后又把我拉进厨房里，以便把我安置下来。希思克利夫先生显然很不放心，就跟在后面，看到我如此狼狈，他刚刚的欢乐很快消散，认为我不再是威胁了，就又恢复他平日里的阴郁样子。

---

① 莎士比亚悲剧《李尔王》中的男主角，因其两个不孝女忤逆犯上，导致李尔王沦落流浪，他在暴风雨之夜诅咒其两女，发誓报仇。

这一连串的经历，真的无法形容我内心的感受，我难过极了，而且头昏脑涨，感觉像要晕过去一样，因此不得不在他的家里借宿一宿。他叫泽拉给我一杯白兰地，好让我压压惊，随后就进屋去了，只剩下我和那位善良的管家婆。而她呢，发自内心地对我不幸的遭遇安慰一番，希望我能看开一点。而且遵主人之命，给了我一杯白兰地，我慢慢地喝了下去，看见我略略恢复了一些，她放心了些，便引我去睡了。

第三章

她拖着重重的身子，一边领我上楼，一边叮嘱我尽量把烛光挡严实，最好不要让人知道我来过这里。因为她的主人对她领我去住的那间卧房，有一种古怪的看法，而且从来也不乐意让任何人在那儿睡，今天却是个例外。我强烈的好奇心又萌然而生，我问是什么原因，他总会有怪异的行为。她回答说不知道，她在这里才住了一两年，况且他们又有那么多古怪事，渐渐地她已经根本不以为怪了。

我自己昏头昏脑的，体力不支，也问不了许多，于是我就插上了门，打算休息。回过头来向四周望了望，想找张床来歇息。但是，全部家具只有一把椅子，一个衣橱，还有一个大橡木箱。这时我注意到靠近顶上挖了几个方洞，像是马车的窗子。我走近它透过方洞朝里面一瞧，由于脑袋不好使，我迟疑了片刻才明白这是个旧式木床之类的东西，我想一般人家应该见不到这样的东西吧！它设计得非常方便，足可以省去家里每个人占一间屋的必要。事实上，它很独特地形成了一个小小的套间。它里面的一个窗台刚好当张桌子用，这是多么巧妙啊！我赞叹着。然后小心地推开镶板滑门，拿着蜡烛进去，又把镶板滑门合上，觉得安安稳稳，躲开了希思克利夫以及其他人的戒备，心中不禁暗暗自喜。

我放蜡烛的窗台架上有几本发了霉的书，有一股刺鼻的味道，在一个犄角，真不容易被人发现呢！窗台上的油漆面也被字迹划得乱七八糟，给人一种剪不断理还乱的感觉。但令人奇怪的是，那些字迹只是用各种字体写的一个名字，有大有小——凯瑟琳·恩肖，有的地方又改成凯瑟琳·希思克利夫，跟着又变成了凯瑟琳·林顿，整个油漆面布满了这些人的名字，没有一点儿空白的地方。

我无精打采地把头靠在窗子上，心情渐渐地平静下来，连续地拼着凯瑟琳·恩肖—希思克利夫—林顿，这三个人的名字，不知道让我拼了多少下，一直到我的眼睛合上为止。但是还不到五分钟，我就醒来了，从黑暗中忽然闪现出一片亮闪闪的白字，异常刺眼，仿佛妖魔鬼怪现身，空中充满了许多“凯瑟琳”这三个字。我跳起来，发疯似的挥动着双臂，想驱散这突然冒出的让我讨厌的名字。不管了，随它怎样，这时才发现我的烛芯靠在一本古老的书上，由于书的古老，发出一股烤牛皮的臭味。我剪掉烛芯，灭了它。在寒冷与持续的恶心交攻之下，我体力不支，感到很不舒服，像被病魔附了身似的，便坐起来，拿起刚刚被烤到的书，打开平放在膝上。那是一本《圣经》，里边印的是细长字体，字迹还算清楚，但有很浓的霉味，不知这是什么年代的书了。书前面的白纸有几个大大的字——写着“凯瑟琳·恩肖藏书”，底下还注了一个日期，那是二十来年以前的日期了，都可以算是古董了。我合上它，随后拿起另一本，合上又拿起了一本，如此反反复复，直到我把它们都检查过一遍。看完之后，我发现凯茜的藏书是经过选择的，不是随便就收藏的。而且，不难看出，从书本磨损的情况看，这些书当年曾经被人一再地读过，我是这样认为的。虽然读得不完全得当，因为几乎没有一章躲过钢笔写的评注——至少，像是评注——凡是印刷者留下的每一块空白全涂满了，也不知道为什么有那么多东西要写。有的是不连贯的句子，读起来都不通顺，另外一些用了正规日记的形式，想法还算多样，但出于小孩子那种字形未定的手笔，简直写得乱七八糟，搞得我一头雾水。在其中一张空白的书页上面，我看见了我的朋友约瑟夫的一幅绝妙的漫画像，为此我大为高兴，虽然画得粗糙，但是勾画得有力，也算是栩栩如生了。看了这么多关于凯茜的一切，我对这位素昧平生的凯茜顿时发生了兴趣，我的好奇心越来越强了，我开始辨认她那已褪色的难认的怪字了，真是鬼迷心窍了。

“今天真是一个倒霉的礼拜天！”底下一段这样开头，“我真是个苦命的人，我父亲要是能再活过来该多好，他是一个多么善良的人啊！这一切都怪欣德利，他是个可恶的代理人，他对希思克利夫的态度太凶了，像是上辈子欠他多少钱似的，真没见过他这样的人。希（指希思克利夫，后皆同此处）和我要反抗了，这样的日子马上要结束了，黎明的日子即将到来，今天晚上我们要进行第一步计划，这是多么令人激动的时刻。”

“整天都下着瓢泼大雨，没有一刻的消停，我们去不了教堂，因此约瑟夫非要在阁楼里聚会不可，他可是个牛脾气。于是正当欣德利和他的妻子在楼下舒舒服服地烤火，过着神仙般的生活，同时又在忙着什么，但我敢说他们绝不会读《圣经》，像他们那些人，是根本驾驭不了《圣经》这样的书的。而希思克利夫、我和那不幸的乡巴佬却要听命拿着祈祷书上楼，这是我们该做的事。我们几个人整齐地排成一排，坐在一口袋粮食上，把它压得实实的，嘴里也没有闲着，连哼哼带哆嗦的，不知道在说些什么。希望约瑟夫也哆嗦，这样的话，我们就能消停会儿了，就算他为了他自己也会给我们少讲点道理了，他是个爱唠叨的人。妄想！简直是白日做梦。做礼拜整整用了三个钟头，让人无法忍耐。可是我的哥哥看到我们下楼的时候，居然还有脸喊叫。

“‘什么，不会这样吧！已经完啦？这可不行！’

“‘怎么不行？礼拜天晚上，本来就是让人休息的，一般是让我们玩的，前提是只要我们不太吵，自己想干什么都可以，但是现在我们只要偷偷一笑，我们就犯了错误，就得罚站墙角啦！这是哪门子的逻辑啊！’

“‘你们忘了，心里在想什么呢？这儿还有个少爷。’这暴君说，‘不管是谁，谁先惹我发脾气，我就把他毁掉！让他追悔莫及。我坚决要求完全的肃静，如果谁做不到这一点，你就后果自负吧。啊，孩子！是你吗？弗朗西丝，亲爱的，你听到了吗？你走过来时揪揪他的头发，看他应该醒着的吧！我听见他捏手指头响呢，多么捣蛋的家伙。’随后弗朗西丝痛快地揪揪他的头发，没什么反应，然后走过来坐在她丈夫的膝上，一点儿也不知道害臊。在那一个钟头里又是亲嘴，又是瞎扯，那种愚蠢的甜言蜜语连我们都感到羞耻，真是让人无语啊。

“我们在柜子的圆拱里面静静地待着，尽量把自己弄得挺舒服，因为那是我们的天下。我刚把我们的餐巾结在一起，打算把它挂起来当作幕布时，约瑟夫忽然进了马房，怒气冲冲地把我的手工活猛地扯下来，还毫不客气地打了我一耳光，他声音沙哑地叫着：‘老爷刚刚下葬，安息日还没有过完，福音的声音还在你们耳朵里响，他在天堂还没找到落脚的地方，你们长了几个胆子居然敢玩！不想要老爷瞑目吗？你们好不害臊！难道就是这样回报老爷的吗？’过了一会儿，他又转变了语气：‘过来，坐下来，坏孩子！只要你们肯看，没什么难的，我这里有的是好书。坐下来，看看这些书，好好想想你们的灵魂吧！’

“他一边说这些话，让我们心里有所愧疚，一边硬要我们端端正正坐好，以便表示对死去老爷的哀悼之情。我们能从远处的炉火那边得来一线暗光，虽然很微弱，但好在它能让我们看到他塞给我们的那没用的经文，看到那密密麻麻的文字，真是让人无聊。

“我可不想受他们的指使，过着奴隶般的生活，这样会使我崩溃的。于是我抓住这本破烂书，什么都没想，使劲地把它扔到狗窝里去，赌咒说我恨善书。希思克利夫把他那本也扔到同一个地方，真是一个不好的预兆，跟着是一场大闹，让人措手不及。

“‘欣德利少爷！’我们的牧师大叫，‘少爷，不好了，您快来呀！凯茜小姐把《救世之盔》的书皮子撕下来啦，这怎么得了！希思克利夫正在使劲踩《毁灭之坦途》[1]的第一部分！真是惨不忍

① 《救世之盔》和《毁灭之坦途》这两本书都是当时传道的书籍。

睹，我看不下去了，你让他们就这样下去可不得了，你必须采取点措施了。唉！这是天意啊！要是老爷在的话，他可不会坐视不管，肯定会狠狠揍他们一顿，让他们付出代价，可他不在啦！这真是天意啊！'

“听到叫声，欣德利马上从他的炉边赶了过来，他是如此的健壮，狠狠抓住我们俩，他一只手抓领子，勒得我们喘不过气来，另一只手抓胳臂，轻而易举地就把我们都丢到后厨房去了。约瑟夫断言魔鬼一定会把我们活捉的，我们不如好好祈祷死得痛快些吧。受到如此待遇之后，没人再说一句话，便各自找个角落静静等它降临。后厨房很安静，还摆放着一个书架，上边还有一本书，我有一种蠢蠢欲动的感觉。谢天谢地，我够着了这本书，它是如此的破旧，还从书架上拿下一瓶墨水，上边还有一层灰，我吹了吹，又把屋子的门虚掩着，漏进点亮光，打算写点字来消磨时间，于是乎我就写字消遣了二十分钟。可是我的同伴不耐烦了，他出了个主意说，待在这里真是太闷了，我们去把挤牛奶女工的罩衣偷来，穿着它到旷野上跑一跑吧。还真别说，这个主意很妙。‘那么，还等什么，我们马上行动吧！要是那个坏脾气的老头进来，发现我们不在这里，他也会相信他的预言实现啦，我们就是在雨里，任凭雨水的浇灌，也不会比待在这里更湿更冷，这简直就不是人待的地方。”'

我猜想凯茜终于按自己的计划行事了，她是一个心思如此严谨的人，因为下面她开始说其他的事了，令人难过的是她伤心起来了，应该想起了什么事。

“我做梦也想不到欣德利会让我这么哭！”她写着，“我头痛，痛得不能睡在枕头上。可是我还是忍不住哭。可怜的希思克利夫！欣德利骂他是流氓，再也不许他和我们坐在一起，一起吃饭。而且不许他和我一起玩，否则就把他撵出去。他还怪我的父亲待希太宽厚了，发誓说要把他降到应有的地位去。”

我读着这张字迹模糊的书页，越来越没精神，昏昏沉沉打起了瞌睡，差点儿摔到地下。眼睛从手稿转到印的字上，突然眼前一亮，我看见一个红颜色的花字标题——《七十乘七，与第七十一的第一条<圣经·新约·马太福音>第十八章第二十二至二十三节，杰伯·布兰德罕牧师在吉默顿·索礼教堂的布道文》。在我迷迷糊糊地绞尽脑汁猜想杰伯·布兰德罕牧师将如何发挥他这个题目的时候，我竟不知不觉倒在床上睡着了。

唉，这一切都怪这粗劣的茶点和坏脾气，我简直像着了魔似的！除此之外，我真的不知道，还能有什么事情足以使我度过如此可怕的一夜呢？说实话，自从我学会吃苦以来，我实在想不起来，有哪一夜可以和今夜相提并论，这真是度日如年啊。

我开始做梦，在我还有点儿意识，几乎在我还没忘记自己身处何处的时候就开始做梦了：我觉得是到早晨了，空气是如此的清新，小鸟喳喳地叫，鲜花的香味沁人心脾，我往回家的路上走，优哉游哉的还有约瑟夫带路，真是人生一大快乐事。一路上，雪有好几码深，埋了我们的脚。我们踉跄地向前走，我那位同伴一直唠叨不停，搞得我心里更加的烦躁。他埋怨我不带一根朝圣进香的拐杖，并且告诉我不带拐杖就永远也进不了家，还得意地舞动着一根大头棍棒，我明白这就是所谓的拐杖了，还真是形象啊。

当时我认为需要这么一个武器才能进自己的家，多么荒谬啊。跟着一个新的念头一闪：我并不是去那儿，那里不是我的目标，我们是在赶路去听杰伯·布兰德罕讲“七十乘七”的经文，这对于我们来说才是大事。而不论是约瑟夫，或是牧师，或是我，任何一个人犯了这“第七十一的第一条”的大罪，都是不可饶恕的，就要被人当众揭发，而且还会被教会除名，这也算是一件严重的事。

我们来到了教堂跟前，我平日散步时真的去过那儿两三回，高大的建筑，让我对它记忆犹新。它夹在两山之间的一个山谷里：一个高出地面的险恶山谷靠近一片辽阔的沼泽，看起来有种阴森森的感觉，据说那儿泥炭的湿气对存放在那儿的几具死尸足以产生防腐作用，真是有点儿吓人呢！房顶至今尚完好，没有什么斑痕，这完全取决于教士的辛劳吧！不过教士的薪俸每年只有二十镑，甚至温饱都成问题，并且那一共两间的房子很快就有变成一间的危险[1]，在这里有着生命的危险。所以没有一个教士愿意担当牧羊人的责任，每个人都不敢拿自己的生命开玩笑。特别是传说中的那伙教徒，做事是那么绝情，他们宁可饿死他，也不愿意从自己的腰包里多掏出一个便士来增加教士的俸禄，即使一个便士对他们来说没多大意义。但是，在我的梦里，又是另外一个场景，杰伯却是满堂会众，大受人们的信奉。他讲道——老天爷呀！太让人吃惊了，什么样的一篇讲道呀，共分四百九十节——每一节完全等于一篇普通的讲道——每一节讨论一种罪过！真是少见多怪，我不知道他从哪儿搜索出来这么些罪过。他口若悬河，滔滔不绝，而他对于讲解词有独到的方法，仿佛教友时时刻刻都会犯不同的种种罪过。说也奇怪，这些罪孽都具有千奇百怪的性质——是我以前从没想象过的一些古怪离奇的罪过，还真是让我大开了眼界。

啊，这是一件多么煎熬的事啊，我多么疲倦啊！我不停地翻腾，打哈欠，打盹，又清醒过来！我用力掐自己，又扎自己，揉揉迷糊的眼睛，站起来，又坐下去，用胳膊肘碰一下约瑟夫，要他告诉我有没有讲完，好让我早点解脱这种痛苦。我活该倒霉，怨不得别人，注定要把这场讲道全都听完，这是我自作自受。最后，正当他讲到“第七十一的第一条”时，我不由自主地站起来，嘴里嘟囔着，痛责杰伯·布兰德罕是一个犯了那种没有任何一个基督教徒能够饶恕他的罪过的罪人，起码我是这样认为的。

“先生，”我大声叫道，“看这边，我坐在这儿，你把我们圈在这四面墙之内，侵犯了我们的自由，并且我告诉你，我已经一连气儿忍受而且原谅了你这篇说教的四百九十个题目，你不要变本加厉了，有七十七次我拿起我的帽子，打算离去，最后还是忍住了，可是还有七十七次你硬逼着我又坐下，这是谁给你的权利？四百九十一未免太过分了吧！你还是人吗？起来啊！信教的难友们，起来反抗，揍他呀！最好把他拉下来，按到地上把他捣烂，永

① 指房子很破旧，其中一间有坍塌的危险。

远不会见到他，让这个知道他的地方从此再也见不到他吧！”我呼吁教徒。

“我知道了，你就是罪人！”一阵严肃的静默之后，四周静悄悄的，杰伯从他的坐垫上欠身大叫，“我不会忘记你的，曾经七十七次你张大嘴做怪相，有七十七次我劝说着我的良心，希望你可以改过自新，那样我就不会追究你了。但是，你辜负了我的希望。看啊，事实摆在眼前，这就是人类的弱点，我们要正视它，这个也是可以被赦免的！第七十一的第一条来啦！教友们，摸摸你们明镜的心，把写定的裁判在他身上执行吧！让他早些醒悟，祂[①]所有的圣徒都有这种光荣！”

话音刚落，还没等我缓过神来，全体会众举起朝圣拐杖，个个凶神恶煞，一齐冲过来将我团团围住，像是清除叛徒似的。我没有武器用来自卫，便把希望寄托在了约瑟夫身上，开始扭住约瑟夫，希望他能够保护我。正在这时，离我最近的一个凶猛的行凶者，没费吹灰之力，一把抢过了他的手杖。我们手无寸铁，在人潮汇集之中，好多棍子交叉起来，情况极度混乱，有些本来向我头上抡过来的棍棒却落到了别人的脑壳上，真是感谢那些白白挨棍子的人。整座教堂乒乒乓乓响成一片，每个人都对他邻近的人动起手来。而布兰德罕也不甘心闲着，将满腔热情化作急雨叩击讲坛的木板，那声音最后竟惊醒了我，我镇静下来，使我说不出来的轻松。

话说究竟是什么引起了这场惊天动地的骚乱？我不得而知，在这场吵闹中是谁扮演杰伯的角色呢？我不想再思考，这一切只不过是在狂风悲吼而过时，一下子恢复了平静，只见一棵松树的枝子触到了我的窗格，不耐寂寞地摇晃着，它的干果在玻璃窗面上碰得嘎嘎作响而已！我满怀疑虑地倾听了一会儿，明白打扰我安宁的就是它，便没有了兴致，翻身又睡了，而且又做梦了：可能的话，我感觉这梦比先前的那个更不愉快，真像着了魔似的。

---

① 指“神”而言。对上帝（神）表示尊敬，故将第一个字母大写。在中国，教徒言及上帝往往写“祂”。

这一回，我清楚地记得我是躺在那个橡木的套间里。我清清楚楚地听见狂风怒吼，风雪交加，又是一个恶劣的天气，我也听到了枞树枝子重复着那戏弄人的声音，而且也知道这是什么原因。可它让我心烦意乱。因此我下决定如果可能的话，一定让它不再作声。我在迷迷糊糊中觉得自己起了床，拖着沉重的身子四处走着，并且试图去打开那窗子，感受一下新鲜空气。窗钩是焊在钩环里的——这情况是我在醒的时候就看见过的，可是，不知怎么又忘了。“不管怎么样，我一定得让它不再发出响声！”我嘀咕着，用拳头打穿了玻璃，然后噼里啪啦地从框架上脱离了，我伸出一只胳臂去抓那搅人的枞树，好让它们安分点。不料，我的手没有抓住那根讨厌的树枝，却意外地碰着了一只冰凉小手的手指头！梦魇的恐怖压倒了我，我吓得魂飞魄散，极力想把胳臂缩回来，可任凭我如何挣扎，那只手却将我紧紧抓住，动弹不得，一个极忧郁的声音抽泣着：“让我进去，让我进去！求求你行行好，帮帮我吧！”

“你是谁？怎么会在这儿？”我惊讶地问，同时拼命想把手挣脱。

“我叫凯瑟琳·林顿，我们见过面的，”那声音颤抖着回答（我为什么想到林顿？真是奇怪，我刚才有二十遍将“林顿”都念成“恩肖”了，唉！真是不明白），“我回家来啦，你一定很奇怪吧，因为我在旷野上走迷路啦！好不容易才找到这儿的。你就让我进去吧！”她说话时，我仔细观察了一下，模模糊糊地辨认出一张小孩的脸向窗里望，那眼神充满了渴望！我很想帮她，但是恐怖使我狠了心，甚至我自己都不认识我自己了。后来我发现想甩掉那个人是没有用的，就把她的手腕拉到那个破了的玻璃面上，来回地擦着，她依旧没有撒手，直到鲜血滴下来，红通通地沾湿了床单，到处充满了血腥味。尽管如此，可她还是哀哭着：“让我进去！求求你了！”而且一直死死抓住不放，好像要同归于尽似的，我惊呆了，几乎要把我吓疯了。

“你也不想想，我怎么能够让你进来呢？”我终于说，“退一步讲，如果你想要我让你进来，那你也得先放开我啊！”

真没想到，手指松开了。我急忙把自己的手从窗洞外抽回，生怕她再改变了主意，然后赶忙把一堆书搬到那里挡住窗子，捂住耳朵不听那可怜的乞求，真让人受不了啊。大概捂了一刻钟，时间真是难熬啊。可等到我再听，那悲惨的呼声还在继续哀叫！

“走开！你别再求我了，”我大声喊着，“就是你求我二十年，我仍不会改变主意，也绝不让你进来，你好自为之吧！”

“已经二十年啦，我日日夜夜地算着这日子。”这声音哀哀戚戚地说，“二十年啦！我没骗你，我已经做了二十年的流浪人啦！岁月真是把无情的刀。”接着，外面传来轻轻阻挠的声音，那声音时大时小，而且那堆书也挪动了，仿佛有人要把它推开似的。我无可奈何，吓得一下子跳起来，可是四肢动弹不得，好像被人捆住了双腿和双脚，于是在惊骇中大声喊叫。希望有人能够来帮我。就在我惊慌失措的时候，我发觉这声呼喊并非虚幻，同时，一阵匆忙的脚步声走近我的卧房门口，没有敲门，而是使劲把门推开，只见一道光从床顶的方洞外微微照进来，将房间照得无比清晰。我坐在那儿不住地哆嗦，嘴里也不知在嘟囔着什么，还揩着我额上不住地流下的汗。再说刚刚闯进来的那个人好像迟疑不前，自己嘀咕着，不知在担心什么。最后他轻轻地说：

“有人吗？有人在这儿吗？”听他语气，显然并不期望有人答话。我想最好还是承认我在这儿吧，否则，我能想到事情的严重后果。因为我听出希思克利夫的口音，我对他还是有点了解的。如果我不声不响，事情不会就此结束，他还要进一步搜索的，他就是这样一个人。这样想着，我就翻身推开门板，表示对他的回应。很长一段时间，我这个举动所产生的影响使我久久不能忘记。

希思克利夫像个门神似的站在门口，穿着衬衣衬裤，手里还拿着一支蜡烛，烛油直滴到他的手指上，他竟没什么感觉，脸色苍白得像他身后的墙一样。那橡木门第一声咯吱一响吓得他像触电一样，手里的蜡烛从他的手里一下子跳出来几尺远，他竟然如此激动，以至于他连拾也拾不起来。

“不过是你的客人在这儿，先生，别紧张。”我叫出声来，生怕他再做出什么出格的事，也省得他暴露出胆怯的样子而丢面子，这可不是我想看到的，“真是不好意思，刚刚我做了一个可怕的噩梦，简直要吓死我了，不幸在睡着时叫起来了，我不是故意的。很抱歉我打搅了你，希望你别为此生气。”

“啊，抱歉也没用，让上帝惩罚你，得到你应得的教训，洛克伍德先生！但愿你在——[①]”我的房东开始说，他是如此不近人情，任凭我怎么说都不能改变这样的结果。他把蜡烛放在一张椅子上，目的是让它牢牢地站在那儿，因为他发觉无法将它拿稳，为了避免意外发生，他不得不那样做。“老实说，谁把你带到这间屋子里来的？”他接着用斥责的语气说，并做着令人不解的事——把指甲用力掐进他的手心，磨着牙齿，咯吱咯吱地响，为的是制止颌骨的颤动。不过这代价也太大了吧！真是无法理解！“再问你一遍，到底是谁带你来的？我真想把他们立刻撵出门去！竟敢不经过我的同意自作主张。”

“她不是别人，先生，正是你的佣人，泽拉，”我回答，跳到地板上，急急忙忙穿好衣服，这样心里才有点底，“你撵不撵我，都无所谓，我也不管，希思克利夫先生。这一切都是她活该，我猜，她不是好心收留我，她这是要拿我来当免费试验品，好再一次证明这里闹鬼，难道我就是生来给人做实验的吗？咳，不错，是闹鬼——满屋都是妖魔鬼怪！我对你说，她这么过分，你是完全有理由把她关起来的。而且，你放心好了，凡是在这么一个洞里睡过觉的人是不会感谢你的！”

“等一下，你这话是什么意思？”希思克利夫问道，“你究竟在干些什么？你别兜圈子好不好，既然你已经在这儿了，那就在这安心地躺下，什么也别想，最起码睡完这一夜！可是，希望你行行

① 即“在地狱”，因当时不得在书上出现淫秽下流或渎神不敬的词语，所以“地狱”二字被隐去。

好，看在老天的分上！别再发出那种可怕的叫声啦，尽量控制一下吧！那叫声简直没法叫人原谅，撕心裂肺的，除非你的喉咙正在给人切断！要不然就不会发出那种叫声，你好自为之吧！”

“这也是没办法的啊！要是那个小魔鬼从窗子钻进来，我也不作声，任她我行我素吗？她大概会把我掐死！这不是危言耸听。”我回嘴说，“你听好，我不预备再受你的那些好客的祖先们的迫害了，真的无法忍受他们。杰伯·布兰德罕牧师是不是你母亲的亲戚？他看起来是如此的放肆，还有那个疯丫头凯瑟琳·林顿，不，或是恩肖，这都不重要，不管她姓什么吧！她一定是个十分容易变心的恶毒的小坏蛋！因为她曾经告诉我，她在这里生活了二十年，这二十年来她一直在尘世流浪，无家可归，我不得不怀疑，所有的这一切，她正是罪有应得啊！怨不得别人。”

这些话还没落音，我立刻想起那本书上希思克利夫与凯茜两个名字是连在一起的，搞不清楚什么状况，刚才我把它们忘得一干二净，就好像从没出现过我的记忆里，现在才猛然想起来，我还真是健忘啊！我为我的粗心涨红了脸，感到很不好意思。可是，在希思克里夫面前，我为了表示我并没有觉察到我的冒失，我赶紧转移了话题，马上加上一句：“事实是，先生，你听我说，前半夜我在——”说到这儿我意识到了我犯了一个错误，于是又顿时停住了，我差点儿说出“阅读那些旧书”这样的话。那就表明我不但知道书中印刷的内容，也知道那些用笔写出的内容了。这将会是一个弥天大错。因此，我改变了说话的角度，纠正自己，开始这样往下说：“拼读窗台上的名字，真的很无聊，一种很单调的工作，本来打算使我能够睡着，进入梦乡。就像数数目似的，马上进入状态。或是——”

“你用这种方式对我说话，你目的何在？究竟是什么意思？”希思克利夫大吼一声，像只哀叫的狮子，蛮性发作，令人胆战心惊，“怎么，这到底是什么情况？你怎么敢在我的家里？我有允许过你吗？天呀！真是翻天了，他这样说话必是发疯啦！”他愤怒地敲着他的额头，希望头脑更清醒一点。

这种情况，我不知道是跟他抬杠好，还是继续解释好。或许任何一种方法都可行，可是出乎意料的是他仿佛大受震动，失去了理智，连我都可怜他了。于是继续说我的梦，为了他不再受到刺激，我断言以前绝没有听过“凯瑟琳·林顿”这名字。至于为什么会有这个概念，只不过念得过多才产生了一个印象，这不能说明什么。当我不能再约束我的想象时，我失控了，这印象就化为真人了。

希思克利夫在听我说话的时候，他挪动了脚步，慢慢地往床后靠，到了床边，最后坐下来，一声也不吭，差不多是在后面隐藏起来了，大概是不想让人知道他的情感吧。但是，朦朦胧胧中我听得出来他的呼吸很反常，急促而时断时续，真是容易让人乱想啊！我猜想他是在拼命克制自己过分强烈的情感。我不愿意让他知道我听出了他处于矛盾中，以免他尴尬，因为他确实是一个超常敏感的人。于是我继续梳洗，并且发出很大的声响，让他转移视线。随后又看了看我手上的表，自言自语地抱怨夜长。

“还没到三点钟哪！时间停止了吗？我本来想发誓说已经到六点了，时间在这儿停滞不动啦！看这种情况，我们一定是八点钟就睡了！”

“一般情况下，在冬天总是九点睡，四点起床。”我的房东说，努力克制自己，压住一声呻吟。在人面前表现出坚强的样子，看他胳臂挥动的影子，不难看出，我猜想他刚从眼里抹去一滴眼泪，因为看到他眼球在乱动。

“洛克伍德先生，”他又说，“如果你没事，你可以到我屋里去。一个人待在这屋里确实是无聊，并且你这么早下楼也妨碍别人，说不定又会有什么乱子，你这孩子气的大叫已经把我的睡意都打发到魔鬼那去了，千万不要让其他人也像我一样，那该是多么冷酷啊。”

“我也一样，我本来就没打算那样做。”我回答，“现在，我打算在院子里走走，等到天亮我就走，绝不会再赖在这里了。而且，你放心，不用害怕我会再次打扰你。因为我会试着改变我那种不管在乡下还是在城里都喜欢交友的毛病。对于一个头脑清醒的人应该能够发现跟自己做伴就够了，不需要其他人的介入了。”

“愉快地做伴！希望你玩得开心。”希思克利夫嘀咕着，“拿着蜡烛，一定会有用的，你爱去哪儿就去吧！我也不再约束你了。过一会儿，我就来找你。不过，千万要记住，别到院子里去，因为那些狗都没拴住，它们是极其暴躁的。对了，大厅里，朱诺在那儿站岗，你千万别去那里，还有——不，你只能在楼梯和过道那儿溜达，别跑那么远。万一让人撞见，可是，唉！不管了，你去吧！我过两分钟就来，应该不会有什么问题。”

听他这么说，我遵命走了，不过只走出了这间卧房，因为我真的不知道该去哪里。当时我不知道那狭窄的小屋通到哪儿，怕万一再走丢了，只好站在那儿发愣，不料却无意看见我的房东做出一种迷信的动作。他竟会做出这种举动，这很奇怪，看来他不过是表面上有头脑，徒有其表罢了。

他上了床，伸手扭开窗子，一边开窗，好让空气流通，一边涌出压抑不住的热泪。“进来吧！求求你进来吧。”他抽泣着，“凯茜，来吧！我在等你啊，来呀！再来一次！啊！你听到我说话了吗？我的心肝宝贝！这回你就听我的话吧，凯茜，最后一次，不会再有下一次！”但鬼魂终究是鬼魂，反复无常，当你让它来时，它偏偏就不来了！四周只有风雪猛烈地急速吹过，狼烟四起，甚至吹到我站的地方，我差点儿站不住脚，而且吹灭了蜡烛，屋子里又是一片漆黑。

至于希思克利夫，他那一发不可收拾的悲伤令他痛不欲生，受尽煎熬。再加上疯疯癫癫的话语以至我对他产生怜悯之情，使我忽视了他举止的愚蠢。我避开了，害怕控制不住：一面由于自己听到了他这番话而暗自生气，一面又因自己诉说了我那荒唐的噩梦而烦躁不安，对于这我极其懊恼，因为正是它才引起那场发作，说起来我算是罪魁祸首了。至于究竟为什么会这样，我没敢再刺激他，所以我就不懂了。我生怕打扰他，小心地下了楼，来到了后厨房，只见那里还闪着火苗的微光，我高兴得跳起来，终于可以让我重新点燃蜡烛，恢复先前的平静。可是厨房里没有一点儿动静，冷清得让人有点儿抵触，只有一只斑纹灰猫从灰烬里费力地爬出来，抖了抖身上的灰，怨声怨气地喵呜一声向我致敬，一脸不情愿的表情。

两条长凳连在一起，摆成半圆形，几乎把炉火围起来了。我悠闲地躺在其中一条凳子上，享受那夜的宁静。老母猫跳上了另一条，它也无精打采的。我们两个都在打盹，偶尔还听到了不知是谁的呼呼声。不料，这时有人来捣乱，吵醒了我们的惬意，那就是约瑟夫，只见他从天花板的一个活动挡板里顺手取下一把藏在里面的木梯：我想这就是上他那个阁楼的通道，还真是神秘呢！他面目狰狞，向着我拨弄起来的火苗狠狠地望了一眼，好像警告我什么，随后把猫从它的高座下撵下来，轰了出去，自己安坐在空出的位子上，开始把烟叶填进三寸长的烟斗里，对我的存在完全不屑一顾。我待在他的圣地，显然被他认为是羞于提及的莽撞事情，不知道什么原因，竟让他如此讨厌我。他默默地把烟管递到嘴里，胳臂交叉着，喷云吐雾，完全把我当成了空气。我什么也没说，让他尽情享受安逸，不打搅他。这种状态没有持续多久，只见他吸完最后一口，深深地吐出一口气，站起来，大概是感觉待在这里很无聊，也没有说什么，像走进来时那样庄严地又走出去了。

跟着有人踏着轻快的脚步进来了，为了表示礼貌，我正准备张开口说早安，可又闭上了嘴巴，因为哈顿·恩肖正在做他的早祷，我不愿打搅他。为了消除积雪，他正费力地从一个犄角里寻摸出一把铁锹或是铲子时，嘴里还不闲着，他碰到每样东西他都要对它发出一串的咒骂，好像这个世界上的任何一件东西都不应该出现在他眼前似的。这时，他发现了我，无意识地向凳子后面溜了一眼，张大鼻孔，认为对我用不着客气，我也早就习惯了他这种性格，就像对我那猫伴一样，不会生出一点儿怜悯之心。从他做的种种准备，我猜他准许我到户外去了，待在这里那么久，我感觉都要发霉了。

我离开那硬邦邦的卧榻，还没等他说话就打算跟着他走。他注意到我的这一小小的举动，就用他的铲子头使劲地戳一扇黑门，不出声地表示如果我想换个位置，就非走这儿不可。一想到要离开这里，我心情异常的舒畅，走什么样的途径已经无所谓了。

那扇门通到大厅，那里还挺热闹呢！女人们已经在那儿走动了：泽拉用一只巨大的风箱把火苗吹上烟囱，好让屋里的空气更加清新。希思克利夫夫人跪在炉边，借着火光读着一本书。她用手遮挡着火炉的热气，只露出一点点的光，使它不伤到她的眼睛，仿佛很专心地读着。偶尔在斥责佣人不该把火星弄到她身上来，劝他们小心一点，或者不时推开一只总是用鼻子向她脸上凑近的狗时，才极不情愿地打断一会儿。令我感到很惊奇的是希思克利夫竟然也在那儿，他没有看到我。他站在火边，背朝着我。由于他刚刚对可怜的泽拉发过一场脾气，气氛还没得到缓和，只见那可怜的泽拉时不时地放下工作，拉起围裙角，发出气愤的哼哼声。

“还有你，你整天都在干些什么，你这没出息的——”我进去时，他正转过来对他的儿媳妇发作，并且在形容词后面加个自我感觉无伤大雅的词儿，如鸭呀，羊呀，畜生之类的东西，不过说出来的时候往往什么也不加，只用一个“——”来代表，“养着你就是白养，你又在那儿搞你那套偷奸耍滑的把戏！你就不会干点儿别的吗？人家都能挣饭吃，为什么你就不能？你就只会靠我！再对你说一遍，马上把你那废物丢开，不要在那儿闲着了，找点儿事做！我不会白白养活你的，你要是老在我眼前转悠让我心烦，我就会诅咒你得报应，你听见没有，没和你开玩笑，该死的贱人！不要在这碍眼了！”

“你把心放肚子里吧！我会把我的废物丢开，不用你操心了，因为我知道如果我拒绝，你是不会善罢甘休的，你还是可以强迫我丢的。”那少妇不屑地回答，然后合上她的书，丢在一张椅子上，准备去做点什么，“不过，你别高兴得太早，哪怕你骂烂了舌头根子，我也是除了我愿意做的事以外，别的什么我都不干！你不要想着来折磨我！”

听到那些话，希思克利夫愤怒地举起他的手，说话的人显然熟悉那只手的分量，不由分说，马上跳到了一个较安全的远点的地方。我想这应该是经常发生的事。我并没有什么心情欣赏这种猫狗斗的欲望，那简直无聊透顶，便轻快地走向前，走到了炉火边上，好像很想在炉边取暖，完全没理会这场中断了的争吵似的。看到我的出现，双方都还有足够的礼貌，各自退了一步，总算暂时停止了进一步的敌对行为，虽然没化解，但也不至于升华。希思克利夫不知不觉地把拳头放在他的口袋里，装出若无其事的样子。而希思克利夫夫人噘着嘴，一脸的委屈，坐到远远的一张椅子那儿，傻傻地发愣。起码在我待在那儿的一段时间里，她果然依照她的话，扮演一座石像，静静地待在那里，什么事也没做。幸亏这段时间不长，我没有感觉太尴尬。我谢绝了与他们共进早餐，感到很快乐。等到曙光初放，我就迫不及待地抓紧机会，马上逃到外面的自由的空气里，而此刻那里已是清爽、宁静而又寒冷得像块无形的冰一样了，我庆幸我的明智，至少我从那地狱般的情况下逃脱了。

我还没有走到花园的尽头，后边就传来了一连串的喊叫，我的房东就喊住了我，我停了下来，他说他要陪我走过旷野，以免我再迷了方向。幸亏他陪我，因为整个山坡都成了波浪起伏的白色海洋，让人分不清方向。它的起伏并不和地面的凸凹不平相应，至少，许多坑是被填平了，已看不到先前的那种状态了，而且整个蜿蜒的丘陵、石矿的残迹都从我昨天走过的时候，在我心上所留下的地图中抹掉了，不敢相信那是同一个地方。

我曾注意到在路的一边，每隔六七码就有一排直立着的石碑，一直延续到荒原的尽头，它们一排排地竖立着，为了看得更清晰，还涂上了石灰，为了在黑暗中向那些迷路的人标示方向，也是为了碰上像现在这样的一场大雪把两边的沼泽和较坚实的小路弄得混淆不清时而设的。但是现在，除了零零落落看得见这儿那儿有个泥点以外，其他什么也不能看到了，这些石碑的痕迹消失得无影无踪，好像从人间蒸发了一样。当我在这条路上走着时，以为我是正确地沿着蜿蜒的道路向前走时，可是我错了，我的同伴却时不时地警告我向左或向右转，我真是无语了，庆幸还有人跟我一起走。

即使这样，一路上我们也很少交谈，突然他在画眉园林门口站住了，转过头来对我说，到这儿就不会走错了，他不再往前走了。我们的告别真算是历史上最迅速的了，仅限于匆忙的一鞠躬，然后我们就各奔东西，他折了回去，我就继续径直向前。没有他的指引，我凭着自己的本事径直向前，不敢怠慢，因为守门人的住处还没走出去，我意识到前边还会有更大的挑战。虽然从林苑的大门到田庄的距离不过是两英里，但我觉得我把它走成了四英里。由于在树林里迷了路，一时间找不到前进的方向，一会儿又陷在雪坑里被雪埋到脖子了：没有人知道我现在的心情，那种困难景况只有经历过的人才能领会。总之，一句话，不论我怎么样地乱转，在路上白白浪费了多少时间，但在我进家时，时间赶得刚刚好，钟正敲十二下。按照从呼啸山庄循着通常的道路回来的正常路程来说，不多不少，每一英里都花了整整一个钟头。

这时，只见那边我附带租下的管家和她的随从蜂拥出来欢迎我，对我的出现她们感到很意外，七嘴八舌地嚷着说她们都以为我是没指望的了，正打算怎么去寻找我的尸体。人人都猜想我昨晚已死掉了，那种恶劣的天气，根本不会有人会活下来。她们不知道该怎么出去找我的尸体，正在这里计划着什么。现在她们竟然看见我回来了，都不敢相信自己的眼睛，我就叫她们安静些，因为我实在没有什么体力了，而且我也快要冻僵了。便蹒跚地爬上楼去，换了一身干爽的衣服，这才感觉有点温度，我在楼上踱来踱去走了三四十分钟，希望好好恢复元气。过了一会儿，我又拖着疲惫的身子，回到我的书房里，软弱得像一只小猫，站都站不稳，几乎没法享受仆人为恢复我的精神而精心准备下的一炉旺火和热气腾腾的咖啡了，我有一种马上就要断气的感觉。

第四章

我们这些人是那么虚骄无聊的风向标，风向哪里吹就往哪里倒！我本来下决心摒弃所有世俗的来往，过着无人打扰的生活，享受着这天堂般的生活。感谢我的福星高照，上帝的垂怜，终于来到了一个简直都无法通行的地方，我，软弱的可怜虫，不顾世俗的眼光，与消沉和孤独苦斗直到黄昏，尽管我奋力坚持，最后还是不得不扯起降旗，宣告妥协。等到迪恩太太送晚饭来时，我叫住了她，装着打听关于我的住所各种情况，希望能把她留下来，请她坐下来守着我吃，不然我真的吃不下去，真诚地希望她是一个地道的爱絮叨的人，我相当地希望有人能够给我说说话，打破这死寂般的寂静，希望她的话给我提神，或是催我入眠，只要不要让我静静地待在那里，怎么样都好。

“你在这儿住了相当长时间，对吧？”我开始说，“你不是说过有十六年了吗？”

“已经十八年啦，先生，在小姐出嫁的时候，我就跟过来伺候她的。不幸的是，她年纪轻轻就死了，她死后，主人收留了我，就把我留下来当他的管家了，一直到现在。”

“哦，原来是这样啊！”我恍然大悟。跟着一阵静默，我们彼此都没说话。我有点儿怀疑了，恐怕她并不是一个饶舌妇，来说一些让我听的事情。除非是关于她自己的事，那些她愿意和别人分享的事，而那些事又不能使我发生兴趣，我顿时有点失望了。但是，出乎意料的是，她沉思了一会儿，把拳头放在膝上，好像在思索着什么，红润的脸上笼罩了一层浮想联翩的云翳，突然失声叹道：

“啊，对啊！从那时起，就不像以前了，世道可变得很厉害呀。”

“是的，的确是这样，”我说，“我猜想你住在这里这么长时间，应该也看到过不少变化了吧！”

“是的，全都让我赶上了，而且还有些麻烦和乱子呢！”她意犹未尽地说。

“啊，我想着把话题转到我房东一家人身上去了！我还真的想对他们了解得多一点。”我思忖着，“谈这话题倒不错！有让人听下去的意愿，并且还有那个漂亮的小寡妇，我对她可是充满了好奇呢！我很想知道她的历史，她是本地人呢，感觉不太像。还是，更可能的是一个外乡人，也很有可能，因此这乖戾的本地居民就跟她合不来，处处刁难她。”这样想着，我的好奇心更加强烈了，我就问迪恩太太，可不可以告诉我为什么希思克利夫把画眉田庄出租，不仅如此，而更喜欢住在地点和宅院都差不多的地方，这有什么原因吗？“他这样的身份，难道还不够富裕得把产业好好整顿一下吗？”我不解地问。

“当然富裕啊，这是不容置疑的，先生！”她回答，“他究竟有多少钱，他如果不说谁也不知道，也没人敢问他，而且每年都是大量的增加。是啊，说实话，他富得足够让他住一所比这还要更好的房子，去享受他的晚年。可是事与愿违，他有点儿手紧，而且，一听说有个好房客，他就不会错过，就忍不住要抓住这个机会，好好再捞一把，他就是这种人，绝不会放弃这个多拿几百镑的机会的人。可怜啊！有的人孤孤单单地活在世上，没有亲近的人，可还要这么贪财，这真奇怪！像这种人，应该一辈子只会和钱打交道吧！”

“他曾经好像有过一个儿子吧！”我迫切地问道。

“是的，之前有过一个，不幸的是早早就死啦。”她遗憾地回答。

“还有，那位年轻的太太，叫作希思克利夫夫人的那位，应该是他的遗孀吧？”

“是的，您说得对，她也是个苦命的人。”她回答道。

“那她从哪儿来的？应该不是本地人吧！”我问。

“先生，她不是外人，她是我已故的主人的女儿，凯瑟琳·林顿是她的闺名。她儿时和我一起生活，是我把她带大的，也不知她现在怎么样啦，可怜的孩子！原来我们相依为命地生活着，可现在，见她一面都是困难的。我真情愿希思克利夫先生搬到这儿来，哪怕一天的时间也好啊！那样我们又可以在一起了，还真的挺想念她的。”

“什么？凯瑟琳·林顿！竟然是她！”我大为吃惊地叫道，可是只经过一分钟的回想，我就冷静了下来，相信那不是我那鬼魂的凯瑟琳了，她是一个实实在在的人物啊。“那么，这样的话，”我接着说，“那我以前的房主人姓林顿啦？”

“是的，这是不变的事实。”

“那么我还不明白，跟希思克利夫先生同住的那个恩肖，哈顿·恩肖又是谁呢？看他那么嚣张，他们是亲戚吗？有没有血缘关系？”我都迫不及待了。

“不，他们没有关系，他是过世的林顿夫人的侄子。”

“那么，这么说来，他是那年轻太太的表哥啦？”

“是的，就连他死去的丈夫也是她的表兄弟：一个是母亲的内侄，一个是父亲的外甥。希思克利夫娶了林顿的妹妹，他们一家子都有着直接或间接的关系。”

“我曾经看见呼啸山庄的房子的前门上刻着‘恩肖’这个词，他们祖先应该是个古老的世家吧！”

“嗯，确实是很古老的，先生，哈顿竟是他们最后一个名字了，就像我们的凯茜小姐一样，也是我们最后一个，我意思是说林顿家的最后一个孤苦伶仃的人。不好意思，先生，你去过呼啸山庄吗？我冒昧地问一声，你见过她没？我很想打听她怎么样了！现在过得好不好？能不能告诉我？”

“你说的是希思克利夫夫人吗？别担心，她看上去很好，没受什么苦，而且也很漂亮。可是，我想，她应该不太快乐，至少我认为是这样。”

“哎呀，虽然有点儿遗憾，但是对于那我倒不奇怪！我了解希思克利夫是个什么样的人，依你看，那位主人怎么样？”她反问我。

“简直是一个粗暴的人，我有生以来还没遇到过他这样的人。迪恩太太，他的性格天生就是那样吗，让人无法忍受吗？”

“是的，像锯齿一样的粗，像岩石一样的硬！是个极其古怪的人，我劝你跟他越少来往越好，他是个捉摸不透的人。”

“我猜想他必定是一生沉浮，才造就了他的性格，经过了几番折腾，所以才成了这么残暴的人。你了解他吗？你知道一点儿他的经历吗？”

“简直就像一只布谷鸟[①]的一生似的，先生。我知道他很多事，除了他生在哪儿，他的父母是谁，还有他当初怎么发财的以外，除了这些我不很知道，别的我全知道。可怜的哈顿就像个羽毛还没长好的篱雀似的，不顾念养育之恩给扔出去了！在全教区里只有这不幸的孩子，家里遭遇了那么大的变故，现在还不知道自己都是怎么上当受骗的，真是个苦命的人啊。”

“啊，迪恩太太，求求你做做好事，告诉我一点儿有关我邻居的事吧！也不枉我到此一游，如果你不告诉我，我觉得要是我上床睡去，不管如何安慰自己，我也不会安心的，所以行行好坐下，让我们聊一个钟头吧！”

“啊，就这点事情啊！当然可以，我会满足你的，先生！我现在就去拿点针线来，我做着活，然后你要我坐多久都可以，想听什么我都会告诉你的。可是，先生，我看你好像着凉啦。我看见你直

① 即杜鹃，其习性为将卵产在其他鸟的窝里，让其他鸟代为孵化抚养，而其幼鸟在出生后还会将鸟窝中的其他蛋推出巢外摔碎，以独占养母的喂食。暗指希思克利夫为弃儿，由恩肖家抚养长大，并夺取了恩肖家的财产。

哆嗦，不要紧吧！你不能拖着，你得喝点粥去去寒气，要不然就会更加厉害的。”

这位值得尊敬的太太急忙跑开了，我以为她抛弃了我，然后我朝炉火边更挨近些，希望能取得一些暖气。这时，不知怎么的，我觉得头发热，但身上却发冷，感觉已经濒临死亡的边缘了。而且，我不能控制了，我的神经和大脑受刺激到了发昏的地步，不知道接下来还会有什么后果。但这使我感到的倒不是难受，而是我害怕（现在还害怕），害怕今天和昨天的事会有严重的后果，这是谁也不能够左右的。正当我近乎绝望时，她马上就回来了，而且还带来一盆热气腾腾的稀粥和一个针线篓。我看到她来，心中又充满了希望，只见她把盆子放在炉台上后，好让那盆稀饭散散热，然后又把椅子拉过来，坐到我旁边，显然发现有我做伴而高兴呢，而我也是如此。

“在二十年前，也就是我来这儿住之前，”她开始滔滔不绝地说，不再等我邀请就讲开了，“这二十年来，我差不多一直待在呼啸山庄的。我和这里早就结下了渊源，因为我母亲是带欣德利·恩肖先生长大的，他就是哈顿的父亲，我从生下来就待在这里了，和孩子们也在一起玩惯了，我们生活得是如此的幸福。有时我也给他们干杂活，帮忙割草，在庄园里走来走去，十分的惬意，不管谁叫我做点什么我都会做，而且我从来都很乐意。

一个晴朗的夏日清晨，空气是如此的清新，我记得那是开始收获的时候，人们各自都在忙着什么，老主人恩肖先生下楼来，拿着他随身携带的拐杖，穿着要出远门的衣服。首先他先吩咐约瑟夫一些事，在他告诉了约瑟夫这一天要做些什么之后，他又转过身来对着欣德利、凯茜和我，因为我正在跟他们一块儿吃粥，我们就像是一家人。他对他的唯一的儿子说：“喂，我的好汉，你有没有需要的东西，我今天要去利物浦，那可是一个物产丰富的地方，要给你带点什么东西回来，你尽管说，你喜欢什么就挑什么吧，只要可以的话我就会给你带回来，只是要挑个小东西，不然会很麻烦的，因为我要走去走回：一趟六十英里，挺长一趟路哩！”欣德利听后非常高兴，他说要一把小提琴就好了，因为我喜欢音乐，然后他就问凯茜小姐。只是她还不到六岁，虽然人小，但是她已经能骑上马厩里的任何一匹马了，她可以说是一个名副其实的女汉子，因而选择了一根马鞭。当然他也没有忘掉我，因为他有一颗仁慈的心，这是大家公认的，虽然有时候他有点儿严厉，但是他心肠是非常好的。他答应给我带回来一口袋苹果和梨，希望我会喜欢，然后他向我们告别，亲了亲孩子们，我看得出来他非常的不舍，但还是说了声再会，就动身走了。

他一直走了三天，虽然是三天，但是我们觉得时间过得十分的漫长，我们都开始想念他了，小凯茜总是问起他什么时候回家来，她也想念她的父亲了。第三天晚上恩肖夫人估计他在晚饭的时候回来，于是都没提前吃饭，她就把晚饭一点钟一点钟地往后推迟，而且谁也没有抱怨。可是，让人失望的是，始终没有他回来的迹象。反反复复，时间长了，最后，孩子们连跑到大门口张望也腻了，都无精打采地待在那里，希望奇迹会出现。渐渐地夜幕降临了，晚上的时候，孩子们都筋疲力尽了，夫人看在眼里疼在心里，要孩子们去睡觉，父亲回来的话会告诉他们的，可是经不住他们的苦苦哀求，夫人就同意他们多待了一会儿。时间在一分一秒地过去，在差不多十一点时，门外有了动静，这时门闩轻轻地抬起来了，主人走进来。他累得筋疲力尽了，他倒在一把椅子上，语无伦次，又是笑又是哼，还不停地叫他们都走开，因为他都快累坏了，就是现在给他英伦三岛，他也不肯再走一趟了，他简直就站不起来了更不要说走路了。

“我终于回到家了，谢天谢地，我真的不知道自己是怎么走回来的，后来走的时候就像是奔命一样！”他一边说，一边打开了他的大衣，好像有点儿奇怪，这件大衣不是穿在身上的，而是被他裹成一团抱在怀里的，里边好像有什么东西，“瞧这儿，太太！这是我有生以来最不堪的一次经历，你知道的，我一辈子没有被任何东西搞得这么狼狈过，可是这次不一样，你一定得把这当作是上帝赐的礼物来接受，虽然他黑得简直像从魔鬼那儿来的，不过他却是一个可怜的孩子。”

我们闻声渐渐围拢过来，个个都充满好奇的眼光，我从凯茜小姐的头上望过去，看得极其地清楚：窥见一个肮脏的、穿得破破烂烂的黑头发的孩子，长得简直和炭没什么区别。不过挺大了，已经到了该能走能说的时候了，但他好像没什么话要讲。其实，仔细看他的脸，望上去真的比凯茜还显得大些，也许是历经沧桑的缘故吧！可是，当他站在地上的时候，他只会四处呆望，嘴里嘟囔着，说一些谁都听不懂的话。我很害怕，感觉他像个怪物，恩肖夫人打算把他丢出门外，以免会发生什么事，这也是情有可原的。她真的勃然大怒了，我从来没见她发过这么大的脾气，质问他怎么想得出把那个野孩子带到家里来，现在的情况，他们连自己的孩子都不能好好抚养了。他到底怎么想的，出去一趟，脑子竟然不好使了，是不是精神不正常了？要求他马上去看医生，主人想把事情解释一下，好让我们解除误会，可是他真的累得半死，根本没有多余的力气来说话了。我在她的责骂声中，勉强只能听出来是这么回事：他在路过利物浦的大街时，看见了这快要饿死的可怜的孩子，由于没有地方可以去，好像又不会说话。主人看他可怜，他就把他捡起来，四处打听是谁的孩子。他说，在那里，竟然没有一个人知道他是谁家的孩子，他几乎问了那街上所有的人。而他的钱和时间又都有限，所以他不想把这时间浪费在找人上，想来想去还不如马上把他带回家，再商量对策，总比在那儿白白浪费时间好些，他也不忍心把他扔在那里不管。因为他已经决定，既然发现了他，说明他们还是有缘分的，就不能扔下他孤零零的一个人不管。那么，最后的结局是我的那位太太抱怨够了，也累了就安静了下来，无可奈何地看着主人。恩肖先生吩咐我给他洗澡，去去身上的污垢，然后给他换上干净的衣物，把他领到孩子们那里，让他和孩子们一起睡，好好让他休息一下，主人真是个好心肠。

在吵闹时，站在那里的欣德利和凯茜先是心甘情愿地又看又听，一言不发，直到秩序恢复，两个人才缓过神来，就开始搜他们父亲的口袋，因为这是他之前答应过的他们的礼物，他们没有忘记呢。欣德利是一个十四岁的男孩，这时的他正是调皮捣蛋的，爱玩的，可是当他从大衣里拉出那只本来是一个很好的小提琴时，他彻底失望了，因为眼前的小提琴已经变成了一堆碎片，他感觉委屈极了，他就放声大哭来发泄自己的情绪。至于凯茜，她比她哥哥的情绪更糟糕，当她听说主人为了照顾这个陌生的小孩而忘记了本来说好要给她带的鞭子，她心情异常的愤怒，就向那小笨东西龇牙咧嘴狠狠地啐了一口以发泄她的脾气，然而，这一切都只是她白费力气，最后挨了她父亲一记很响亮的耳光，她要为她做的事情付出代价，这是教训她以后要规矩些，不要随心所欲。孩子们就是不愿意通情事理，他们完全拒绝和他同床，他对他们来说是个威胁，甚至在他们屋里睡也不行，孩子毕竟是孩子，他们还不知道怎样为人处世。但话说回来，我也不比他们清醒，毕竟他是个来历不明的孩子，我们都不了解他。因此我就把他放在楼梯口上，这样对大家都好，希望他明天会走掉，好平复我们的心情。不知为什么，那个孩子心神不宁，他好像听到了恩肖先生的声音，他沿路爬到恩肖先生的门前，待在那里一动不动，而他一出房门就发现了他，又对他问寒问暖。当然他还追问他怎么到那儿去的，事情败露我不得不承认，我要为我所做的事情付出代价。因为我的卑怯和狠心，上帝惩罚了我，我得了报应，被主人撵出家门。从此这个家族再也不那么平静了。

这就是希思克利夫到这家来开头的情形，他的到来还真是不平凡啊！刚来这一天都搞得我们鸡犬不宁，不过没过几天我就回来了（因为我并不认为我的被撵是永远的），回来之后才发现那个外来的孩子不但没离开，而且他们已经给他取了名，叫“希思克利夫”。那个名字算是主人一家人的寄托吧！因为那原是他们一个夭折了的儿子的名字，是一个苦命的人。从此他就算是这个家庭中的一分子了，这就算他的名，也算他的姓。出乎意料的是，凯茜小姐跟他的关系十分的好，好得两个人简直无法分开，可是欣德利恨他，不知是出自什么原因。说实话，我也像欣德利一样恨他，于是我们就合伙折磨他，可耻地欺负他，让他以为我们不是那么好惹的，因为我还不能意识到我的不厚道，感觉他生下就是白白让人给虐待的，尽管是这样，而女主人看见他受委屈时，也会装作没看到，从来没有替他说过一句话。

经过了这么多的事情，我发现他看起来是一个忍辱负重的孩子，要不然也不会待在这里那么久，也许是由于受尽虐待而变得顽强了，他与常人有很大的不同。他能忍受欣德利无缘无故向他挥来的拳头，眼都不眨一下，也不掉一滴眼泪，大概他也没什么眼泪可掉了。我掐他，他也只是深深地吸了一口气，张大了双眼，没有一点要挣扎的意愿，好像是他偶然伤害了自己，独自忍受着，谁也不能怪似的。时间一天天地过去，当老恩肖发现他的儿子这样虐待他所谓的可怜的孤儿时，他终于忍不住发火了，他这种逆来顺受使老恩肖冒火了。奇怪的是即便如此，他也没对希思克利夫发火，因为他特别喜欢希思克利夫，甚至喜欢到了极点，简直相信他所说的一切（关于说话，他说的也不多，他其实难得开口，即使开口说话，要说就总说实话），不知道他有什么妖术，而让主人爱他远胜过爱凯茜，自己的亲生孩子，大概因为凯茜长期处在优越的环境，太调皮、太不规矩，不能够惹人喜爱，还够不上充当宠儿。

所以这就是从一开始他就在这个家里引来了众人敌意的原因。以后不到两年，善良的恩肖夫人就死去了，而这时孤单的小主人已经学会孤立他的父亲，把他父亲当作一个压迫者而不是当作朋友，把希思克利夫当作一个篡夺他父亲的情感和他的特权的人，他心中充满了怨恨。他盘算着这些侮辱，强忍着，但是心里越发气不过。

曾经有一阵我还同情他，他是个可怜的孩子，小小年纪就失去了母亲。但当孩子们都出麻疹时，我日日夜夜看护他们，担负起一个女人应该负有的责任，那时的我就改变想法了。当时希思克利夫病得很危险，生命受到了威胁。当他病得最厉害时，我没有离开他，他总是要我常在他枕旁，好像这样他的生命就有了保障。我料想他是觉得我跑前跑后帮他不少忙，对我充满了感激，可是他哪有精气神儿想到我是不得已的，我对他也是奉命行事罢了。无论如何，我也不能给他说实话，我得说：他是做保姆的所从未看护过的最安静的孩子，不由自主都会让人生出一种怜悯之情。由于长期的相处，我发现他与别的孩子不同，迫使我不得不少偏一点儿心。“凯茜和她哥哥把我折磨得要命，我都不知道怎么惹到他们的。”大概他对我没有了戒心，他不停地向我抱怨着，虽然他不大麻烦人，但还是向我诉说着。应该是出于顽强，而不是出于宽厚。

从这次事件中，他死里逃生，恢复了健康，医生说这是我的功劳，不然，事情可能会更严重，并且夸奖了我的耐心护理，我倍感荣幸。我因为他的赞赏而得意，有一种心花怒放的冲动。对于这个因他的缘故而使我受了称赞的孩子，我渐渐地消散了对他的敌意，故也就软化了。不幸的是，就这样欣德利失去了他最后一个同盟者，我脱离了他。不过即使是这样，我还是不能足够地疼爱希思克利夫，总感觉我们之间有一层什么东西在阻碍着我们。有时我常常奇怪我主人在这愁眉不展的孩子身上到底看出了什么？会让他这么喜欢他，甚至超过了自己的孩子。不过根据我的回忆，我清楚地记得，对于我对他的宠爱，他无条件地接受着，他可从来没想过报答我，这大概就是他的本来面目吧！他对他的恩人也并非无礼，他只是漫不经心罢了，他给人的印象一直如此。虽然他完全知道他已经抓住了他的心，一切都在他掌握之中，而且很明白只要他一开口，所有的事情都不是问题，全家就不得不服从他的愿望。

那就举一个例子，我记得曾经有一次恩肖先生在教区的市集上给他的两个孩子买来一对小马，给他们一人一匹。希思克利夫毫不客气地挑了最漂亮的那一匹，可是不幸的是不久它跛了，当他一发现，他就威胁欣德利说：

“欣德利，你必须和我换一下马，现在我不喜欢我的这个了。

你没有选择，只有遵从，你要是不肯，就不要后悔，我就实话告诉你父亲，你这星期抽过我三次，让他知道你是一个多么坏的孩子，还要把我的胳臂给他看，一直青到肩膀上呢，看他会如何惩罚你。”

欣德利伸出舌头，满脸的质疑，随后又打他一耳光，他可不会受他的威胁。

没想到他还真是顽固，“你最好马上换，我不是在和你开玩笑，”他坚持着，逃到门廊上（他们是在马厩里）又坚持说，“你非换不可，不要再倔强了，要是我说出来你打我，你可要狠狠挨上一顿鞭子，你最好能够识点时务，以免受皮肉之苦。”

“滚开，你这狗仗人势的畜生！”欣德利大叫，用一个叫作土豆和稻草的秤砣吓唬他。

哪知他并没感到害怕，“扔吧，”他面不改色地回答，站着一动也不动，“我还要告诉他你是如何吹牛说，等他一死你就要把我赶出门外，让我自生自灭，看他会不会马上把你赶出去。”

欣德利被他的话激怒了，他把那东西真向他扔过去了，正好打在他的胸上，他马上倒下去，我以为他真的被砸到心脏了，可又马上踉跄地站起来，摇摇晃晃的，气也喘不过来，脸也白了。当时要不是我去阻止，事情真的会一发不可收拾呢！他真的会回到主人面前告上一状，说出是谁干的，那就会完全报了这个仇，而且主人完全会相信他说的话。

“你这个没人要的小野种，不和你一般见识了，那就把我的马拿去吧，”小恩肖不情愿地说，“但愿这匹马会把你的脖子跌断，为它的主人出气。把它拿去，你尽情地折腾去吧！该死的，你这忘恩负义的，你这讨饭的，还真不知道感恩呢！真是令人厌烦，吃里爬外的东西，把我父亲所有的东西都骗去吧。祈祷你好好伪装自己，以后可别叫他看出你是什么东西，小魔鬼。记住：我希望它踢出你的脑浆！让你生不如死。”

还没等他说完，希思克利夫就马上去解马缰，引到自己的马厩里。当他正走过马的身后时，欣德利才结束他的咒骂，毫不留情地把他打倒在马蹄下，他至少出气了，然后吓得也没有停下来查看一下他是否如愿了，希望这件事情不会有人知道，就尽快地跑掉了。再看这个孩子冷静地挣扎着起来了，他并不像其他孩子哭鼻子，真是令人惊讶，这一插曲并没有阻止他的行动，他继续做他要做的事：换马鞍子等，然后他很有见地地在进屋以前，坐在一堆稻草上，来压制住那打在他身上重重的一拳，它使他感觉到非常的恶心。

我怕惹出什么事端，在一边劝他把罪加在那匹马身上，没想到这是很容易的：他既然已经得到他所要的，而且没什么损失，扯点瞎话他也不在乎，他就是这样的一个人。说真的，他很少拿这类风波去告状，即使他因此而受了伤，我真的以为他是个不记仇的人。但是，我错了，我完全受骗了，我仅仅看到的是表面罢了，以后你就会知道的。

第五章

随着日朝夕落，日子一天天流逝，像流水似的，恩肖先生开始垮下来了，他精力也不再像以前那样充沛了。他本来是活跃健康，生机勃勃的，但是他的精力突然从他身上消失了，好像一个人没有了魂魄。当他老得只能待在壁炉的角落里时，长时间与人的隔绝，他就变得暴躁得令人难过，没有一点儿年轻时的影子。有时一点点小事也会使他心烦，并且时时刻刻都在怀疑大家的举动损害了他的权威，老了就变得更加古怪了，简直气得人发疯。

但是，他对他引以为豪的弃儿还是那么的偏爱。如果有人企图为难或欺压他的宠儿，当事人还没发言，恩肖就特别生气，他把他看得比自己还重要。有时他也很痛苦地猜忌着，人们对他说的话到底可不可信，唯恐有人对他说错一句话，他变得是如此的敏感。他脑子里好像有着这样的一种奇怪的想法：即因为只有自己喜欢希思克利夫，他受到所有人的恨，并且想暗算他，除之而后快的想法。

这情况对那孩子可不利，因为我们中间比较心慈的人并不愿惹主人生气，他所担心的事我们尽量地不会让它发生，所以我们就迎合他的偏爱，对那孩子忍了又忍。那孩子的骄傲和怪癖就是在这样的环境中慢慢滋长起来的。可因为老主人的偏爱，也非这样不可。我记得有两三回，性格直爽的欣德利当着他父亲的面，毫不收敛地表现出瞧不起那孩子的神情，这怎么得了，他的举动使老人家大为恼火，只见他抓住手杖要打欣德利，眼看事情就要发展到高潮，却由于打不动，拄着他那根拐杖，只能气得直抖。

最后，我们的副牧师（那时候我们有两个副牧师，靠教林顿和恩肖两家的小孩子读书来谋生以及自己种一块地为生）出主意说，他待在这里不是个好办法，应该把这个年轻人送到大学里去，让他们分开，事情才不会那么糟糕。恩肖先生同意了，他认为这是个好主意，虽然当时心情很不畅快，因为他说“欣德利没出息，他不是我的骄傲，不管他走到哪儿也永远不会发迹的，他就是那么的不开窍”。

我真的希望我们现在可以平安无事了，一切都恢复往常的平静吧。但一想到主人自己做下的善事，至少他以为是这样，反而搞得不痛快，我就开始伤心。我猜想他晚年的不痛快还有多病，这一切后果都是由于家庭不和而来，他能够明白。事实上他自己也这样认为：真的，不管你信不信，先生，我们家老爷心中就藏着这样的心病，自从在外边领来了那个孩子，他就特别怪怪的。

其实，说实话，要不是为了那两个人——凯茜小姐和那佣人约瑟夫，我们还可以勉强地凑合下去，一家人还生活在一起。我敢说，即使你不知道他，你之前在那边肯定看见过他的。他过去是这样，现在八成还是这样，一个少见的人，翻遍《圣经》都难找出来的：是一个把恩赐都归于自己享受所有的好处、把诅咒都丢给别人的最讨厌的、最自以为是的法利赛人[1]，他不是一个善良的人。约瑟夫凭着花言巧语和虔诚的说教，迷惑了恩肖，给恩肖先生留下了极好的印象，甚至视他为己出。随着主人越衰弱，他的势力就越来越大。他简直是个没有心肠的恶魔，毫无怜悯地折磨主人，他忘了主人对他的仁慈，开始对主人大谈他的灵魂和如何对他的孩子严加管教。面对主人的包容，他越来越得寸进尺，他甚至鼓励主人把欣德利当作堕落的人，这样的人就要早些放手才是最明智的选择。而

① 古代犹太教的一个派别成员，在《圣经》中多记载其对教义阳奉阴违的伪善行为。

且，他还经常每天晚上无缘无故地编造事端，跑去抱怨希思克利夫和凯茜一番，让他们摸不着头脑。他总是忘不了把最重的过错放在后者身上，以迎合恩肖的弱点，以便得到他的同情。

当然，凯茜有些独特的怪脾气，她的这种脾气在别人身上是看不见的，她是个不一般的孩子。因为她总能在一天之内让我们所有的人失去耐心五十多次，而且还能依旧让人们保持对她的喜爱。从她早上一下楼起直到晚上上床睡觉为止，整整一天的时间，她总是在淘气，还不感到累，搅得我们没有一分钟的安宁，好像整个世界都乱糟糟的。而她总是高高兴兴，心花怒放地说个不停，唱呀、笑呀，如果谁不附和她，那你就要倒霉了，她就纠缠不休，让你不得不为之前的行为而感到后悔，真是个又野又坏的小姑娘。她虽然调皮，可是在教区内就数她有双最漂亮的眼睛，最甜蜜的微笑，最轻巧的步子，没有人能赶得上她的。不过，话说回来我相信她并不是一个坏孩子，她只是比较淘气罢了，因为她一旦真把你惹哭了，她甚至会比你还伤心，就很少有不陪着你哭的，而且使你不得不止住哭再去安慰她，真是一个让人拿她没办法的姑娘。

她非常喜欢希思克利夫，两人简直形影不离。这是她的弱点，如果我们真要惩罚他们，不用绞尽脑汁想其他办法，最厉害的一招就是把他俩分开，就是对他们最大的惩罚。可是为了他，她愿意做一切事，所以她比我们挨的骂更多，受的委屈更多。在他们玩的时候，她很开心，她还特别喜欢当小主妇，想起什么就做什么，而且对同伴们发号施令，有模有样的。她对我也这样，这让我非常生气，我可受不了充当杂差和听任使唤，况且她还是个乳臭未干的孩子，所以我就警告她，叫她放明白点。

不过，对于恩肖先生来说，他不喜欢孩子们的喧闹，应该说他不喜欢喧闹的环境。当他们在一起被主人看到时，他总是严峻的。在凯茜这方面，大概是因为年纪的缘故，她不明白父亲为什么在衰弱时，脾气比以前还暴躁，耐性少了些。但这并没有让凯茜的心情变坏，他那暴躁的责备反而唤起她想逗乐的情趣，她真是个怪孩子，在这种情况下还故意地去激怒她的父亲，好像在她心里没有什么烦恼事。她最高兴的是我们一块骂她，当她受到攻击时，临危不惧，她就露出大胆、无礼的神气，装作无所谓的表情，用机灵与我们对抗。她确实是个聪明的人，因为她能把约瑟夫的宗教上的诅咒编成笑料，来捉弄我，让我防不胜防。还干她父亲最恨的事——炫耀她那假装出来的（而他却信以为真的）傲慢如何比他的慈爱对希思克利夫更有力量，对于这一点，她远远地胜过她的父亲。炫耀她能使这个男孩在没有任何条件的情况下，如何对自己唯命是从，从没有怨言。而对他的命令，却不是这样，只有合她心意时才肯去干，她从不会违反自己的心意。

在干了一整天坏事后，她总会意识到她的错误，有时到晚上她又来撒娇想和解，真是让人抓狂的一个人。“不，凯茜，你别这样，”老人家说，“你做的这些事，使我不能爱你。你哥哥虽然不好，但你比你哥哥还坏。去吧，不要在这里磨时间了，祷告去吧，孩子，求上帝饶恕你的罪过。没想到你现在是如此的叛逆，我想你母亲如果在世的话，她一定和我一样会后悔生养了你哩！”

她开始听到这话还难过得哭了，大概也有什么东西触动了她的心灵。后来，每天都会发生这样的事，由于不断地碰钉子，长期下去，她的心肠也就变硬了。不过话说回来，要是我向她认错道歉，请求宽恕，这倒是和她心意，她倒反而会大笑起来。但是，事情不妙的是，伴随着静静的夜，恩肖先生的大限之期到了。一个令人悲痛的日子，在十月的一个晚上，什么都和往常一样，而他却坐在炉边椅上安静地死去了，没有一点儿死亡的征兆。那时的天气：大风绕屋咆哮，并在烟囱里怒吼，听起来狂暴猛烈，胆战心惊，但是奇怪的是天却不冷。我们都围在一起，我离火炉稍远，几乎感觉不到火炉的热气，忙着织毛衣，而约瑟夫凑在桌子旁边在聚精会神地读他的《圣经》（因为那时候佣人们做完了事之后经常坐在屋里的）。不幸的是，凯茜小姐病了，她不像以前那么有活力了，反倒安静了下来。她安静地靠在父亲的膝前，好像一只受伤的小兔子依偎在家人身上，希思克利夫也躺在地板上，自由自在地头枕着她的腿，极其地享受。在我模糊的印象中，我记得主人在打盹之前，他还不舍地摸着她那一头柔软的头发，看她这么温顺，这么讨人喜欢，他脸上露出了欣慰的表情，他难得高兴，而且说着："你为什么不能总这么好呢，该拿你怎么办呢，凯茜？"她扬起脸来又调皮吧向他大笑着回答："那你能够回答我你为什么不能永远做一个好男人呢，父亲？"

这下又惹恼了她父亲，但是一看见他又恼了，她马上付出了行动，凯茜就去亲他的手，以打消他的愤怒，还说要唱支歌使他入睡。说着她就开始低声唱着，声音是那么的柔和。但是这时父亲的手指在她的手中慢慢滑了下来，头垂在胸前。我一直以为他由于太累而睡着了，这时我告诉她不要出声，尽量也别动弹，我担心她的好动，怕她吵醒了他。因为主人的熟睡，我们整整有半个钟头都像耗子似的不声不响，生怕一点儿声响都会吵醒他似的。其实我们还可以待得更久一些，只见约瑟夫读完了那一章，看到熟睡的主人，他突然站了起来非要把他叫醒，因为他还没有向上帝祷告，他让他做了祷告再去上床睡。只见他快步走上前去，大声喊叫主人，还不时地碰碰他的肩膀，即便是这样，可他还是没有动。于是，约瑟夫不耐烦了，他就拿支蜡烛看他。可就在他放下蜡烛的时候，蜡烛的光照到主人的脸上，我发现有些事情不对头。他一手抓着一个孩子的胳膊，把他们支走，悄声叫他们上楼，还对他们说别出声，这一晚他们可以自己自由祷告，他还有事，不能陪他们一起了。

"不要拉我，我要跟父亲道晚安。"凯茜倔强地说。她的快速使我们没来得及拦住她，只见她伸出她那小小的胳臂，一下子搂住了他的脖子。最后，这可怜的小东西马上发现了她失去了亲人，她悲痛欲绝，就尖声大叫："啊，天啊！他死啦，希思克利夫！我不敢相信，他竟然抛下我们，死啦！"于是他们两人就放声大哭，哭得令人心碎，在这个世界上他们没有亲人了，他们该怎么活下去啊。

我也和他们一起痛哭起来，来发泄心中的痛苦，哭声又高又惨，像鬼哭狼嚎似的。可是，站在一旁的约瑟夫对我们说，对一位已经升天的圣人，这样吼叫有什么意义。说着他叫我穿上外衣，用最快的速度，赶紧跑到吉默顿去请医生和牧师，说不定事情还可能会有转机。当时我不明白为什么叫这两个人来，他们会改变这奇怪的发展趋势吗？可是我还是冒着风雨去了，不过结果我只带回来个医生，另一个说他有事，明天早上会来的。之后约瑟夫留在那里向医生详细地解说一切，而我跑到孩子们的房间里，看看孩子们的情况。只见门半开着，里边的灯也亮着，虽然已经过半夜了，但是他们根本就没躺下来，一个个的都在那里发呆。只是已安静些了，起码不需要我来安慰他们那受伤的心灵了。只见这两个小家伙正在互相安慰，说着一些让人意外的话，他们安慰的话就连我都没想到：世上没有一个牧师，即使他是牧师界的权威，他也不能把天堂描画得像他们在自己天真的话语中所描画的那样美丽，这是人人都知道的。当我听着他们的谈话，一边抽泣，一边听着的时候，我真心地希望大家将来都能到达天堂，好脱离这尘世的痛苦。

第六章

听到这个消息，欣德利先生回家奔丧来了，他还没有忘记他的父亲，而且有一件事使我们大为惊讶，邻居们也议论纷纷，他带来了一个妻子。真是想不到，他才离开多长时间就突然娶了妻子，并且她是什么人，出生在哪儿，对于她的一我们都一无所知。他从来没告诉过我们，应该说他本来就没打算告诉我们。我猜想大概她既没有钱，也没有门第可夸，不然他也不至于把这个婚姻瞒着他死去的父亲的，让我们都措手不及的。

以我对她的观察，她并不像是一个喜欢麻烦别人的人。因为从她一跨进门槛，我就感觉到了，她所见到的每样东西以及她周围发生的每件事情：除了埋葬的准备和吊唁者临门让她有点儿难过和遗憾外，其他事情看来都使她愉快。这时，我渐渐地发现，我从她的举止看出来了，她表现得是如此的异常，她有点疯疯癫癫的：她自己跑进卧室，还把我也给叫了进去，那时，我正在给孩子们穿孝服，让他们下楼去祭奠他们的父亲。可她却坐在那儿发抖，不知是什么原因，紧紧地握着拳头，反复地问："他们走了没有？"

然后，她神经质地说自己有洁癖，一碰见黑色就会产生什么样的连她也不知道怎么会有这样的事，她吃惊，哆嗦，最后又伤心地哭起来，当我看到这情景，就问她怎么回事时，她的回答又让我吃惊，她竟然回答说不知道，只是觉得非常怕死，心里有什么东西在作怪！我想她这是杞人忧天啊，她和我一样不至于要死的。她虽然相当的瘦，可是年轻，有活力，气色又好，还有一双眼睛像宝石似的发亮，给人一种生机勃勃的感觉。不过，说实话，有时我倒也确实注意到她上楼时呼吸急促，那也没什么办法，只要听见一点儿最轻微的声响，不管是什么，就浑身发抖，站立不稳，而且有时候咳嗽个不停，很让人烦躁。可是我一点儿也不知道这些病预示着什么，关于她的一切我也没什么兴趣去了解，也没有心血来潮对她表示同情。除非她主动给人讲她的身世，因为在这里我们跟外地人一般是不大亲近的，洛克伍德先生，除非他们先跟我们亲近，一直都是这样，从来没有因为什么而改变。

本来年轻的恩肖，转眼间一别三年，他不像以前了，而是大大地变了。从面部表情上看，他瘦了些，几乎脸上失去了血色。从行为上说，他的谈吐衣着都跟从前不同了，现在的他已经没有了一点儿年少时的影子了。他回来那天，毫不客气地就吩咐约瑟夫和我从此要在后厨房安身，不要没事都在大厅跑来跑去，大厅是他的，他要收回去。的确，因为他本来还想收拾出一间小屋，把它铺上地毯，认真地糊糊墙壁，要把它当作客厅呢。可是当他发现，他的妻子对那白木地板和那火光熊熊的大壁炉以及那些锡盘子和嵌瓷的橱，还有狗窝以及他们平常起坐时可以活动的广阔的空间都表现出那样地喜爱，简直爱不释手。因此，他便打消了那个念头，他想为了妻子的舒适而收拾客厅是多此一举，便放弃了。

她看到凯茜也相当的激动，她为自己能在新相识者中找到一个这么可爱的妹妹而表示高兴。刚开始时，她什么话都讲，简直跟凯茜说个没完，还不时地亲她，走到哪都带着她，跟她跑来跑去，还送给她许多礼物，这样的日子让凯茜非常高兴，谁会不喜欢呢？但是不多久，她变了，大概因为她的这种喜爱劲头退了。当她变得乖戾的时候，欣德利也发生了变化，他变得暴虐了。不过更让人害怕的是她只要吐出几个字，暗示不喜欢希思克利夫，这就足以让少爷对这孩子的陈年旧恨全都勾起来，那是他挥之不去的阴影。他下令不许他跟大伙在一起，也不许别人和他一起玩，而是把他赶到佣人中间去，况且他本来就不是主人，要不是父亲收留他，还不知道他现在能不能活下去呢？剥夺他从副牧师那儿受教导的机会是天经地义的，而且还坚持说他该在外面干活，这里没有一个什么理由来让他养活一个闲人，并强迫他跟庄园里其他的小伙子们一样辛苦地干活，如果主人还活着的话，他是不会允许这样的事发生的。

起初也还好，这孩子还很能忍受他的降级，不管怎么说他还有凯茜，因为凯茜把她所学的都会毫不吝啬地教给他，有时还陪他在地里干活或玩耍，这也会让他们很开心。他们都有一种希望，就是希望自己会像粗野的野人一样成长，那样就会变得很强大，不会再担心坏人的欺负。少爷完全不过问他们的举止和行动，并且也懒得管，所以他们也乐得躲开他，享受着那无人约束的二人世界。他甚至也没留意他们星期日是否去礼拜，关于他们做的事情，他也没什么心情去知道。只有约瑟夫和副牧师看见他们不在的时候，才会来责备他的疏忽。对于他们的责备，这才提醒了他下令给希思克利夫一顿鞭子，罚凯茜饿一顿午饭或晚饭，让他们意识到不服从命令的代价。

但是清早跑到旷野，让他们的心情舒畅，在那儿待一整天，可以忘掉不开心的事，这已成为他们的主要娱乐之一，没有什么理由可以阻止他们的快乐，随后的惩罚反而成了可笑的小事一桩罢了，他们无所畏惧。尽管副牧师随心所欲地留下多少无聊的章节叫凯茜背诵，尽管约瑟夫把希思克利夫抽得胳臂痛，胳臂上青一块紫一块的，可是这些并没有成为他们之间的障碍，只要他们又聚在一起，或在他们筹划出报复的顽皮计划的那一分钟，过去发生的一切都是过眼云烟，他们就把什么都忘了，什么对于他们来说都不重要。曾经有多少次我眼看着他们一天比一天胡来，我不能改变那种局面，只好独自痛哭，打掉了牙往肚子里咽，我又不敢说一个字，因为我害怕，害怕失掉我对于这两个举目无亲的小家伙还能仅仅保留的一点点权力，我不愿意事情变成那个样子。记得那是一个星期日的晚上，像平常一样，他们碰巧又因为太吵或是这类的一个小过失，而被他们那些人撵出了起居间，这是很平常的事。但当我去叫他们吃晚饭时，事情不妙了，到哪儿也找不到他们的人影，我们搜遍了这所房子的每一个角落，楼上楼下以及院子和马厩，真的连个影儿也没有。最后，事情不但没转机，而且更加严重了。欣德利发着他那少爷脾气，叫我们闩上各屋的门，每一个都不能漏掉，并且发誓说这天夜里谁也不许放他们进来，不然的话，让他发现就吃不了兜着走。这时全家都去睡了，我心情不能够平复，我急得躺不住，便把我的窗子打开，伸出头去倾听着，希望能够让我听到些风吹草动。虽然天在下雨，但我决定只要他们肯回来，我就不顾禁令，给他们去开门，让他们进来。过了一会儿，夜更加安静了，我突然听见路上有脚步声，而且越来越清晰。只见一盏提灯的光一闪一闪地进了大门，我无比地激动。随后我把围巾披在头上用来挡雨，跑去给他们开门，以防他们敲门把恩肖吵醒，那就大事不妙了。等开门一看，原来是希思克利夫，而且只有他一个人，当我看他只有一个人回来时可把我吓了一大跳，我担心凯茜出了什么事。

“凯茜小姐在哪儿？你怎么自己回来了？”我急忙叫道，“你们没出事吧？你们到哪去了？”

“别那么担心，她在画眉田庄，”他平静地回答，“其实本来我也可以和她一起待在那儿，可是他们毫无礼貌，竟然不留我。”

“好呀，原来是这样啊！你要倒霉啦！”我说，“难道一定要到人家叫你滚蛋的地步，你才会死心吗？怎么这么没有自知之明，对了，你们怎么会想起来转悠到画眉田庄去了？”

“你别那么着急，让我先脱掉湿衣服，这么披着它简直太难受了，然后再告诉你怎么回事，奈丽。”他回答。

因为那时正是月黑风高，四周一片寂静，所有的人都进入了梦乡，除了我，所以我叫他小心别吵醒了主人，不然还不知道会发生什么事。他正脱着他的湿衣服，而我在等着熄灯时，他接着说：

“本来凯茜和我从洗衣房溜出来，是想自由地到处逛逛，并没有想过要去画眉田庄。后来无意中瞥见了田庄闪闪烁烁的灯光，那引起了我们的兴趣，我们想去看看林顿他们在过星期日晚上的时候，是不是站在墙角打哆嗦，而相反地他们的爹妈却坐在壁炉前又吃又喝，又唱又笑，把眼睛都要烤坏了，享受着那让人无话可说的安逸。你想他们是这样的吗？或者在读那一长串的布道词，或是给他们的男仆人严格地拷问教义，如果他们回答不对就得从头念《圣经》上的一长串名字？那该是多么的无聊啊！”

“我想八成不会这样的，”我回答，“他们当然是好孩子，他们不会因为犯错而受到惩罚，就像你们这样因为做了坏事而受到惩罚，那是不可能的事。”

“你骗人，别拿那假话来教训人了，奈丽，”他说，“我不相信你，简直是胡说八道！我们一直从山庄顶上跑到庄园里，中间也没闲着，一步没停地来到林苑，凯茜完全被我落在后面了，因为她是光着脚的。说到这，提醒你明天必须得到泥沼地里去找她的鞋哩，不然她就得光着脚丫走路了。当我们到达那里时，我们沿着篱笆上的一个缺口爬了过去，随后沿着那条小路摸索着前进，小心地爬到客厅窗子下面的一个大大的花坛上，然后我们两个人站在台子上，互相依靠着。灯光如此的明亮，透过窗户照到了外面，不知道为什么，他们没有关上百叶窗，窗户半遮半掩，能被清楚地看到里边的一举一动。我们俩静静地站在那儿，两只手紧紧地扒着窗台边，里面的景象呈现在我们的面前，清晰得好像我们就身临其中。我们看到，啊！这建筑真是美呀，简直是人间仙境啊！一个漂亮辉煌的地方，四周都在闪闪发光，地上铺着猩红色的地毯，桌椅也都有猩红色的套子，显得是如此协调。还有那洁白的天花板周围镶着金边，一根银链子从天花板中心耷拉下来，好像要掉下来的感觉，上面还挂着一串串的玻璃珠子，一支支细小的蜡烛闪闪发光，那情景简直是太漂亮了。老林顿先生和太太都不在那儿，因为我们从头到尾都没看到他们。那偌大的屋子只有埃德加和他妹妹霸占了这屋子，这样的待遇，他们还不该快乐吗？我们要是那样的话，都会以为自己到了天堂啦！不过那是不会发生的事。可是呢，都不敢相信，你猜猜你所说的那些好孩子在干什么？伊莎贝拉，我相信她只有十一岁，比凯茜小了一岁，她正躺在客厅的里头扯着嗓子大声尖叫着，叫得撕心裂肺，好像是巫婆用烧得通红的针往她的身体里扎似的，那种钻心的痛。而这时的埃德加站在火炉边，他也满脸的委屈，但是在不出声地哭，还有一只小狗坐在屋子的中央，大概是受到主人的影响，抖着一只爪子汪汪地叫，整个屋子都笼罩在一片喧杂的闹声中。看了一会儿，从他们双方的控诉听来，我明白了那是什么情况，他们差一点儿就把那条可怜的小狗撕成两半，这两个傻子！这就是他们所谓的乐趣！互相争执着该谁抱那堆暖和的软毛，最终还是没有结果，吵到最后，两个人都哭了，好像受到了什么委屈似的，因为两个人争抢了一番后，没有胜出者，谁也不肯要它了。我们目睹了事情的发展对这两个活宝哈哈大笑起来，他们还真是奇葩呢！但是我们还真是看不上他们！扪心自问，你几时瞅见我想要凯茜要的东西来着，我们是如此的友好，或是发现我们又哭又叫，蛮不讲理地在地上打滚，一间屋子一边一个，这样子的玩法？我敢说，就是再让我活一千次，我也不会这样，我也不要拿我在这儿的地位和埃德加在画眉田庄的地位交换，尽管他生活的环境像天堂。就是让我有特权把那讨人厌的约瑟夫从最高的屋尖上扔下来，而且还要在房子前面涂上欣德利的血，我也不会干这样的事！”

“嘘！嘘！小声点，”我打断他，“希思克利夫，别岔开话题了，你还没告诉我你是怎么把凯茜撂下，而独自回来啦？”

“我刚才已经告诉你了，当我们哈哈大笑时，”他回答，“林顿他们听见我们的声音了，马上就如同弦上的箭一般下意识地冲出了门口，但并没有因此而采取行动，一开始他们愣在那里一声不吭，大概是被我们吓到了，然后缓过神来跟着大嚷起来：‘啊，妈妈，妈妈！啊，爸爸！啊，妈妈！来呀！啊，爸爸，啊！快来啊！’他们真的就这么喊了出来。而这时我们做出更加吓人的声音使他们俩的声音叫得更大了，唯恐他们在外边的爸爸妈妈不能听到他们的叫声。然后我们就从窗台边上下来，因为那时我们听到有人在拉开门闩，这不是一件好事情，我们一致觉得还是赶快溜掉好些，不然被抓到就完了。我紧紧抓住凯茜的手，拉着她拼命地往外跑。正在这时，她突然跌倒了，她不能站起来了。‘跑吧，别管我，希思克利夫，你快跑吧，’她小声说，‘他们竟然放开了牛头犬，可恨的是它咬住我啦！我动弹不了了。’这个可怕的魔鬼狠狠地咬住了她的脚踝了，我真的不知道我能做什么，奈丽，我听见它那讨厌的鼻音，让人畏惧。但坚强的凯茜，她并没有叫出声来。不！她就是戳在疯牛的角上，也不会叫的，她是一个让人佩服的女子。看到这不堪的一幕，但是我真的忍不住了，发出一阵足以咒死基督王国里任何恶魔的咒骂，我无所畏惧，然后我从地上捡起一块大点的石头扔到它身上，而且尽我所想把这石头尽量塞进它的喉咙里。事情发展到高潮，只见一个野蛮的佣人提个提灯来了，大声地叫着：‘咬紧，狐儿咬紧啦！别放跑了那可恶的家伙。’可是，当他看见狐儿咬着的猎物时，他吓得就愣在那儿，声调也变了。狗被掐住了，看它那紫色的大舌头从嘴边挂出来足足有半尺长，耷拉的嘴巴流着带血的口水。这一幕让那个人吓坏了，随后那个人把凯茜抱起来，希望她会没事。她昏倒了，因为她没被叫醒，但是我敢说不是因为害怕，她是那么的坚强，而是因为痛的，那种不能让人忍受的痛。他把她抱进去，我怕她有危险，我就在后边紧跟着，嘴里还不时地嘟囔着咒骂和要报仇的话。

“‘你抓到什么啦，洛宾特？快让我看看。’林顿从大门口那儿朝我们喊着。‘先生，狐儿逮到一个可怜的小姑娘，她已经被它咬伤了。’他回答，‘另外，这儿还有个小子，’他又说，并顺手抓住了我，‘仔细观察，他倒是像一个内行！很像是强盗把他们送进窗户，监视我们的一举一动，好等大家都睡了，他就圆满完成任务了，然后打开门把他的同伴引进来，最后把我们全都干掉。’之后他又对着我喊，‘闭嘴，你这满口下流的小偷，你没有资格说话，你！你要付出代价，你要为这事上绞刑架的[①]。林顿先生，等一下，你先别把枪收起来。’

“‘不，不可以那样做，洛宾特，’那个老混蛋说，‘这些坏蛋知道昨天是我收租的日子，他们来报复我了，想巧妙地算计我。让他们进来吧，我不怕他们，我要好好款待他们一番。约翰，你快点把链子锁紧，再给狐儿点水喝，詹妮。’他命令道。然后说竟敢冒犯一位长官，不但是在他的家里，而且还是在安息日！‘这种荒唐的事情还有尽头吗？他是不能被原谅的，啊，我亲爱的玛丽，瞧这儿！别害怕，他只是一个男孩子，可是他却带着一脸的流氓相，脑袋里装着一些奇怪的想法，他们露出狐狸尾巴了，他们的贼性已经露出来了，我们要先下手为强，趁着他还没有做出下一步对我们有威胁的举动，我们应立刻把他绞死，这不是给大家做了一件好事吗？’

“他把我狠狠地拉到吊灯底下，为了更清楚地看到我，林顿太太把眼镜戴在鼻梁上，两只手举得高高的。那两个胆小的孩子们也凑近一些，没有了刚才的畏惧。伊莎贝拉口齿不清地说着：“可怕的东西！不要不忍心，把他放到那冰冷的地窖里去吧，爸爸。他正像偷我那只驯雉的那个算命的儿子[②]呀，他的父亲是多么的讨厌啊。不就是他吗，你还记得吗？埃德加？’

“他们正在残酷审讯我时，凯茜不知从哪里过来了。她听见最后这句话，竟然大笑起来。埃德加·林顿好奇地直瞪她，不明白他说的是什么意思，他总算还不是太傻，还能把凯茜认出来了。你知道的，我们曾经就见过的，因为我们以前和他们在教堂见过，我们也能够认得他们，虽然我们很少在别的地方碰见他们，他们应该是不常出去的。

① 当时英国法律极为严苛，即便只偷盗少量财物也可能被判死刑。
② 指吉卜赛人，他们四处流浪，靠算命和表演等为生。

“‘妈妈，我认得她，那是恩肖小姐！’他低声对他母亲说，‘瞧瞧那可恶的狐儿把她咬成了什么样，而且她的脚流了很多的鲜血，看样子伤得不轻！这该如何是好啊。’”

“‘你说她是恩肖小姐？别瞎说！孩子，’那位太太大声嚷着，‘恩肖小姐怎么可能跟个吉卜赛人似的到处乱晃呢！这个时间她应该待在家里享受着大小姐的待遇呢！可是，我亲爱的，真不敢相信，这孩子在戴孝，当然是啦——她也许一辈子都残废啦！永远不会有那常人的待遇了。’”

“‘她哥哥这可真是造孽呀！连自己的亲妹妹都不在乎，他是个多么冷酷的人啊，’林顿先生叹息着，这时他的目光从我的身上转向了凯茜，对她充满了同情，‘我从席德兹那儿听说（先生，那就是副牧师），有关于她的一些事：她是在一个异教的环境中长大的，可站在这里的男孩是谁呢？她这个同伙从哪来的？哦！我断定他一定是我那已故的邻人去利物浦旅行时，无意中从路上捡来的一个怪异的收获，他是一个东印度小水手，或是一个美洲人或西班牙人的弃儿，谁知道呢？’

“不管他是什么，反正是个坏孩子，不能这样放过他，”那个老太太狠狠地说，‘而且对于一个体面人家十分不合适！我们不能留他在这，你注意到他的话没有，林顿！一想到我的孩子们会受到他们的影响，我真害怕，怕我们的孩子也会像他们这样。’

“面对此情此景，我不得不开始咒骂了，别生气，奈丽，洛宾特奉命把我带走。不过，我不会抛下凯茜独自离开的，没有凯茜我就是不肯走。结果他把我硬拖到花园里，就这点好处，他的力气比我大了好多。然后把提灯塞到我手里，他威胁我说，一定会把我做的好事告诉恩肖先生，那时我就不会这么猖狂了，并且要我马上离开庄园，不然就要给我好看，然后把门关紧了，我无可奈何，对自己的无能又气又恨。这时，我发现窗帘还是半拉着，我就往里瞥了一眼，因为要是凯茜愿意回来的话，我是说除非他们让她出来。我非要用玻璃把他们砸得粉碎不可，让他们为此而付出代价。但是我看到她安静地坐在沙发上，林顿太太把她的那不合身的外套脱了下来，这是我们为了出来，而偷偷拿的挤奶女人的外套，只看到林顿太太摇着头，我想她正在对凯茜进行说教。她应该不会对她太无理，她怎么说都还算是一个小姐，因为他们对待她和对待我有着很大的差别，仅仅就是因为我是一个仆人。这时女仆端来一盆温水，给她洗脚，林顿先生为她调了一大杯混合糖酒[①]，伊莎贝拉还把满满一盘饼干倒在她的怀里，表示对她的认可吧！而埃德加站得远远的，不知道在担心什么，目瞪口呆地傻看着。这也不足为奇，再说他本来就是这样。后来他们把她美丽的头发擦干净梳理好了，给她拿了一双大拖鞋并用车把她挪到火炉旁，让她去去寒气。看着她正在享受着大小姐般的待遇，我就放心地丢下了她，因为她正高高兴兴地在把她的食物分给小狗和狐儿吃，完全忘记了自己的疼痛。最逗人的是，在小狗吃的时候，她还淘气地捏它的鼻子，这使林顿一家人那些呆呆的蓝眼睛里燃起了一点儿生气勃勃的火花，这全是因为她迷人的微笑，她天生就具有的气质。他们的脸上露出呆呆的欣赏的表情，显得异常的滑稽，她比他们可是聪明多了，他们就不是一个层次的人，她超过世上每一个人，不是吗，奈丽？”

“你做好心理准备吧！这件事将比你所料想的严重得多呢。”我回答，给他盖好被子，然后熄了灯，“你是没救啦，希思克利夫，不知道欣德利先生会做出什么事呢？但他一定会采取极端严厉的手段来对付你，你想想吧，瞧他会不会吧。”

我可以说我是一个预言家了，我的话得到了应验，这不幸的历险使恩肖大为发火，也难怪他会生气。随后林顿先生，为了将事情弥补一下，毕竟事情发生在他们家。第二天他就亲自登门拜访，好减少自己的罪过，而且还给小主人免费做了一大顿的说教，关于他是如何管理他的家的以及怎样管好自己的家，说得他真的动了心。最后令希思克利夫奇怪的是他没有挨鞭子抽，可是得到警告：从今

① 一种用热水、柠檬、糖、酒等材料调制的饮料。

以后，只要他敢跟凯茜小姐说一句话，包括任何的内容，他就得被毫不留情地给撵出去。而恩肖夫人答应在她的小姑子回来后，她一定改变她之前对她的态度，好好地约束和管教她，要手段，让她对她妥协，而不是用武力，因为她明白用武力凯茜会适得其反的，这对她是行不通的。

第七章

从那以后，凯茜在画眉田庄大概住了五个星期，中间从没回来过，一直住到圣诞节。那时，她原来那受伤的脚踝已彻底痊愈，她发生了很大的改变，举止也变好了许多。在这期间，由于女主人常常去看她，让她渐渐地对自己产生了依赖，并且开始试图改变她。首先女主人先试试用漂亮衣服和奉承话来提高她的自尊心，因为她想这是每个女孩都会爱不释手的东西。结果不出乎意料，她无条件地全都接受了。因此，她不再是那个不戴帽子就在客厅乱蹦乱跳的淘气的小野人，或是一下子冲过来把我们搂得喘不过气的冒失鬼，她不再让人闹心。她变了，她变成了从一匹漂亮的小黑马身上下来的一个端庄大方的小姐，这才是一个合格的小姐，棕色的发卷从一顶插着羽毛的海狸皮帽子里垂下来，显得她是那么的漂亮，虽然她本来就美，但那时的她比原来更美，还穿一件长长的布质的骑马服，那装扮简直帅呆了。只见这时她用双手优雅地提着她的裙子，雍容华贵地走进。欣德利马上把她扶下马来，不敢相信但又十分惊喜："怎么凯茜，一段时间不见，你变得这么漂亮了，你完全变成了一个美人了！我都要认不出你了，你是哥哥的妹妹吗？你现在像个贵妇人啦，这才像恩肖家族的后裔，伊莎贝拉·林顿可比不上她，她比她差远了，是吧，弗朗西丝？"

"伊莎贝拉也没有她天生丽质，她生下来就是美人胚子。"他的妻子附和着回答，“可是千万要记住，既然回来了，在这儿可不要再像以前那样变野了。埃伦，过来帮凯茜小姐脱掉外衣，让她好好休息一下，别动，亲爱的，你可不敢乱动，眼看你就要把你的头发卷搞乱了。来，我来帮你，让我把你的帽子解开吧。”

接下来，我就帮她脱下外衣，才发现里面露出了一件大方格子的丝长袍，干净的白裤，还有闪着光的皮鞋，这些服饰配在她身上简直不可言喻的漂亮。那些狗上来欢迎她的时候，她也充满了友好的态度，她的眼中透出喜悦的光芒，好像能够净化人的心灵，但是她可不敢靠近它们，毕竟它们没有人的自控能力，生怕狗会扑到她漂亮的衣服上去把她的衣服弄脏，她不喜欢这样的事情发生。

看到我之后，她轻轻地亲了我，可见她还没忘了我。当时我正在做圣诞节蛋糕，弄得身上尽是面粉，她想拥抱我可不行，这会把她的漂亮的衣服弄脏的。然后她想起了希思克利夫，就四下里张望着想找希思克利夫，他们已经一个多月没见过面了。恩肖先生和夫人很急切地看着他们两个人的会面，他们认真地观察着这一切，这可以使他们判断出来，他们有没有可能把这两人分开，这是难得的机会。

一开始她找不到希思克利夫，这让她非常着急，她不知道该去哪里去找他。如果他在凯茜不在家之前就是邋里邋遢，到现在也一个多月了，并且没人加以管教，任他自生自灭。那么，不可否认，现在他是更加糟糕了，起码比之前要糟糕。这里除了我以外，他在别人面前形同虚设，别人甚至连一声脏孩子都懒得叫他，更没有人叫他一星期去洗一次澡。像他这样大的孩子很少天生就不喜欢肥皂和水，但是他却不能那样做。而且，更不用提他身上穿着的那件衣服，那满是泥巴和灰土已穿了三个月的衣服，如果去称的话，肯定比原来重一倍，还有他那厚厚的从不梳理的头发，已经遮住了他的脸，就连他的手和脸也都是一层黑油，整个人看上去简直像是一个风吹日晒的雕塑。当他看到走进屋来的是这么一个漂亮而文雅的小姐，她是如此的高贵，而不和他期望的一样：是一个披头散发，像以前一样和他相配的人，他只好藏在高背椅子后面了，他感觉现在的他是卑微的，他不敢面对她。

“希思克利夫不在这儿吗？他离开了吗？”她焦急地问，顺便脱下她的手套，露出了那嫩白的手指头，看上去非常的细腻又干净，因为什么都不做手指十分干净。

“希思克利夫，你怎么不动弹，你可以走过来，”欣德利先生喊着，美滋滋地看着他的狼狈相，心理得到了满足，望着他马上将不得不以一个可憎厌的小流氓的模样出场而心满意足，他感到很高兴，“你过来呀，像那些佣人一样来欢迎欢迎凯茜小姐，你看她现在变得多漂亮了，她也不会像以前那样不懂事了，我的好妹妹终于回来了。”

凯茜一瞅见她的朋友藏在那儿，没管自己的身份便飞奔过去想拥抱他。她在一秒钟内在他脸上亲了七八下：简直打破了世界纪录，然后忽然停了下来，马上往后退了一步，放声大笑地嚷道：“怎么啦，希思克利夫，你看起来不太高兴呀！发生了什么事？而且看看你自己现在是多么可笑又可怕呀！难道那是因为我看惯了埃德加和伊莎贝拉·林顿，你才变成这样的吗？好呀，希思克利夫，才这么短暂的分离，你把我忘了吗？”

她不是平白无故地提出这样的问题的，而是有根据地提出这样的问题，因为羞耻和自尊心在希思克利夫脸上投下了双重的阴影，他无法自拔，使他待在那里发着愣。

“握下手吧，希思克利夫，没事的。”恩肖先生装出大模大样地说，“偶尔一次，还是允许的。”

“我不，我不会的，”这男孩终于开口了，“我可不想被别人笑话，当别人拿来耻笑的把柄。我受不了。”他打算从人群里走开，逃离这样的场景，但是凯茜小姐又把他拉住了，她不愿意让他这样误会。

“你想哪去了，希思克利夫，我并没有笑话你的意思，”她说，“你误会了，刚才我是忍不住笑出来的。希思克利夫，就算是这样，至少也要握握手吧！你为什么不高兴呢？你是这么反常，我只不过看你有点儿古怪罢了。你怎么就不改变呢？要是你洗洗脸，刷刷头发，仅仅就是这么简单，就会好的，这对常人来说是多么平常的事啊！可是你这么脏！你以前可不是这样的啊！”她十分在意地盯着握在自己手里的黑手指头，环视了手面的四周，又看了看自己的那白得不能再白的衣服，她怕自己那干净的衣服和他那破旧的衣服一碰上会得不到好处。

“你不用碰我！这一切都是我自己的事，”他回答，看到她的眼色，他马上意识到事情的改变，就马上把手抽回来了，“我高兴怎么脏，就怎么脏。我喜欢脏，我就是要脏，这是我的自由，你这个大小姐管不着。”

他说完，就一头冲出屋外，像射出弓的箭那样快，这一画面使主人和女主人很开心，他们的目的达到了，而凯茜则十分不安，她一头雾水，她不明白她说的话怎么会惹得他发这么大的脾气，并且她从来没见过他发过这么大的脾气。

我作为女仆伺候了这位新来的人之后，就算是以前的那个凯茜消失了吧，一个新的凯茜形象树立在了人们面前。然后就把蛋糕放在烘炉里，那是我们所有人的食物。最后在大厅与厨房里都升起旺火，这热闹的气氛，搞得很像过圣诞节的样子。在做完这些后，我准备休息一下，因为我实在太累了，就唱几支圣诞歌来使自己开开心，不管着不着调，也不管约瑟夫硬说什么我所选的欢乐的调子根本够不上是歌，我依旧在唱着。他看我没有反应，就意识到自己的话对我不起作用了，他就回到自己的卧室里，去做他的祷告了。这时，恩肖夫妇忙着让小姐注意观看各式各样花里胡哨的小玩意儿，个个都还是那么新，都是她之前喜欢的玩具，那是他们替她买给林顿兄妹的礼物，这是应该送的东西，为的是对他们的好意表示感谢，辛苦照顾凯茜那么久。在这之前，凯茜完全不知道的是他们已经邀请小林顿兄妹第二天来呼啸山庄，准备好好招待他们。并且这邀请已被接受了，不过有个条件：林顿夫人千叮咛万嘱咐别让她的两个可爱的宝贝儿们和那个“顽皮、好咒骂人的男孩”接触。很明显，她对希思克利夫充满了敌意。

如果是这样，那就剩我一个人待着了。在无聊的环境中，我突然闻到烂熟了的香料的浓郁香味，嗅着这味道，欣赏着那些闪亮的厨房用具，还有那装饰着冬青叶、擦得发亮的钟，整齐地排列在盘里的银盆，它们是准备用来在晚餐时倒加料麦酒的，一切都是那么的美好。我尤其欣赏我费心费力擦洗的那一尘不染的，光彩夺目的厅堂，就是那洗过扫过的地板，它们看起来也有种让人不敢侵犯的感觉。

我暗自对每样东西都叫好，看着这被收拾好的一切，于是我就记起了老恩肖，从前在一切收拾停当时，他会第一个来观看，总是走进来，对我的表现赞不绝口，说我是能干、麻利的姑娘，以后谁娶了我就幸运了，而且还把一个先令塞到我手里作为圣诞节的礼物，他对下人是如此的照顾，这一切都是有目共睹的。从这我又想到他生前对希思克利夫是如此的喜爱，他生怕死后希思克利夫会没人照管，再次流离失所，并为此所感到恐惧，事实证明，他的恐惧得到了应验。于是我很自然地想到这可怜的孩子现在的地位，他没有了老恩肖的看护，就像是雄鹰没有了翅膀。我唱着唱着，没有抑制住自己的感情，便哭起来了。但是一会儿我就猛然想到，我不能这样下去，我应该做些什么来弥补一下这些损失，起码总比为这些事掉眼泪更要有意义，我不能这么颓废。我站起身来，跑到院子里去找他。这时，我发现他就在不远的地方。走近他，我发现他在马厩里给新买的小马梳它那有光泽的毛皮，那小马也相当地配合他的工作，并且和往常一样在喂别的牲口，一刻也不肯闲着。

“快，快过来，希思克利夫！”我朝向他说，“别待在那儿了，厨房里挺舒服。别担心，约瑟夫在楼上哩，他一时半会儿不会下来。快，我们动作要快点，让我在凯茜小姐出来之前把你打扮得漂漂亮亮的，那么你们就可以坐在一起，像往常一样，整个炉火都由你们俩享受，一直谈到上床睡觉的时候，那该是多么的幸福啊。”

听到我讲话，他毫不在意，依然径直干他的活，连头也不朝我转一下，好像没看到我。

“来呀，你到底来不来呀！”我接着说，“我还给你们每个人留了一块蛋糕，它还不算小呢！差不多足够你们吃了，但是你打扮一下总得花费半个钟头，我们要快些行动。”

我在那里等了足足有五分钟，可是他并没有回答我，我一脸的无奈，于是我就无趣地走开了。这时，凯茜正和她的哥哥嫂嫂一块吃晚饭，多温馨的一家人啊！而约瑟夫和我合吃了一顿不和气的饭，我们并没有共同的语言，一方在不断地责骂，但不知道在骂什么，另一方是不断地说粗话，但也不知道在说些什么，时间就这样一分一秒地过去了。而这时，瞧那边的希思克利夫，他的蛋糕和干酪一整夜都留在桌子上没动，就等着仙子来享受，也不知道他哪来的那么多的力气。他干活一直干到九点，没有一个人和他做伴，然后不声不响，阴沉着脸走进自己的卧室，好像谁欠他钱了似的。来说说凯茜吧！已经很晚了她还没有睡，这一天也够她受得了，为了准备接待她的新朋友们，她吩咐了一大堆事情，搞到现在还没休息。这期间，她到厨房来过一次，因为她又想起了她的老朋友，她想跟她的老朋友说话，她不明白他为什么脾气变得这么怪。可是他不在，她的希望落了一场空，于是她只是拿腔作调地问了别人他是怎么回事，就失望地回去了。第二天早晨他起得很早，正赶上那天是假日，他一点儿也不喜欢看到那一家人，于是他早早地带着一肚子的不高兴来到旷野上，摆脱他们，他愿意做任何事，直到全家都出发到教堂去了，他才回来。由于早上没吃饭，他饿了一顿，没有什么体力，又前前后后想了一遍，他感觉他精神好点了。他在我身旁转了一阵，很明显他在做一件具有决定性的事情，然后他终于鼓起了勇气，突然高声说：

“奈丽，我需要你的帮助，帮我打扮得体面些，我要改变，我要学好啦！”

“正是那个时候，你已犯下了一个错误，希思克利夫，”我说，“你的所作所为，已经把凯茜搞伤心啦，她真是太可怜了，她挺后悔回家来，看到你这么对她，我敢这么说！看起来你在妒忌她，你是多么小心眼的人啊！只因为她比你多被人关心些，你难道都不能替她想想吗？”

对于嫉妒凯茜的念头，很明显这个说法他根本无法理解，可是使她伤心这个念头，他懂，而且他可是十分明白的。“她说她伤心啦？她还说了什么？”他追问，很严肃的样子。

“今天早上，当我找不到你时，我就告诉她你又走掉了，于是那时候她哭啦，我意识到我不该对她说那些话，让她伤心。”

“可是我昨天看到她就哭了，我也伤心呢！”他回答说，“我比她更有理由哭哩，我是那样一个不受人欢迎的人。”

“是啊，即使这样，你依然有理由满心傲气、肚子空空地上床睡觉，不想其他人的感受。”我说，“骄傲的人总是给自己平白无故地增添烦恼，他们就是爱这样糟蹋自己。可是，如果你能为你昨天那种暴脾气惭愧的话，你就还有救。记住，只要等她进来的时候，你一定要先主动，你首先一定得向她道歉。你一定也得走过去亲亲她，以抚慰她那颗被你伤到的心。而且还要说，你最知道该说什么，自己好好想想吧！只是要诚心诚意地去做，不要过分，不要弄得好像是她穿得讲究，你穿得寒酸，你就没有了勇气站到她面前了，你就觉得她变成了陌生人了，千万不要这样，这是再坏不过的结局了。现在，尽管我还要把那一大家子的午饭准备好，但是没关系的，我还可以抽出空来把你打扮好，这只是需要我好好安排一下我的工作罢了，也好让埃德加·林顿在你旁边一比就像是一个玩具娃娃，最好一下子就打败他。而且他真是像洋娃娃，你虽比他小，但是有着青春的活力，可是，别为了这小小的借口而灰心，我可以断定，如果你高些，肩膀也比他宽一倍，那么你就完全可以在一眨眼工夫就把他打倒，这是很容易的，况且你本来就有这个资本。难道你不觉得你能够吗？”

听到我说的话，希思克利夫的脸色突然开朗了一下，但是随后又阴沉下来，他竟然在叹气。

“可是，现实点吧！奈丽，就算我把他打倒二十回，即使让他站不起来，也不会使他变得丑一点儿，皮肤黑一点儿，或者是让我更漂亮一些，这是改变不了的事实。说实话，对于我来说，我巴不得我有一头浅色的金发，白白的皮肤没有一点儿疤痕，穿得好，吃得好，守规矩，而且将来会像他那样有钱，这是我做梦都想变成的事实，但那毕竟是天方夜谭。”

“还动不动就喊妈妈，真是幼稚至极，”我添上一句，“而且要是一个乡下的大孩子向你举起拳头的时候，你什么都不用做就仅仅发抖就好，如果天上下了一阵雨就整天坐在家里不出去，那是什么样的一幅画面啊。”啊，希思克利夫，你在想些什么呢？你这是没出息的表现！快过来照照镜子吧，我要让你好好看看你该巴望什么吧。你看看，你注意到没有？在你眼睛中间那两条深深的皱纹，还有那浓浓的眉毛，它们不在中间弓起来，却意外地在中间低垂着，这多么让人感到奇怪啊！还有你眼睛里的那对黑魔鬼，看它们整天都埋得这么深，从来不大大方方地打开窗户去感受外边的新鲜世界，却在底下贼溜溜地转来转去，这就像你一样，像是魔鬼的奸细似的，好像光明的日子就不是属于你的。你千万不能这样想，你应该盼着，还要学着，抹平那些莫名其妙的皱纹，赶走它们，坦率地抬起你的眼皮来，不要畏惧，把恶魔变成可以信赖的、天真的天使，什么也不要猜疑，你可以的。只要认准了不是你的敌人，你就要把他们当朋友来看待，这样你才会拥有更多的朋友。不要表现出恶狗的样子，那会使你的自身素质大打折扣的，不要灰心，也不要有怨气，事情的发展就看你怎么想了。”

“换句话说，我必须要这样说，我一定要希望自己有埃德加·林顿的大蓝眼睛和平坦的额头才行，可那毕竟不是我的，”他回答，“我可怜地巴望着，可是那又有什么用呢？”

“你怎么能这么说呢？只要你心地善良，上帝就会帮着你的长相变得好看一些，他对每个人都是公平的，我的孩子，”我接着说，“它没有种族歧视，哪怕你是一个真正的黑人，那也没有关系，但对于那些坏心眼的人，哪怕长了最漂亮的脸蛋，他也会变得连一个丑八怪也不如，现在我们也洗好了，也梳好了，闹别扭也闹过了，一切都搞完啦，快点儿告诉我，你难道不觉得自己挺英俊的吗？不管你怎么想，但我要告诉你，我可觉得你是一位微服出巡的王子，这是我的肺腑之言。谁知道呢？也许你父亲是中国有威严的皇帝，你母亲是个美丽的印度皇后，他们俩中间任何一个人只要用一个星期的收入，就能轻而易举地把整个呼啸山庄和画眉田庄一块买过来？你说是不是呢？说不定你是因为贪玩，不小心被没心肝的水手绑了架，他才不知道你的身份，才把你带到英国来的。如果换作是我，我就不会像你那样自卑的，我就会把身价抬得高高的，那是我的自由，不是吗？而且一想到我曾经是什么人，那么的威风，那么的有地位，就能让我雄赳赳气昂昂地把那个渺小的小庄园主比下去！”

我就用这样的话语说来说去，没想到还真起了作用，希思克利夫渐渐地消除了他之前的不快，开始脸露笑容了，没想到他笑起来竟是那样的好看。这时我们的谈话一下子被一阵的车声打断了，那是从大路上传进院子里来的。他连忙跑到窗口，而我跑到了院子里，眼前的一幕让我们都感到很意外，刚好看见林顿兄妹俩从家用马车中走下来，显得如此的从容，裹着大氅皮裘，真是名副其实啊！只见恩肖一家也从他们的马车上下来，以前他们在冬天常常骑马去教堂的。不过，现在有这个条件，何乐而不为呢？凯茜忙得一手牵着一个孩子，把他们带到大厅里，因为那些孩子的脸已经被冬日的寒冷给冻了，所以就让他们坐在火炉前，不一会儿，他们的白脸就有了血色。

我马上催我的同伴现在赶快出去，出去迎接他们，并且还要显得和和气气，劝他一定要乖乖地照我说的去办。只有这样，事情才会有转机。可是倒霉的是，他一打开从厨房通过来的门，而这时欣德利从另一边把门打开了，或许这并不是碰巧。但他们的确碰上了，这可不是好事情，主人一看见他又干净又愉快的样子就无缘无故地冒火了，也许想按着答应林顿太太的话去做吧！猛然一下用力地把他推回去，好像只要有他在的地方，希思克利夫就不能在那，而且生气地叫约瑟夫：“警告你，以后不许这家伙进这间屋子，把他送到阁楼里关起来，宴会不散就别下来。不然的话，不知道会出什么乱子呢？要是让他跟他们在一起待上一分钟，他就会得意忘形，甚至他就要用手伸到那些甜馅饼当中去，而且还会偷水果哩！”

“不会的，你多想了，先生，”我忍不住搭腔了，“他有这个自知之明，他什么也不会碰的，不关于他的，他不会的。而且我想，他也是个有血有肉的人，他也应该和我们一样，有他那份好吃的。”

“随便你们怎样，要是在天黑以前我在楼下捉到他，我就不管了，就叫他尝尝我的巴掌的厉害，”欣德利吼着，“滚，赶紧滚得远远的，你这讨人厌的流氓！什么？你还想痴心妄想地打扮成公子哥的模样，是不是？别白日做梦了，等我揪住那些漂亮的鬈发，看我会不会把它们拉长！”

“它们已经够长的啦，看啊，”林顿少爷说，从门口偷瞧，“这么长的头发，我奇怪这些头发竟没让他头疼，耷拉到他的眼睛上面像马鬃似的！难道这样还不够长吗？”

他无心地说出这样的话，本来是不带有任何侮辱的意思。可是竟让希思克利夫听到了，他那野兽般的暴性子，哪能容得下一个让他痛恨的人说这样不得体的话呢，况且他的自尊心是如此的强。于是他顺手抓起一盆热苹果酱，这是他顺手抓到的头一件东西，没想到就派上了用场，只见他把它整个向说话人的脸上和脖子上泼去。那一刻简直让人无法目睹，结果可想而知，那个人立刻哭喊起来，再也停不下来了，伊莎贝拉和凯茜听到声音，都连忙跑到这边儿来看看发生什么事。恩肖先生立刻捉住这个元凶，这一切正是他所希望的，随后把他送到他卧房里去，关上了门。毫无疑问，他在那儿采用了一种极端粗暴的治疗法来压下那一阵愤怒，等他回来时满脸通红，气喘吁吁。可见他的怒气并没有完全消散，这时我拿起擦碗布，因为当时的紧急情况实在找不到什么东西来帮他了，就恶狠狠地揩着埃德加的鼻子和嘴，还说因为他多管闲事，怨不得别人，他活该倒霉。看到这种情况，他的妹妹害怕地开始哭着要回家，她意识到她不能在这里待下去了，凯茜站在旁边脸涨得通红，她为这一切羞得脸红。

“看到他那样的态度，那你根本不应该和他说话！”她教训着林顿少爷，“你知道的，他心情不好，而现在你把这一趟拜访搞糟糕啦！你说我该拿你怎么办呢？而且他还要为此挨鞭子，你知道那是什么后果吗？实话告诉你，我可不愿意他挨鞭子！我吃不下饭啦，你怎么这么不听话呢，你干吗跟他说话呢，你知道他是个怪脾气的，埃德加？”

“我没有，我真的什么都没有说，”这个少年抽泣着，从我手里挣脱出来，以表示他的无辜，然后用自己的麻纱手绢把剩下的地方擦干净了，“我曾经答应过妈妈我一句话也不跟他说，而且我也没有说什么，难道这还不够吗？”

“好啦，别哭啦，眼泪就不值钱吗？”凯茜轻蔑地回答，“别说了，你又没把人给杀了。快别再淘气了，就让事情这么过去吧。我哥哥来啦，安静些！嘘，伊莎贝拉！小声点，你怎么了，有谁伤了你吗？”

“喏，喏，都没事吧！孩子们，大家入席吧！”欣德利匆匆忙忙进来喊着，“教训了那个小混蛋刚好让我全身暖和了，而且身上还出汗了呢！如果还有下一回，埃德加少爷，不要怕，就用你的拳头打吧，那会让你胃口大开的！不用顾虑什么，随心去做就好了。”

一瞅见这香味四溢的筵席，整个屋子里都充满了饭菜的香味，参加宴会的几个人很快就恢复了往日的平和，看着桌上的饭菜垂涎三尺。他们在骑马坐车跑过一段路之后显然已经饿了，对付这样的他们我是很拿手的，所以很容易就给安抚得妥妥帖帖，他们没有什么可抱怨的，因为他们并没有受到什么真正的伤害，但对于希思克利夫，他就不同了。恩肖先生忙着切那大盘的肉，恩肖太太也在谈笑风生，几乎每个人都愉快起来，把刚刚那不愉快的事都抛到了脑后。我站在她椅子背后随时伺候着，不敢有一点儿的怠慢，而且很难过地看着凯茜，真是没想到，经历这样的事情，她的眼睛一点儿都不湿润，显得没事一样，开始切她面前的鹅翅膀，她还很自在呢！

“好一个无情无义的孩子，你怎么就没点良心呢，”我心想，“那是她多年在一起玩的伙伴啊，他如今是那么倒霉，他们这么多年的感情，她竟这样不管不顾。真是不可思议，我真没想到她竟是这么自私，我一点儿也不像以前那样喜欢她了。”

不过我好像对她产生了误会，只见她拿起一口吃的送到嘴边，还没碰到嘴唇，随后又把它放下了，那动作是多么的无奈。可是她的脸绯红，像流出的鲜血一般，泪珠流到了她的脸上，她在默默伤心呢。她强忍着把叉子滑落到地板上，然后钻到桌布下面，来掩盖自己的感情，她不敢让别人看到。其实我觉得她无情无义，也没有多长的时间，因为我很早就看出，她其实并不开心，而是一整天都在受罪，她煎熬着苦苦想着找个机会自己待着，因为她不相信任何人，或是想去看看希思克利夫，看看他现在怎么样了，他已经被主人关起来了，不用想他过的肯定不怎么样，照我看来，她想私下给他送吃的去，因为除了她，应该没有人会想起他来了。

为了给来的客人接风，晚上我们特别有个舞会。利用这个机会，凯茜央求他哥哥把他放出来，并以伊莎贝拉·林顿没有舞伴为借口。结果可想而知，她的哥哥不会大发慈悲的，所以她的请求没有成功，小主人把我指派给她做舞伴。没想到，一跳舞大家就来劲了，把所有的不痛快都抛到了一旁，每个人都兴高采烈。人人都在狂欢，吉默顿乐队的到来更增添了我们的欢乐，那简直就像是一个乐园。这乐队有十五个人之多，除了歌手外，还有一个小号、一个长号、几支竖笛、低音笛、法国号角、一把低音提琴，种类还真是多样。每年圣诞节，他们都不会闲着，他们挨家挨户地到所有体面的人家去演出，收点捐款，这也是他们的一种生活方式。听他们演奏，花着我们的钱，我们都认为是头等的享受，因为这种享受仅仅是体面的大家才有的，等到一般的颂主诗歌唱之后，我们就请他们唱些抒情歌和重唱。那感觉真是太好了。恩肖太太爱好音乐，音乐让她心情变得大好，她给我们唱了很多，人人听得都很陶醉。

音乐真是个好东西，凯茜也爱好音乐，可是她说，音乐只有在楼梯顶上最好听，那将会是最动听的了，她会让每个人都对她的音乐折服的。于是她就摸黑上了楼，很兴奋的样子，我出于好奇，也跟在她后面。他们把楼下大厅的门关上了，继续狂欢着，根本没注意我们，因为那屋里挤满了人，就算一下子跑出去几个也不会被人发现。她在楼梯口并没有停下，她改变了方向往上走，一直走到禁闭希思克利夫的阁楼上召唤他。我这才恍然大悟，原来凯茜上楼来唱歌只是个幌子。有一会儿他们就那么僵持着，他执拗地不理睬，她没放弃一声声不停地叫，到底把他打动了，他面向了她，隔着木板与她交谈。看着这一幕，我都不能自已了，我搁下这两个可怜的小家伙，希望他们没有顾虑，让他们安安稳稳地自己交谈，而我去给他们望风，直等到我推测歌唱要停止，音乐也停止，那些歌手感觉到累了，要吃点东西了，我这才爬上楼去提醒他们，让他们赶快分开。可是我在外面没找到她，我吓坏了。这时却听见她的声音在里面，这可不是什么妙事情。这小猴子肯定是从一个阁楼的天窗爬进去，然后沿着房顶，又进另一个阁楼的天窗，这得需要多大的勇气啊。我费了好大的劲，好说歹说，好不容易才把她哄出来。

当她出来时，紧跟着希思克利夫也跟她出来了。她恳求我一定要我把他带到厨房里，他看起来是如此的虚弱。因为我那位伙伴约瑟夫，为了躲避他所谓的“魔鬼颂”，跑到邻居家去了，所以现在没有什么担心。了解他们要这样做，我告诉他们我本无意鼓励他们玩这种把戏，并且很可能会玩火自焚。但是这个所谓的囚犯自从中午就没有吃过东西，他也是个有感情的人，不管怎么样，我就默许他欺瞒欣德利这一回。他下去了，拖着他那沉重的身子，摸着他那冰冷的身子，我就让他坐在火炉旁，并给了他一堆好吃的东西，好让他驱走恶魔。可是他病了，身边的东西一点儿也没动，他吃不下，看他这个样子，我本想好好款待他的企图也只好丢开了。只见他两个胳臂肘支在膝上，手托着下巴，呆呆地沉思着，也不知道哪来的精神。我问他想些什么，他严肃地回答："我在打算怎样报复欣德利，我不会忘记他的，就算他化成了灰。我不在乎要等多久，我有大把的时间跟他耗。不管付出多大代价，我都无所谓，只要最后能报仇就行，我一生的心愿就是这，希望他能活得久一些，等到我向他讨债的那一刻，我终归是要报仇的，谁也不能阻挠我。"

"天啊！你怎么能够那么想？你说出这样的话真不害臊，希思克利夫！"我说，"你怎么可以跨界，惩罚恶人是上帝的事，我们做好分内的事就好了，我们应该学着饶恕人，而不是去埋怨人。"

"不，那是不可能的，上帝也没有我这般的痛快，"他回答，"不过，上帝，要是我能知道最好的办法该有多好！那就不用我每天这么闷闷不乐了，走吧，让我一个人待着吧，我需要静静地待在这，我要好好地想一想，想想以后该怎么办？这真是很奇怪的事啊！当我在想着报仇的时候，我反而就不觉得痛苦了。"

"可是，洛克伍德先生，我讲得太多了，我不认为这些故事能够让你得到消遣，或者说来打发你的时间。我可没有想到会唠叨到这种地步，我可真气人。快看啊，你的粥已经凉啦，时间不早了，你也该睡觉了！我本来想关于希思克利夫的历史用三言两语就能说完。但是，我却说了那么多的废话。"

我没有说什么，管家这样打断了她自己的话，然后站起身来，正要打算放下她的针线活离开，但是这时我觉得很冷，冷得简直离不开火炉，而且告诉她我一点儿睡意也没有，我一点儿也不想去休息。

"没事，你好好坐着吧，迪恩太太，"我恳求着，"坐吧，你可以再坐半个钟头！你的故事正合我的胃口，你已经勾起了我的兴趣，别推迟了，你就慢慢地把故事讲完吧。而且我对你所提的每个人物或多或少都感到有点儿兴趣哩，你还是接着讲吧。"

“可是，钟在打十一点啦，先生，这也没关系吗？”

“嗯，没关系，我不习惯在十二点以前上床的，那对我来说简直就是折磨。对于一个睡到十点才起来的人来说，他没有十二点之前上床的概念，一两点睡已经算是早的了，况且我一直都是这样的。”

“先生，你不应该睡到十点，那样对你也没好处。一天最好的时间在早上十点前，你应该把握住，而不是让它们就这么匆匆流走了。一般来说，一个人要是到十点还没有做完他一天工作的一半，那他就完了，就很可能剩下的事情也不能做完了，他这一天等于白过了。这是人人都明白的道理啊！”

“不管怎么样，那是不适合我的，迪恩太太，我希望你还是留下来吧，因为明天我打算把睡觉的时间延长到下午，这对我来说，是必须要做的事。因为我已经预感到自己至少要得一场重伤风，我的预感一般都很准的。”

“听你说的，我真不情愿这样，先生。好吧，那我就答应你吧！但是你必须允许我跳过三年，因为我实在不想回忆那一段时间，在那段时间里，恩肖夫人……”

“不，不，我不允许这样的做法！对于你做的每件事，你就要对它负责。设想一下，你不明白那种心情，如果你一个人在静静地坐着，这时猫在你面前地毯上舐它的刚刚出生的小猫，你就会不由自主地一心一意地看它的动作，但是这时候有一只耳朵，那只猫忘记舐了，就不会使你那么安静了，就会使你不大高兴？你能明白吗？”

“我得说，你说的这是一种十分糟糕的懒法子，没有什么比这个更懒了。”

“恰恰相反，毫不夸张地说这是一种精力旺盛得令人讨厌的心情，你不这样认为吗？目前，反正我正是这样想的。因此，我要你讲得更加的详细一些，你应该明白了吧！据我的观察，我看出来这一带的人与外边的人有极其大的不同，对于城里的那些形形色色的居民来说，他们看到就好比地窖里的蜘蛛见着茅舍里的蜘蛛一样。发表这样的言论，这并不是因为我是一个旁观者，才比你们看得清，才得出这种日益深刻的印象。况且他们确实认认真真的，自己过着自己的生活，外边的世界与他们无关，他们不去关注外面的变化和一些琐碎的事情，因为他们从来没有人去做那样的事情。现在我能想到在这里，在这与世隔绝的一片土壤，可能存在着一种终生的爱，那爱是不能用言语来表达的。可是我以前死都不相信爱情会坚持一年以上，不知道这是怎么的。这种情况就像是把一个饥饿了几天的人，安排在一桌香喷喷的饭菜面前，可想而知，他可以精神专注地大嚼一顿，不管结果会怎样。而另一种情况，就是把他领到法国厨子摆下的一桌筵席上，看着那动人的食物，他也准备在这桌美食桌上好好享用一番，但是各盆菜肴在他的记忆里不过是沧海一粟而已，他也不会有之前的那种欲望了。”

“啊！别那么早下结论，你在这多待一些日子，慢慢你就会知道我们这儿跟别地方的人是一样的，没什么太大的差别的。”迪恩太太说，很明显，她有点儿不明白，她对我说的这番话多少有点莫名其妙。

“原谅我，别太在意我说的话，”我回答道，“你，我的好朋友，你知道吗？你是反对那个断言的一个极好的证据。长期以来，我一直认为你们这一阶层人所留有的习气，那种重重的习气，在你身上并未留下痕迹，你是污泥中的那朵白莲，你只是稍微有些土气罢了，但这并没有影响你的人格。我敢说你比一般仆人想得多些，他们远远不如你。在这样的环境中，你迫不得已地锻炼了你自己的思考能力，因为你清楚地知道，根本没有必要把生命消耗在愚蠢的琐事中，那将是一件多么不值得的事。”迪恩太太哈哈大笑起来。“你过奖了，我认为自己应该是属于冷静思考的那一类人，”她说，“我的这种性格倒不一定是由于一年到头住在山里不出来的缘故，因为在这里，老是看到相同的面孔做着相同的动作，像是一个机器。或是我受过了严格的特殊训练，这给了我智慧，才让我与别人有那一点点的差别吧！或是我读过许多的书，从书中又悟出了一些道理，洛克伍德先生。我敢说，在这个图书室里，随便你怎么找，你可找不到有哪本书我没看过，而且在这里的每一本书，我都大略地看过了，我都能知道它们每本书都写了什么。除了那排希腊文和拉丁文的，还有那排法文的，虽然它们很难，但是那些书我也能分辨出来。我大概就只有这点优点了，对于一个穷人的女儿来说，她没有什么能够让你感兴趣的东西，所以你不要奢望太多了，那样会使你失望的。只是，退一步讲的话，如果你希望我像闲聊一样说下去的话，把整个事情讲得明明白白的，那我就这样说下去吧！而且，如你所愿，时间上也不跳过三年，我一步一步地给你讲。就从事件发生的第二年夏天讲起也可以啦，那是一七七八年的夏天，我记得很清楚，差不多二十三年前。”

第八章

那是在一个六月的早晨，超正常的天气，十分晴朗，那时，我正忙着照看的第一个漂亮的小婴孩，他是唯一的一个，也就是古老的恩肖家族的最后一个独苗诞生了，这是大家期望已久的时刻。当时，家里没有什么人，因为正是农忙的季节，我们正在远处的一块田里忙着耙草，汗水一滴一滴地往下流。正在这时候，令人奇怪的是经常给我们送早饭的姑娘提前一个钟头就跑来了，看她火急火燎的样子，肯定有什么大事要发生。只见她穿过一片草地，飞快地跑上一段小路，而且还边跑边叫。

“啊，你们都想不到，那是多漂亮的一个小孩！”她喘着说，“我敢说，那简直是从来没有的漂亮的男孩！他应该是上帝赐予的。可是，不幸的是大夫说太太的性命堪忧，他还说好几个月前她就有肺痨病，而且还越发严重了。这是我听见他悄悄告诉欣德利先生的，他们的谈话再没有其他人听到了。照目前的情况来看，太太大概活不了多久了，可能到不了冬天了。你不要忙着干活了，你得马上回家。回家去抱抱那个可怜的小宝贝，刚出生就要失去他的亲人了，奈丽，然后喂他糖和牛奶，好好地喂养他，整天整天地照顾他，把他好好抚养长大。要是我是你该有多好，你真是白捡了一个大便宜呢！因为等到太太不在的时候，小宝贝就全归你啦！真不知道你上辈子修的什么福。”

“不敢相信，她真的病得有那么严重吗？”我问，丢下耙，然后系上帽子，准备往家回。

“我想是这样的，但看样子她精神还不错，大概是孩子的到来让她精神焕发吧。”那姑娘回答，“而且听她说话的语气，好像她还想继续活下去，看着她的孩子长大成人哩，毕竟她是个母亲呢！看到那个孩子，她是高兴得过了头了，因为那是个多么好看的孩子！人人看到都会喜欢他的。我要是她，也会像她一样，准也不想死。我光是瞅他一眼，看那诱人的脸蛋也会好的，我只管按我想的做，才不管肯尼思[①]说什么呢。这时，阿切尔太太把这小天使抱到大厅给主人看，主人看到他，他的脸上慢慢露出了灿烂的笑容，那个讨人厌的老家伙走上前，他说：‘恩肖，你别愁眉苦脸了，你应该感到高兴，你的妻子给你留下这么个可爱的儿子真是福气。就在她刚来到时，我就知道，我就深信任何人都没法让她活得长些啦，这是她的命，她不得不接受。现在，恩肖先生，请你节哀，我不得不告诉你，她活不过冬天了。不过，你别难过，也别为这事太烦恼啦，她也不希望你这样，而且这是无法改变的了。最聪明的选择是你应该明智一些，你之前确实是太冲动了，不该挑这么个不顶事儿的姑娘！看，到头来作难的还是你！”

“老爷怎么说的？他无动声色吗？”我追问着。

“我想他肯定是狠狠地骂了一番，可我没管他，反正不管怎么样，我就是要看看孩子，任何事都不能打消我的这个念头。”她又开始狂喜地描述起来。听到这样的消息，我和她一样地高兴，于是兴高采烈地跑回家去看。虽然我心里很为欣德利难过，但那种难过也不能压抑我想马上见到小少爷的那种冲动。再说恩肖吧，他这一生心里只放得下两个偶像——他的妻子和他自己，其他就没有什么能让他放在心上了。他两个都爱，同时还崇拜着另一位，我不知道他会怎么样面对这么重大的损失，我简直不敢去想象。

当我们到了呼啸山庄的时候，正好看见他，他正站在门前思考

① 指之前提到的大夫。

着什么。在我进去时，走到他跟前，我就问："孩子怎么样？他不要紧吧？"

"简直都能跑了，真不敢相信，奈丽！"他兴奋地回答，同时脸上露出愉快的笑容，他为有这样的儿子而自豪吧！

"女主人呢？她怎么样啦？"我大胆地问，"我听说大夫说她……"

"该死的大夫！什么话都不会说，"他打断了我接下来要说的话，而且涨红了脸，"那当然了，弗朗西丝还好好的哩，她能有什么事，而且再过一个星期她就能好了，她会像以前一样好的。你上楼吗？如果你上楼，你能不能替我告诉她，我也没别的办法了，只要她答应不说话，稍微安静一些我就来，因为她总是说个不停，而且还说一些莫名其妙的话，我只好先离开她一会儿，这样她才会安静些。千万要告诉她，肯尼思大夫是这样说的。"

于是我上楼后，就把这些话告诉了恩肖夫人，她看起来兴致勃勃的，而且挺开心地回答："埃伦，老天也知道，我真是连一个字都没说，我不敢说，倒是他都哭了两次了，我都没法子了。好吧，照你所说，说我答应了我不说话，尽管是这样，但那并不能使我不笑他呀！你看他是多么的滑稽啊。"

真是可怜的人呀！造化真是捉弄人啊！直到临死前的一个星期，她都不能感受自己真实的感受，可悲的是，她心里还一直都是开心的。而她的丈夫也固执地，不，应该说是死命地认定妻子会一天天地好起来的，他不相信妻子会离他而去。当肯尼思不得不警告他说，病到这个地步，说实话，连药都是不管用的了，如今已经没什么办法来改变这一局面了，而且他不必来带她看医生了，因为这纯属浪费钱，而且不会有什么变化，他却回嘴说：

"我知道你不必再来了，而且你永远也不会再来了，她好啦！她不再需要你来探望了，你对她已经没有用了。而且，再给你说一下，她从来没有肺痨。那是你的误诊，她那只是发烧，已经退了，她会慢慢好起来的。她的脉搏现在跳得和我一样慢，脸也一样凉，她没有什么病症了。"

在和妻子的交谈中，他也跟妻子说同样的话，而他的妻子也没多想，仿佛也相信了这样的回答，而且这也是她所希望的，她还要看着她的孩子一天天长大呢！可是不幸的事情最终还是发生了，一个月黑风高的夜里，她正靠在丈夫的肩上享受着那夜的宁静，正说着明天就能起来了，突然一阵咳嗽呛住了她要说的话，极轻微的一阵咳嗽，他把她抱起来，好让她舒服一点儿。开始她还用双手搂着恩肖的脖子，但是慢慢地脸色变得十分难看，不一会儿就没有了呼吸。

一切正如那个姑娘所预料的一样，失去母亲的这个孩子名叫哈顿，他完全归我管了。至于他的父亲，恩肖先生对他的关心，一直以来都只限于看见他健康，只要他不哭就绝对满足了，他对他的儿子没有太大的追求。至于他自己，那就更糟糕了，他变得比以前更绝望了，他把痛苦深埋在心中，不愿意让人知道，他真是想哭都哭不出来。但他不哭泣，也不祷告。更可怕的是，他整天诅咒又蔑视，憎恨上帝同人类，过起了恣情放荡的生活，真是惨不忍睹的生活。长期下来，下人们忍受不了这种残忍的虐待，不久就都走了。约瑟夫和我是仅有的两个愿留下的人，因为我们都有各自留下来的原因吧！我不忍心丢开我所照应的孩子，他是那么的无辜。而且，你知道我曾经是恩肖的共乳兄妹[①]，这是不变的事实。所以比起那些毫不相干的人，我更容易原谅他的所作所为，因为我知道造成这一切后果的根源是什么。再说约瑟夫，他每天还是继续威吓着佃户与那些干活的，谁碰到他简直就是倒了八辈子的霉，因为待在一个他可以骂个没完没了的地方，就是他的职业。

不过话说回来，主人的这些坏习气给凯茜与希思克利夫可是做出一个糟糕的榜样。甚至他对希思克利夫的做法足以使一个天使变成一个魔鬼，那该是多么残忍啊。而且，事实胜于雄辩，在那时期，那孩子真像是着了魔一样，他完全不像他以前了。可怕的是，他幸灾乐祸地眼看欣德利堕落得不可救药，他也无动于衷，他那野

① 指奈丽的母亲也做过欣德利的乳母。

蛮的残暴和无情一天天凸显了出来，真是让人担心啊。

那时候，我们的住宅活像地狱，过着生不如死的生活，简直没有什么言语可以用来形容它，那真是糟糕到了极点。就连常常登门的副牧师也不来拜访了。最后，命运的捉弄，我们连一个体面的朋友也没有了。埃德加·林顿可以算是唯一的例外，因为这里有他想看到的凯茜小姐，他还常来看凯茜小姐。当她到了十五岁，她就是乡间的皇后了，在那里没有人能比得上她，从而也使她变成了一个傲慢无礼的美人！自从她的童年时代过去后，我就不怎么想了解她了，我就不再喜欢她了，因为她变了，变得我都不敢认她了。而且我曾经为了要改掉她那妄自尊大的脾气，那种脾气在她童年时的身上是完全看不到的，我总是故意惹怒她，让她意识到她的坏脾气，尽管她从来没有表示过对我的反感，但是这也是我的一厢情愿。但是她对旧日喜爱的事物依然保持着一种古怪的恋恋不舍之情，甚至希思克利夫也为她所喜爱，这和儿时的他们一样，始终不变。年轻的林顿，充满着魅力，尽管他有那一切优越之处，但是依旧无法给她留下相同的深刻的印象，这倒让他相当的苦恼。

“你看，他是我已故的主人，挂在壁炉上的就是他的肖像，他看着依然是那么的慈祥。本来这里有两张的。他的一直都是挂在另一边的，他妻子的是挂在这一边的。可是她的不知什么时候被搬走了，不然的话你还可以看看她从前的样子。她那时候还可漂亮呢！你看得出吗？”迪恩太太举起她拿在手中的蜡烛，在那微弱的光下，我可以勉强看出这是一张温柔的脸庞，表情极其地自然，极像山庄上那位年轻夫人，充满着青春的活力。那是一幅可爱的画像，让你看到就会忍不住停下脚步。只见他长长的浅色头发在额边微微卷曲着，眼睛又大又严肃，整个体态简直雅致至极，神圣而不可侵犯。我能够想象，凯瑟琳·恩肖会为了这么个人，而忘记了旧友，这令我一点儿也不会感到奇怪。但若是他，能想得出此刻我对凯瑟琳·恩肖的看法，那才使我诧异，让我对他臣服呢！

“说真的，这的确是一幅令人愉快的肖像，”我对管家说，

“你看他像不像他本人？”

“像的，他确实是像的，”她回答，“特别是在他高兴的时候更是好看一些，那是他平日的相貌，他一般很少有的，通常他给人的感觉总是精神不振的。”

凯茜自从上次的事件，一直跟林顿他们同住了五个星期后，他们就一直保持着联系。当他们在一起时，她给他们的印象总是没有一点儿瑕疵的，她不愿意向他们表现出她那粗鲁的一面，她不想让其他人知道她的粗鲁。而且在那里，长期地生活下来，她所面对的都是一些守规矩的举动，这样的氛围渐渐地也感染了她。因此，长时间的相处，她也懂得无礼是可羞的。她那乖巧和伶俐，加上她那一脸无辜的表情，很快地骗住了老夫人和老绅士，同时赢得了伊莎贝拉的爱慕，还征服了她哥哥的心灵，她最初为此是那么的得意，她感觉打了一场胜仗似的。因为她是野心勃勃的，她有一种永远满足不了的欲望，这使她养成一种双重性格，当然，这也不是为了要欺骗什么人而这么做的。

在那个地方，只要她听见希思克利夫被称作一个“下流的小坏蛋”和“比个畜生还糟”这样的话语，她不会为他辩解，而是使自己的举止尽量不像他那样，让人讨厌。可是在家里，她就完全变成了另外一个人了，她就没有什么心思去理会那些会使人感到厌恶的举止了，至少她是这样认为的。而且也无意约束她那种生来就具有的放荡不羁的天性，因为在这里约束也不会给她带来什么称赞，索性她就放荡自己。

一般情况下，埃德加先生很少能鼓起勇气公开地来拜访呼啸山庄。因为他对恩肖的名声很有戒心，生怕当面遇到他，两人之间会发生什么事。我们总是尽可能礼貌地去招待他，他算是我们的生客。主人当然也知道他是为什么而来的，自己也尽量避免与他发生直接的冲突。要是他不能文文雅雅的话，那他就是不会受欢迎的，就干脆离开。有时候我简直认为他的光临并没有让凯茜兴奋倒是挺让凯茜讨厌。她表现得很冷静，不要手段，也不卖弄风情，显然这是极力反对她的这两个朋友见面。因为当希思克利夫当着林顿的面表示出轻蔑时，她也不会轻举妄动，她可不会随声附和，那样的话她的形象将会毁于一旦。而当林顿对希思克利夫表示厌恶到无法忍受的地步时，她不敢轻举妄动，她又不敢冷漠地对待他的感情，她怕别人看出她的破绽，好像是人家看轻她的伙伴和她没任何关系似的，这可是她不愿意看到的结果。我是看不起她那种说不的痛苦，真是搬起石头砸自己的脚，于是我对她加以嘲笑，她可是躲不过我的嘲笑哩！因为我是这世界上最了解她的人了。听起来我好像对她很心狠，可是她太自傲了，我不能够忍受她的这种傲慢。所以大家才不会去怜悯她的苦痛呢，要改变这一局面，除非她收敛些，放谦和些。不然的话，那简直是不可能的。不过还好，最后她自己招认了，她认识到了自己的问题，而且向我吐露了衷曲，只有我能明白她。除了我，没有别人能听她的倾诉了。

在某一天下午，欣德利先生有事出去了，真是天赐良机，希思克利夫借此想给自己放一天假，因为他实在太受煎熬了。我想，那时他仅仅十六岁了，相貌也不丑，智力也不差，可以说是一表人才了，但他却做出不同于常人的举动，偏要想表现出里里外外都让人讨厌的印象，真是想不通，他现在的模样倒是没有留下一点儿的痕迹。

首先，对于他早年所受的教育，已不知被他忘到哪去了，到那时已不再对他起作用了，说来也是，在那里的日子他每天都是连续不断的苦工，早起晚睡，这些千篇一律的生活已经扑灭了他的好奇心，活生生地把它杀死在了摇篮里。在对知识的追求上，他完全失去了兴趣。他童年时老恩肖先生的宠爱注入他心里的优越感，这时也已经完全消失了。在过去的日子里，他曾经长久努力想要跟凯茜在求学上保持平等的地位，可现在却抱有这痛切的遗憾，他对生活充满了失望，终于舍弃了，而且看起来他是完全放弃了，这不得不让人感觉到惋惜。当他发觉他必须而且必然难免沦落到他以前的水准之下时，他别无他法，只有去面对，只有听天由命。因为没有人能够帮助他，使他不再沉沦下去，他的存在对人们来说没多大关系。所以长期下来，他的外表和他的内心都沉沦了，真是让人不敢相信，他不知从哪里学了一套萎靡不振的走路样子和一种不体面的神气，让人看着真是感觉到恶心呢。这时，他那天生独有的沉默寡言的性情也变相的成为一种痴呆的、不通人情的坏脾气，他能把自己塑造成这种形象，他还真是长本事了呢！当他在使他的极少数的几个熟人对他的所作所为，表示反感而不是对他表示尊敬时，出乎意料的是，他显然为了这种快乐而感到心满意足。难以想象，这该是怎样的一个人啊！

尽管如此，当他干活间休时，那善解人意的凯茜还是经常跟他做伴，以消除他的寂寞。可是时间不能倒流了，他不像以前了，他不再说出喜欢她的什么话了，他内心已经没有什么情感了。当凯茜对他表示友好时，他却是愤愤地、猜疑地躲开她那女孩子气的爱抚，因为在他看来那是一件多么令人搞笑的事情，好像觉得她这样表示出的感情是不足以令他感到开心的，所以还是不要白费力气。在前面提到的那一天，我们还没说那天的情景。当时，他进屋来，并且宣布他什么也不打算干，因为这样悠闲的日子对他来说很难得。这时我正帮凯茜小姐整理她的衣服，她的衣服是如此之多。当时她没有想到，他来找她是打算和她一起出去溜达一下，因为他们已经好久都没有过这样的时候了，他有点儿怀念了。她本来以为今天可以占据这整个大厅，正扬扬得意着，并且已经想法通知埃德加先生说她哥哥不在家，自己还准备好了一切美食来款待他，他们可以快乐地过一天。可是，计划赶不上变化，事情并不像她想的那么顺利。

"凯茜，你打算干吗呢？今天下午你忙吗？"希思克利夫连续问，"你要出去吗？"

"不，外边正下着雨呢。"她回答。

"这样的话，那你干吗穿那件绸上衣？"他说，"难道你有客人？我希望，没人来吧？"

"说实话，希思克利夫，在这样的鬼天气，我也不知道谁会来，"小姐结结巴巴地说道，"可是，现在的这个时候，你不是应该在地里才对，希思克利夫？并且吃过饭已经一个钟头啦，我以为你早已经走了，你怎么会在这里啊？”

“之前欣德利总是让人讨厌地妨碍我们，以至于都不能让我们自由自在地在一起待一会儿，哪怕是一会儿，”这男孩子说，“无论如何，今天我不再干活了，我决定了，我要跟你待在一起。我们好久都没好好说说话了，不是吗？”

“啊，你怎么能这么大胆？可是约瑟夫会告状的，”她绕着弯儿说，“他那种人不得不防，我劝你最好还是去吧！”

“没事，放心吧！约瑟夫在彭尼斯托[①]山崖那边装石灰，他一时半会儿不会回来的，他要忙到天黑，关于这件事，他绝不会知道的。”

说着，没等她发话，他就磨磨蹭蹭到炉火边，很平常地坐下来了。凯茜皱着眉想了片刻，她必须要采取点行动，她觉得有必要为即将来到的客人清除一下障碍，这是她应尽的地主之谊。

“实话告诉你，伊莎贝拉和埃德加·林顿说过今天下午要来拜访的，”沉默了一下之后，她鼓起勇气说道，“不过，既然下雨了，我想我也不用等他们了，这样的鬼天气，谁会傻到跑出去溜达呢？不过他们也许会来的，我是说万一，要是他们真来了，我真的不敢保证会发生什么事，我担心你又会无辜地挨打，你知道他们不好惹的。”

“这有什么难的，叫埃伦去说你有事好了，并且你的时间又不归他管，凯茜，”他坚持着，“我真的不希望他们来打扰我们，不要为了你那些可怜而又愚蠢的家伙就把我赶走，凯茜，不要这样！有时候，我简直忍不住要抱怨他们，可是我还是不说了吧！”

“你别吞吞吐吐的，你说他们怎么样！”凯茜叫起来，并且怏怏不乐地瞅着他。“啊，你在干什么？奈丽，你到底会不会梳头！”她性急地对我嚷道，随后马上把她的头从我手里挣出来，“看你干的

① 原文中此处用词为“Pennistow”，后文中则均写作“Penistone”，译作彭尼斯顿Pennistow可能是当地方言中的叫法。

好事，你把我的鬈发都要梳直啦！够啦，我不要你在这了，离我远点儿。你到底要干什么，你真的很莫名奇怪啊！希思克利夫？”

“没什么，我没想干什么，那就看看墙上的日历吧，我已经好久都没看时间了，看它还是走着呢！”然后他指着靠窗挂着的一张配上框子的表格，接着说，“凯茜，你快看啊！那些十字的就是你跟林顿在一起的时候，那时候我是多么的煎熬啊。那些点子是你和我在一起的时候，我们曾经相处的日子是多么的快乐啊！你看见没有？这些对我都非常的重要，我天天都打记号的，我要牢牢地记住那一刻。”

“是的，我看出来了，你怎么能这么傻，对于那些事，我才不会注意呢！”凯茜回答，怨声怨气的，“这又能表示什么？你所在意的东西。”

“你怎么不明白呢？那表示我是注意了的，我在意和你在一起的日子啊。”希思克利夫说。

“这能说明什么呢？难道因为这我就应该跟你在一起吗？”她质问，而且火气越来越大了，“那这样的话，我又能得到什么好处啦？真是莫名其妙，你到底对我说了些什么？你到底跟我说过什么话，我根本都不知道。或是做过什么事来引我开心，所有的这一切你敢说你都为我做过吗？在我眼里，你就是给我这样的印象，你就像是一个不会说话的人，更有甚者你或是个只会哭的婴儿呢！有时候我甚至会讨厌你。”

“可是这些，你从前没对我说过，也不嫌我说话太少，或是你不喜欢我做伴之类的话，凯茜，你现在怎么这样说呢？”希思克利夫非常激动地叫起来。

“你不要再说了，对于那些什么都不知道，什么话也不说的人怎么跟我做伴，我不需要这样的伙伴。”她嘀咕着。

正在这时候，他的同伴唰地站了起来，没等他反应过来，可是他已经来不及再进一步表达他的感情了，他没有机会了。因为这时候石板路上传来马蹄声，彻底地破坏了这一氛围。而看那年轻的林顿，只见他轻轻地敲了敲门之后便进来了，他没有一点儿的拘束。而且在他的脸上呈现出一种不曾有过的欣喜和愉悦，这一切都是因为这意外的召唤，让他无法拒绝的召唤。毫无怀疑地，看得出来，凯茜对她这两个朋友所表现出来的气质截然不同。你应该能够明白的，这就像你刚看完一个荒凉的丘陵产煤地区，转眼之间，又把你放到美丽的肥沃的土地上，那感觉多让人无奈啊！而他的声音和彬彬有礼的相貌与之恰恰相反，这大概就是凯茜喜爱的原因之一吧！他说话声音圆润低沉，从来不大呼小叫，而且吐字也跟你一样的清晰。跟我们这里的发言比起来，他是如此的受欢迎，他没有像我们那里的男士那样，没有那么粗声粗气的，而是更为柔和些。

“看这情景，我是不是来得太早了？”他问，然后环顾一下四周，看了我一眼。那时候我已开始揩盘子，并且清理了厨房顶那头的几个抽屉，打算把它们一下子都解决一下。

“一点儿也不早，时间刚刚好，”凯茜回答，“但是你在那儿干吗，奈丽？”

“我正在干我的事，小姐，希望我的存在没有打扰到你们。”我回答。（因为欣德利先生私下曾吩咐过我，无论何时，只要在林顿私自拜访时我就得做个第三者，这是一个仆人不能拒绝的事。）

只见她悄悄地走到我背后，发着脾气低声对我说：“快点带着你的抹布走开，你是知道的，当有客人来的时候，仆人是不应该出现在客厅里的！那是不符合常理的。”

“凯茜小姐，你知道的，现在主人出去了，正是个好机会，我不能让主人失望的。”我高声回答，“因为主人不喜欢我在他面前收拾这些东西，他是个有洁癖的人。不过，我相信埃德加先生一定会谅解我的，他看起来是多么的善解人意啊。”

“可是我不喜欢你一直待在这里。”小姐蛮横地嚷着，也不顾她的客人了，而且不容她的客人有机会说话，她是如此的强势。自从刚才她和希思克利夫小小争执之后，她还在意着，她的心情还没有平复下来，所以一直吵闹着。

"对于你的困惑我很抱歉，凯茜小姐，但我没有办法。"我答了她一句，然后对她说的话，就当作没听见一样，继续干我手里的活，我的任务是相当的重大！

当时，她以为埃德加竟然看不见她这个大活人，于是就从我手里把抹布夺过去，而且狠狠地在我胳膊上拧了一下，拧得很使劲，我顿时感觉到天昏地暗。你知道的，之前我已经说过我不像以前那样爱她了，她已经变成了另外一个人。而且我还经常伤害她的虚荣心，并且以此为乐，因为她就是有种让你对她发怒的本事，何况她无缘无故把我弄得非常痛，我本来蹲在地上，可是我压抑不了那种苦痛，一下子就跳起来，大叫："啊，小姐，你怎么能这样做，这是很下流的手段！它也不符合你的身份啊，并且你没有权利掐我，我可受不了。"

"你太坏了，我可没有碰你，你这说谎的东西！简直就是忘恩负义。"她喊着，但是她的手指头直响，那还没结束，她还想要再来一次，她真是做坏事都上瘾啊！这时她的耳朵因发怒而通红，她从小就是这样。因为她没有力量来掩饰自己的感情，所以总是一发怒就满脸通红。

"那么，别狡辩，你看这是什么？"我回嘴，指着我明摆着的紫斑作为见证来驳倒她，那是不能被磨灭的。

她火烧火燎地跺着脚，犹豫了一阵，因为那切实是见证，她无法抵赖。然后，终于无法控制自己激动的情绪，她愤怒了，随后狠狠地打了我一个耳光，打得我眼冒金星，两眼都溢满泪水。

"凯茜，亲爱的！凯茜！"林顿插进来，他简直要被吓坏了，看到他所崇拜的偶像犯了欺骗与粗暴的双重错误大为震惊。

"最后说一遍，马上离开这间屋子，埃伦！不然你会后悔的。"她重复说，并且浑身发抖。

那可爱的小哈顿原是到处跟着我的，因为他只有我这一个依靠。这时他正挨着我坐在地板上玩耍，一看见我掉了泪，他马上也哭起来，而且哭着骂"坏凯茜姑姑"，多么让人心疼的孩子啊！可是这并没有让凯茜心生怜悯。这时，甚至她的怒火也烧到了这个可怜的孩子身上，但是他是无辜的啊，并且她是他的亲姑姑啊。可是她不管，只见她抓住他瘦小的肩膀，拼命地摇，摇得这孩子的小脸都发青了，她真是丧尽天良啊！这时站在旁边的埃德加连想也没想，便抓住她的那粗鲁的手好让她放掉他，那是多可怜的一个孩子啊！刹那间，混乱之中，突然有一只手挣脱出来，啪的一声打中了，这时这个被惊呆的年轻人才发觉，原来那只手已经打到他的脸上了，他顿时感觉到一阵疼痛袭来，看样子绝不可能被误会为是开玩笑，那已成定局，无力改变。只见她慌忙把手收了回来，混乱的场面一下子恢复了死一般的寂静。这时，我把倒在地上的哈顿抱起来，带着他走到厨房去，好脱离这一局面，却故意把进出的门开着，因为我很好奇，尽管我离开了，但我还是想知道他们是怎么样收拾这样的不愉快，仅仅这一点让我充满了期待。只见这个被侮辱了的客人一句话也没说，走到他放帽子的地方，拿起他的帽子戴上，这时候他的面色十分的苍白，没有一丝的血色，身体也不断地颤抖着，真是让人担心啊！

“这就对了！这简直就是最好的结果了，”我自言自语，“早些接受警告，赶快滚吧！让你看透她真正的脾气，躲得远远的，从此再也不会来，这才是好事哩。”

“等一下，你要去哪？”凯茜走到门口追问着。

他偏过身子，不想理她，打算走过去，一去不回头。

“你不能这样，你不能走，我不要你走！”她执拗地叫嚷着。

“我必须要走，你说什么都没用了，而且就是现在！马上！”他压低了声音回答。

“不行，那不可以，”她坚持着，两只手握紧门柄，“至少你现在还不能走，千万别走，埃德加·林顿。你可以到这边坐下来，好好平静一下，你不能就这样离开我，我也离不开你。如果你离开我，我会整夜的难过的，你不会希望我这样的吧！而且我不想为你而难过！我们曾经是那么的相敬如宾。”

“不要说以前了，可是你打了我，那我留下来还能干什么？这不是多此一举吗？”林顿问。

凯瑟林听到他这样说，她也后悔得不吭气了。

“你的目的达到了，你已经使得我怕你，但同时也让我为你害臊，”他接着说，“我今天总算是看清你了，以后我再也不会来了！”

她的眼睛开始发亮，她意识到了事情的严重性，眼皮直眨，好像有什么厄运要发生在她的身上。

“你之前的一切原来都是伪装，而且你是故意撒谎的！你真是有一颗狠毒的心啊！你这样做的目的是什么呢？”他说。

“我没有！你真的冤枉我了，”她喊道，终于忍不住又开腔了，“之前我是欺骗了你们，但我不是故意的，我想变好的。好，不管你了，走吧，随你的便。你都这样说了，我还有什么可说的。走开！你也别管我了，现在我要哭啦！我要一直哭到死为止！好让老天爷看看我的冤屈。只有他明白我。”

说着她跪在一张椅子跟前，开始正经地哭起来，眼泪滚滚地往下流，好像真是冤枉了她似的。不过万幸的是，埃德加没有受她的摆布，仍然坚持自己的决定走了出去。不过到了那儿，他好像动摇了，他踌躇起来。看此情景，我决定鼓励一下他，好让他打消那个念头。

“没关系，小姐是非常任性的，先生，您别在意，”我大声叫，“她就像任何被惯坏的孩子一样，你别管她，她一会儿就会好的。为了不会发生很大的事，我劝你最好还是赶快骑马回家，打消回到她身边的念头，不然她要是闹起来，没有任何解决的办法，只会使我们大家都受折磨罢了。我想，你是不希望这样的事发生吧！”

说是这样说，可是这软骨头还是斜着眼向窗里望：当他看到凯茜那一幕，他简直没有勇气离开这里了，他心肠是如此之软，正像一只饥饿的猫，无力离开一只半死的耗子或是一只吃了一半的鸟一样不忍心。啊！我这才发现，我想，他这样的性情，是不能得到拯救了，命运的安排，他是逃不掉了，他生来就是这种人。所以他没离开，而且朝着他的命运飞去了！真是不出所料，只见他猛然转身，不顾自己的形象，急忙回到凯茜房里，随后把他背后的门关上，事情就这样告一段落。过了一会儿，当我进去打算告诉他们恩肖已经从外边大醉而归，而且准备把我们这所老宅都毁掉的这个消息时（这是他喝醉的时候通常有的举动），我不得不承认，我所能看到的那一幕是一种更加亲密的接触，这应该是由于刚才的愤怒所引起的，已经彻底打破了年轻人的羞怯的堡垒，他们变得是那样的开放，并且使他们放弃了友谊的伪装，做了真正的自己，而承认了彼此之间的爱情，事情进行得是如此的顺利，直到他们听到恩肖先生回来的消息。

听到欣德利先生到达的消息，促使林顿迅速地上马，然后离开这儿，最好别让他发现。也把凯茜赶回她的卧房，因为欣德利先生不许她乱跑，他认为她唯一能待的地方就是她的卧室。而我去把小哈顿藏起来，他也不喜欢他到处乱跑，然后又把主人猎枪里的子弹取出，因为这是他在疯狂的兴奋状态中喜欢玩的那把枪，他不顾任何的后果。不管任何人惹了他，或是因为倒霉引起了他的注意，那就不是什么好事了，就会冒性命危险。所以我想了一个办法，为了避免这样的事情发生，我就把子弹从里面拿了出来，因为即使他真闹到开枪的地步的话，那也不会是大事，至少也可以少闯点儿祸。

第九章

最终他进来了，并且嘴里叫骂着不堪入耳的话，他向来都是这样，我们都渐渐习惯了。这时，他刚好看见我正打算把他的儿子往厨房碗橱里藏，这让他神经受到了触动。而这时，哈顿却感到一种不曾有过的恐怖之感，这大概是由于碰上他被野兽般的喜爱或被疯人般的虐待，这是何等的天壤之别啊！因为在前一种情况下他有可能被挤死或吻死的结果，而在另一种情况下他又有可能被丢在火里活活烧死，或是被扔到墙上活活摔死。无论哪种情况，他都逃脱不了死亡的威胁。所以他的害怕和惊恐使得他不敢动弹，而是顺从地听任我把他放在任何地方，他都没什么怨言，这可怜的东西总是不声不响。

“天啊！你在做什么？我到底是发现啦！”欣德利大叫，然后狠狠地抓着我脖子上的皮，打算好好教训我一顿，像拖只狗似的，把我往后拖，“天地良心，你们都安的什么心？你们一定是想谋害这个孩子！看他这么可爱，你们怎么忍心，你们不怕遭天谴吗？现在我终于知道他怎么总不在我的跟前了，原来这一切都是你们在搞鬼。我要让你付出代价，魔鬼帮助我，不要说我狠心，我要让你吞下这把切肉刀，奈丽！你必须这么做，你不能拒绝，而且你也不能笑，你不要怀疑我不会那么做，因为我刚刚把那讨人厌的肯尼思倒栽葱戳到黑马沼地里，也不知道他现在是什么情况呢？反正一个两个都一样，我要杀掉你们几个，你们竟然背着我做事，我不杀就不安心！”

“说实话，可我不喜欢切肉刀，欣德利先生，”我回答，“因为这刀刚切过熏青鱼，它太腥了。要是你愿意的话，我愿死得痛快点，我倒是想被枪杀死，那样你也省事不是吗？”

“你说的这是什么话，你还是见鬼去吧，”他说，“而且反正你得死，不要再纠结怎么个死法了。在英格兰没有一条法律能规定不把家里弄得像个样子，你究竟每天都在干什么？我的家却乱七八糟！你必须受到点惩罚，张开你的嘴！快把它吞下去。”

说时迟那时快，只见他握住刀子，不顾三七二十一就把刀尖向我的牙齿缝里戳。对于他的所作所为，我从来没有害怕过，他从来都有奇怪的想法，这并不让我感到奇怪。然后我唾了一下，故意说那味道很讨厌，我无论如何不要吞下去，因为我知道吞下那把刀的后果，我不能冒险。

“啊！不好意思，”他马上放开了我，并且说道，“宽恕我的鲁莽，我看出那个可恶的小流氓不是哈顿，他怎么能是哈顿，我请你原谅，奈丽，要是他的话，那他就应该活剥皮，因为他对我的态度，而现在他不仅不过来欢迎我，而且还对我尖声大叫，很不亲切。倒好像我是个妖怪，天底下怎么会有这样对父亲的孩子呢？你这不孝的崽子，过来！尽管你不是哈顿，但是你欺骗一个好心肠的、受蒙蔽的父亲，你不是个好孩子，我今天要好好教训教训你。我喜欢凶的东西，那会让我清醒，给我一把锋利的剪刀——凶猛而整洁的东西！你会喜欢它的。而且，这种风气，那简直是地狱里的习气，珍爱我们的耳朵是魔鬼式的狂妄，虽然我们没有耳朵，但也够像蠢驴的啦。嘘，别出声孩子，嘘！一切都恢复了往日的平静。好啦，我的乖宝贝！坚强点，别哭啦！快揩干你眼睛里的泪水，这才是个宝贝啦！是个人见人爱的乖宝贝！来，宝贝，亲亲我。什么？这怎么可能？他不肯？亲亲我，哈顿！该死的孩子，我是你的父亲啊，亲亲我！上帝呀，我这是怎么了？我怎么会有这样的一个孩子啊！简直就像我养了一个怪物似的！他竟对我不理不睬，我非把这臭孩子的脖子扭断不可，看他还这么坏不。[①]”

面对欣德利发酒疯，可怜的哈顿在他父亲怀里拼命地又喊又踢，他忍受不了他这样的父亲。当他把哈顿抱上楼，把他举到栏杆外面的时候，他只不过还是个孩子，他却更加倍地喊叫，一点儿也不怕吓到他那可怜的孩子。这时，在楼下的我实在看不下去了，我一边嚷着他会把孩子吓疯的，一边跑去救他。但结果来的就是那么突然，我刚走到他们那儿，正打算从他手里接过那孩子，但是欣德利在栏杆上探身向前倾听楼下有个声音，他只顾着好奇，几乎忘记他手里有什么了，那毕竟还是个人。“是谁？谁在那儿？”他听到有人走近楼梯跟前，便不由得问道。同时我也探身向前，为的是想提醒希思克利夫，因为我已经听出他的脚步声了，想让他走开一些，因为现在的情况并不像想象的那么好。可是，事情真是难以预料，就在我的眼睛刚刚离开哈顿的这一瞬间，不幸的事发生了，只见他猛然一蹿，便从他父亲那不当心的怀抱中挣脱出来，从楼梯上掉下去。

那时，我们只是光顾着担心小哈顿的安全，难以想象他掉下去会是什么样的情景，简直没有时间来体验那揪心的恐怖感觉了。但是，事情并不像我们想象的那样，事情发生了转机。这一切都是因为希思克利夫的到来。希思克利夫在紧要关头走到了楼下，这是问题的关键。只见他本能地接住了要摔下楼的小哈顿，并且扶他站好，然后抬头看是谁惹下的祸。他还想去揍那粗心的人一顿，即使是一个守财奴因为舍不得花五分钱买一张彩票，而最后他发现因为自己的过失损失了五千镑，即使是这样，也不能表现出当时希思克利夫看见楼上的人是恩肖先生时那副茫然若失的表情，那让他内心是如此的矛盾。那种表情是用任何言语都无法形容的，那是极其深沉的痛苦，他简直都无法原谅他自己做的事。因为他竟成了阻挠他自己报仇的工具，这让他是多么的无奈啊！若是天黑，不容置疑，

① 这段话语无伦次，是为了表现欣德利已大醉。

我敢说，他能够做得出来，他会在楼梯上打碎哈顿的头颅来补救这错误，这是让他不能忍受的低级错误。但是出乎意料的是，我却看到这个孩子得救了，真是不幸中的万幸啊！我立刻下楼把我的宝贝孩子抱过来，生怕他再受点儿什么伤害，然后紧贴在心上，因为我怕了，他是那么的脆弱。欣德利慢慢地从楼上走下来，酒也醒了，突然觉得羞愧了。

“你不能逃避，这是你的错，埃伦，”他说，“你知道我的脾气的，你该把他藏起来不让我看见，这样对他才不会有威胁。不管怎么样，你还应该从我手里把他夺过去。他跌伤了什么地方没有？快让我看看。”

“跌伤！你还好意思说这种话？”我生气地喊着，“他就算没死，也不会像以前那样了，也会变成个白痴啊！我真是奇怪他母亲怎么不从她的坟里出来瞧瞧你是怎样对待他的，好让她看看一位你是怎样的父亲。你简直比一个异教徒还坏，他是你的亲儿子啊！你竟然这样对待自己的亲生骨肉！不知道你还有没有良心。”

他想要摸摸孩子来弥补自己的过失，可是这孩子一发觉他跟着我，他就顿时不能安静下来，马上表现出万分的恐惧，好像他能把他吃了似的，然后就放声哭出来。当他父亲的手指头刚碰到他时，他像发了疯似的又大声尖叫起来，叫得比刚才更高，好像用了全身的力气，挣扎着像是抽风一样，这可真是无奈。

“我劝你最好不要管他啦！你让他充满了恐惧。”我接着说，“他恨你，他们都恨你！这是实话！你应该能够意识到，本来你有一个快乐的家庭，那是让人人都羡慕的，你却把它弄到这么糟糕的地步！这一切，都是你一手造成的，你怨不得别人。”

“我可能还要弄得更糟哩，奈丽，”这个走火入魔的人说，并且恢复了他的顽强，“不过现在，你赶快把他抱走吧，不然我也不知道会做出什么事。而且，你听着，希思克利夫！你最好也走开，越远越好。我不希望看到你，但是我今晚不会杀你。但也不能说明不会有事发生，也许，我会放火烧房子，我现在只是有这种想法罢了。”

说着，他便从橱里拿出一小瓶白兰地，没有喝它，而是把它很奇怪地倒一些在杯子里。

“不，先生，别这样！”我请求，“欣德利先生，你不能这样做，发发慈悲吧！请听听我的劝告吧。如果你不爱惜你自己，那你也要为这孩子想想吧！就可怜可怜这不幸的孩子吧！你看他现在还很小呢！”

“我没什么牵挂，我相信任何人对他都比我对他更好一些。”他回答。

“那就可怜可怜你自己的灵魂吧！”我说，并且竭力想从他手里夺过杯子。

“我可不，我不要那样做。相反，我倒是想让它沉沦，好来惩罚一下造物主，让他对人类灵魂彻底失望，”这亵渎神明的人喊叫着，“来吧！让我们为灵魂心甘情愿永坠地狱而干杯！这是一个令人激动的时刻！”

结果，他还是干了酒，然后不耐烦地叫我们走开，不要在他面前晃来晃去，并用一连串的可怕的、不能记住的咒骂来结束他的命令。

“可惜他竟有那么好的身体素质，真是不公平啊！”希思克利夫说，在门关上时，他也回报了一阵咒骂，“他这是在折磨自己的命，这是他自作自受，可真是令人苦恼，他的体质居然顶得住他如此糟蹋，肯尼思先生曾经说拿自己的马来打赌，在吉默顿这一带，他要比任何人都活得长，看来他的话要实现了，他要做个让人讨厌的老死鬼，而且将像个白发罪人似的走向坟墓来结束他的漫长的一生，除非他碰上一些不合常理的事情。不然，是不能改变那种结局的。”

随后我走进厨房，在那一片难得安静的地方，坐下来哄着我的小羊羔入睡，他今天真是经历太多不平凡的事了。看到希思克利夫的离开，我本来以为希思克利夫走到他的谷仓去了。但是后来才知道他只是走到高背长靠椅的那边，静静地靠在一张凳子边上，而且离火挺远，闷声不响的，不知在思考着什么。

那时，我正把要进入梦乡的哈顿放在膝上摇着，而且哼着一支自编的曲子，那曲子是这样开始的——

“夜深了，孩子入睡了。

坟堆里的母亲听见了——[①]”

这时却吵到了凯茜小姐，她在屋子里隐约听到一些的动静，便伸进头来，小声说：

“这里就你一个人吗，奈丽？”

“是啊，小姐，就我一个人。”我回答。

听到我的回答，她便走进来，慢慢地走近壁炉。我明白她的举动，我想她是想说些什么，于是就抬头望着她，等着她对我说些话。但是她脸上的表情看来又烦恼又忧虑不安，她应该在纠结些什么。只见这时她的嘴张大一些，想说什么却又欲言又止。她吸了一口气，打算鼓起勇气说出来，但是她没说出什么，反倒是叹了一口气。看她这种表情，而我继续哼我的歌，但是心里还记着她刚才的态度。

“希思克利夫呢？你看到他了吗？”她终于打断了我的歌声，问我。

“他能去哪儿？在马厩里干他的活，他的义务就是干活。”这是我的回答。

奇怪的是，他也没出来反驳我，也许他在瞌睡。这时我突然看见有一两滴泪水从凯茜的脸上滴落到石板地上，她竟然在流泪。我想她可能是因为自己之前那无知的行为而感到羞愧呢。我自忖着，不过，那倒是件新鲜事！她能做出这样的事。可是她也许是自愿的，反正我不去帮助她！她不值得我去关心，她对于任何事情都不大操心，像她对待别人那样，除了她自己的事情她不会关心其他事

① 出自一首丹麦民谣，曾为司各特在长诗《湖上夫人》中引用，此处作者所引与司各特所引文字上略有不同。

情。

“啊，天呀！你根本无法明白我现在的感受。”她终于喊出来，“我十分难过！我不知道我该怎么办！”

“可惜，真是不幸啊！”我说，“怎么才能使你更加高兴呢，你怎么会有烦心事？这么多朋友和这么少牵挂，这些还不能满足你吗？”

“奈丽，不是那样的，我如果说了，你肯为我保密吗？”她纠缠着，双腿跪在我旁边，那双美丽迷人的大眼睛满含期待地望着我，我受不了她那种神气，足以赶掉人的怒气，甚至是在那个人有理由大发雷霆的时候。

“真是的，你有什么秘密值得我保守？”我问，很显然我的脸也没有像刚才绷得那么紧。

“是的，它一直困扰着我，而且这使我十分地苦恼，我希望你能够帮帮我，今天我非说出来不可！我想知道我该怎么办，我真的没有办法了。今天，埃德加·林顿要我嫁给他，并且，我已经给他回答了，我现在在纠结着。现在，在我告诉你我是如何回答他之前，我想知道，你告诉我，我应该怎么去做。”

“真是的，凯茜小姐，这是你自己的事，我怎么知道呢？”我回答，“不过，我仔细回想一下今天下午你在他面前做的一切，我不能否认那已经过火了，我想你拒绝他应该是一个明智之举，这就是我所想的。既然他在那件事之后向你求婚，那就不难看出，他要么是一个没前途的大笨蛋，要么就是一个好冒险的傻瓜。不然，他不会让你这么措手不及地去拒绝他。”

“你怎么能这么说他呢？他不是这样的，你要是这样的话我就不能告诉你更多的话语了，”她抱怨地回答，并且站起来了，“对于他的求婚，我欣然接受了，奈丽。快点！你说我是不是错了？我是不是太冲动了？”

“你接受了？真不敢相信，那么再来说这件事还有什么意义？那已是徒劳，况且你已经说定，就不能收回啦，你应该对你说过的话负责。”

“可是，我想知道你说我该不该这么做，说吧！把你内心的想法说出来就好。”她用激怒的声调叫着，她的双手紧紧地搅在一起，皱着眉，那表情是相当的纠结。

“那好吧，在回答好这个问题之前，你必须有一些别的事情要考虑一下，”我像说教一样讲着，“首先，你要对神明发誓，你说的话句句属实，最重要的是你爱不爱埃德加先生？”

“谁能不爱呢？这是什么问题？我当然爱，要不然也不会答应他的。”她回答。然后我们两个人便一问一答开了。对于一个二十二岁的姑娘来说，是很平常的事，这些倒不会显出她没有教养。

“那你想过没有，你为什么爱他，凯茜小姐？”

“你问的这是什么问题？多么无聊呀！我爱，那就足够了。”

“不行，那不行，你一定要说为什么。”

“好吧，我说，因为他漂亮，而且跟他在一起我很愉快。”

“糟糕，这不是好事！”这是我的评语。

“还有因为他又年轻又活泼，他会讨人喜欢。”

“还是糟糕，已经无法自拔了。”

“还有重要的一点就是他爱我。”

“这一点无关紧要。”

“而且他将来会有钱，会有很多的钱，因为我想做附近最有钱的女人，而我也会为有这么一个丈夫而觉得骄傲。”

“这简直太糟糕了！不能挽救了，现在，说说你怎么爱他吧！”

“没有什么特别的，跟普通人的恋爱一样。你真是糊涂啊！奈丽。”

“我认为一点儿也不，别推辞了，回答吧！”

“我爱他脚下的地，爱他头上的天，对他所碰过的每一样东西以及他说出的每一个字，我都会很在意。我爱他所有的表情和所有的动作，那使我非常开心，还有完完整整的他，是我的最爱。好

了吧！”

“为什么呢？你目的是什么呢？”

“不说这些啦，难道你是在开玩笑？不要告诉我这是真的，这可太恶毒了！这是对我来说非常重要的一件事！我没和你开玩笑。”小姐严肃地说，并且皱起眉。

“你误会了，关于你的事，我绝不会开玩笑，凯茜小姐！”我回答，“你爱埃德加先生是因为他漂亮、年轻、活泼、有钱，并且爱你。最重要的是最后这一点，无论如何，也没有什么用，如果没有了这一条，你也许还会照样爱他，而有了这条，你也可能不爱他，除非他具备头四个优点。我说的对吗？”

“是啊，这是大实话，如果他长得不那么英俊，并且也不文雅的话，也许我只能可怜他，恨他。”

“可是你要知道，世界上还有很多漂亮的、富裕的年轻人呀！可能比他还漂亮，还有钱，你怎么不爱他们？而偏偏在这一棵树上吊死呢？”

“是啊，一定是有的。但是，如果有的话，他们并没有出现在我的身旁呀！而且我还从来没有见过像埃德加这样的人，我确实是喜欢他的。”

“世界那么大，你可以遇到很多这样的人，但是他不会总是漂亮、年轻，也不会总是有钱的。”

“不可否认，但是起码他现在是年轻的，而我只顾眼前，并且我也不会永远年轻漂亮的，我希望你的话着点边际。”

“好啦，我明白了，如果这样就好办了，如果你只顾眼前，那就有办法了，就嫁林顿先生好啦。”

“这件事我并不需要得到你的同意，我要嫁给他。我只是在寻求你的建议，可是你到现在还没有告诉我，我这样干是不是错了，你在顾虑些什么呢？”

“我的回答是，如果人们结婚只顾眼前的话，不容置疑了，那就完全正确。现在告诉我你为什么这么不高兴吧？不过，我想你的哥哥会高兴的，林顿的父母也不会反对你们的婚事，他们都会成人之美的。我想，如果事情如愿的话，你将从一个乱糟糟的、不舒服的家庭逃脱，嫁进一个富裕体面的家庭，你应该感到幸福吧。而且你爱埃德加，埃德加也爱你，这是最重要的了。一切看来没有什么不顺心的地方，障碍又在哪儿呢？你到底在为什么而发愁难过呢？”

“在这里，在这里！在我的心里。”凯茜回答，一只手捶着她的前额，另一只手捶胸，“在灵魂存在的地方，在我的灵魂里，在我的心里，我能感觉到，我不认为这是正确的！”

“那就奇怪了！有点儿深奥了，我可不懂。”

“那是我的秘密，我没对任何人提起过。可要是你保证不嘲笑我的话，我就会毫不犹豫地告诉你。虽然我不能说得很清楚，但是我能让你了解我的感受，我想那就足够了。”

她又在我旁边坐下来，这时她的神气变得比刚刚更忧伤、更严肃，她握紧的双手正在颤抖。

“奈丽，告诉我，你做过什么奇怪的梦吗？”她想了几分钟后，忽然说。

“有时候会做，但不常做。”我回答。

“我也是的，像你一样。我曾经做过的一些奇怪的梦，在醒来时也忘不了，并且它们还左右着我的思想，更有甚者还会改变我的心意。有时候这些梦在我心里像酒水一样穿过来穿过去，不知不觉地改变了我心里的色彩。这是一个，我要讲了，可是你要向我保证不管讲到哪你都不要笑。”

“啊，千万别说啦，凯茜小姐！”我叫着，“你用不着招神弄鬼来纠缠我们，况且我们已够惨的啦，不需要你再添油加醋了。来，来，高兴起来吧！做回你本来的样子吧！看看小哈顿，他根本不会做什么奇怪的梦，他也不会有什么烦恼。你看，他在睡梦中笑得多甜啊！”

“是的，我无意中听到过，他父亲独自一人时诅咒得有多么难听！真是不敢相信呢！你还记得他和那个小胖东西一样的时候吗？差不多一样的小而天真，傻傻的可爱呢！可是，奈丽，你听着，我想让你好好听我的话，如果不这样我今天晚上也会不高兴的。”

“你快别讲了，我不要听，我不要听！”我赶忙反复地说。

说真的，那时候我很迷信梦，像凯茜一样，而且现在也是这样。那时候，凯茜脸上又有一种异常的愁容，她不得不让我担心，这使我担心她的梦是什么不好的预兆，对于这，她很苦恼，尽管是这样，可是她没有接着讲下去。不过停了一会儿她又开始说了，不过她没继续说她刚刚的话，而是挑选了另一个话题。

“如果我在天堂，说实话，奈丽，我一定为此十分地难过。”

“当然，因为你不配到那儿去，”我回答，“所有有罪的人在那里都是很不自在的，你难过是正常的。”

“不是，我可不是因为这个。真的，我有一次梦见我在那儿了，那是什么预兆呢？”

“你不要没完没了地说了，我说过我不想听你的梦，凯茜小姐！你赶快走吧，我要上床睡觉啦。”我又打断了她的话。她竟然笑了，随后按着我坐下来，因为我要离开椅子走了，我要去睡觉了。

“这没什么的，你别太在意，”她叫着，“我只是想说天堂不像是我的家，我在那里生活不习惯。然后我就哭得很伤心，偏偏要回到尘世上来。而天使们因为我的举动大为愤怒，就毫不留情地把我扔到呼啸山庄的荒原中了，这是我的命。我突然醒了过来，对发生在我身上的一切，我高兴得直哭。这足以用来说明我内心的秘密，你能明白吗？关于讲到嫁给埃德加·林顿，比起让我去天堂，我并不感到十分的开心。你说这是怎么回事？如果那里的人们①不是把希思克利夫贬得这么低，甚至一文不值，我还不会想到这个，这还要感谢所谓的那些人。可是现在，不得不说的是，嫁给希思克利夫就会降低我的身份，我不能让这样的事情发生，所以他永远不会明白我有多么深爱着他，却只能远远地看着他，那并不是因为他

① 指欣德利等人。

漂亮，年轻，而是因为他比我更像我自己，我喜欢他的这种　不同于常人的性情。所以，无论我们的灵魂是用什么组成的，他的　和我的始终是一模一样的，以至于我们是那样的亲密，而林顿的灵魂就如月光和闪电，变化多端，或者霜和火，冰冷至极，跟我们两个人的完全不同。你能明白我说的话吗？这些话我没有和其他人提起过。”

这段话她还没有讲完，下意识地我发觉希思克利夫就在这儿。因为我注意到了一个轻微的动作，那是一般人都不能发现的，于是我就把头扭了过去，真的就看见他从凳子上站了起来，不打算让任何人发现，就一声不响地溜了出去。当他听到凯茜说嫁给他会降低她的身份时，就离开了这里。对于那样的话，他不能接受。而这时我的同伴正坐在地上，不巧的是，她正被高背长靠椅的椅背挡住，看不见他在这儿，当然更不知道他的离开。这一幕，可是令我吃了一惊，马上止住了她的话。

“干什么？你在做什么？”她问，神经兮兮地四下里张望着。

“约瑟夫来了，他刚刚又出去了，”我回答，碰巧这时又听见他的车轮在路上隆隆作响的声音，“我想希思克利夫会跟他进来的，而且我担心这会儿他就在门口那儿呢。”

“啊，我不相信，他才不会偷听我讲话呢！”她说，“来吧，把哈顿交给我，你去准备晚饭，我有点儿饿了，弄好了就叫我去跟你一块吃吧，反正你也是一个人。听到这，我倒是想自己欺骗自己这不安的内心，好让自己好受点，而且以我对他的了解，我也深信希思克利夫不会想到这些事情。我说的对吧，他没有，是吧？并且他不知道什么叫作爱吧？”

“我倒不这样认为，我认为你对他有偏见，为什么他不能像你一样理解人的内心呢？他也有一颗像你一样的内心啊！”我回答，“如果你是他所选定的人，那他就倒大霉了，他就要成为天下最不幸的人了。因为你一旦变成林顿夫人，不难想象，他就失去了朋友、爱情以及一切！他什么都没了，你想过这些没有？你将怎样忍受这场分离，而他又怎么能忍受被别人遗弃在这个世上，他是个如此有自尊心的人啊！因为，我想告诉你，凯茜小姐。”

“你说他完全被人遗弃！有人会把我们两人分开？”她喊，带着愤怒的语气，“请问，你说谁会把我们分开？如果是这样他们要遭到米罗[①]的命运！不管怎么样，只要我还活着，你就放心吧，埃伦，谁也不敢这么办。世上每一个林顿都可以化为乌有，他不会永远地活在这个世上的，不管怎样，我绝对不能和希思克利夫分开。那可不是我的想法，我也不会有那种想法，那不是我的意思！我也不会有那样的意思。如果要付这么大的一个代价，我可不愿做那样的林顿夫人！将来他这一辈子对我来说，就像现在对于我是一样的珍贵。我一定会让埃德加消除对希思克利夫的反感，至少要容忍他。我想他会这样做的，当他知道了我对他的真实感情，他就会理解我，他就会那样的。奈丽，我知道了，现在我懂了，原来你以为我是个自私的贱人。可是，你不理解我，你难道从来就没想到过，如果希思克利夫和我真的结婚了，我们两个人将会是一无所有吗？那还有什么意义呢？但如果我嫁给林顿，好处真的有好多，我就能帮助希思克利夫高升，让他摆脱那贫困的局面，并且把他安置在我哥哥无权过问的地位，这样他就不会像现在这样活着了。”

“用你丈夫的钱吗，他会吗？凯茜小姐？”我问，“你难道不了解他，你会发现他可不是你期望的那样顺从，他是如此的倔强。而且，虽然我不能那么讲，但是我却认为那是你要做小林顿的妻子的最坏的动机，在你决定之前，你必须三思。”

“不是，不是这样的，”她反驳，“那是最好的！因为其他的动机都是为了满足我的狂想，我内心的欲望，而且同时也是为了埃德加的缘故，可这也是为了那个人，为了他我愿做任何事，因为在他的身上我能清晰地感到，既包含着我对埃德加的感觉，还

① 约公元前六世纪的古希腊著名体育家，他年轻时力大无穷，老年时试图撕裂一棵橡树，结果双手被橡树夹住，狼群将其吃掉。

有我对自己的感觉。我不能说清楚，在别人身上是没有这种感觉的，可是你们都应该能够了解这种感觉，除了你本身之外，应该有另一个你的存在，你明白吧？如果我是完完全全都在这儿，没有什么性情的飞跃，那么上帝创造我还有什么意义吗？在这个世界上，我不得不承认，我最大的悲痛就是希思克利夫的悲痛，而且我们从一开始就注意到了这种感觉。在我的生活中，我承认他是我最后的留念了，他对我来说是相当特殊的。如果世界上别的一切都毁灭了，只有他留下来，那我就有信心了，我就能继续活下去。如果世界上别的一切都留了下来，而却把他给消灭了，这个世界对我来说将没有什么意义。我就不能继续活在这个孤独的世上。我对林顿的爱像是树林中的那些叶子，我完全明白，冬天一来，天气变化了，树也就变了。我对希思克利夫的爱恰似下面这恒久不变的岩石，虽然它看起来不能带给你愉快，可是这点愉快却是必需的。奈丽，你明白吗？我就是另外的一个希思克利夫！他时时刻刻都在我的心中，我们心心相印。他并不是作为一种乐趣，而是作为我自己本身而存在。你知道这种感受吗？所以别再谈我们的分离了，那是绝对不可能的事情，你说这样的话简直让我伤心，而且……”

她一下子停住了，然后把脸藏到我的裙褶子里不愿露出来了，可是我想用力把她推到一边。对她的荒唐，她的语无伦次，我再也没有耐心了！

“对于以上种种，如果你所说的话有一丝意义的话，小姐，”我说，“我敢说，那就是使我完全相信了，但你并没有尽到你在婚姻中所应该承受的义务，你不是一个合格的妻子，不然的话，还有一种更坏的结果，你就是一个恶毒的、没有品德的姑娘。所以不要再用你所谓的秘密来使我心烦意乱了，我不想听，并且我不能答应你保守这些秘密。”

“这点秘密你肯保守吧？你会的是吧！”她焦急地问。

“不，那不可能，我不会答应你的。”我重复说。

这时，她正打算要和我僵持下去，约瑟夫突然进来了，没有什么能让她这么快地停下了，我们的谈话就此结束。于是凯茜把她的椅子搬到角落里，替我照管着哈顿，我出去做饭。饭做好后，她简直一刻也不肯闲着，我的伙伴就跟我开始争执谁该给欣德利送饭菜去，最后的结果是我们不能决定让谁去送，直到饭菜都快凉了。最后我们一致认为，最好的办法是等到他自己过来，如果他想吃的话，他肯定会主动过来的。因为他是一个人待着的时候，通常大部分时间都是那样，我们都特别怕走到他面前，生怕会有什么事情发生在自己身上。

“看看这都是什么时候了，没一点时间观念，那个没出息的东西怎么还不从地里回来？他是不是不打算回来了？他到底干什么去啦？又去哪里闲逛去啦？”这老头子问着，到处寻找着他的影子，想找希思克利夫。

“先生，你别着急，我去喊他，”我回答，“现在这个时间他应该在谷仓里，准没错。”

我去喊了，可是那里没有人回答。我不得不往回赶，回来时，我尽量低声对凯茜说，我想他已经听到她所说的大部分话，因为他现在已经不在了，他离开了，并且告诉她正当她抱怨她哥哥对他的行为的时候，我看到他离开了自己的屋子。可恶的是，当时我竟没有想到会发生这样的事。她跳了起来，大吃一惊，把哈顿扔到高背椅子上，独自一个人出去找她的伙伴了，她太鲁莽了，也没有好好想想他这样激动的原因，或是她的谈话对他造成了多大的影响。这些她都没有好好想想，只是她去了很久，也不见她归来。因此约瑟夫建议我们不必再等了，他们不会回来了。他狡猾地猜测他们在外面逗留肯定是为了避免听他那拖得很长的祷告，他明白他们的想法。并且他说他们“坏得只会做坏事了”，他断定说。而且，因为他们的离开，我们又比平常的任务更繁重了一些，那天晚上我们除了在饭前做一刻钟的祈祷外，又特别加了一个祷告，这是让人非常不开心的事。本来还要在祈祷之后再来一段的，可是小主人出现了，她匆忙地命令他必须跑到马路上去，并且告诉他，不管希思克利夫游荡到哪儿，也得找到他，这是命令，要他马上回来！

“我必须跟他说话，我不能不管他，在我上楼以前，我非要找到他跟他说话不可，”她说，“大门是开着的，我敢保证，他应该是跑到一个听不见喊叫的地方去啦。因为我在农场的最高处使劲大声喊叫，简直要扯破我的喉咙了，他也没有回应我。”

约瑟夫起初不肯闭上他的嘴，但是她太着急了，太强势了，不容许他提出任何的异议。终于他不能忍受了，把帽子往头上一戴，嘟囔着走出去了，他必须逃离这里。

这时，凯茜不停地在地板上来回走着，嚷着：“我真是奇了怪了，他到哪里去了，他能到哪里去？我奇怪他能跑到哪儿去了？真是让人担心啊！我之前都说了些什么，奈丽？我都忘啦，我真的不记得了，难道他是怪我今天下午发脾气吗？亲爱的，快告诉我，我做了什么？我的什么话使他这样地伤心？我真想让他回来，我愿意收回我说的那些让他伤心的话。真想他回来呀！”

“无缘无故嚷嚷什么！你怎么这么吵？”我喊，虽然我自己也有点儿不踏实，但是我不愿意表现出来，“你太激动了，这一点儿小事就把你吓着啦！这又不是值得大惊小怪的大事，你干什么这么不安？没准现在希思克利夫正在旷野上散步呢，或者躺在干草堆里，满肚委屈地不想跟我们说话，他只是想好好静一下。我敢担保他就藏在那里，要不信就打赌吧。瞧，我不把他搜出来才怪！我要让你看看我的本事。”

我又重新搜了一遍，但是结果令人失望，而约瑟夫找的结果也是一样。

“这孩子越来越糟！简直不可理喻了，”他一进来就说，“门是打开着的，小姐的小马都连着踏倒了两排小麦，而且还直冲到草地里去了！关于这一切，我不管了，不过我敢说主人明天早上一定要闹一场，而且非闹个好看不可，他可不是那么好打发的人啊。

他对这样马虎、可怕的家伙可没有什么耐心，他才没有那种耐心呢！可他不能老是这样，你了解吧？你瞧着吧，仔细瞧着吧，你们大家！你们不应该让他无缘无故地发一阵疯！那不是什么好的事情。”

“说那么多废话干什么？你找到希思克利夫没有？你这个蠢驴，”凯茜打断他，“你有没有照我吩咐的去找他？你这个狡猾的家伙。”

“比起找他，我倒是想去找马，”他回答，“那兴许更有意义来打发这无聊的时间。可是让人无奈的是在这样的夜晚，人马都没法找，黑得像烟囱似的！甚至我都不能看到我面前的人，而且希思克利夫也不是那种听我一叫就回来的人，没准你叫他还听得入耳些呢！他是如此古怪的一个人。”

在夏天那样的天气里，那可以算是一个十分黑的夜晚了，而正好让他赶上。阴云密布，伴有着雷雨，现在最好的办法我想我们还是坐在这里等他，即将到来的大雨一定会把他带回家的，他不会那么傻待在外边淋雨的，那就用不着我们再出去找他了。但是无论我们做什么，都没法把凯茜劝得平静下来，她是如此的固执。只见她从大门到屋门一直在徘徊，她根本不愿停下她的脚步，而且情绪十分地不安，一刻也不能停止走动，最后，不知过了多久，在靠近路上一面墙边，她站住不动。她的脾气是非常的倔强，她不顾我的忠告，也不顾那隆隆的雷声和开始在她四周哗啦哗啦落下的大雨点，只见那雨点都啪啪地全都砸到了她身上，而她就呆呆地站在那儿一丝不动，偶尔会生怕错过了希思克利夫的回应，然后号啕大哭，那哭声是哈顿或是任何孩子都比不过的，那是她独有的。

大约午夜时分，夜是那么的静，在我们都还在静静等待的时候，来势汹汹的暴风雨在山庄顶上隆隆作响，让人心生胆怯之情。这时天空刮起了一阵凶猛的狂风，紧接着打了一阵震耳的霹雷，这时候不知是风还是雷把屋角的一棵树给弄倒了，吓了我们一大跳。只见一根粗大的树干掉下来压到房顶上，当然那东边的烟囱也不能幸免，这倒是给厨房带来了一大堆的石头和尘土，这可得我们给忙一阵儿了。我们还以为闪电落在我们中间了呢，那可不是什么好兆头，只见约瑟夫跪下来，三跪九拜，祈求主不要忘记挪亚和罗得两族的族长，因为他是神明最忠诚的崇拜者。而且和以前一样，他虽然要打击那些不敬神的人，但是宽恕了那些无辜的可怜的人。我深深感到这仿佛是老天对我们的惩罚，我们不能无视老天爷的。在我的心里，约拿[①]就是恩肖先生。刚刚发生的事让我对他有点儿不安，这时我轻轻摇摇他小屋的门柄，想知道他是不是还活着。可是他回答得有气无力，好像受到了什么伤害，他使得我的同伴的叫声更大了，他简直失去了理智，好像要把像他自己这样的圣人和像他主人这样的罪人划清界线似的，他可不愿意受到他的牵连。但是二十分钟后这场骚乱渐渐地过去了，这一切只不过是虚惊一场，我们全都什么事也没有。只是凯茜，唯独她自己，由于她固执地拒绝避雨，所以浑身都湿透了，又因为她不戴帽子，而且也不披肩巾地站在那儿，任凭头发和衣服淋着雨水，好像这一切都不是她的一样。这时候她进来了，无力地躺在高背椅上，浑身湿淋淋的，把脸对着椅背，看得出来她很伤心，两只手遮住了脸，她不愿意和任何人说话了。

“好啦，你不能这样颓废，小姐。”我叫着，然后抚摸着她的双肩，“你这不是找死吗，这么作践自己，是吗？你知道现在几点钟啦？已经十二点半啦。来吧！别在这躺着了，快去睡觉去。你用不着再等那个傻孩子啦，我想他一定去吉默顿了，而且看这情况，现在他一定住在那儿了，一时半会儿应该不会回来了。他可能觉得这么晚了，大概我们不会再等他了，至少他能够猜到欣德利先生会起来，除非他疯了，不然他可不想让主人为他开门。”

“不，不，这不可能，他不会在吉默顿，”约瑟夫说，“以目

① 《圣经·旧约·约拿书》记载，先知约拿违背上帝的命令，乘船去另一个地方，结果被上帝兴起狂风巨浪，船上水手将约拿投入海中风浪方止，约拿在鱼腹中躲避三天三夜，祈祷上帝宽恕，最终得救。

前的情况看，我看他一定是掉在泥塘底下去啦，以他的微薄之力不能爬出来。因为这场天降之祸是事出有因的，不是平白无故地发生的。我倒希望你们好好看看，好好想想，小姐，你也逃不掉的，下一回就该是你了。这所发生的一切都该感谢上帝！感谢他制造了这一切，这一切都是为了你们好，你们要怀着感激之情，仿佛从垃圾堆里挑选出来的！这不是我凭空捏造的，你们知道《圣经》上说什么。”

他开始引用了好几段经文，让我们头脑一片混乱，并清楚地告诉了我们章节，还叫我们自己去查。

这时候，我看到凯茜还站在那里，于是我求这执拗的姑娘站起来去换件干的衣物，那样也许会让她好受点，但是我说不动她，甚至八头牛都拉不动她，于是我只好走开，不再管她，任她祈祷，任她发抖，我自己就带着哈顿睡觉去了，他还小是不能像我们这样受煎熬的。看，小哈顿睡得竟然这么香，好像他四周的每一个人都睡着了似的。这以后我还听见约瑟夫读了一会儿经，吱呀啊呜的不知说的是什么？然后，我就听到他慢吞吞地走上楼梯的声音，后来我就睡着了，什么也不知道了。

那天早上，我比平时下楼晚了一些，我从百叶窗缝中透进来的那微弱的阳光中，偶然间看见凯茜小姐还坐在壁炉房，她竟然一夜没睡。这时大厅的门是半开的，透进来一丝的光亮，光亮从那扇没有关住的门射了进来。这时候，欣德利已经出来了，只见他站在厨房炉边，没有一点儿的精神和活力，憔悴而懒塌塌的。

“你这是怎么了，什么事让你这么难过呀，凯茜？”我进来时他正在说，“你怎么这么没精神？你看起来就像是一条被大水淹着的小狗一样狼狈。孩子，可怜的孩子，你怎么这么湿，到底发生了什么？你怎么这么苍白？”

“你看不出来吗？我淋湿了，”她勉强回答，“而且我冷，没有什么，就这样。”

“啊，她真是太顽皮了，她太不听话了。”我大声说，因为看起来主人这会儿是非常的清醒，他睡了一夜变得清醒了，“她昨天晚上在大雨里淋透了，弄得像个落汤鸡似的，而且又坐了个通宵，一夜也没合眼，我感到很遗憾，我也没法劝得她动一动，好少淋点雨。”

恩肖先生用他那犀利的眼神惊奇地瞅瞅我们，“什么？通宵，”他重复着，“这是什么概念？什么事使她不睡？当然，她那胆小的性格，不会是怕雷吧？但是几个钟头以前就不打雷了，她在害怕什么呢？”

我们都想告诉他关于希思克利夫失踪的事，但是我们不可以这样做，我们想瞒得久一些，为了不发生什么大事，所以我说我不知道，她怎么会想起来坐着不睡，而且一坐就是一夜。她坐在那里一声不吭配合着夜的寂静。一般来说，早上的空气是新鲜凉快的，让人神清气爽。这时候我把窗户拉开，好呼吸一下那外边的新鲜空气，屋里立刻充满了从花园里来的甜甜的香气，那简直是香气扑鼻啊！真是让人享受。可是这时凯茜却暴躁地叫唤我：“埃伦，你真是太让人讨厌了，快关上窗户，外边的风吹进来，我快要冷死了！”只见她一点点地向那几乎快要灭了的灰烬那边移近些，拖着无力的身子缩成一团，像只刺猬似的，而且她的牙齿直打战，真是不可思议啊！

“她病了，看她多么脆弱，”欣德利说，随手拿起她那无力的手腕，“造成这一切的原因，我想这是她不回去上床睡觉的缘故。倒霉！真是倒霉！说实话，我可不愿这儿再有人生病给我添麻烦了，那是多么让人心烦的事啊！但是我就不明白了，凯茜？你怎么会无缘无故地跑到雨里去呢？”

“这还不够明白吗？和平时一样，去找那个男孩子呀，他们一直都是这样啊！”约瑟夫大声说，一直以来都是如此，当在我们正拿不定主意的时候，他就抓住这个难得的机会进谗言。只见他开始说着大话：“如果我是你，主人，我就会毫不犹豫地赏她一个耳光，让她长点记性，不管她的出身是多么的高贵！她也要为她做过的事情负责任。只要有一天你不在家，他们任何一个人都没有了约束，甚至那个贪嘴林顿可就偷着来啦，他是如此的心安理得。还有奈丽小姐呀，真是看不出来，她也不错呢！她就坐在厨房守着你，哪知她是在监视你，当你一进这个门，转眼之间她就出了那个门。不止这些，还有呢，那位贵妇人只会走到她面前表示亲切！以显示她的好心，这可是好事。不过每到夜里十二点时，那个小吉卜赛野种，名叫希思克利夫的那个孩子，就不知道躲到哪里去了？躲得无影无踪！没人能够找得到他。他们要是以为我是瞎子，那就大错特错了，我才不是，我一点儿也不瞎！我好好着呢，我能瞧见他们不想让我看到的一切。我瞧见小林顿来，同时也瞧见他走，我还瞅见你（指着我说），正偷偷摸摸地做一些坏事，你这个惹人厌烦的巫婆！当你一听见主人的马蹄在路上响，你就慌了，立马蹿到大厅里通风报信，好让主人看到这里和平常一样，没有什么特殊之处，还真是有心计。”

“住嘴，这里哪有你这下人说话的份，你这个偷听别人说话的坏家伙，你不会有好报的！”凯茜嚷着，“快住口吧！我面前容不得你这般放肆！欣德利，你别误会，埃德加·林顿昨天是碰巧来的，而且是我叫他走的，因为我知道你一直不喜欢看见他。这一切，都不像约瑟夫说的那样。”

“你撒谎，凯茜，我看得出来，”她哥哥回答，“别再瞒着我了，我看透你了，你是一个令人厌烦的人！尽管如此，可是目前先别管林顿吧！我要你老实告诉我，不能再骗我，你昨天夜里真的没跟希思克利夫在一起吗？你放心好了，不用担心我会伤害他，虽然我一直这么恨他，而且从来没有改变过。但是因为他曾经为我做了一件好事，我没有忘记，我的良心没法让我掐断他的脖子了，他让我欠了他的人情。为了避免以后再出现这种事情，让我左右为难的事情，我今天早上就要赶他走，让他彻底在这里消失。等他走后，我警告你们，你们都给我小心点，否则的话，我就要对你们不客气了！因为我已经警告过你们了，我可是要说到做到的。”

“你知道的，我从昨天到现在一直待在这儿，而且我昨天夜里根本没有看见希思克利夫，”凯茜回答，开始痛哭起来，“不管怎么样，你要是狠心把他撵出大门，让他无家可归，我一定跟他一起走，也永远不会回来了。可是，真是不幸啊！你永远不会有这样的机会了！因为他已经走了，他已经彻底地离开了。”说到这儿，她忍不住放声哀哭，声音哽咽得让人听不清她在说些什么。看得出来，希思克利夫的离开让她的心灵受到了打击，她是如此的伤心欲绝啊！

尽管她这么说，欣德利还是对她冷嘲热讽，并且大骂一场，然后就以主人的口气命令她立刻去睡觉，好好去休整休整心情。要不然的话，她就没有理由在这里大哭大闹！让人不得安宁，我请求她服从，否则会让我们再遭受一场风波的。当我们到了她的卧房时，真够让人大吃一惊的，我永远不会忘记她所表演的那一幕画面，真的把我吓坏了，当时我真以为她是疯了，情急之下，我就求约瑟夫赶快去请大夫。大夫说这是热病的开始，不是什么好兆头。肯尼思先生一看见她，马上就宣布她病势危险，因为一直高烧不退。只见他给她放血退烧，转身又嘱咐说只能用清奶汁给她和稀饭吃，而且要细心照看她，别让她寻死，说完这些忠告之后他就走了。这一带的村庄相隔距离远，他总是这么忙忙碌碌的，不是在出诊就是在赶路。

虽然我仅仅是个佣人，从没当过护士，不能说是一个合格的看护，可是我敢说，至少我比粗心大意的约瑟夫和主人好得多。虽然我们的病人是所有病人中最麻烦、最任性的一个，可是，她总算活了过来。

当然啦，这是必然的，老林顿夫人来拜访了好几次，她安排着凯茜小姐的一切，而且百般挑剔，最后竟把我痛骂了一顿，然后又吩咐我们了一番，让我们好好照顾凯茜小姐，很显然，她对凯茜小姐所发生的事感到不安。时间一天天地过去了，当凯茜的病快复原的时候，她坚持要接凯茜到画眉田庄去休养，认为只有这样她才会安全些。这真是皇恩大赦，上帝显灵了，对于这种结果，我们倒是十分地乐意，因为那样的话会省去我们很多的麻烦事。但是这位可怜的太太确实有理由后悔做出了这个决定，真是不幸的事，她和她丈夫都被传染了热病，仅仅几天的时间，他们两个老人就离开了人世，抛下了他们那两个孤独的可怜的孩子。

结果不出所料，小姐又回到了自己的家，那毕竟是生她养她的地方。但是回来之后，她比以前更执拗，更暴躁，也更傲慢了，没有人能够知道使她性情大变的原因究竟是什么。希思克利夫自从雷雨之夜后便杳无音信，没有人知道他去了哪里，他是不是还活着。有一天她彻底把我惹怒了，情急之下，我就把希思克利夫的失踪怪罪在她的头上，让她自责和后悔。的确她应该负有这样的责任，那确实是她造成的，她自己也明白。从那个时候起，她好像明白了，几乎有好几个月她都不理我，她怕我再说出让她后悔的话。与我仅仅保持主仆关系，我们几乎没有什么私事上的来往。而那时，不仅仅是我一个人，就连约瑟夫也受到冷待，想想他以前是多么的夸夸其谈，尽管他只是说出了自己的想法，他一向都是这样，并且还拿她当个小姑娘似的教训她，她怎么能够忍受他这样的态度？因为她把自己当成了大人，是我们的女主人，并且事实也是如此。她甚至认为，因为自己有病就可以要求所有的人都体谅她，在她脑中，那是天经地义的事。还有，大夫也说过她这种病，不能再受更大的打击了，那是百害而无一利啊！仅仅出于这一点，我们也得容忍她的坏脾气。在她眼里，无论她怎么胡闹，我们表示任何不满都等同于我谋杀她一样，让她不能忍受。她让恩肖先生和他的同伴们都躲得远远的，因为她不想看到他们。她哥哥受了肯尼思的教导，百般容忍她，又怕她的狂怒会引起更严重的癫痫，所以也对她百依百顺，尽量不去惹恼她。容忍她的反复无常对他并不容易，因为这并非他的本性。但他还是继续容忍着她，这倒不是因为兄妹之情，而是出于他那卑微的自尊心，因为他真心盼望能看到她和林顿家联姻以便给自己的门第增光，如果她好了，那就不是问题了，并且只要她不去打扰他，她就可以把我们当奴隶一样践踏，只要不闹出人命，他才不管呢！

埃德加·林顿，像以前一样，被她迷住了，而且不能自拔。时间过得还真是快，在他父亲逝世三年后，他的愿望实现了，在他把她领到吉默顿教堂那天，他认为自己是全天下最幸福的人了。

对于我，我很不情愿地离开了呼啸山庄，因为那也是生我养我的地方，她来到了这儿，我就陪她到这儿来了。那时候小哈顿差不多五岁了，我刚开始教他认字，我舍不得离开他，我们分别时彼此都很伤心。尽管如此，凯茜的眼泪却比我们的更有力，当我表示拒绝时，她发觉她的请求并不能打动我的时候，她采取了一个让任何人都无法拒绝的策略：软硬兼施。她先跑到她丈夫和她哥哥跟前撕心裂肺地痛哭了一阵。结果，她丈夫想用钱打发掉我，她哥哥则命令我立刻离开这里，他说，不要让我再留恋那里了，现在那里没有女主人啦，他屋里不再需要女佣人了，我待在那里也没有什么用。至于哈顿，让我别担心，因为不久他就有副牧师来照管了。这一切都已安排好了，因此我没有什么更好的选择了，我最聪明的选择就是叫我做什么就做什么吧。最后，临走的时候我告诉主人说，他做了一件愚蠢的事，因为他把所有正直的人都赶走了，他没有一个知心的人，那他离毁灭就更近了，这是必然的结果。于是我亲亲哈顿作为告别，我唯一舍不下的就是他了。而从此以后他和我是陌生人啦！我们不会再像以前那样亲密无间了。这想起来十分的奇怪，真是让人无法理解。可是我敢说她已把迪恩·埃伦一股脑儿全忘了，真不敢相信他们以前是那样地亲密，并且也不记得他曾是这个世上她最宝贵的了，她简直像失去了记忆似的，而她对他也一样！

女管家把故事讲到这里就停了下来，不经意地向烟囱上的时钟瞅了一眼，她意识到她该离开了，她并没有想到，自己的一番话已经讲了这么长的时间，只见时针已指到一点半。真是不可思议！她不肯再多待一秒钟了，打算马上离开。老实说，我自己也有意让她的故事的续篇搁一搁，因为我感觉那么长的叙述她肯定消耗了不少的精力。不过还好，现在她离开了，睡觉去了，接下来我又沉思了一两个小时，回想着她讲的情节。虽然我的头和四肢痛得不想动，但是我不得不那么做，我得打起精神去睡觉了。

第十章

我个人认为，这倒是一个奇妙的开始，因为对于一个不居于尘世的隐士来说，四个星期的折磨，辗转不眠，卧病在床足够让他冷静下来！啊，真是不幸，赶上这阴冷的风，北方天气的凛冽以及难以通行的路，还有那拖拖拉拉的乡下大夫！这一切让我无法忍受。还有，啊！很难见到人的脸，真不知道这里的人都在干些什么！还有，最不能让我忍受，比什么都糟的是肯尼思可怕的暗示，我简直不敢相信，说什么不到春天我就别想出门！我想破了脑袋都无法理解，这究竟是一个什么世道啊！

不过，让我有点儿欣慰的是希思克利夫先生刚刚赏光来看了我。他真是大出血了，大概在七天以前他大方地送了我一对松鸡——这是这季节的最后两只了，我简直都不敢相信。见鬼！尽管是这样，我也不能原谅他，因为我得病他也得负一定的责任，我很想这样说，让他明白我内心的感受。可是，我无论如何也狠不下这样的心。哎呀！真不敢相信，这个人真够慈悲，只见他坐在我床边足足一个钟头，我真是服了他了，并且他还和我说了一些别的话题，应该说是我感兴趣的一些话，而不是谈药片、药水、药膏治疗之类的让我敏感的内容，他这样我还能对他说什么呢？这段休养的时期倒是让我感到十分地惬意，我庆幸我有这么一段生病的过程。由于我身体还十分地虚弱，所以没法读书，虽然是这样，但是我觉得我好像能够享受一点儿有趣的东西了。这时，我的脑袋在指示我做点什么，我突然想听点什么，为什么不把迪恩太太叫上来，她应该会没事，来听她讲完这个故事呢？并且我对她所讲的主要情节还都记忆犹新，我急切地想知道下节的情节呢。是的，让我好好想想，我记得她的男主角跑掉了，而且三年杳无音信，不知道情况如何了，而且女主角结婚了，她没有等男主角。这时，我拉了铃，好让迪恩太太知道我已经醒来了。她要是看到现在的我都能愉快地聊天的话，她一定十分地高兴，可能她还会狂欢的。迪恩太太来了。

“先生，你别着急，还要等二十分钟才吃药，我不会忘记的。”她开始说。

“去吧，去做你自己的事吧！别管它了。”我回答，“我才不想要。”

“怎么了，大夫说你不需要再吃药了？”

“如果是那样，我倒是十分的情愿，我才不想吃药呢！你不要打断我的话。过来，你要是没事的话，就坐在这儿。还有你不要碰那一排苦药瓶，我不想看到它们。快把你的毛线活从口袋里拿出来，随便做着好啦！现在接着讲希思克利夫先生的历史吧，你还没给我讲完呢？就从你那天讲到的地方再开始说吧！关于希思克利夫，他是不是在欧洲大陆上完成的他的教育，最后变成一个风度翩翩的绅士？或是他在大学里通过半工半读的经历完成了他的学业？再或者他独自一人逃到美洲去了，经历了生死存亡，从他的第二祖国那儿参加战斗[①]而获得了名望？或者更干脆些在英国公路上被当成了劫匪？”

“不敢保证，这些职业他也许都做过吧！洛克伍德先生，尽管后来他富裕了，可是我不知道他到底都干了些什么，都去过哪些地方，我没有当面问过他。我声明过我不知道他怎么搞到钱的！对于这，我不想知道也不感兴趣，也不知道他是如何使他原来那野蛮的性情，从堕落的泥潭中解脱了出来，我简直不敢去想象。但是，你

① 指参加十八世纪中期的美国独立战争。

别在意，如果你认为这些话能让你高兴而不腻烦的话，那就没有关系，我要按着以前的方式把它讲完，让你不再有挂念。你今天早上觉得好点吗？”

“好多了，几乎已经没事了。”

“这是一个好消息，恭喜你。”

那之后，我就带着凯茜小姐到了画眉田庄，我们就在那里住了下来。虽然我十分的失望，但是我是身不由己啊！然而她的举止变得好多了，她不再那么善变了，仅仅这一点倒是值得让人欣慰的，她的改变让我感到意外，这是我当初没有想得到的关于她会有一点点的改变。看起来她几乎是过于喜爱林顿先生了，甚至爱屋及乌，因为对他的妹妹，尽管她有时候很调皮，但是她也表现得十分亲热，从来不发脾气。当然，这是让人感到欣慰的，他们两人对她的身体状况也是十分地关心。这种生活让她感觉像是掉到了蜜罐里，并不是双方都在互相谦让，而是一个人站得笔直，其他的人都要顺从她。对于这样的生活，她还有什么不满意的呢？既遭不到反对，也遭不到冷落，这就是她想要的生活。对于这样的待遇，谁还能对别人乱耍性子呢？我看出埃德加先生宠爱她到了极点，生怕她会有一点儿的不高兴。他把这种恐惧的感情加以掩饰，遮遮掩掩不让她发现。有时候，当她时常性地提出某些蛮不讲理的要求时，她时常会有这样的举动，可是这时，他若是听到我回答得生硬些，让她不高兴了，或是看见别的仆人不太乐意为她服务时，他就会皱起眉头表示生气了，他经常为了她受到这样的对待而生气，而他为了自己的事情从来没有发过脾气。他看待她比自己重要得多，他为了她曾经几次很严厉地对我说起我的无礼，而且肯定说哪怕用一把小刀狠狠地戳他一下，让他鲜血直流，也不能让他忍受太太烦恼时的一丁点儿的痛苦，他爱凯茜简直爱到了极点。看到这样的局面，我不想让一位仁慈的主人难过，他心地是如此的善良，我只好学着努力克制自己的感情，让它不再爆发。并且，我确实做到了，大概有半年时间，埋在我心里的这火药像沙土一样地摆在那儿并没引爆，因为没有火凑近来使它爆炸。即使有火来接近它，我也会阻止这样的事情发生。那时候，凯茜时不时地也有阴郁和沉默的时候，不知道有什么事会让她有这样的表情，这时她的丈夫没有什么办法来使她开心，只是用一种可怜的同情来表示尊重，那是他唯一能做的。他认为这是由于她那场突如其来的危险的病所引起的体质上的变化，没有人能改变它，因为他认为她从前从没有这种阴郁的表情。不过等到云开雾散，他就不再这样想了，他也迎上相应的阳光。正像我所看到的那样，我相信他们真的生活在深沉的、与日俱增的幸福之中。

但是幸福并不是长久的。唉，社会就是这样的现实，到头来我们总归是为了自己。人和人之间没有什么太大的差别，温和慷慨的人不过比傲慢霸道的人讲理些罢了，任何人都不可能永远地那样下去，等到情况一变，等到两个人都感觉对方的关心并不是自己的利益时，他们就彼此暴露了，幸福也就随即完结了。我记得很清楚，那是九月里一个醉人的傍晚，那时候我挎着一篮子的苹果，一个个又圆又大的苹果，这是刚从果园里摘来的。那时天已经快黑了，我打算回家去，只见月亮顽皮地从院子的高墙外照进来，现出一些模糊的影子，那些影子活灵活现地躲藏在这房子的无数突出部分的角落里，那让我感觉非常的有趣。我把这篮喜人的苹果放在厨房门口的台阶上，站了一会儿，休息了一下，顺便吸了几口柔和甜美的空气，那感觉真是不能用言语来形容的，我抬眼望着月亮，背对着大门，享受着这美妙的感觉，这时我突然听见我背后有个声音说：

“奈丽，是你吗？你在外边吗？”

我听得出来，那声音很深沉，口音像是外地的，这一切让我感到意外，可是念我的名字又念得让我觉得十分地熟悉。我感到很意外，我害怕地转过来看看是谁在说话，虽然很害怕，但是我也想搞明白。那个时候，因为门是关着的，所以台阶上也看不到一个人影。突然，在门廊里有个什么东西在动，我的心简直要跳出来了。而且，他正在朝我走来，在那夜色里，我模模糊糊看出是个高高的人，穿着黑色的外衣，在月光的照射下，我看到他那黑黑的脸庞以及黑色的头发。只见他斜靠在屋边，双手握着门闩，铆足了力气，好像打算自己要开门似的，我内心充满了好奇。

“奇怪，这是谁呢？”我想着，“难道是恩肖先生吗？啊，不是！他的声音不是这样的，那会是谁呢？”

“我已经在这里等了一个钟头了，幸好看到了你，”就在我还在纠结发愣的时候他又说了，“刚才这里一直是死一样的寂静，甚至都听得见那树叶的骚动，如此这般我都不敢进去了。你怎么了？你不认识我了吗？瞧瞧，仔细瞧瞧，我不是生人呀！”

这时一道光线照在他那黑黝黝的脸上，苍白的脸庞，没有一点儿生机，一半为黑胡须所盖，衬得他的脸变小了，低耸的眉头，好像在为什么大事而发愁，眼睛深陷而且很特别。对，我记起这对眼睛了，我记得他了。

“什么？怎么可能？”我叫道，我被他突然地出现吓坏了，我不知道他是人，还是鬼，我惊讶地举起了双手，“什么！你回来啦？真是你吗？是你吗？我不是在做梦吧！”

“是啊，是真的，我是希思克利夫，”他回答，他穿过我的身旁顺便朝屋里瞥了一眼，虽然那儿映照出灿烂的月亮，但里面却没有什么灯光，而是一片的漆黑，“他们在家吗？现在她在哪儿？快告诉我。奈丽，你看起来并不高兴，你不用这么慌张！你只要如实回答我就好了，她在这儿吗？说呀！你快告诉我，因为我想和她说一句话，你的女主人。去吧，去找她，然后告诉她说有人从吉默顿来想见见她，她一定会很激动的。”

“你怎么能这么想，她怎么能接受这样的消息呢？”我喊起来，“如今她的情况，她会怎么办呢？说实话，这件意外的事真让我为难，我想这会让她不知所措的！她接受不了的，你是希思克利夫！你从外边回来找她了，可是你变啦！不，可以这样说，简直让人认不出来了，这些年你都去哪了？你当过兵了吧？”

“去吧，别问这么多，先给我传了口信。”他不耐烦地打断了我的问话，“你不去，那会让我非常痛苦的，我的内心简直受着地狱般的煎熬，你快让我解脱了吧。”

他抬起门闩心意已决，看这情景我意识到只好进去了。可是当我走到林顿先生和夫人所在的客厅那儿，我内心充满了恐惧，我简直无法再向前挪动一步了。终于，脑袋里闪过一个念头，我决定找借口问他们要不要点蜡烛，因为屋子里是那么的黑，于是就把房门打开了，我进去了。

他们两个一起幸福地坐在窗前，把那格子窗也拉开了，他们互相依偎着望出去，那景色还真是迷人呢！除了花园的树木与天然的绿色园林之外，让人惊奇的是还可以看见吉默顿山谷，只见山顶上围绕着一条白雾（因为你过了教堂不久，也许会注意到，那儿有一道从沼泽地里引出来的排水沟，正好汇进了顺着峡谷蜿蜒流去的小溪），像条白围巾似的。只见那孤独的呼啸山庄正耸立在这银色的雾气上面，那是多么亲切啊！但是却看不见我们曾经居住的老房子，因为它在山的另一面上看到它是不可能的事。而就在这个时候，这屋子和屋里的人，以及他们所关注的景色，都显得非常安谧，简直让我不忍心打扰他们。我内心极其矛盾，我躲躲闪闪地不想打破这片刻的宁静，在问过点灯的话后，我差点儿犯了一个大错，我差点儿什么都不说就离开了，幸亏这时候我想起了我的使命，就又迫使我回来，我鼓起勇气低声说：

“真不好意思打扰你，从吉默顿来了一个人想见你，夫人。”

“见我？他有什么事？”林顿夫人问。

“我不知道，我想你应该去看看。”我回答。

“好吧，你过来放下窗帘，奈丽，”她说，“你去端茶来，因为我马上就回来。”

她转身离开了这间屋子。埃德加先生不经意地问是谁，关于她的事，他也没有什么太大的兴趣了。

“是太太没想到的人，他回来了，”我回答，“就是那个希思克利夫，你记得他吧，你们见过面的，先生，他原来住在恩肖先生家的，他是恩肖先生从外边捡来的。”

“什么！竟然是那个吉卜赛人，是那个乡巴佬吗？”他喊起来，“那你刚刚为什么不告诉凯茜呢？”

“嘘！小声点，你不能这么叫他，没人敢这么叫他，主人，”我说，“她要是听见的话，会很伤心，会很难过的，你不会让她这样的，不是吗？因为当时他跑掉的时候她的心几乎都碎了，她还为此伤心了好一阵子，我猜他这次回来对她来说是件大喜事呢，她应该会很高兴的。”

听到我说的话，林顿先生走到了屋子的另一边，因为在这里可以看到外面的景色，只见他打开窗户，好奇地向外探身。我猜他们就在下面，而且他还看到了他们，因为他大声喊了起来：

“别站在那儿，进来吧！亲爱的！贵客登门，别失礼了，就把他带进来吧！”

没过多久，果然不出所料，我听见门闩响，这时凯茜飞奔上楼，而且气喘吁吁的，只见她的神情十分地不安，她甚至兴奋得不知该怎么表现她的欢喜了，这简直像让她疯狂起来了，的确，如果你只看她的脸，不得不相信，你反而会认为又有什么灾祸要降临了。

“啊，埃德加，埃德加，我真是太高兴了。”她喘息着，随即搂着他的脖子，“啊，我简直不敢相信，埃德加，亲爱的！希思克利夫回来啦！他回来啦！你难道不感到吃惊吗？”她拼命地搂住他。

“好啦，好啦，别这么兴奋了。”她丈夫很不耐烦地说，“你如果为了这个人把我活活勒死也太不值了！我可不愿意付出这样的代价，而且我从来没有想到他是这么一个让你感到稀奇的宝贝。这又不是什么大事，没有必要这么高兴吧！”

“啊，我理解你，我明白你们以前相处得十分不融洽，这些我都知道的。”她回答，稍微把她刚刚那种强烈的喜悦抑制了一些，“但是为了我，亲爱的！你们现在非做朋友不可，你必须这么做。我能把他叫上来吗？你们需要好好谈谈。”

“这里？你是说这里吗？”他说，“你让他到客厅里来吗？”

“不到这里到哪里去呢？”她问。

他显然十分不情愿这么做，绕着弯儿说厨房对他还比较合适些，他一点儿也不希望希思克利夫到这里来。

看到他的表情，林顿夫人脸上显出一种不快的表情，对他的苛求是又好气又好笑，她很无奈。

“不！不行，”过了一会儿她又说，“可是我不能和他待在厨房里，那是多么让人心烦的事啊。我决定了，你在这儿摆两张桌子吧，埃伦，一张给你那受人尊敬的主人和伊莎贝拉小姐用，他们是有门第的上等人，我们惹不起，我们不能够和他们相提并论，另一张给希思克利夫和我自己，只属于我俩的，我们是属于下等阶级的，我们高攀不起你们。这样你总该满意了吧，亲爱的？看着这天气，或是有必要在别的地方生一下火呢？如果是这样，那你就说吧！因为我不在这了。我要下楼去陪我的客人了，他的到来真是好事情。这真是令我开心极了，我简直无法形容我现在的心情，这不会是梦吧。”

她正要再冲出去，带着对她丈夫的抱怨，可是埃德加把她拦住了，他改变了他原来的决定。

“好吧，我答应你了，你把他叫上来吧。”他对她说，“还有，我必须提醒你，凯茜，尽管高兴可别做得太荒唐了！你心中要有分寸，而且用不着让全家人都看到，你把一个野蛮出逃的下等人，至少以前是，还依旧当作你的兄弟一般来招待，这是极其不理智的行为。”

我下楼时，发现希思克利夫正在门廊下静静地等着，显然是预料到了要请他进来，这一切都在他的掌握之中呢。只见他一句话也没说就随着我进来了，他应该在思考着什么？我把他引到主人和女主人面前，可是他们还面带愠色，真是让人有点担心呢！两个人的脸都罕见地涨红了。但是当她的朋友在门口出现时，一切雨过天晴，夫人的神色马上变了。她激动地跳上前去，拉着他的双手，把他领到林顿这儿，看他正呆呆地站在那儿呢！然后她用力地抓住林顿不情愿伸出来的手硬塞到他的手里，让他们握手言和，从此成为好友。

借着炉火和烛光，我猛然发现希思克利夫变了样，和以前判若两人了。令人难以置信的是，他已经长成了一个高大强壮的青年，整个人充满着生气，显得神采奕奕，反衬得我的主人像个病弱的少年似的。他笔挺的腰杆儿像是出于军队之中，面容看上去也比林顿先生老成果断，不平凡的经历使他的脸看起来充满智慧，甚至能看穿你的心灵似的，一点儿也没有以前卑贱懦弱的神色了，希思克利夫已经脱胎换骨了。但是唯一不变的是他还有一种野性深埋在那眉毛和那黑黑的眼睛之下，但是万幸的是，它们已经被克制住了，一般人应该看不出来的。难以想象，他的举止竟可以十分的庄重，而且不带一点儿粗野，尽管是这样，然而还是太过严峻，那美好中缺少了一些优雅。这时我的主人和我一样感到十分地惊讶，他不敢相信，或者更有甚于我，因为他待在那儿足足有一分钟之久，他沉思了好久，但还是不知道应该怎样对待这个所谓让他讨厌的下贱人。这时只见希思克利夫放下他那瘦瘦的手，他表现得如此自然，冷静地站在那儿望着他，正在等他先开口。

“坐下吧，用不着拘束，先生。”他终于说，“回想起昔日，那还记忆犹新呢，林顿夫人要我诚意地接待你，你是令她那么感到骄傲的伙伴啊！当然，不可置疑，要是这样能够让她感到高兴的话，无论做什么，我都会很高兴去做的。”

“你知道的，我也是。”希思克利夫回答，“我感到很高兴，特别是我能够加入进来的事情，这让我有了家的感觉，我将很愿意在这里待一两个钟头。”

随后，他在凯茜对面的一张椅子上坐下来，看起来是如此的镇静，而她一直盯着他，唯恐一不留神，他就会随空气一起消失了一样。让人感到奇怪的是，他却没怎么抬起眼来看她，毕竟那么长时间没见过面了，但他只是时不时地很快地瞥一眼，生怕被人看到了似的。可是就是这种偷看，让他有这样的感觉，每一次都能带回一丝的喜悦，不知道他这种喜悦是怎么产生的，而且这是他那双眼睛里掩饰不住的，不仅如此，而且他们越来越不在乎了，甚至视周围的一切为空气。那是因为他们过于沉浸在共同的欢乐中，一点儿不觉得窘，一直以来都是如此。可是，埃德加先生可不这样认为，他看起来对他们的举动十分地担心和烦恼，而且都表现在了他的脸上。当他的夫人站起来，走过地毯，然后又抓住希思克利夫的手，而且笑得得意忘形的时候，这一切让埃德加浑身不舒服，而且这种感觉就达到顶点了。

“真是不敢相信，我还以为这是一场梦呢？你怎么会来找我呢？”她充满好奇地叫道，“说实话，我真不相信我又能够看到你，还能够摸到你，而且还跟你说了话，这简直像做梦似的。可是，你太自私了，狠心的希思克利夫！你真不值得我这么欢迎你，亏我一直想着你。一去三年没有音信，你不怕我伤心，而且从来没想到过我！”

“但是我敢说我想你比起你想我来，更多了一些。”他低声说，“凯茜，说真的，不久以前，我听说你结婚了，我很伤心。那时我在下面院子等你的时候，希望再见你最后一面，当时我打算只看一下你的脸，也许只是匆匆地一瞥，那也足够了，而且假装高兴，我真的高兴不起来，然后就去跟欣德利算账，让他对这件事付出沉重的代价。然后就以自杀避免法律的制裁，这是当时我唯一能够想到的。但是你的热情把我的这些怪念头都赶跑了，它们受不了你的这种热情，可是我担心下一回你会用另一种神奇的感觉来与我相见！不，我相信你不会再赶走我了，我对你像你对我一样的重要，不是吗？你曾经真为我难过来着，那是如此伤心呢，是吧？嗯，说来话长，我不打算和你细说了。自从我上次听见你说话的声音之后，我又充满了动力，我总算苦熬过来了，这一切多亏了你。但是你必须得原谅我的不辞而别，因为我奋斗完全是为了你！”

“凯茜，稍微休息一下吧！我想你们不想喝冷茶吧，看它都凉了，不然就请到桌子这儿来吧。”

林顿打断说，他简直不能忍受了，但是仍然努力保持他平常的声调以及礼貌的态度，生怕自己的冲动让他的妻子有一丁点儿的不高兴。“希思克利夫先生无论今晚住在哪里，也还得赶一段路，你不能让他为难，而且我也渴了，我们快去喝点水吧！”

听到她丈夫的话，她走到茶壶前面的座位上，这时伊莎贝拉小姐也被铃声召唤来了，她是爱凑热闹的人。然后，我自觉地把他们的椅子向前推好，好让他们坐下来，然后我就离开了这间屋子去忙自己的事了。真是想不到，这顿茶竟然没有超过十分钟。甚至凯茜的茶杯根本没倒上茶，不知怎么的，她吃不下，也喝不下。而埃德加倒了一些茶在他的碟子里，他没有浪费，也好不容易地喝下一口。那天晚上他们的客人逗留不到一个钟头，他不能够在这样的氛围中待上一个钟头以上。他临走时，没人去送他，我问他是不是到吉默顿去？

“不，我要回到呼啸山庄去，那才是我的家，”他回答，“那不是偶然发生的，今天早上我去拜访时，恩肖先生请我去住的，看起来是相当友好呢。”

天啊，我没听错吗？恩肖先生请他！他拜访恩肖先生！这怎么可能？到底都发生了些什么？他走了以后，我一脸的疑惑，我反复沉思着他的这番话，希望能让我明白一点。我开始这样想，他变得有点儿像伪君子了，这么多年的失踪让他完全变了一个人吗？他乔装打扮来这里害人吗？我胡乱地冥想着，我心里有一种奇怪的想法就是：他若是一直留在外乡，在那里生根发芽，那或许会更好一些，不仅是对别人，更是为了他自己。

大约在半夜，真是让人无奈啊！我刚睡没多一会儿，还没进入梦乡呢，就被林顿夫人弄醒了，她是那么的讨厌，她偷偷溜到我的卧房里，毫不客气地搬把椅子在我床边，拉我的头发把我唤醒，她拉得我生疼。

“我睡不着，我该怎么办？埃伦，”她说，真是很少见呢，她的态度看起来是如此的诚恳，“现在我真的很苦恼，要是有个人能分享我的幸福该有多好！那样的话我愿意付出一切代价，埃德加在闹别扭，他不怎么理我了，因为我为了一件他并不感兴趣的事情而高兴，我伤了他的心。他死都不说一句话，他在向我抱怨呢，除了说了些暴躁的傻话，他根本不搭理我。而且他说我又残忍又自私，我后悔了，因为在他这样难受的时候，我一点儿也不忍心，我还想跟他说话，不管说些什么。因为他有一点生气就总想着要生病，当我说了几句称赞希思克利夫的话，他是相当在意，不是因为头痛，就是因为嫉妒心重，然后就开始哭起来，哭得非常伤心，我受不了他的这种举动，所以我就起身离开他了。”

“你这么做太不明智了，再说称赞希思克利夫有什么好处呢？”我回答，“你也是知道的，他们做孩子的时候就彼此反感，双方没有一点儿的友好。在这样的情况下，要是希思克利夫听你称赞他，他心里也不会平静的，也会一样的痛恨的，那是人性呀！他不是一个石头人啊。我在这里提醒你，你千万不要让林顿先生再听到关于他的话了，那并不是个好事情，除非你想让他们两个人为你大吵起来，从此使事情的趋势更为严峻。”

“他应该不会的，那岂不表现出他的弱点了？”她追问着，“真是搞不懂他们心中在想些什么，我就不会妒忌，我对伊莎贝拉漂亮的黄头发；金光闪闪的，还有她的白皙的皮肤，像天空中的白云似的，看她那端庄的风度，简直迷死人了，还有大家对她表示的喜爱，对于这一切，我感觉无所谓，我从来也不觉得苦恼！甚至你，奈丽，我也不在乎，假使我们有时候为了一点儿小事发生争执，你立刻向着伊莎贝拉，劝慰她去哄她，我那个时候就会像一个没有主见的妈妈一样向她让步，只要她高兴，我叫她宝贝，亲她，把她哄得心平气和，这就是我的本事。我愿意为她做这一切，因为她哥哥看见我们和睦就高兴，看着他高兴的样子，这也能使我高兴。他们的本质是一样的，都是别人宠坏的孩子，过着不现实的生活，我曾幻想这世界就是为了他们的方便才存在的。他们是如此的任性，虽然我迁就着他们俩，尽量克制着我内心的矛盾，可是我总想好好教训他们一下，让他们好好反省反省，这也许会把他们变好。”

“你错了，不是这样的，林顿夫人，”我说，“你怎么会迁就他们？一直以来都是他们在迁就你，我们了解你，知道他们要是不迁就你，不包容你，难以想象你会成为什么样子！而现实是只要他们努力不违背你的心意，那就会如你所愿，你就得稍微忍让一下他们一时的小脾气，毕竟他们是这里唯一的主人。但是，到最后，你们会为了对方认为是头等重要的大事而分开的，而且那时候你片面地认为软弱的人也是和你一样的固执呢，你就是这样的武断。”

“照你所说，这就是我的命，我就到死也要挣扎，是吗，奈丽？”她笑着回嘴。“不！不要再问我了，我不会告诉你的，而且我告诉你，我对林顿的爱情很有信心，他这样的人，我相信你就是杀了他，他也不会想报复的，他是那样的爱你啊！”

我劝她为了他的爱情就更尊重他一些，不要再任性地做一些让他伤心的事了。

“一直以来，我都是尊重他的啊！”她回答，“尽管是这样，可是他不能为了一点儿小事就哭吧！他是个男人，他应该是顶天立地的，而那种表现让我对他有点儿失望，那仅仅是孩子气。而且，更不应该哭得那样伤心，那是软弱的表现，在一个真正的男人身上是不应该出现的，难道就因为我说希思克利夫值得尊重了，乡里第一名绅士也会以跟他结交为荣，我说的这些话，本来这是他应该说的话，可他没有说，我是替他说出来的，他竟然不明白，而且他应该感到愉快，不管怎么说，在这里他必须习惯他，包容他，甚至喜欢他，他都没有意识到，想想希思克利夫是多有理由来反对他的，可是让人意外的是他没有，我敢说希思克利夫的态度好极啦！他是个真正的绅士。”

“实话告诉你吧，他去了呼啸山庄，对这，你是怎么想的？”我问她，“显然他是一个改过自新的人，他不比从前了，简直成了基督徒，信奉神明的人，就连四周的敌人，曾经伤害过他的人，他都伸出了友谊之手！那胸怀是多么的大度啊！”

“刚刚他说明白了，我也都知道了，”她回答，“说实话，我也跟你一样感到奇怪。他说他去那里拜访是想找你，你是唯一一个能跟他好好说话的人，然后从你嘴里得出我的消息，那时候他以为你还住在那里。没想到，约瑟夫发现了他，约瑟夫就告诉了欣德利，并且问他一直做些什么，这么些年没有音信到底是怎么生活的，问了他一些像这样的话题，最后他就进去了，没把他怎么样。不过，那里本来有几个人坐在那儿玩牌，看他们如此开心，希思克利夫也加入了。开始的时候，希思克利夫总是赢，我哥哥输了一些钱给他，而且发现他有不少钱，那让他心里萌生了一种不好的想法，就让他今晚再去赌钱，可出乎意料的是他也答应了。不敢想象，欣德利居然这么荒唐，居然信任自己曾经欺辱过的人。更难想象的是，希思克利夫却说他完全不介意过去那些往事，还要找附近的房子住下来以便日后来往，因为他对我们曾住过的房子有种眷恋，它是我们共同的回忆，那是他唯一的原因，并且他还希望我会时常看望他，这是最令他高兴的事，但是如果他住在吉默顿，一切都只是白谈，就没有这种机会了，他也愿意为这种机会做他能够做的事。他打算慷慨解囊以便住在山庄，因为他现在有好多的钱，我哥哥肯定是因为他的钱而愿意不计前嫌，让他住下来而不管他是谁，欣德利总是贪婪的，他从来都不会知道生活的疾苦，即使他是一手抓钱，另一手又挥霍出去，他也不会眨一下眼睛。”

“那你认为这是年轻人的好去处吗？”我说，“难道你就不担心会发生一些不愉快的事情吗，在他们之间，林顿夫人？”

“说实话，我并不担心我的朋友，他是让人骄傲的，”她回答，“他和以前不一样了，他那健全的头脑会使他躲开危险的，不用担心，他知道事情的利害。不过，对于欣德利倒让我有些担心，他是那么的不通人情世故。至于伤害身体，那是不可能的，我是不能够允许的。今晚发生的事情使我跟上帝和人类又和解了！真不敢想象，我曾经是那样愤怒地咒骂过神，我真是疯了，希望它们能够原谅我。啊，你简直都无法相信，我曾经忍受过非常痛苦的磨难啊，不知道我是怎么活过来的？奈丽！如果那个人知道我曾是那么痛苦，他也会很痛苦的，他就应该为了他无谓的愤怒而突然地出走感到羞耻。那种生活多么的难熬啊，我一个人受苦，而他在外边还好一些，忘掉一切的不愉快。如果我表达出我时常感到的悲痛是因为他的出走，我相信，他也会像我一样地渴望着解脱这悲痛的。但是怎么说，还提它干吗呢，事情已经过去啦，再说也没什么意义了，重要的是现在我对他的愚蠢也不报复了，我已经原谅他了，今后我什么都不在乎了！因为那是没有意义的，即便世上最下贱的东西打我的嘴巴，我不会愤怒了，这时我不但要转过另一边给他打，让他消气，还要请他原谅我惹他动手，千错万错都是我的错。而且，我没有说谎，作为一个证明，我现在就让你看看，我马上就要跟埃德加讲和啦，我们还会像以前一样的。晚安！亲爱的，我简直是一个天使！”

正像她所说的那样，她就这样自信满满地去睡觉了，事实证明她没有说谎，第二天她显然已成功地实现了自己的决心。难以想象，林顿先生不仅不再像昨天那样抱怨（虽然他的情绪看来仍然被凯茜的旺盛的欢乐所压倒），而且居然不反对她带着伊莎贝拉下午一起去呼啸山庄拜访。结果真是出人意料啊！看来她确实付出了行动，她用了大量的甜言蜜语来报答他，很显然，他被她征服了。而且使家里就像是天堂一样，没有了昨天的乌烟瘴气，不论主仆都能从这无穷的阳光中获益不浅。

希思克利夫，以后我要说希思克利夫先生了，他现在的身份大不比从前了，起初还倒是谨慎地使用着拜访画眉田庄的自由权利，但是最后就不是那样了，他仿佛还是担心主人会像以前那样照模照样地对待他。不过，这也情有可原，主人就是能给人那样的一种感觉。凯茜也明智地认为在接待他时，她要注意些什么，把她过分的热情压抑一些会比较得当些，这是经昨天的事件之后她所悟到的，只见他慢慢得到了被夫人接待的权利。看到这种情况，我主人的不安暂时平息了，他收紧的心渐渐地落了下来。不过，事情没有这样结束，以后的发展使得他的不安情绪转向了另外的一方了。

那就是使他烦恼的新根源，这是任何人都没有预料到的，伊莎贝拉对这位勉强受到招待的客人，竟然表示了一种突如其来但是又不可抗拒的爱慕之情，这该是一件多么荒唐的事。那时她是一个十八岁的娇媚的小姐，正值青春年少，举止偶尔还带着孩子气，到处撒着娇。虽然还算机灵，但是如果被激怒了，那可不是好事，她的脾气也很暴躁任性。尽管是这样，但是她的哥哥深深地爱着她，宠着她，可是对她的这种荒诞的感情十分地惊讶，他不能够接受。且不用说和一个身份下贱的人联姻有失他们尊贵的身份，更不用说如果他没有儿子的话，那可就是天大的损失，他的财产很可能落在这么一个人的掌握之中，他不愿意让这样的事发生在他身上，就是这些都不用提，那也不行，他很了解希思克利夫的性格，一些别人看不到的。他知道，现在的希思克利夫，虽然他的外貌改变了，但是他的内心是不能改变的，并且也没有变。他害怕，对这样的事，他感到十分地反感，他不愿意有那种事发生，像有什么预感似的，或是会发生什么不好的事，因此，他不敢把伊莎贝拉交托给他，他是让他那样地不放心。如果他知道她的爱慕只是出于一厢情愿，而且对方以毫不动情作为报答。因为他一发现这恋情的存在，他就毫不犹豫地怪希思克利夫，认为这一切都是他精心策划出来的，甚至认为他有不可告人的秘密。

那时候有一段时间，有这样的一件事，我们都看出林顿小姐不知为什么事心烦意乱，不但如此，而且她很忧伤，我们看了都不忍心。渐渐地，她变得越来越令人讨厌，有时还说一些奇怪的话，并且常常叱骂讽刺凯茜，随着时间的流逝，情况越来越糟，眼看凯茜的忍耐就要被她的无礼耗尽了，那后果应该会很严重的。不过，大部分的时候，我们多多少少会原谅她，会为她找借口，然而就是这样的容忍，她依然变本加厉，在我们眼前萎靡憔悴下去。直到有一天，情况变得更加糟糕，她变得特别执拗，而且不肯吃早餐，还抱怨仆人不听她的吩咐，必须给予他们惩罚。那时候，她是相当自在，女主人不许她在家里做任何事，生怕她会惹出什么事端，而且埃德加也不理睬她，有时又抱怨屋门敞开使她受了凉，而我们把客厅的炉火熄灭了是存心让她生病，我们被他看成是心怀鬼胎的人。不仅这些，还有很多很多的抱怨。为了防止她再做出什么荒唐事，林顿夫人要她上床睡觉，并且把她痛骂了一顿，吓唬她说要请大夫来，如果她不听她的话。一提到肯尼思，那可不得了，她立刻大叫起来，说她感到身体十分地舒服，只是凯茜的苛刻使她不快乐而已。

“你怎么能这么说呢？你怎么说我苛刻你呢，你怎么这么没良心，你这怪脾气的宝贝？”女主人叫起来，她感到不公平，对这毫无道理的论断感到莫名其妙，“你一定是失去理性了，我如此为你着想，我什么时候对你苛刻啦？告诉我！”

“昨天，我记得很清楚，”伊莎贝拉抽泣着，“看，还有现在！”

“昨天，怎么可能？”她嫂嫂说，“什么时候呀？你说清楚一点。”

“那时候，在我们顺着荒野散步的时候，你忘了吗？你让我自己随便出去溜达一圈，把我支走，而你却跟希思克利夫先生闲逛啦！你为了他抛弃了我。”

“难道这就是你所谓的苛刻吗？你心眼简直太小了，”凯茜说，笑起来，“这并不是表示你的陪伴是多余的，你想得太多了，我们不会在意你是否和我们在一起，我只不过以为希思克利夫的话你听着也未必觉得有趣，我是怕你无聊才让你离开的。竟没想到，你竟然以为我是对你苛刻。”

“啊，不，不是这样的，”小姐哭着，“我知道你在想什么，你想我走开，因为你知道我喜欢在那儿！”

“你这是怎么了？你怎么会说出这样的话呢？”林顿夫人对她说，“伊莎贝拉，你到底想说什么，好吧，你说吧，把引起你注意的话都说出来吧。”

“随便你，我不在乎谈话，”她回答，“我要跟。”

“怎么！你倒是说清楚啊！”凯茜说，看出她犹豫着，吞吞吐吐不知道要不要全都说出来。

“实话告诉你吧，我要和他在一起，永远在一起，我不要总是给人打发走。”她接着说，激动起来。

“你知道吗，在我看来你像是马槽里的一只狗[①]，凯茜啊，而且希望所有的人都得不到爱，除了你自己！你是一个自私的人。”

“不得不承认，你是一个胡闹的小猴子。”林顿夫人惊奇地叫起来，“看你是多么的幸福啊！可我情愿忘记这些！你不能这样做，而且你没法博得希思克利夫的爱慕，你不能把他当作情投意合的人！你和他不合适，上帝保佑，但愿是我会错了你的意思，伊莎贝拉？”

“不，不是那样，你没有，”这入了迷的姑娘说，“你可能无法相信，我爱他胜过你爱埃德加，而且我相信他可以爱我的，只要你让他爱！”

“天啊，我简直是无法接受，就是现在让给我王位，让我一统天下，我也不愿意是你！”凯茜下定决心断然声明，她好像很诚恳地说着，“奈丽，我不知该怎么办了，你快帮帮我，帮帮我让她明白她在发疯，她是如此的不可理喻。告诉她希思克利夫是什么样的人，好让她死心，一个没驯服的人，不仅不懂文雅，而且没有教养，受不到人们的尊敬，就像是一片长着金雀花和岩石的荒野，不能融入社会这个大家庭。退一步讲，要是让我把你的心交给他，我是无论如何也不会同意的，我宁可在冬天把那只小金丝雀放到园子里，也不会答应你的那种不切实际的想法。可惜你不了解他的性格，他不像你想的那样好，孩子，就是这种可悲的想法，你才会胡思乱想，你的头脑里才会出现这种奇怪的梦，这是不现实的。求求你别妄想他会在一副严峻的外表下深埋着善心和情义！那是不可能的，你要明白，他不是一块没有雕刻的钻石，乡下人当中的一个含

---

① 《伊索寓言》中写一条狗卧在装满草的牛食槽里，牛饿了，前来吃草，它又狂吠阻止牛靠近，牛于是咒骂这条自己不吃，又不让别人吃草的坏狗。

珠之蚌，一个稀奇的宝贝，而是一个凶恶的、无情的、像狼一样残忍的人，你晓得他会做出什么残忍的事。我不曾对他说过，‘放过这个或那个敌人吧，尽管他们犯了错，但是伤害他们不是正大光明的，是残酷的。’我说，‘放开他们吧，他们也有人性，因为我不想他们被冤死。’所以我怕他会做出什么不好的事。伊莎贝拉，你必须要知道，如果他知道你是一个麻烦的负担的话，到时候后悔都来不及，他会把你当作麻雀蛋似的捏碎，让你死无全尸的。不要怀疑他会不会这样做，那是因为你不了解他。而且我知道他是不会爱上林顿家的人，你就不要白费力气了。他也很可能因为你的财产和继承财产的希望而跟你结婚，但是婚后你会幸福吗，这些你想过吗？他的贪婪与日俱增，甚至成了一种罪恶，他简直像个魔鬼，这就是我眼中的他。虽然他是我的朋友，但是我不会偏袒他，就因为如此，如果他真打算抓住你，而且你也心甘情愿，也许我不应该说这些，而是亲眼看着你白白掉在他的陷阱里去。”

听到这番话，林顿小姐对她嫂嫂大怒。“真是羞死人了！你竟然这么说你的朋友，”她生气地重复着，“我相信你比二十个敌人还坏，对于希思克利夫，你是一个恶毒的朋友！”

“啊，这么说来，你不肯相信我？”凯茜说，“难道你以为我说这些仅仅是出于阴险的自私心吗？”

“不错，我倒是这样认为的，”伊莎贝拉反唇相讥，“你不要把自己说得那么好，而且我一想到你就不自在！”

“好，你太让我失望了。”另一个喊着，“我不管你了，如果你有那勇气，那你就自己试试吧，到时候可别说我没事先提醒你，我已经吃了亏。既然你这么想，我也不想和你的傲慢无礼争辩了，那是没有意义的。”

“可是你坏了，我还要为了你的自私自利而受罪，你应该感到自责。”当林顿夫人离开这屋子时，她很无奈地抽泣着，“老天爷太不公平了，世上的一切都在与我作对，我究竟犯了什么错要这样惩罚我。而且她把我的唯一的安慰也毁掉啦，她这个狠心的女人。

她说的那是些什么啊，我不相信她说的话，她的话并不那么可信，不是吗？希思克利夫先生不是一个恶魔，她对他只是有偏见罢了。他有受人尊敬的心灵，一个真实的灵魂，他是个真正的君子，不然他早就把她给忘记了，不是吗？”

“不要让他走进你的心里，小姐，你并不了解他，”我说，“依我看来，他是一只不祥的鸟，当然也不配做你的丈夫，他内心是那么的丑恶。虽然林顿夫人说得过火些，可是我却不肯把她驳倒。因为我知道她比我，或比其他任何人，更了解他的心。她说的话你必须要相信，而且她说的都是真实的，她没有凭空捏造。并且诚实的人不会隐瞒他们所做的事，但是他却没有告诉我们他的经历。关于他这么些年是怎样生活的，他怎么阔起来的，他为什么要住在呼啸山庄，那是他所痛恨的人的房子呀！这一连串的问号，我们都不得而知，我们又怎么能够无条件地相信他呢？并且他们说恩肖先生自从他到来之后越来越糟了，他们之间肯定发生了一些不为人知的事情。他们整夜整夜地不睡觉，没有人知道他们在干些什么？而且欣德利把他的地也抵押出去了，他变得是如此的颓废，什么事也不做，除了打牌喝酒。这些都是真的，我在一星期以前才听说的，是约瑟夫告诉我的，他知道所有的一切，我在吉默顿遇见他。”

“奈丽，你简直不能相信，”他说，“我们房子里的人得请个验尸官来验尸啦，不幸的事都在这里发生了。因为他要挡住另外一个人，不让他胡作非为，不让他像宰牛犊一样把自己宰了，那该是多么的委屈啊！他本人也差点儿把手指头砍断，非常可怕的是，他已经没有了知觉，你知道的，那就是主人，他受到了迫害，他想去受最高审判，来替自己申冤。只要能够这样，他什么都不怕，他不怕那些裁判官，不怕保罗、彼得、约翰、马太[1]，他一个也不怕！意外的是他挺喜欢，他想厚着脸皮去见他们！好让他们知道自己的委屈来伸张正义呢！对了，还有你所谓的那个好孩子希思克利夫，你

① 保罗、彼得、约翰、马太——Paul，Peler，John，Mallhew，都是耶稣的使徒。

记得吧，真不敢相信，他可是个宝贝！你简直想都想不到，哪怕真正的魔鬼来玩把戏，他不但不会怕，他甚至还会笑。当初他来这里的时候，他从来不和人说知心话，从来没说过在那里的美妙生活，真是难以想象，是这样的方式，太阳落时起床，起来后就彼此掷骰子，大口喝着白兰地，然后关上百叶窗，尽情地享受着安逸的生活，直到第二天中午。然后，还有更不平静的，只见那傻瓜就在他卧房里乒乒乓乓乱闹一场，简直像发了狂似的，对于这样的情况就是再体面的人也都要捂住自己的耳朵，不让自己受干扰。那个坏蛋呢，他完全置之度外，他倒能恬不知耻地又吃又喝，像只猪似的，而且来到这里和别人的老婆瞎扯一番，他就是有那种本事。当然啦，这是没有关系的，他会告诉凯茜小姐她父亲的金钱是如何流到他口袋里去的，那是多么残忍的一个人啊！或者告诉她，她父亲的儿子如何在大街上骑着马飞跑，看起来风风火火，同时他不怀好意地跑到前面去给他打开栅栏吗？[①]”“听着，林顿小姐，你必须要知道，约瑟夫虽然是个老流氓，但可不是撒谎的人，所以你不得不相信。如果他所说的关于希思克利夫的行为是真实的话，他不会没事开这种玩笑的，你不会想要这么一个丈夫，他如此丧心病狂，你会吗？”

“胡说，不是这样的，你跟别人串通一气来骗我，埃伦！”她回答，“你不要说了，我不要听你这些诽谤，这对希思克利夫不公平。没想到，你真是毒辣呀，你也是个自私的人，想让我相信这世界上没有幸福！”

如果她按着自己的想法，她不愿意听别人的一点儿劝告，关于她是不是会丢开这种一厢情愿的幻想，或是永久地保留着对希思克利夫的好感，我是不能够确定的，我也不敢妄下结论。第二天，正赶上邻城有个审判会议，出于应酬，我的主人不得不去参加，这可

① 《圣经·新约·马太福音》第七章第十三节：“你们要进窄门，因为通向灭亡的门是宽的，路是大的，进去的人也多。”此处暗指希思克利夫在诱导欣德利走向死亡。

得了某人的心意。希思克利夫知道他不在，他就放宽了心，就比平时来得更早了一些，也不知道他每天都来这干些什么。这时候凯茜和伊莎贝拉坐在书房里，书房里安静得出奇，她们还在为了昨晚的事彼此敌对，谁也不吭声，那场面是相当的尴尬。小姐由于她最近的鲁莽以及在她的一阵暴怒之下，她没有控制住，不小心地暴露了自己的想法，她马上颇感惊惶不安，不知所措。而夫人也考虑差不多了，真的在与她的同伴怄气。她深深意识到，如果她再被嘲笑无礼的话，那就没那么好办了，就得让她瞧瞧对她来说这可不是什么可笑的事，让她意识到自己的无知和愚蠢。但是，当她看见希思克利夫走过窗前时，那尴尬的局面顿时烟消云散，而且她真的笑了。那时我正在扇炉子，无意间我留意到她嘴角表现出了一种恶毒的笑意，那是她对希思克利夫到来的表现。那时，伊莎贝拉也许在专心思考，也许在专心看书，没有人知道她真正在做的事，直到门被打开，她依旧没一点儿反应，她还是待在那里。她意识到，这时打算逃掉已是太迟了，时间是不会倒流的，如果能这样的话，或许她真愿意逃掉的，她可不愿在这样的情况下多待一分钟。

“你进来，真是感谢上帝你来了，而且来得正是时候。”女主人开心地喊叫，顺手拖了一把椅子放在炉火边，示意让他坐下，“你来的真是太巧了，这里的两个人急需第三人来消除她们之间的误解，而你就是那个人。希思克利夫，说实话，我很荣幸终于看到一个比我更爱你的人，你是如此的幸运。我希望你感到得意，那对你来说确实是个好事情。别瞧着她！你把她吓着了，她是我可怜的小姑，她完全对你着迷了，只要她一想到你身体上与道德上的美，她就不能控制自己的感情，她的芳心完全被你捕获了。现在我告诉你，你要是愿做埃德加的妹夫，一点儿也不是问题，你完全办得到！不，不，不要这样，伊莎贝拉，你不要跑掉，你要学着面对。”她接着说，而且带着假装闹着玩的神气，这时候她一把抓住那惊慌失措的姑娘，而她听到她说的话，已经愤怒地站起来了，她打算干点什么，“你真的想不到，我们两个人当时吵得就像猫一样，甚至要打起来了，这都是为了你，都是你造成的，希思克利夫。你知道的，在诉说爱慕誓言这方面，我简直是个白痴，我可是一个失败者。而且，我也被警告，人家已经通知我说，如果我懂得靠边站的规矩，那对我来说是没坏处的，我的情敌（她自己认为是这样的）就会毫不犹豫地把爱情的箭射进你的心灵，并使你永不变心，从此两人幸福地生活下去，而且会把我的影子永远遗忘！”

“凯茜！别再说了，”伊莎贝拉说，显出了她的所谓的尊严，她不愿意和她计较，不屑跟那紧紧抓住她的拳头挣扎，那并没有什么意义，“感谢上帝，我得谢谢你照实说，不凭空捏造，不诽谤我，冤枉我，即使是在说笑话！你还算有点儿良心。希思克利夫先生，你帮帮我，你就行行好让她放开我吧！她或许会听你的话！天啊！她怎么了？她忘记你我并不是亲密的朋友，怎么可以说出这样的话。她觉得有趣的事，或是让她开心的事，但是在我看来却是说不出的痛苦呢。”

客人听到后也没有回答，只是静静地坐下了，对于她对他所怀有的感情，他没有什么表现，好像对此完全漠不关心。这时她又转身，因为她还在被她抓着，然后低声热切地请求折磨的人快放开她。

“不行！我不能那样做，”林顿夫人回答，“我不要再被人叫作马槽里的一只狗了，你曾经这样说我，不是吗？现在你得留在这儿，看着这一切，这里没有你可不行。希思克利夫，为什么你这么安静呢？你听了我这个好消息为什么不表现出高兴呢？你应该手舞足蹈的啊！

而且伊莎贝拉发誓说埃德加对我的爱比起她对你的爱来是微不足道的，真是让人感动啊！我敢说她说了这一类的话，是不是，埃伦？你也知道的。而且自从前天我们一起散步以后她就又难过又愤怒，甚至不吃不喝来作践自己，就因为我把她从你身旁打发走了，我怎么会知道呢？要不然我也不会那么做的，她认为你是不会接受她的，是这样的吗？”

“不是这样的，我想你是冤枉她了，”希思克利夫说，并把椅子转过来朝着她们，表示愿意加到她们的谈话中，“无论如何，你是知道的，她现在并不想待在我的身边！”他就盯着这个谈话的对象，目不转睛地像是盯着一个古怪可怕的野兽一样。

这个可怜的人却无法承受这些，可以说是个正常的人都无法接受，她的心情不能平静，只见她脸上一阵红一阵白，同时眼泪盈眶，看得出来那让她很伤心，只见这时她拼命用她的纤细的手指想把凯茜紧握的拳头扳开，那让她不能忍受。而且她才扳开一个手指，片刻的工夫，另一个手指又把她抓住了，她不可能逃脱，因为她不能把所有的手指一块扳开，于是她开始用她的手指甲了，这是她没有办法的结果。只见她用尖利的指甲在捉住她的人的手上划出一道红红的月牙印子，看起来是那样的鲜明。

“好一个母老虎！你的心太狠了，”林顿夫人疼得大叫，马上把她放开，痛得直甩她的手，看她的手马上就能流出血来了，“你这顽皮的人，看在上帝的分上，我就不和你计较，滚吧，收起你那泼妇相吧，那形象可不怎么好。你真是鲁莽啊，当着他的面就露出你那爪子多傻呀！你简直疯了吧！你不能想到他会怎样看待你吗？瞧，希思克利夫！你看到了吗？这些是伤人的工具，你不得不防，你要当心你的眼睛啊！”

“不用替我担心，如果这些一旦威胁到我头上，我是不会坐视不管的，我就要把它们全都拔掉，一丝不留。”当她快步跑掉后，这时门刚刚关上，他野蛮地回答，“可是我不明白，你这样取笑这个小东西是什么意思呢，她看起来是如此的不安，凯茜？还有，你说的不是事实吧，那在开玩笑呢，是吗？”

“你错了，不是那样的，我发誓我说的全都是事实，没有一句假话，”她回答，“真不敢相信，好几个星期以来她苦苦地想着你，什么事都没心情去做。而今早又为你发了一阵疯，她平常不这样的，而且还破口大骂，就是因为我说了你的缺点，她不容得别人说你一点儿的不好，她是如此的在乎你胜过她自己，我本来是想阻止她对你的热恋，但是我意识到我没有那个本事。不管怎么样，不要再注意这事了，让它过去吧。对于我对她做的一切，我没有什么恶意，我只想惩罚她的无耻而已，让她以后更乖一点。因为我太喜欢她啦，我亲爱的希思克利夫，我警告你，我不容你专横地把她抓住吞掉，否则我是不会原谅你的。”

“这个是不可能的，所以不用担心，我是不会喜欢她的，因此不打算这样做，那是没有意义的。”他说，“除非用一种非常残酷的方式，而且那是让人难以忍受的，最平常的是每隔一两天那张白脸上就要画上彩虹的颜色，那是极其无知的表现，而且漂亮的蓝眼睛也要变成青的了，难以相信，那双眼睛跟林顿的眼睛相像得令人讨厌！”

“不，不是那样的，那是讨人喜欢的！”凯茜说，“那是鸽子的眼睛，天使的眼睛！极其的迷人呢！”

“看得出来，她是她哥哥的继承人，是吧？”沉默了一会儿，他问。

“谢谢老天！目前，我郑重警告你，你不要打这方面的主意，好好干好你本职的事就好了。记住，这份财产可是我的，和你没有半毛钱的关系。”

“说的那是什么话，不要这么敏感嘛，如果是我的，也跟你的一样，”希思克利夫说，“可是伊莎贝拉·林顿她可不疯。而且，就像你说的，我也是这么认为的，所以我们不谈这事吧。”

虽然他们嘴上是不谈了，凯茜甚至可能真的把这事忘了，她可不是个心里能装事的人，但是我却感到在那天晚上有一个人常常反复思索着，他或许在计划着什么。只要是林顿夫人一离开这间房子，他的本性就暴露了，我就看见他情不自禁在狞笑，而且陷入凶险的冥想中。这时，我感觉他不怀好意。

为了避免发生什么不好的事，我决定要留意他的动向。因为我的心一成不变地依附在主人身边，怕他会做出不利于主人的事，而不是在凯茜那边，因为我不看好她。我想我这样做是正确的，是明智的，因为主人是仁慈、忠厚，而且可敬的，他让我对他充满了信任，而她不能说是完全相反，但她不能够得到我的认可。因为她仿佛过于放任自己，不懂得约束，因此我不太相信她的为人，更不会给予她同情。这时候不知怎么的，我希望有什么事发生，不管是什么，这件事可以使呼啸山庄与田庄都平静地脱离希思克利夫，那是我们所想的，他的离开，能够让我们恢复到以前平和的日子，那是多么令人向往啊！他的拜访对于我来说就像是一场梦魇，让我很不舒服，我猜想，主人和我应该也是一样的感受。有时，我感觉上帝在那儿放弃了这迷途的羔羊[①]，不管怎样，都任由他乱来，而这时一只恶兽暗暗徘徊在那只羊与羊栏之间，而他并没有发现这一切，后面有更大的灾难在等着他。

① 指欣德利·恩肖已经堕落，不会再得到拯救。

第十一章

闲得无聊的时候，我就会胡思乱想，然后情不自禁又惊恐地戴上帽子去看看庄园。当人们在谈论着他的行为是如何如何的时候，随后我就会想起他那顽劣的个性，那桀骜不驯的个性，我深深意识到，在这样的情况下，要把他改好是没希望的，我不想再白费力气了，我不想再走近那漆黑的屋子，试图去做些什么，甚至我怀疑我的话是否为人家接受。

有一个偶然的机会，我到吉默顿去，正好绕道经过那古老的大门，一切还是那么的熟悉。就是在我的故事所讲到的那个时期。

在一个晴朗而严寒的下午，空气不怎么好，地面是光秃秃的，好像被一阵大风刚刚扫荡过一样，道路上也很硬很干。那个时候，我来到有一块大石头的地方，只见那儿大路岔开，左手一边通到荒野，那儿还有一根粗糙的柱子，像个木桩似的，北面刻着“W.H”，东面是“Q.”，西南面是“T.G”[①]，那字迹是如此的醒目。它是作为去田庄、山庄和村子的指路碑用的，怕生人在那里迷失了方向而设计的。它原来的灰顶被太阳照得光光的，没有一点儿的隐藏，这使我想起了夏天。我说不出为什么，也不知道是为什么，刹那间一种儿时的感情突然流露了出来。记得那时候，二十年前欣德利和我把这儿当作流连忘返的地方，我们时常来这里而忘记

① W.H. 原文Wuthering Heights之缩写，即呼啸山庄。G.原文Gimmerton之缩写，即吉默顿。T. G. 原文Thrushcross Grange之缩写，即画眉田庄。

了回家。我对着这风吹日晒的柱子瞅了半天，试图想出些什么，然后又蹲下来，不经意间看见靠近地底下那一个洞，它不是空的，那里装满了蜗牛和碎石子，还有很多很多的有趣的东西，那是我们最喜欢的储藏。而且，简直不敢相信，这些和现实一样的鲜明，突然间我好像看见我儿时的玩伴就坐在那里，一切又回到了从前。只见他那黑黑的方方的头向前俯着，异常的搞笑，而且他的小手里还抓着一块瓦在掘土，简直天真得可爱。

“可怜的欣德利！你怎么在这里？”我不禁叫出声来。我吓了一跳，幻觉充满了我的大脑，我仿佛看见这孩子突然抬起头来，就像是瞪着我一样，要把我吃了似的，可是一眨眼的工夫那张脸就消失了，一切都只是幻想，可是，我立刻有一种无法抵挡的渴望想去看他，哪怕只看一眼就好。这种迷信促使我遵从了这个冲动，我必须要去看看他，不知道他现在怎样了。“也许他死了呢！那我以后就见不到他了，”我想，“或者快死了吧！恐怕这是个死的预兆吧！我真的不敢再继续想下去了。”

我越走近那所房子，心情就抑制不住，我就越激动，等到一看到它，情况就更糟糕了，我四肢都不再听指挥了，顿时我就傻了眼。我感觉灵验了，那个幻觉中的鬼怪已经赶在了我前面，它在望着我。那就是我所起的第一个念头，看到他的红脸靠在门栏上，他的表情对我来说是相当的陌生。我想了一下，这是我的哈顿，我还认得他，自从我在十个月以前离开他以后，这么长时间，他好像没有什么大的变化，但他看到我却没什么举动，这让我感到很奇怪。

“上帝保佑你，真是太好了，宝贝！还能让我再见到你。”我嚷道，立刻忘掉了我那愚蠢的恐惧，“哈顿，你不认得我了吗？是奈丽呀！我是奈丽啊，你的保姆。”可是他还是向后退，我无法靠近他，也不敢再靠近他。这时，只见他拣起一块大硬石头，不知道想要干什么。

“你怎么了，我是来看你父亲的，哈顿，他还好吗？”我又说，看他的表情，即使那时候的奈丽还活在他的记忆里的话，他也不会知道我就是奈丽了。

正在这时候，他举起他的飞镖要掷，他对我充满了敌意。于是我开始说一套好话，来慰藉他那受伤的心灵，但是好像没有用，这并不能使他住手。只见那块石头掷中我的帽子，真是不幸中的万幸啊！然后是一连串的咒骂，不知道他自己是否知道在骂些什么，但是他骂得十分地老练，好像每天都在做着这样的事，甚至还有一套恶狠狠的腔调，那简直让我无法相信。你可能不能理解，这种模样使我感到的不是生气，而是痛苦。看到他是这个样子，我几乎要哭了。这时，我又从口袋里拿出一个橘子，我想他毕竟还是个孩子，想用它来讨好他，让他接受我。可是开始他犹豫着，然后从我手里发疯似的抢了过去。看此情景，我又拿一个给他看，却不让他拿到。

“谁教你说这些的，告诉我，我可怜的孩子？”我问，“是副牧师吗？他强迫你做什么了？”

“是，是那该死的副牧师，还有你！不要要我，快给我那个。”他回答。

“给你也行，但你要告诉我你在哪儿念书，我就把这个给你，”我说，“你的老师是谁？要说实话啊！”

“鬼爸爸。”这是他的回答。

“那你跟爸爸学了什么呢？能不能告诉我呢？”我继续问。

只见他顽皮地跳起来要抢水果，这时我举得更高。“他都教了你什么？你快告诉我，我就把它给你。”我问。

“没教什么，我说的是实话，”他说，“仅仅就叫我躲开他，其实爸爸并不喜欢我，由于我的顽皮，因为我总是乱骂他。”

“哦！不是他，难道是鬼教你乱骂的吗？”我说。

“嗯，不是，都不是。”他慢腾腾地说。

“那么，那干吗不告诉我是谁呢？”

“希思克利夫，是他教我的。”

我问他喜欢不喜欢希思克利夫先生。

“喜欢，当然非常喜欢。”他又回答了。

关于他的回答，我感到很奇怪，我想知道他喜欢他的理由，但是只听到了这些话。“我不知道这是为什么？爸爸怎么对付我，他就怎么对付爸爸，因为爸爸骂我他就骂爸爸。他对我很好，他说我想干什么，就去干什么，需要什么，就向他要什么。”

“如此说来，那么副牧师不教你读书写字了吗？”我追问着。

“不教了，他早就不教我了，并且他告诉我，如果副牧师要是再跨进门槛的话，那他就毫不留情，就要把他的牙打进他的喉咙里去，让他哭笑不得，这些都是希思克利夫答应过的！”

这之后，我就把橘子拿给他，并且叫他去告诉他父亲，有一个名叫迪恩·奈丽的女人在花园门口等着要跟他说话，让他马上赶来。只见他顺着小路走去，不一会儿就进了屋子。但是，结果很令人失望，欣德利没有来，希思克利夫却在门阶上出现了。看到他，我惊慌失措，我马上转身撒腿就跑，一直跑到了指路牌那儿，很长时间我的心都没有平静。这事虽然和伊莎贝拉小姐的事情并没多少关联，但是我不得不承认促使我下了决心要严加提防，不让这种恶劣的情绪扩展到田庄上来，那不知道会有什么结果呢？即使我会因此惹得林顿夫人不痛快，那我也会毫不在乎地去做。

等到下一回希思克利夫来，那是很长时间的事了，那时候我的小姐凑巧在院子里喂鸽子，她没有什么能够让你感兴趣的东西。她已经有三天没跟她嫂嫂说一句话了，她的脾气是那样的倔强，可是她不再怨天尤人了，仅仅这一点使我们深感宽慰。希思克利夫对林顿小姐向来都不会表示出一丝的殷勤，那是他一贯的作风。他一看见她，第一个警戒的动作却是往屋子里扫视一下，好像在做着什么不可告人的事。那时我正站在厨房窗前，唯恐他看见我，我就往后退了一步，只见他穿过石路来到她跟前，不知说了些什么，让她只想推开他。可是为了不让她走，他抓住她的胳膊。她没有和他直视，显然他说了一些她不愿意回答的事情。接着他又很快地瞄一眼房屋，确保没有人看到这一切，真是胆大包天，这流氓竟厚颜无耻地拥抱了她。

“犹大[1]。你这不知羞耻的人，背信的人！”我突然叫出声来，“你是个伪君子，是个虚伪的人，难道不是吗？”“是谁呀，你在跟谁说话呢，奈丽？”在我的身旁发出了凯茜的声音。那时，我只顾着看外面的情况，竟没有感觉到她进来。

“那还用问吗？你那卑鄙无耻的朋友！”我激动地回答，“就是那个鬼鬼祟祟的流氓，他太不知羞耻了。啊，不好，他看见我们啦！看他就要进来啦！记得吗？以前他说过他恨你，不知道他现在会找什么借口来解释他为什么跟小姐求爱？”

林顿夫人看见伊莎贝拉挣脱开跑到花园里去了，她都明白了。大概一分钟以后，希思克利夫进来了。当时我忍不住要发泄我的怒火了，可是凯茜不许我吭声，要我保持安静，否则就让我离开厨房。

“快闭嘴吧，看你这么猖狂，别人还以为你是女主人！”她喊，“你时时刻刻要知道你仅仅是个仆人，希思克利夫，你疯了吗？竟然惹起这场乱子？我曾经说过你千万不要惹伊莎贝拉！你怎么不长记性呢？除非你不想再来这里了，或者愿意林顿对你使闭门羹！”

“不会的，上帝也不允许他这样做的！”这个恶棍回答，“上帝会使他柔顺而有耐心的！上帝是那样的仁慈，我早想把他送到天堂去了，我想得都快发疯了！”

“嘘！别再这么说了，”凯茜说，顺手关上里面的门，“你就行行好吧，不要惹我烦恼了。你为什么无视我的请求？难道是她故意找你吗？”

“你说的是什么话，跟你有什么关系？”他怨声怨气地说，“如果她愿意的话，我就可以吻她，这是我们的权利。我和你没有什么关系，你用不着为了我而嫉妒！”

“我怎么会为了你而嫉妒呢，”女主人回答，“我只是出于对你的爱护罢了。我是无所谓的，如果你喜欢伊莎贝拉，那你就娶

---

① 耶稣十二门徒之一，为了一袋金币将耶稣出卖，导致耶稣被钉死在十字架上。后多用指代叛徒。

她，做她的丈夫。可是你喜欢她吗？爱她吗？说实话，希思克利夫！可是你不敢回答，我就知道你不喜欢她！”

“而且林顿先生会把妹妹嫁给一个这样让他不放心的人吗？”我问。

“不，林顿先生不会同意的。”我那夫人决断地回嘴。

“他可不想惹祸上身，”希思克利夫说，“就算没有他的同意，我也能这样做。至于你，凯茜，我们既然谈到这儿，那就打开天窗说亮话吧，我要你知道，你以前是怎么恶毒地对待过我的，你听见了吗？如果你以为我没有看出来，把我当成傻子，那你就错了。如果你认为你那甜言蜜语能迷惑我的话，那你就是个十足的白痴。如果你认为我将忍受下去，而不想去报仇的话，这恰恰相反！我会让你对我大吃一惊的，谢谢你告诉我你小姑的秘密，我肯定会利用这一点的。你就靠边站吧！不要做无谓的反抗。”

“你性格又上升到了什么阶段了？”

林顿夫人惊愕地叫起来：“我曾经对待你很恶毒，现在你要报复我，但是你要怎样报复呢？真是忘恩负义的畜生！”

“怎么这么想呢？我是想要对你复仇，”希思克利夫回答，火气明显稍减，“并且那不在计划之内。曾经你为了使自己开心，把我折磨到死，这一切我心甘情愿，没有怨言，只是别阻止我用同样的方式来使自己开心，你可以做的，为什么我不能够做呢？你既铲平了我的宫殿，就不要再搭建一个茅草屋，而且把这草屋作为一个家赏给我，那是多么伤人心啊！我要是相信你说的话，我都可以割断我的喉咙！”

“啊，我并不妒忌，是吧？”凯茜喊叫着，“好吧，我不想再说这件事了，那简直就跟把一个迷失的灵魂献给撒旦[①]一样的糟糕，我可不愿再想它了。还有你的快乐，简直和魔鬼一样可怕，是建立在别人的痛苦之上。埃德加在你来时大发脾气，一发不可收拾，直到现在才平复下来，而我也刚安稳平静下来。但是你，知道了我们

① 基督教中对魔鬼的称呼。

的平静就感到了不安，伺机还要想闹出点儿骚动。随便你吧，跟埃德加吵去吧，欺骗他妹妹吧！那是你的本事，而对于我，你也算报了仇了。”

谈话就这样停止了，这时林顿夫人坐在炉火旁，只见她两颊通红，闷闷不乐，这一切都是希思克利夫造成的。而他交叉着双臂站在炉边，看着轻松自在，实际上却思考着一些恶毒的念头。就在这种情况下，我离开他们去找主人，我打算把这一切都告诉他，而他也在奇怪什么事使凯茜在楼下待了这么久。

“埃伦，你怎么来了？”当我进去的时候，他说，“你看见太太没有？她下去好长时间了。她会去哪呢？”

“我看见她了，她没去哪，她在厨房里，先生。”我回答，“她现在很不开心，她被希思克利夫先生的行为搞得很不高兴，那讨人厌的人。我现在是在考虑他以后进入田庄应该受到怎样的接待。首先太随和是有害的，并且现在已经到了这个地步。”我就把院子里的一幕细细地述说一番，让主人明白，而且更有甚者，我把这之后的整个争执过程全说了，我想那是对的，主人有权利知道这一点。我认为我的叙述会对她有利，除非她疯了，她自己为她客人辩护起来，那就是她自作自受。还真是不容易，埃德加·林顿很费力气地把我的话听完了。看得出来，他并不认为自己的妻子有什么过错。

“真是不知天高地厚啊，这是不能令人容忍的！”他叫起来，“她把他当朋友，本来没什么，并且还迫使我和他来往，我怎么能够跟他做朋友呢，大言不惭真是有失体统！给我从大厅叫两个人过来，埃伦。凯茜不能继续和这个混蛋争执了，我已经太迁就她啦，她简直就无法无天了。”

之后他下了楼，并且叫仆人们在那里等他，便快步地向厨房走去，我紧跟着他，生怕和他差开一点儿距离。这时候，厨房里的两个人又激怒地像刚刚那样争论开了。林顿夫人总有用不完的力气咒骂着。而希思克利夫已经走到窗前，他垂着头，没有了刚才的傲气，显然冷静了下来。这时他先看见了怒气冲冲的主人，便赶忙让她停住，她一发现他的暗示，便立刻停住了，顿时消了她的那股怒气。

“这是怎么回事？你这是怎么了？”林顿对她说，“那个下贱的人对你如此无礼，你却还要待在这儿，你究竟对遵守礼仪了解多少呢？让我说吧，我猜想，就因为他平常就是这样，因此你觉得这没什么，或者说你已经习惯了他的下流，而且还强迫我也能习惯吧！”

“你怎么这样说，难道你一直在门外偷听吗，埃德加？”女主人问，她的那种盛气凌人的声调分明是想引起她丈夫的生气，她知道他会迁就她，并表示自己满不在乎他的愤怒。对于希思克利夫，刚开始还抬眼看看，还时不时地发出了一声冷笑，似乎是故意要引起林顿先生的注意，事实证明，他得逞了。可是埃德加却没有想过要对他施暴。

“你知道的，我一直对你十分忍耐，但你要把握分寸，先生。”他平静地说，“我这样做的原因，并不是我不晓得你的性格，而是我认为你应该有一部分的责任要负，而且凯茜愿意和你来往，由于她的坚持，我默许了，但是看起来好像很傻。我不得不说，你的到来简直就是一块毒素，可以把任何一个人都玷污了。因为这个缘故，或者更糟的结果，我现在就通知你，今后我不允许你到我家里来，并且现在我要你马上离开。如果再耽搁三分钟，你就要被迫离开这里了，我没有和你开玩笑。”

希思克利夫不以为然，反而从上到下地打量着说话的人。

“凯茜，真是看不出来啊，你这只可怜的羔羊吓唬起人来倒像只水牛！”他说，“说实在的！林顿先生，我非常抱歉，打倒你可是一件再容易不过的事了！你难道没有想过吗？”

这时，我的主人向过道看了一眼，暗示我叫人来，他可没有冒险做单打的打算，因为他知道对方的本事。我服从了这暗示就出去了，但是林顿夫人起了疑心，就跟了过来，当我打算叫他们时，还没等我开口，她把我拖了回来，很显然我没得逞，只见她把门一关，并上了锁。

“这是一个公平的法子！不是吗？”她说，这是对她丈夫的回答，“不要说我心狠，如果你不能打败他，那就道歉，要么你就自己挨打，这是你自找的。其实也没什么坏处，这可以教训你，叫你没事别充英雄好汉，那可不是那么好当的。如果你要拿这钥匙，我就把它吞下去！我不骗你，我对你们两个的好心竟然得到这样的回报！到头来，我得到的竟是盲目的忘恩负义，愚蠢得荒谬！我真是太不值了，埃德加，你太让我失望了，我一直以来都在维护你和你所有的一切，可是现在，你却这样对我，我现在真希望希思克利夫能把你打个半死，因为你竟敢把我想得这么坏！”

其实并不需要什么鞭打了，用不着那样，在主人身上已经产生了这样的效果。因为他试图从凯茜手里夺来钥匙为了免遭厄运。但是为了保险，她彻底把它给毁了，因为钥匙被她扔到了火炉中最炙热的地方里了，这对主人来说简直是晴天霹雳。于是埃德加先生神经质地发着抖，他的脸没有了血色，非常的吓人。他无论怎样也不能掩饰这种激动的感情，仅仅这样，就完全把他打倒了。

“啊，天呀！在古时候，这会让你加官晋爵的。”

林顿夫人喊着：“我们给打败啦！我们给打败啦！你快点振作起来吧，希思克利夫就要准备对你动手了，你快起来，打起精神来吧，我敢肯定你不会受伤的！你这楚楚可怜的样子还算不上是一只绵羊，而像是一只吃奶的兔子！你可真是丢脸啊！”

“我希望你在他身上得到欢乐，凯茜！”她的朋友说：“我简直不敢相信，但我为你的鉴赏力向你恭贺，还真是值得庆祝呢。我真是想不通啊，你不选择我反而选择那个流着口水、打着战的家伙！我都不愿用我的拳头打他[1]，我怕弄脏了我的手呢，不过，要用我的脚踢他倒还可以，这样我会很过瘾的。看啊！他是在哭吗，还是他吓得已经昏过去了？这软弱无能的人。”

只见这家伙走过去，毫无预警地把林顿靠着的椅子一推。谁知

① 在当时的英国，拳头对拳头才是绅士的行为。

我的主人很快地就站直了，还没等希思克利夫缓过神来，主人就结结实实地朝他喉头一击。这一击还真不得了，希思克利夫足足有一分钟喘不过气来。等他喘过气来的时候，林顿先生已经从后门走出，经过院子到前面大门去了，这一切让他始料未及。

“啊！经过今天的事，你是不能再来这了。”凯茜叫着，“现在，马上走吧！他应该是去找帮手去了。如果他真的听见了我们的话，他是永远不会原谅你的，所以你最好还是赶快离开。还有你刚才的行为对我十分的不利，我可能会倒霉了，希思克利夫！可是，不要管我了，走吧！听我的话，赶快！我宁可看见埃德加倒霉，也不愿意看见你倒霉。”

“我白白挨那一拳，你以为我会善罢甘休？不可能的。”他对刚才的事大发雷霆，“我对着地狱发誓，绝不！我怎么会忍受这样的羞辱？我告诉你，在我跨出门槛之前，我就要采取行动，我要把他的肋骨打个粉碎！即使现在不揍他，我也总有一天要杀死他以解我心头之恨。所以，既然你不想让他死，就让我狠揍他！你就不要插手。”

“他是不会回来的，他已经得到了好处，”我插嘴说，为了让他马上离开，撒了个谎，“看那边，有马夫和两个园丁在那儿，他们正等着收拾你呢，你不是要等着被他们扔到马路上去吧！而且他们个个都有根棍子，你不能和他们对着干，那对你来说没什么好处。”

园丁和马夫确实是在那儿，不仅如此，林顿也跟他们在一起。而且他们已经走进院子来了，个个凶神恶煞。看此情景，希思克利夫一转念，决定避免不自量力地独自和三个人单挑。只见他抓了把火钳，用它撬开里门的锁，在他们进来时，他已经成功逃离了。

林顿夫人对今天所发生的事非常激动，所以叫我陪她上楼。谢天谢地，她不知道造成这场乱子也有我一份，而且我不敢让她知道。

“我快疯了，你知道我此刻的心情吗？奈丽！”她嚷道，一屁股扑到沙发上，“我告诉你，现在好像有一千个铁匠的锤子在我的头里敲打！你告诉伊莎贝拉躲开我，这一切都是她的错，这时候谁再惹我生气的话，我真是要疯了。还有，奈丽，如果你今天晚上再看见埃德加的话，就跟他说我患了重病，他使我难过极了！不想再看见他，而且我也要吓唬他。即使这样，他还会回来，又要像怨妇一样。而我断定我一定会对他的抱怨回嘴，天晓得我们会闹到什么地步！你愿意这样做吗，我的好奈丽？你懂我的，你晓得在这件事上不能全怪我。但是他是怎么回事呢？为什么会在一旁偷听呢？真是想不明白。现在，造成这样的结果，就是因为这个人拼了命要来偷听。我敢说，如果埃德加从一开始就没听到我们的话，那结果绝不会像现在这样糟糕。真的，我不骗你，我为了他而骂希思克利夫，为了他骂得声嘶力竭之后，他却毫不领情，倒是跟我嚷开了，我简直不能忍受了。我觉得，无论这一场戏怎样结束，结果是不会变的，我们肯定是要分开的，这是必然的。好吧，如果我不能让希思克利夫做我的朋友，我会不高兴，那样我就要肠断心碎。但是当我走向极端的时候，不得不承认，这倒是结束这一切的迅速方法！所以我不得不这样做。到目前为止，可以说他一直很谨慎，唯恐把我惹急了，结果会一发不可收拾。你一定要把这些细节跟他讲明白，如果放弃原来的办法就会招来伤害，他是不愿意那么做的，而且提醒他我的暴躁脾气，最好说得厉害一点，只要一发作就不会停住，不管做什么去弥补，都是没用的。并且我希望你能收起你脸上那种冷漠无情的神气，我现在是多么的可怜啊！对我稍微表示点关心吧！这是你的义务。”

我接受这些指示时所表现出的冷静的神气，不得不让人恼怒。因为这些话确实说得十分诚恳的，它没有让人拒绝的理由。对于一个在事先就计划着怎样利用自己的暴躁脾气，即使在爆发的时候，她也能控制住自己的情绪，不让它爆发，而且我也不愿意照着她的想法去“吓唬”她的丈夫，不愿意和她同流合污。因此当我遇见主人向客厅走来时，只是礼貌地回敬他，我也没说什么，却转过身来，看他们会不会开始新的争吵，像凯茜说的那样。

他开始先说话了，语气是那么的平静。

“你不用不自在，你就待在那儿吧，凯茜，”他说，他的声调毫无怒气，但却充满着悲切、沮丧，“跟你说实话吧，我并不打算在这儿多待一刻钟。你要明白，我今天来，我不是来吵架的，也不是来求和的。一句话，我就问你一句话，我只是想知道，经过了今晚的事情，你和你那朋友是不是还保持着原来的关系，仅此而已。”

“啊，你还真是得理不饶人啊，”女主人打断了话，狠狠地跺着脚，“你就发发慈悲，可怜可怜我吧，不要在我面前提这件事情了！你知道我正在为这件事情难过呢！你这冷血的人，你的血管里尽流着冰水。看见你这种冷冰冰、不近人情的模样，我真是伤心呢，我的血液沸腾得更加厉害啦！简直要涌出来了。”

“只要你回答了我的问题，我就马上如你所愿离开，绝不逗留。”林顿先生坚持说，“你必须回答，别想再吓唬我，因为我发现，你完全能够控制好情绪。这个答案你必须选择，今后你要放弃希思克利夫呢，还是放弃我？还是你要同时既做我的妻子，又做他的朋友，不过我告诉你那绝对是不可能的，我很想知道你到底要选哪个，快点给我答案吧。”

“不用想，我真想你们都躲开我！我现在不想看到你们其中的任何人。”凯茜狂怒地大叫，“我要求你们躲开我！让我解脱了吧！你难道没有看见我都快站不住吗？那还这样的逼迫我，埃德加，你离我远点！我恨透你了。”

她开始抓狂了，她拉铃，愤怒促使她把铃拉断了，我慢腾腾地走进来，只见她躺在那儿发了疯似的用头猛撞沙发的把手，那副咬牙切齿的样子像是要把自己的牙齿咬碎！对于这样的情况，林顿先生刹那间感到既悔恨又恐惧，他不知道能够做什么，就站在那儿看着她，还吩咐我去拿点水来，好好照顾她。一会儿，我就端来满满一杯水，可是她死也不肯喝，我只好把水泼到她的脸上。仅仅用了几秒钟，她就挺直了身体，精神焕发，可是她的双颊看起来情况很不好。林顿先生看到了这一切，很显然他吓坏了。

“别担心，这没什么了不起的。”我低声说。我不希望他向她让步，尽管这时我自己心里也七上八下的，我也不晓得会发生什么。

“看，怎么回事？她嘴唇上竟然有血！”他说，颤抖着。

“没关系！不用大惊小怪。”我刻薄地回答。我还告诉他，这是她的阴谋，她早就安排好了在他来之前就大疯一场的，事实证明，她就是这样做的。我没留意，还特地把声音抬高了一些，生怕他听不到。这可倒好，她听见了，因为她突然站了起来，只见她的头发披散在肩上，眼睛冒火，脖子和胳膊上的青筋都反常地突出来。看到这一切，我怕了，我怕我的厄运会把我毁尸灭迹的。但我还是硬着头皮做好准备，可是出乎意料的是，她只是向四周望了一下，然后就冲出屋去。不知要跑到哪里去，主人叫我跟着她，怕她会有什么意外，我一直跟到了卧室的门口。可是她关紧了门，很明显她要把我挡在外边。

第二天早上她一直不肯下楼，更不要说去吃早餐了，最后我去问她要不要给她拿些点心过去，好歹要吃点。“不！不要！”她断然回答。午饭吃茶时，我又重复了一遍。第二天早上照样，而且回答都是一模一样的。而林顿先生呢，这时候他在书房里消磨时光，妻子的冷淡让他没有了耐性，尽管无聊，他也不再关心他的妻子了。伊莎贝拉和他碰面谈了一小时，他试图想从她口中知道些什么，可是事实并非如此，他从她躲躲闪闪的回答中根本听不出什么，于是双方都很不满意地终止了这场谈话。不过又加上了一个严肃的警告，就是：如果她对那个下等的求婚者有什么想法的话，那么他将毫不犹豫地和她断绝兄妹之情。

第十二章

林顿小姐闷闷不乐地走来走去，她总是沉默，泪流不止，而且哪都不愿意去。她哥哥则把自己埋在书堆里，我想他并没有心思去看，这只不过是他掩饰内心情感的一种方式，而他真正的用意在苦苦地期望凯茜对她的行为感到后悔，主动来请求谅解。然而令他失望的是：她绝食了，大概还指望这也能影响他的食欲，只是由于骄傲他才没有跑去跪到她的脚前，请求她的原谅。我照样干我的事情，我深信田庄墙内只有一个清醒的灵魂，而我肯定就是这灵魂的宿主。我对小姐并不滥用关心，对我的女主人也不滥用甚至我对我主人的叹息也不大在意，我感觉我马上要脱离了他们，他们要是愿意的话，就会来找我的，而不是按兵不动。虽然一个令人高兴的过程，但是它还是要进行下去，正如我起初所想的那样，事情还没有那么糟，我开始庆幸在进展中有一线曙光了，它是通向光明的。

第三天，事情终于发生了转机，林顿夫人开了门闩，因为她把水壶和水瓶里的水全用完了，人在短期内离开饭行，离开水可不行，她要我重新添满，而且还要一盆粥，已经三天不吃了，因为她相信她快死了。我想这话是说给埃德加听的，只有他会相信她。我才不会相信她的话呢，所以我并没有告诉主人，也没打算告诉他，就给她拿了点茶和烤面包。她吃得津津有味呢，然后又躺在她的枕头上，继续握紧拳头并呻吟着。

“啊，老天爷啊！我要死啦！”她喊叫，“我马上就要死了，因为没有人关心我，照看我。真希望我刚才被饿死了，上帝啊！你把我带走吧，不要再让我受这种煎熬了。”

过了好一会儿，我又听见她嘀咕着：“不，我才不会这么傻呢？我不要死，我要好好活下去，我死了的话，他会高兴的，看得出来他根本不爱我，而且他永远不会想起我的！”

“你还需要什么吗，我帮你去准备，太太？”我问，不去理会她那怪异的表情和夸张的态度，我表面上还是十分的平静。

“我就问你一句话，你老实回答我，我无情的丈夫在做什么？”她问，把她又厚又乱的鬈发从她那苍白的脸上往后一推，“不要对我说谎，他是得了昏睡病啦，还是死啦？”

“怎么这么说呢？他很好，没什么事，”我回答，“我想他的身体挺好，虽然看书占据了他大多数的时间，他整天埋头在他的书堆里，没有办法，因为他没有别的朋友能和他做伴了，他是那么的孤独。”

假如我当时知道她真实身体状况的话，就算打死我，我也不会那样说了，可是我没法摆脱我对她的看法：她是故意装出这种吓人的病的，好让别人对她表示同情。

“天啊！他竟然埋头在书堆里！”她叫，惶惑不安了，“在我就快要永久离开的时候？我正在坟墓边缘上挣扎！我的天！他在做些什么，他知道我变成什么样子了吗？”她接着说，还不时地瞪着挂在对面墙上镜子中自己的影子，“那是凯瑟琳·林顿吗？我简直不敢相信，你老实说，他是不是认为我在撒娇。你就不能告诉他我病得十分地严重吗？并且这是真的，奈丽，我想还来得及，只要我一知道他在想什么，我敢保证，我就要在这两者之间选择一个，或者马上饿死，永远不再见面，即使这样，那也不算是惩罚，要不就是疾病痊愈，恢复健康，永远离开这里，不要再回来。喂，你说的话是真的吗？你所说的关于他的话都是真实的吗？难道他一点儿也不念夫妻之情，他对我的生命真是这样漠不关心吗？”

“哎呀，想哪里去了，太太，”我回答，“主人从来没有想过你会发狂，他当然也不会怕把你饿死啦。”

“你以为不会吗？你们都以为不会吗？你就不能告诉他我会的吗？你难道就不会替我想想吗？”她回嘴说，“现在你马上去跟他说！说这是你自己想的，说你断定我一定会死！”

“不，不会这样的，你忘啦，林顿夫人，”我提醒着，“我还记得呢，今天晚上你已经吃了点东西，而且吃得很香，那已经足够了，放心吧，明天你就会好了。”

“只要我能断定，他就会有危险，甚至会要了他的命，”她打断我说，“如果是那样，我就立刻杀死我自己！真不敢相信，这可怕的三个夜晚，我连眼皮都没有合一下。啊，我简直是受尽了折磨！我上辈子造了什么孽，我给鬼缠住啦，奈丽！我怀疑你并不喜欢我了，是吗？多奇怪啊！我本来以为，虽然每个人都互相憎恨轻视，可是每个人都是爱我的，他们会为我放弃仇恨。但结果并不是那样，仅仅几个钟头的工夫，他们都针锋相对，他们是变啦，我肯定这儿的人都变啦。正如伊莎贝拉是吓破了胆，心里纠结着，害怕到这里来，看着凯茜死去将是多可怕啊，她可不愿意看到这样的事。埃德加眼睁睁地看着事情完结，然后向上帝祈祷致谢，感谢上帝让他家又恢复了往常的平静，然后就去看他的书了！他是如此的狠心，我都是快要死的人了，他竟然还有心情跟书打交道，他到底存的什么心啊？他的良心被狗吃了吗？”

我给她讲述的是林顿先生那听天由命的态度，可是她受不了这些了。只见她翻来覆去，不能静下来，甚至到了疯狂的地步，她表现出一些不正常的举动，而且用牙齿咬撕枕头，好像那是她的食物一样，然后浑身滚烫地挺起来，命令我把窗户打开。那时正值仲冬季节，东北风刮得很厉害，我极其地不愿意。可是她脸上闪过的怪异表情和情绪的变化令我着了慌，我就妥协了，而且使我想起她上次的病以及医生的告诫，经过那件事之后，她是不能再受任何的刺激的了。可是一分钟以前她还很凶，现在，也不管我的态度，她似乎又找到了孩子气的解闷法，只见她顽皮地从缺口那里掏出一片片的羽毛来，然后把它们分类排列在床单上玩弄着它们。

“看啊，这是火鸡的毛，”她自己嘀咕着，“这是野鸭的毛，这是鸽子的毛。啊，不可思议，他们把鸽子的毛放在枕头里啦！原来如此，怪不得我还活着！[①]等我躺下的时候，我一定要想着，我可得小心，躺下的时候先把它扔到地板上，以免把它们都压死。这是公松鸡的毛，这个是田凫的毛。它们都是漂亮的鸟儿，曾在我们头顶上飞翔。它必须马上要到它的窝里去，因为就要下雨了。不然它们会被雨淋到的，这根毛是从荒地里拾来的，这只鸟很幸运没有被打中。可恶的希思克利夫在那上面布了一个机关，以后大鸟都不敢来了，它们不想被捉住。我不让他再打死一只田凫了，他答应了，他就真的没打过。是的，还有这里！你看到他打死过我的田凫没有，奈丽？看它们是不是红的，到底有没有红的？让我瞧瞧它们受伤了没？”

“清醒点儿吧，别耍这种小孩气了！那是很幼稚的。”我打断她，顺手把枕头拖开，因为她把里面的羽毛一点点地往外掏，眼看马上就被她掏空了，“你赶快躺下闭上你的眼睛，好好休息一会儿，你搞得一团糟！你看你都做了些什么，这些毛像雪片似的乱飞。”

我四下里去拾毛，简直搞得我手忙脚乱。

“奈丽，你呀，老糊涂了，”她似乎是在跟我说梦话，“你真是老女人了，你有一头白发和弯肩驼背，走路还摇摇晃晃。这张床是彭尼斯顿岩底下的仙洞[②]，你正在用的石镞打算伤害我们的小牝牛，你心肠是如此狠毒，当我靠近时，你就假扮成这些羊毛来迷惑我，当然那是你五十年后的样子。我还没傻呢！你搞错啦，事实并不是那样，不然我就相信你是那个恶毒的巫婆啦！我知道现在是

① 旧时英国风俗，在临危的病人床上放一小袋鸽子羽毛，可以让病人的灵魂一直无法离开躯体，始终保持在弥留状态，直到亲人全部赶回，见到最后一面，再撤掉鸽子羽毛，病人便可安心离去。

② 作者住宅附近山崖下的洞穴，旧时，英国人普遍相信洞穴中住有小仙人、精灵等。

夜晚，那边还有两支蜡烛，它们把那黑柜子照得像黑玉一样闪闪发光。”

“黑柜子？这边哪有黑柜子，在哪儿？”我问，“你是在发昏吧，或者你是在说梦话吧！”

“你没看到吗？它靠在墙上的，而且它一直都在那里，”她回答，“这真是挺奇怪的，我瞧见里头有个脸！”

“清醒点儿吧，这屋里没有什么柜子，不仅现在没有以前也没有过，”我说，然后坐到我的座位上，这时我拉起窗帘，好清楚地看着她。

“不是的，你看见那张脸了吗？”她追问着，目不转睛地盯着镜子。

不管我说什么，我就是不能让她明白我内心的感受。没有办法，我就用一条围巾盖住它。

“它就在后面，它一直不离开我。”“看啊，它动啦，那是谁？我真希望它不要再出来了！啊！奈丽，这屋闹鬼啦！别走，我害怕一个人待着！它会害了我的。”

我握住她的手，叫她保持冷静，因为她浑身痉挛着，而且她的眼睛还是死盯住镜子不动，好像那里真有什么东西似的。

“别瞎想了，这儿没有别人！”我坚持着，“镜子里的那是你自己，林顿夫人，你刚才还说来着，你又忘了吗？”

“我自己！怎么会呢？”她喘息着，“不可能的，现在钟打十二点啦！那儿，那是真的！真是太可怕啦！”

她的手指紧紧揪住衣服，然后又遮住眼睛。看此状况，我想最好还是去叫她的丈夫，我本来想偷偷地溜出去，可是一声刺耳的叫声使我打消了那个念头，那围巾从镜框上掉下来了，把她吓得惊慌失措。

“哎呀，你在干什么？究竟是怎么回事呀？”我喊着，“现在看吧，谁是胆小鬼呀？醒醒吧！别乱想了，那是玻璃镜子，林顿夫人，好好看看吧，镜子里面的人就是你自己呀，边上还有我，你该相信了吧。”

她哆哆嗦嗦，昏头昏脑，把我抱得紧紧的，尽管是这样，不过恐怖的表情渐渐从她脸上消失了，苍白的脸色也消失，呈现在我面前的是羞臊的红晕。

“啊，不好意思，亲爱的！我还以为我在自己家里呢，”她叹着，“我以为我是躺在我的闺房里。因为我软弱无力，甚至脑子都糊涂了，我就不知不觉地叫起来。什么也别说了，就留下来陪着我。”

“你知道就好了，好好睡一觉会对你有好处，太太，”我回答，“我希望你经过这样的事后，你不再有那些死的想法了。”

“啊，真希望我在我自己的床上！”她难过地说，“我想念我的房子了，还有那在窗外呼啸着的风，快让我感受感受这风吧！它是从旷野那边直吹过来的，好熟悉的感觉啊，快让我吸一口吧！”

没有办法，我为了让她安静下来，我就把窗子打开了一会儿。突然一阵冷风冲进来，我马上又关上窗。她现在倒是平静了许多，只是脸被眼泪冲洗着。耗尽了体力之后，她的精神完全垮了。

“你快告诉我，我把自己关在这儿有多久了？”她问，忽然精神恢复过来。

“那是在星期一晚上，”我回答，“而现在是星期四晚上，或者说现在是星期五早上了。”

“什么！怎么可能，还不到一个星期？”她叫，“我以为过了好久了，真的就这么短的时间吗？”

“仅仅依靠冷水和坏脾气活着，不容易了，这算是长时间的了。”我说。

“唉，真是不敢相信，我感觉好像过了好长的时间啦。”她疑惑地喃喃着，“那时候，我记得他们争吵后我还在客厅里，而且埃德加狠心地惹我生气，我不能容忍他就来到了这屋里。我关上门，顿时感觉整个世界都变成了黑暗，我无力地倒在地板上。我感到，如果他嘲弄我，我会发病，甚至是发疯的！我已经不能控制住我自己了，对于我的感受，他也许想都没想过，我不想再听到他的声音了。我就这样想着想着，天就亮了。奈丽，我想要你告诉我，什么想法总是在我面前不断地闪来闪去，它们都快要让我发疯了。我静静地躺在那儿，头靠着桌子腿，我的眼睛模糊地只能辨认出窗户玻璃，我想我是在家里。我的心感到非常的痛苦，因为我实在太难过了，可是我刚醒过来，却又忘记了我的感受。我思索着，想想我这是怎么了。最奇怪的是，我失去了一段时间的记忆，我都记不起是否活过了这七年。那时候我还是一个孩子，刚刚离开我们的父亲下了葬，因为欣德利命令我和希思克利夫分开，所以我感到很痛苦。那是我第一次被人抛弃，而且哭了一整夜，不知什么时候睡着了，后来就醒了过来，我想把嵌板推开，我的手一下子碰到了桌面！我用手一拂，没想到记忆也回来了。我真不明白我怎么会这样的倒霉，我又没犯什么事。可是，让我想想，假如在十二岁的时候我就离开了山庄，想想那往事，我的一切却又都被割断了，时间转瞬即逝，而我一下子就成了林顿夫人，画眉田庄的主妇，一个陌生人的妻子。从此以后我就成了一个孤独的可怜人。你简直无法想象我沉沦的深渊是什么样子！我也不在乎你相不相信，奈丽，真让人伤心，你也帮助他使我不得安宁！你应该跟埃德加说叫他不要来惹我！啊，我现在很不舒服，我心里像火烧一样！但愿上帝让我再变成一个女孩子，像以前一样的女孩子，而且任何伤害都不能碰到我，不会压得我发疯！为什么我会变成这样？为什么几句话就使我的血激动得这么沸腾？我相信若是我离开了这里，我就会清醒的。再把窗户打开一些吧，快啊，你为什么站在那不动呀？”

“因为我不想让你冻死，你没看到外边的天气吗？”我回答。

“你的意思是把我最后的一点儿希望也抹杀掉吗？”她愤愤地说，“无论如何，我还没那么虚弱，你不给我开也没关系，我要自己开。”

她说着就行动，我已经来不及阻止她，只见这时她已经从床上溜下来了，走得极不平稳，把窗推开还探身出去，根本不在乎那冷风怎么折磨她。我开始是恳求她，发现没有用，后来就打算硬拉她缩回来。可是我发现我的体力远远赶不上她，因为她已经神经错乱（她确是精神错乱了，后来我看她的动作与胡言乱语才相信的）。那天没有月亮，四周黑漆漆的一片，不论哪里，都不能够射出一丝的光亮，所有的亮光早就熄灭了。呼啸山庄的烛光，在这里是从来不会看到的，可她还是硬说瞅见了它们。

“瞧！我看到了，”她热烈地喊着，“那就是我的屋子，里面还点着蜡烛呢，屋前还有一棵树在摇摆着，就连约瑟夫的阁楼里也有一根蜡烛呢……约瑟夫睡得很晚，不是吗？他在等我回家，这样他才能够上锁。好吧，看来他还要在那里等一会儿呢。因为那段路真的不好走，而且我们一定要经过吉默顿的教堂！我还记得呢，那时我们常常在一起走，根本不怕那儿的鬼，还互相比胆量，甚至站在那些坟墓中间要把鬼招来。可是，希思克利夫，现在你还敢和我比试吗，你敢吗？要是你敢，我就奉陪到底。我不要一个人躺在那儿，我绝不会！”

她安静了片刻，然后又带着一种古怪的微笑说：“他也许在认真想主意呢！他要我主动去找他！那么，去找一条路，不要穿过那教堂院子的路。”

看来要解除她的疯狂简直是白费力气，我就想着既不松手，又能找些衣服给她披上的办法。因为我实在担心她一个人会做出什么傻事来。这时，使我大为惊讶的是林顿先生进来了，我真的没想到。他刚从书房出来，正好经过走廊，不经意地听到我们说话，勾起了他的好奇心，他想知道我们这大半夜的不睡觉，在讲些什么。

“啊，先生！你怎么来了？”我喊道，他一看到这屋里的情形，正要大发雷霆，却被我拦住了，“我可怜的女主人，我简直没法管她了，她生病了。求求你，来劝劝她吧。姑且先忘掉你的怒气，没有什么办法了，现在只能由着她自个儿的性儿了，其他什么都不管用了。”

“凯茜病啦？怎么会这样？”他说，并赶忙走过来，“马上关上窗子，埃伦！凯茜！怎么——”

他沉默了，看到妻子的憔悴的神色，他十分伤心，他也没什么理由再发脾气了，他只能瞅瞅她又瞅瞅我，一脸的无奈。

“自从那天后，她一直都没有开心过，”我继续说，“她也没吃什么，也没有抱怨什么。之前，她不愿看到任何人，直到今天晚上她才让我进来。所以我没向你报告，因为我自己也不清楚她的状况。不过这也没什么，不要担心。”

我自己都感觉我的解释说不通，主人皱着眉表示很不解。“你认为这没什么，是吗，埃伦？”他严厉地说，“你得说实话，为什么没有告诉我，完全把我蒙在鼓里。”他搂着妻子，十分悲痛地望着她。

起初她看着他，好像从来都没见过似的，在那茫然的注视下，可以这么说，根本没有他这个人的存在。不过，幸运的是她的眼睛改变了原来注视的方向，慢慢把注意力集中在她身边的人身上，到底还是认出他来了。

“啊！你来啦，真的是你吗，埃德加·林顿？”她说，怒气冲冲地说，“你还是老样子，不需要你时你就来了，需要你的时候你却偏偏不肯来，我看我们有多少令人哀悼的事啊！尽管如此，也不能拦住我去那狭小的家，我安息的地方，我以后都会在那里了。我马上就会过去的，记住，不是在林顿家族的中间，而是在荒郊野外，孤独地竖一块墓碑。你是愿意去那里，还是愿意回到我这里，随便你选吧！我什么都不在乎了。”

“凯茜，你快醒醒吧，你这是怎么啦？”主人说，“难道我在你的心里没有一点儿的地位了吗？还是你依然爱那个坏蛋希思——”

“住口！不要向我提那个名字，”林顿夫人喊，“立刻住口！警告你，你要再敢提那个名字，我就立刻从这里跳出去，了结这一切！到时候你就会后悔的。我不再要你了，埃德加，我们以前的时光都过去了。你快回到你的书堆里去吧，你是那样的离不开它们。我很高兴你能够在书房里待下去，你在我心中没有一点儿地位了。”

“她的情绪不太稳定，先生，不要介意。”我插嘴说，“整个晚上她都不曾正常过，唯一的办法就是让她快躺下，这样她才有可能复原，并且我保证，从今以后，我一定不会再去惹她了。”

“你快闭嘴吧，我不希望再听你出什么主意了。”

林顿先生回答：“你既然知道你女主人的脾气，可你还怂恿我去惹她生气，你到底安的是什么心。她这三天究竟是怎么过的啊，你也不告诉我一声！你可真是没良心啊，就算是病了几个月，情况也不会这么糟的啊。”

听到主人的话，我开始为我自己辩解。“是，我是知道林顿夫人的，她霸道，”我喊叫，“可是我怎么会知道你能忍受她！我也不知道你会为了她，而假装没有看到希思克利夫。我已经尽了一个仆人应尽的义务，我现在却得到了这样的结果，得啦，我算明白了，以后我可得小心点。以后别指望我去打听消息了！”

“警告你下次你再跑到我面前胡说八道，我就辞退你，不是在和你开玩笑，埃伦。”他回答。

“那么，林顿先生，我猜想你肯定不愿意知道这样的事吧？”我说，“你允许希思克利夫来向小姐求爱，而且每次趁你不在家就会偷偷溜进来，还故意诱使女主人对你反感，是吧？”

凯茜虽然心乱，但是她的头脑还是很灵敏地注意我们的谈话。

“啊！真没想到，奈丽是个奸细，”她激动地叫起来，“奈丽是我们的敌人。你这巫婆！你真是想尽了办法来伤害我们啊！快放开我，我要让她为她所做的事感到懊悔，我要让她向我认错。”

只见她拼命挣扎着，想从林顿先生的胳膊里挣脱出来。我觉得不能眼睁睁地看着事情发生，我决定替主人做决定，去把医生找来，于是就悄悄地离开这卧房了。

在我经过花园的大路的时候，我突然发现有个东西在乱动，这明显不是风的效果，而是有一个什么东西让它动。尽管我很急，但还是停了下来，不然我会胡思乱想的，甚至以为那是一个鬼呢？我用手一摸，惊奇地发现这是伊莎贝拉小姐的小狗范尼，它被一条手绢吊着，眼看就要断气了。我赶忙去解救那个动物，把它提到花园里去。我感到很奇怪，它怎么会跑到外边来呢？究竟是谁这么坏竟然做出这样的事。正在那时候，我好像听见远处有马蹄奔跑的声音，那时我脑子里一片的混乱，也没有去想这件事。

我正走在街上，凑巧碰到了肯尼思先生，他刚从家里出来。我向他说了凯瑟琳·林顿的病情，他就跟我一同去了。他毫不犹豫地说她不能闯过这一关了，他是如此的直率，除非她比以前更听他的话。

“奈丽·迪恩，我真的想不通，”他说，“那一定有什么原因，田庄上到底出了什么事？一个像凯茜这样的女人是不会为了一点儿小事就病倒的。并且在这样的情况下，要使她退烧痊愈是不容易的。这病怎么开始的？你赶快详细地告诉我吧。”

“用不着心急，主人会把一切都告诉你的，”我回答，“不过你应该知道恩肖家的暴躁脾气，凯茜更是青出于蓝。我可以说的是，这是一场争吵引起的。至少，她是那样对我说的，因为在事情发展到高潮时，她把自己锁起来了。后来，她就绝食，现在她时而胡言乱语，时而沉入昏迷状态。幸亏她还认识她周围的人，但却充满了一些奇怪的想法。”

“如果是这样的话，那林顿先生一定很难过吧？”肯尼思带着询问的口吻说。

“难受？何止呢？要是真发生什么事，他整个人都会垮掉的。”我回答，“所以不到万不得已，我们就别告诉他吧。”

“唉，我曾经让她小心点儿的，”我的同伴说，“她却忽视了我的警告，所以就造成了今天的后果，最近她不是和希思克利夫挺好的吗？”

“怎么会呢？希思克利夫是常常到田庄上来，”我回答，“但是他多半是因为女主人的关系，他们从小就认识。不过，现在他不会再来拜访了，因为他对林顿小姐想入非非。至少，我认为他不会再来了。”

“那林顿小姐是不是对他不理睬呢？”医生又问。

“我不知道，我并不是她的知己。”我回答，我不想再谈论这样的话题。

“不，她不是那样想的，”他说，摇着头，“她有她自己的主意！有自己的小算盘。我得来可靠消息，说是昨天夜里（多糟糕的一夜呀！）她和希思克利夫在你们房子后面的田园里偷偷约会呢，足足待了两个多钟头。他强迫她不要再回去，跟他一起离开这里。据向我报告的人说她答应准备一下，这才使他放下了心。至于下次是哪天，没有第三个人知道，可是你要提醒林顿先生提防着点！”

这个坏消息让我又产生了新的恐惧，我跑到肯尼思前面，希望能比他早到那里。小狗还在那里叫着，我竟然用了一分钟去开那个门，打开之后，它却没有进去，只是在原地打转。如果我不把它带进去的话，它恐怕就要溜达到大街上去呢。我径直去了伊莎贝拉的房间里，我的疑虑被证实了，房间里没有一个人。我要是早来一两个钟头，可能就能阻止她。可是我现在又能做什么呢？如果我立刻去追，也不见得能追上他们。无论如何，我不能那样做，而且我也不敢惊动全家，我更不敢把这件事告诉我的主人，他哪里还经受得住这样的打击呢？我实在想不出有什么办法，除了什么都不说，转眼间，肯尼思到了，我去向他通报。这时候，看得出来，凯茜睡得很不好，她的丈夫已经帮她平静了下来，他仔细地盯着她脸上的每一个动作和每一次的变化。

医生检查过病状后，跟他说事情还是有转机的，只要我们能让她保持着绝对的平静，这病是完全可以治愈的。但他同时向我预示着什么不好的事。

那一夜我失眠了，我知道林顿先生也没有睡。的确，我们根本不会安睡。很奇怪，仆人们都比平常起得早多了，他们在家里也是小心翼翼的。除了伊莎贝拉小姐，每个人都在忙碌着。大家都在议论着她怎么这么能睡。她哥哥也问她，仿佛马上就要见到她，而且对她很失望，因为她竟然对自己的嫂子漠不关心。我异常地恐惧，害怕他让我去叫她。这时，有一个女仆，她一早就被差遣到吉默顿办事去了，这时她冲到卧房里来，喊着：

“啊，不得了，出大事了，我们这里要发生大事了，主人，主人，我们小姐。”

“别吵！慌什么。”我赶忙叫，对她那嚷嚷劲儿感到很愤怒。

“你不能小点声音吗？玛丽，到底是怎么回事？”林顿先生说，“你们小姐怎么啦？”

“她离开啦，她走啦！而且跟那个希思克利夫一起跑啦！”这姑娘喘着说。

“怎么会这样？不可能的，”林顿叫着，激动地站起来了，“这不会是真的。你怎么会有这么一种荒谬的想法？埃伦，你去，去找她，一定要把她给我找来。真是令人难以置信，不可能会发生这样的事。”

他一面说着，一面把她带到门口，又反复问她怎么会有这样的想法。

“唉，说来还算巧呢，我曾碰到一个到这儿来取牛奶的孩子，”她结结巴巴地说，“他问田庄里是不是有什么事情发生。我以为他是指太太的病，然后就告诉了他。没想到他却说：‘我猜你们应该去追他们去了吧？’我愣住了。他看出我根本不知情，就告诉我，有位先生和一位小姐在离吉默顿两英里远的一个铁匠铺那儿钉马掌！而且被铁匠的女儿看到，她马上认出了他们。后来他们骑着马向前跑，他们就要掉头离开村子走了，而且不管马儿吃不吃得消，他们仍奋力地往前赶。那姑娘倒没跟她父亲说，可是今天早上，整个吉默顿的人都知道了这件事。”

为了表现出我对这件事一无所知，我跑到伊莎贝拉的屋子看了看，当我回来时，就证实了那个仆人的话。先生坐在他的椅子上，一见我进来，他立刻抬起眼睛，他从我眼神里看出了一切，可是，他什么也没有吩咐，也没有说一个字。

“我们要不要去把小姐追回来？”我询问着，“我们现在该如何是好呢？”

“别管她，是她自己要走的，”主人回答，“她爱上哪儿，就可以上哪儿。不要再拿她的事来烦我了，她不值得我去关心她。从今以后她只在名义上是我的妹妹，不要怪我狠心，不是我不认她，而是她不认我。”

关于这事，他没发表什么看法，他也没有再多问一句，而且也没再提过她，除了吩咐我，如果我知道她的新家，要把她在家里的所有东西都给她送去，他不愿意再看到他们，那让他很不舒服。

第十三章

大概过了两个月，逃亡的人还是没一点儿消息。在这两个月里，家里可不大平静，林顿夫人生了一种叫作脑膜炎的病，可是幸运的是她熬过来了，这一切都得益于她的丈夫。日日夜夜，他毫无怨言地耐心守着她。事实上，他牺牲了一切不过是保住了一个废人。当凯茜被宣布脱离了生命危险时，他简直兴奋到了极点，他时时刻刻守护在她的身边，而且幻想她总有一天会清醒过来的，他就靠这个幻想使他心里有点儿安慰。

记得，她第一次离开卧房是在第二年的三月初。早上，林顿先生为她准备了一束金色的藏红花。当她醒来看见这些花时，她异常的兴奋，而且眼睛闪着愉快的光芒。

“你知道吗？这些花是山庄上开得最早的，”她叫，“我喜欢它们，它们使我想起柔柔的暖风和温暖的阳光，还有那将要融化的雪。埃德加，亲爱的，外面是不是还在刮着风，雪是不是已经化了？”

“是的，亲爱的，”她的丈夫回答，“天空是蔚蓝的，百灵鸟在唱着愉快的歌，小河小溪都涨满了水。凯茜，你还记得吗？去年的这个时候，我止在盼望着你能来到这里呢，现在，你确实来到了我的身边，但我此时却希望你到那些山庄上去看看。风吹得那么惬意，我觉得这对你是大有好处的。”

“如果我离开了，我就不会回来了，”病人说，“那时候你就会离开我，而我也要永远留在那儿。可是，第二年的春天你又要渴望我回到这里来。”

林顿想尽一切办法想让她高兴。可是，事情并不那么顺利，她茫然地望着花，眼泪顺着她的双颊直淌，对林顿说的那些话她也没怎么在意。我们都看到了她身体的康复，她之所以会不高兴，应该是在一个地方待得时间太长了。主人让我去打扫一间旧客厅，然后搬一把舒服的椅子放在窗口的阳光下，他就把她抱下了楼。她坐了很久，无比舒适地享受着。和我们想的一样，一切都使她活泼起来了。虽然一切是那样的熟悉，但却没让她感到厌烦。晚上，她看起来是没有什么力气了，但是她却不愿意离开，我只好先把客厅沙发铺好作为她的床，因为那里还没怎么收拾。为了不让她太累，我们收拾了一间和客厅同在同一楼层的屋子。欣慰的是不久她又好一点了，在埃德加的帮助下，她可以从这间屋子走到那间屋子了。啊，我想她得到这样的服侍，应该很快就会康复。我比谁都希望她复原，因为除了她自己还有另一个生命在仰仗着她，我们都希望主人能马上快乐起来，那么，他的财产，将不至于被一个陌生人白白地夺去。

在伊莎贝拉走后六个星期左右，她还算有点儿良心，寄了一封短信给她哥哥，告诉他她要跟希思克利夫结婚了。信的内容非常冷淡，可是在下面用铅笔写了些道歉的话，并且说如果她的行为惹他生气的话，那她也没有办法，只有恳求他原谅与和解，我相信林顿没回这封信。

大概又过了两个多星期，我竟然收到一封长信，我感到很奇怪，这信来自于一个幸福的新娘。现在我来给你念一遍，因为它现在还在呢。

亲爱的埃伦，（信是这样开始的）昨天晚上我来到呼啸山庄，这才知道凯茜患了重病，至今未愈，我感到很难过。我想我不能够给她写信，我哥哥就是因为太难过，对我太生气，以至于不回我写给他的信，他不肯原谅我。可是，这封信我一定要写，因为留给我唯一希望的就是你了。

求你告诉埃德加，只要能让我再见他一面，就算让我去死我也毫不犹豫，我离开画眉田庄还不到二十四小时我就后悔了，直到现在我的心还在想着那里，不管对他，还是对凯茜，我都充满了热烈的感情！然而我身不由己（这些字下面是画了线的）没有人会了解我的内心。然而，注意，不要归罪于我脆弱的意志或不健全的情感，那是你们不懂我。

这下面的话你一定要自己看。我要问你两个问题：第一个是你当初刚刚住进这里的时候，你是怎样保持住人类共有的同情心的，因为我实在看不出来我周围的人和我有什么共同的感情。

第二个问题是最重要的，也是我十分关心的，就是希思克利夫是人吗？如果是，那他是不是精神错乱呢？如果不是，他是不是从地狱里来的魔鬼呢？我并不想说出我这样问的理由。可是如果你知道的话，我求你告诉我，我到底发了什么疯嫁给了一个什么东西。也就是说，等你有时间来看我的时候就告诉我。而且，埃伦，我等不及了，你能尽快过来看我吗？千万不要给我写信，直接来吧，并且把埃德加的话也一并捎给我吧。现在，你根本不会想到我受到了怎样的待遇。若是我说这里的生活环境并不是舒适的，那仅仅是我为了消愁解闷。要是我发现我的痛苦仅仅是由于缺少舒适所致，那只不过是一场荒唐的梦话，那我真要高兴得手舞足蹈了！

在我们走向旷野的时候，太阳已经落在田庄后面了。由此可知我想该是六点钟了。我的那位同伴在那里停了一会儿，检查着果树园、花园，尽可能不放过任何一处，因此当我们来到山庄里的时候，已经夜幕降临了。你的老同事还有仆人约瑟夫，借着烛光出来接我们。他第一个动作就是把蜡烛举到与我的脸平齐，恶毒地斜瞅了我一眼，就转身走开了。随后他把两匹马牵到马厩里，再去锁外边的那个大门，仿佛我们住在一座古代堡垒里一样。

希思克利夫待在那儿跟他说话，我就进了那又脏又破的厨房。那已经发生了很大的变化，我想你已经认不得了。那边还有一个孩子，只见他身体健壮，衣服肮脏，眼睛和嘴角都带着的那种神气，好像和凯茜从一个模子里刻出来的。

“这是凯茜的侄子吧，”我想，“他也算是我的内侄呢，所以我必须向他表示出我的友好，对，我得亲亲他，我敢说这是明智之举。”

我走近他，打算和他握一下手表示友好，说：

“亲爱的，你好吗？”

他说了一些让我迷茫的话。

“你可以和我做朋友吗，哈顿？”这是我第二次的尝试。

想不到他对我一阵痛骂，而且恐吓说如果我不“滚开”，就对我不客气了，就要叫卡脖儿来咬我了，这就是我好心造成的后果。

“喂，卡脖儿，小子！来这里。”那小坏蛋低声叫，试图把那只狗从它窝里叫出来。“现在，你走不走？”他很威风地问道。

因为我尊重我的生命，所以我服从了。我走了出去，可是到处也不见希思克利夫的踪影。约瑟夫呢？我走到马厩让他陪我进去，可是他却死死地盯着我，随后就皱起鼻回答：“扭扭捏捏，叽里咕噜！我都不知道你说些什么？”

“我再重复一遍，我想你陪我到屋里去！”我喊着，他看起来像是个聋子，但是他的粗鲁却让人讨厌。

“我才不！我还有更多的事情要做。”他回答，继续干他的活。同时做出一副令人讨厌的表情，打量着我的衣着和面貌（衣服未免太精致，但是面貌，我相信要有多惨就有多惨）。

我绕过院子，走到另一扇门前，然后敲了敲门，希望能碰到一个有礼貌的人。过了一会儿，门开了，只见他没戴领巾，身上也邋里邋遢。他那乱蓬蓬的头发把他的脸全遮住了，他的眼睛也像是凯茜的鬼魂一样，瞬间就会消失似的。

“你怎么会来这，你到这儿干吗？”他凶狠狠地问道，“你是谁？”

“我的姓名是伊莎贝拉·林顿，”我回答，“先生，我们以前见过的。不过，我最近嫁给希思克利夫先生了，是他把我带到这里来的。”

“那么，这么说来，他回来了吗？”这个隐士问。

“是的，我们刚刚到，”我说，“可是他却把我丢下就走了。我正想进去的时候，你的孩子叫了一条狗，把我吓跑了。

“这该死的家伙，不过干得不错！”我未来的房东吼着，他不时地向我身后望着，我想他是想发现希思克利夫。然后他就说了一些威胁人的话，说如果那“恶魔”敢欺骗他，他便会对他怎样。

我对他的表现实在无法忍受了，我想逃离出去，可是我不能随心所欲，因为他已经让我进来了，而且还把门上了锁。房里很暖和，地板也被那强烈的光照得变了颜色，以前那闪着白光的盘子，现在已是井底之蛙了，因为它长时间受到人的冷淡。我问他我能不能去卧室看看，恩肖先生却没有回答。他来回地走着，显然把我的存在当成了空气。这会儿，他是那样的与世无争，那样的一脸愤世嫉俗的表情，我不敢再打扰他了。

埃伦，你知道我的感受吧，我孤独地坐在那被冷落的炉火旁，情不自禁地想起四英里外我那愉快的家，里边有我最爱的人。然而现在却相隔了十万八千里，而不是四英里。但是我无法穿越！我该去哪里寻求安慰呢？而且千万不要告诉埃德加或凯茜。我曾经想过要偷偷跑回来，因为这样安排就不用跟他单独过日子了。可是他了解他们，他并不怕他们会多管闲事。

我就坐在那里想了好久，心里仍然在纠结着。钟不经意地已经敲了八下，九下，我的同伴仍然来回踱着，但是已没了精神，只有偶尔发出一两声的叹息和呻吟，我心里乱糟糟的，我再也承受不了这些了，于是就开始痛哭起来。我都忘了我身边还有人呢，直到恩肖在我对面停住了他那一板一眼的踱步，而且用一脸迷茫的神情盯着我。我看他还算清醒，我就大声说：

“我走得累了，不想再动了，女仆在哪里？既然这里没有，那就领我去别处找她吧！”

“这里没有什么女仆，”他回答，“你就将就着过吧！”

“那么，我睡在哪里呢？”我哽咽着，我已不再在乎我的自尊心了，我的自尊心早就被疲倦压倒了。

“约瑟夫会领你到希思克利夫的卧房去，”他说，“打开门，他就在那里边。”

我正要去做，可是他猛地抓住我，用最古怪的腔调说：

“你最好把门锁上，别忘了！”

“好吧！我会的，”我说，“但是那是为什么呢，恩肖先生？”把我自己跟希思克利夫锁在屋里，我可是从来就没有想到过的。

“瞧这儿！”他回答，从他的背心里拔出一把做得很特别的手枪，“对于一个绝望的人，这个东西很诱人，是不是？我每天晚上都要拿着它上楼，而且还要试一试他的门。若是我发现门是开着的，那他就完蛋了，就是有一万条理由让我别干，可是我还是会把他杀掉，好了结我自己的种种阴谋。即使你反抗也没用，时辰一到，就是天使也不能拯救他！”

我看着那把武器，竟然有了一个可怕的念头，那把武器要是我的，那该有多好啊。我从他手里拿过来，摸摸它。他从我脸上看出了我内心的想法，那表情不是害怕，而是渴望拥有。他怀着不安的心情把手枪夺了回去，又把它藏回原处。

“我不怕你告诉他，”他说，“让他有所防备。我看出，你知道我们的关系，他生命出现危机，你好像不怎么在意。”

“希思克利夫到底做什么了？”我问，“他究竟做了什么让你恨之入骨的事？让他离开这里不是更加明智吗？”

“不！不可以那样做，”恩肖大发雷霆，“他离开了这里就彻底成为一个死人啦！你要是劝他离开，你就是罪魁祸首。”

“难道哈顿真要成为一个乞丐吗？啊，天杀的！我一定要把我失去的拿回来，他的金子，我也要，还有他的血，地狱将会收留他。”

埃伦，我记得你以前跟我说过你旧主人的脾气。他分明在疯狂的边缘上了，至少昨天他是这样的。我一走进，他就发抖，而他现在又开始闷闷地走来走去了，我打开门就逃到厨房去了。正好看到约瑟夫在对着火，盯着火上悬着的一只大锅，旁边还有一大盆的麦片。我想他这是在准备我们的晚饭，“我来煮粥！”我把那个盆挪开，使他不能够到，然后我脱下了我的帽子和骑马服。“自己伺候自己，我不要做什么狗屁小姐了，因为我可不想饿死。”我自言自语说道。

“老天爷！你怎么这么作弄我呢？”他咕哝着坐下来，“又要发生什么事情了，我才习惯了两个东家，又来了一个女主人啦，未来的事不能预测啊，世事大变哪，我可没想过要离开这里，可是看来事情要发生变故了。”

他的话语并没有引起我的注意，我干净利落地煮着粥，一切竟是那么的有趣，可是我不得不立马忘掉这段记忆。回忆起昔日，过去的时光越是要涌现出来，我把粥搅得就越快，结果是很多麦片都洒到了外边。约瑟夫看到这一幕，他非常地恼怒。

“瞧！好好看看吧！”他大叫，“哈顿，今天晚上你可要遭殃了，粥里什么也没有，只有拳头大小的块了。要是换作我的话，我就把盆一块扔下去，把粥都倒光，你这是在发什么疯？砰，砰，万幸锅底还没被她捣破呢！”

把粥倒在盆里时，我承认这简直是太糟了。他们预备了四个盆，哈顿抢过来就大口大口地喝，而且连喝带漏。我告诉他要用杯子喝他的牛奶，我实在没有办法去喝这么脏的牛奶。可是，那个满腹牢骚的老头对这种讲究勃然大怒，警告我说：“这孩子简直跟我一模一样。”对于我的高大他感到很奇怪。同时，那个小坏蛋还在继续喝着，只见他一边向罐子里淌口水，一边用挑战似的眼神怒视着我。

“我不要在这里吃饭，”我说，“你们没有一个叫作客厅的地方吗？”

“客厅！”他轻蔑地重复着，“客厅！我们没有客厅这种东西。要是你不想在这里的话，找主人去好了。”

“那我就要离开这里去上楼了。”我回答，“领我去找一个像样点的屋子。”

我把我的盆放下，自己又去拿了点牛奶，那个家伙没完没了地嘟囔，他走在我的前头，我们在阁楼走的时候，他时不时地开房门，把我们所经过的每一个房间都瞧了一下。

“终于找到了，”他突然扭开一扇破破烂烂的大门，“在这里喝你的粥是再好不过了，虽然在角落里有堆稻草，但是这里很干净。你要是害怕把你衣服弄脏，就把手绢铺在上面吧。”

很明显，这不是个人住的屋子，因为那里有一股强烈的麦子和谷子气味。只见四周堆得是各式各样的粮食袋子，中间却是十分的空旷。

“你这个人怎么可以这样，”我生气地对他大叫，“这是人住的地方吗？我要的是卧室。”“卧房，”他用嘲弄的声调重复一下，“你已经看了所有的卧房了，那是我的。”

他指着第二个阁楼，比前一个显得更光秃，里面还有一张没有帐子的床，一头还放着深蓝色的棉被。

“我怎么会要你的？”我回骂着，“我想以希思克利夫的地位应该不会住在阁楼上，是吗？”

“啊！原来你是要希思克利夫少爷的房间呀！”他叫道，好像发现了一片新大陆似的，“你不会早早说清楚吗？那么，我也就不会这么麻烦了，我早就告诉你了，那里确定有一间屋子，谁也进不去，除了他自己，因为他把它锁住了。”

“你这所房子看起来还真不赖，约瑟夫。”我忍不住说，“这里的人也有趣儿。我觉得一切稀奇古怪的事都在我脑子里显现呢！但是，应该还有别的房间吧！看在上天的分上，赶快让我安顿下来吧！”

他对于我的请求漠不关心，只是固执地走下木梯，在一间房子的门口停了下来。我观察着这一切，我猜这是最好的一间了。一个壁炉上面糊着花纸，不过已经残缺不全。一张漂亮的橡木床，挂着猩红色帷帐。看得出，那布料十分的贵重，样式也是新潮的，但是却没被人精心的呵护，原先挂成一只只花球的帐帘，已脱离了原来的位子，那铁杆也变了形，使帷帐拖在地板上了。椅子没一个是好的，还有好几把坏得都不成样子了，只见那深深的凹痕把墙上的嵌板搞得很难看。

我正想就在这里住下去，这时我的那个向导宣布：“你不能住这儿，这儿是主人的。”我的饭早已经冷了，也没有什么耐性了。我坚持要马上有一个供我休息的地方。

“你到底要到哪里去？我的客人！”这个虔诚的长者开腔了，“希望主能够饶恕我们，你要到哪个地狱去呢！你真是一个累赘，除了哈顿的小屋子，什么都没错过。正像你所看到的那样，这所房子里再没有其他的地方了。”

我气愤至极，把手上的东西摔了一地，接着坐在楼梯口，委屈地大哭了起来。

“哎呀！不得了了，”约瑟夫大叫，“干得好呀，凯茜小姐[①]！好样的，凯茜小姐！可是，等主人在这碎片上摔倒之后，就有我们好受的了。我们等着瞧吧。不学好的疯子呀！你就应该自生自灭去，就因为你大发脾气触犯了上帝。你以为希思克利夫受得了你这一套？我巴望他在这会儿看到你大发脾气，清楚地看透你的内心，但愿他会看到你。”

他就这样骂着回到了自己的房间，留我一个人在黑暗中。我干了这愚蠢的事情以后，我想了好多，尽量压制着自己的脾气，并且振作起精神把东西收拾干净。就在这时来了一个帮手，就是卡脖儿，我现在认出它就是那条狐狸的后代，它原来生活在田庄里，后来我父亲把它送给了欣德利先生。我感觉它认出我来了，它给我打招呼，然后赶紧去舔粥。这时我一步一步摸索着，收拾着这些残局。

我们刚忙完，我就听到一阵熟悉的脚步声，我的助手夹着尾巴，紧贴着墙，我偷偷地躲到最近的门里去了。可是它已经躲不及

① 此处约瑟夫叫凯茜小姐，有幸灾乐祸的意思，他认为这个局面是凯茜造成的，感到很快活，也有伊莎贝拉会变得和凯茜一样难对付的意思。

了，从它慌乱的长嚎中我就猜出来了。我则是走了好运，他进了他自己的卧室，关上了门。他没有发现我，这时，约瑟夫带哈顿上楼睡觉去了。这时我才意识到我在哈顿的房间里，这老头一看见我就说：

“现在随便你了，你可以在大厅里无拘无束了，上帝总是能够容忍你的放肆。”

我听到这个暗示非常高兴，我刚坐到一把椅子上，就睡着了。

我睡得很死，但是可惜好梦不长。我被希思克利夫叫醒了。他刚进来，就用他那和蔼的态度问我在做什么？我告诉他是他把我们屋子的钥匙拿走了，我们进不去了。没想到，我们这个词触动了他的神经，他发起了脾气。他发誓说那屋子不会是我的，而且他要巧妙地、无休止地想尽方法激起我的憎恶！我真的对他很奇怪，奇怪得我都忘记了恐惧了。可是，我要告诉你，他引起的恐惧是无法容忍的。他告诉我说凯茜的病全是我哥哥引起的，他发誓一定要让我替我哥哥赎罪，直到他能报复他为止。

我真恨他，而且我是一个十足的傻瓜，竟然相信他说的任何话。求求你，千万不要把这事告诉田庄的任何一个人。我每时每刻都期待着你的到来，你会来的吧，不要让我失望吧！

伊莎贝拉

第十四章

我看完这封信，马上就告诉了主人，告诉他说小姐已经到山庄了，而且还给我写了一封信表示她对林顿夫人的病感到很同情，她还十分想念他，希望他能够尽早派我过去表示一下宽恕，越快越好。

“宽恕！”林顿说，“我不知道怎么才能宽恕她，埃伦。如果你愿意，你马上就可以去呼啸山庄，说我并不感到生气，而是非常可怜她，特别是我根本不会相信她会幸福的。无论如何，那是不可能的，我们是永远分开了，若是她真的替我着想，就让她劝劝那个混蛋不要待在这里了。”

“你要不要写个便条，先生？”我乞求地问着。

“不，不需要，”他回答，“我和他们之间的来往越简单越好，最好能一刀两断。”

埃德加先生的冷漠让我心里很不是滋味，我从田庄动身，一路上都在想该怎样把埃德加那冷酷的话语表达得委婉些。我敢担保她一定从一早就盼望着我的到来，在我走上花园砌道时，我就看到了她，我就对她点了点头，可是她没有回应我，好像怕被人看见似的。我没有敲门就进去了，这栋房子已没有了以前的光景，我必须承认，如果我是这位年轻的夫人，至少，我要大致地扫一下。可是她周围布满了懒散的气息。她的脸苍白而无精打采，头发也乱糟糟的，有的掉了下来，有的还凌乱地盘在她的头上。我想她大概几天都没有打理过它了。欣德利没有在那里，希思克利夫坐在桌旁，翻阅他的记事册，可是当他看到我时，他站起来了，他不仅向我打招呼，还请我坐下。他是那里唯一算得上体面的人。环境竟让他们改变了这么多，陌生人一看，还以为他是个十足的绅士，而他的妻子却恰恰相反，一个邋里邋遢的臭婆娘，她热切地走上前来迎接我，并且想从我手里接过她想要的那封信。我摇摇头，她大概不懂这个暗示，一直跟着我到了餐具柜那儿，她低声央求我快把从家里带来的那封信给她。希思克利夫看出了她举动的意思，就说：

“如果你确实有什么东西要给伊莎贝拉，就交给她吧。你们不用躲着我，我们之间没有秘密。”

“啊，我真的没带什么，”我回答，我想我还是从实招来，“我的主人让我转告他妹妹，她以后都不要再盼望他的任何举动了。夫人，他让我向你致敬，并且他祝你幸福，他原谅了你，但是他认为，他的家和这个家庭应该断绝来往，只有这样才是最好的结果。”

希思克利夫夫人的脸上充满了失望，哆哆嗦嗦地回到了原先的位置上。她的丈夫靠近我站着，开始问些有关凯茜的话。我只能说一些和她病情无关的话，他却刨根问底，逼得我说出了大部分的事实。我责怪了她（她是该受责怪的），因为她是自作自受，最后我希望他也像林顿先生那样，不论怎样都不要再来往了。

“林顿夫人现在正在恢复健康，”我说，“她绝不会回到从前了，不过她的命保住了，如果你真关心她，真是为她好，以后就不要再去打扰她了，不，不止这样，而且你要远远地离开这里，从此不要再回来，我还要告诉你，为了不让你后悔，凯茜已经发生了翻天覆地的变化，正如同那位太太和我一样的不同。她不仅外表变了，她性格更是大变，那位迫不得已，日夜和他朝夕相处的人，从今以后只能凭借着回忆和她相处了以及那出于世俗的仁爱和责任感，来保持他的感情了！”

“那听起来倒是很有意思的，”希思克利夫说，尽量使自己显得平静，“你的主人脱离不了世俗的观念，这是很有可能的。可是你以为这样我就会把凯茜放心地交给他吗？你能把我对凯茜的感情与他相提并论吗？在你离开这所房子之前，你一定要允许我，你必须让我们见上一面，不管你答不答应，我一定要见她！你有什么意见吗？”

“我说，希思克利夫先生，”我回答，“你最好不要这么做，而且你不要想通过我见到她。如果你跟我主人再碰一次面的话，她的命就会保不住的。”

“我相信，只要你肯帮忙就没有问题，”他接着说，“如果会有这样的事情发生，那么，我正好有理由做我想做的事，我希望你老实告诉我，若是她失去了他，凯茜会不会很难过，以前就是怕她难过，我才忍受了那一切的。如果我们两个人互相交换一下位置，我当然很恨他，但我绝不会和他动手。你要是不信，那我也没办法，只要她想要他做伴，我是不会对他怎么样的。她一旦对他失去了希望，我就要挖出他的心，喝光他的血。可是，不到那时候，你是不会相信我的，那你是不了解我，如果凯茜幸福的话，我宁可一步一步走向死，也不会碰他一根头发。”

“可是，”我插口说，“你真的忍心毁掉她那一丝活下去的希望吗，在她快要忘了你的时候，你却要唤起她的回忆，而且重新把她卷入到一场新的争斗和烦恼中去吗？”

“你以为她会忘了我吗？”他说，“啊，奈丽！你知道的她并不会忘记我，你知道她想林顿一次，就会在脑海中想我千万次，在我一生中最悲惨的一个时期，我曾经有过这样的想法，去年的这个时候我还在这里，只有凯茜的保证才会让我安心。这么一来，林顿就算不得什么，欣德利也算不得什么，就是我做过的一切也都不算什么。我可以用两个词来概括，那就是死亡与地狱，要是没有她，对我来说活着就是地狱。

“但是，我曾经犯了糊涂，以为她把埃德加·林顿的感情看得比我的还重。凯茜和我一样有着一颗深沉的心，要说他占据了她的心，就像把海水装在马槽里。呸！对她来说，他不能和我相比，他本身就没有什么能够让她爱的，她怎么能爱她本来没有的东西呢？”

“凯茜和埃德加是相爱的，”伊莎贝拉带着突然振作起来的精神大叫，“没有人能够说出这样的话，我不允许任何人来说我哥哥的坏话。”

“你哥哥也特别喜欢你吧，是不是？”希思克利夫讥讽她说：“你一个人在外边受尽苦难，他却无动于衷，这还真叫人奇怪。”

“不是那样的，他根本不知道我的情况，”她回答，“我没有告诉他。”

“那你告诉了他什么，你给他写信了，是不是？”

“我是写了，说我结婚了，你见过那封信的。”

“以后怎么样？”

“没有了。”

“我家小姐由于环境的变化变得越来越憔悴了。”我说“显然，已经有人不会爱她了，至于谁，我不能说什么。”

“我以为是她自己不够自爱了，”希思克利夫说，“她堕落成为一个不折不扣的脏婆娘了，她很久以前就不能得到我的爱慕了。你简直难以相信，就在我们结婚的第二天，她就哭着要回家。无论如何，她怎么不干，但我是不会让她到外边去发疯，而丢我的脸的。”

“得啦！先生，适可而止吧！”我回嘴，“我想你会知道伊莎贝拉是习惯被人伺候的，也在蜜罐里长大的，人人都要服侍她。你一定要给她个女仆来伺候她，而且你一定要关心她。不论你怎样看待埃德加，你不能怀疑她对你的强烈的爱情，不然她不会心甘情愿地放弃家里的一切，而跟你住在这么一个荒凉的地方。”

“她鬼迷了心窍才那样做的，”他回答，“把我想成了一个英雄，希望从我这里得到无尽的娇宠，我不能想象她的理性，她竟然对我的性格抱有这样的一种执拗的想法。可是后来她就了解我了，起初我还根本不去理会她的那种弱智的举动，当我告诉她我对她的迷恋和对她本身的看法时，她竟然不能分辨出事情的是非曲直。为了让她知道我并不爱她，我可是费尽了毕生的精力。我相信，曾经有一段时间，我还真以为她不会明白了，可是她现在居然懂了，因为今天早上，她惊奇地宣布了一件事，说她已经开始恨我了！我向你保证，我确实费了好大的劲儿，如果她真能明白的话，那我还算能够得以安慰。你的话能让人相信吗？伊莎贝拉？你真的恨我吗？如果我让你自己一个人待上半天，你会不会又来找我说一些甜言蜜语呢？我敢说她当着你的面才表现出虚弱的样子，暴露真相是伤她的虚荣心的，但是我才不会理会外人怎么看待我们呢，我也从来没在这事上对她讲过一句谎话。从田庄出来时，她看见我把她的小狗吊了起来，当她求我放它时，我说宁愿把她家里的每一个人都吊死，只有一个例外，她可能对号入座了。但是任何残忍都不能吓到她，我猜想只要她自己是安全的，她就无所谓别人的生死了。是啊，那种可怜的白痴，竟然痴心妄想我能爱她，这简直是天方夜谭，告诉你的主人，奈丽，我从来就没见过像她这么不要脸的人。她甚至都有损林顿的名声，不过，请你转告他，请他原谅她吧，我是严格遵守法律限制的。直到现在，我都尽量让她没有分居的权利，不仅如此，谁要是分开我们，她也不会高兴的。如果她愿走，她马上就可以走，她在我眼前引起了我极大的厌恶。”

“希思克利夫先生，”我说，“你说这话简直是疯了，你的妻子很可能是以为你疯了，所以她才对你百般忍耐，可现在你说她可以走，她一定会这样做的。小姐，你不至于这么糊涂吧，还自愿跟他住下去吧？”

“小心，埃伦。”伊莎贝拉回答，她的眼睛里充满了愤怒，从这对眼睛的表情看来，她丈夫对她的企图，已经完全成功了，“他所说的话，没有一个是真的，你不要相信他。他是一个撒谎的恶魔！以前他也说过让我离开这样的话，我也尝试过，可我以后再也不敢了，埃伦，答应我不要把刚才发生的事告诉我的哥哥和嫂嫂。不论他做什么，他就只有一个目的，他只是希望激怒埃德加，他说他娶我就是为了报复他，我一定不会让他得逞的，我会先死的！我只希望他能快点把我杀掉，我所有的乐趣就是赶快死去，或者看着他死！”

“好啦，现在够了！你这说的都是些什么话，”希思克利夫说，“奈丽，你要是被传上法庭，可要记住她的话！不，现在你不能做自己的保护人了，伊莎贝拉，既然我是你的合法保护人，我就有责任去监护你，不论这义务是怎样的令人讨厌。快上楼去吧，我有话要跟迪恩·埃伦私下说。不是那边，我是让你上楼去。”

他抓住她，狠狠地往外一推，边走边回头嘟囔着：

“我可不是在同情你，我没有同情，虫子越扭动[①]，我越想把它们挤出心脏，这是一种精神上的折磨，它越是痛，我就越要使劲磨，这样它才不会那么痛。”

“你知道同情这个词的含义吗？”我说，戴着帽子，“你生平就没有同情过什么人吗？”

“放下帽子！你不能走，”他插嘴，他看出来我要离开，“现在你还不能走，奈丽，我一定要让你帮我见到凯瑟琳·林顿夫人。我发誓我不想害人，我不想惹是生非，我只是想亲自看看她是怎么样了，问问她我怎么做才能让她高兴。昨天夜里我在田庄花园里待了六个钟头，我以后每天夜里都会去那儿，直到我有机会进去。如果埃德加·林顿遇见我，我将毫不犹豫地将他打倒在地。如果他的仆人们顽抗，我就会用这手枪来把他们吓跑。可是，如果可以避免碰到主人和那些仆人，不是更好吗？而你能够轻而易举地办到，到时候，我们里应外合，然后等她一个人的时候，就把我带去见她，而且帮我望风，一直等我离开，这样你就会阻止一场大祸的

① 英谚说“A worm will tum”，意思是如果压迫过度，再软弱的人也会反抗。这里希思克利夫是反过来用这句话。

发生。”

我极力反对要做一个叛徒，而我竭尽全力劝他说他为了自己的私心而去破坏林顿夫人那平静的生活是不明智的。

“她神经已经不正常了，我敢说她经不起你这么折腾了。不要固执了，先生，不然我就把你的计划告诉我的主人，他会采取一些保卫措施的，以防那些心怀不轨的人进入他的家。”

“若是如此，我就要对你采取些措施了，老妈子！”希思克利夫叫起来，“你暂时就别想离开这里了，你说凯茜看见了我就受不住，那是胡说八道，我并不想吓到她，至于你说她从来没提过我的名字，也没有人向她提到我，这些我都明白。她以为你们全是她丈夫的密探，时时刻刻在监视着她。啊，关于这一点我是完全相信的，她在你们中间就等于在地狱里！她的感受只有我知道，你说她常常焦躁不安，这难道是平静的证据吗？你说她的心绪紊乱，她是那样的孤独，那是她身不由己啊！而那个没有精神的、卑鄙的东西还凭他所谓的责任和仁爱来伺候她！他与其在那肤浅的现实中使她恢复精力，还不如说正像把一棵橡树种在一个花盆里！我们马上决定吧！你是要住在这儿，看我们大打一架，还是你要做像以前一样的我的朋友，决定吧！如果你还是坚持你那顽固的个性的话，我也不会说什么，而我不会再为这件事耽搁一分钟了。”

“唉，洛克伍德先生，不敢想象，我反复拒绝了他很多次，可是到末了他还是逼得我同意了。我答应帮他去送信，如果她肯，等下一次林顿不在家的时候，我一定会让他进来的，我不会在那儿，我也不会让别人在那里。”

这到底是对是错呢？我害怕我做错了，虽然那只是权宜之计。我觉得我答应了，就可以免遭一场大祸，而且对凯茜的病可能还是转机呢！我心里久久不能够平静，我在回家的旅途上比我来时更悲伤些，我拿着那封信，在我能说服自己把信交到林顿夫人的手中之前，我是焦虑重重的。

可是肯尼思来啦，我要走了，并且告诉他你好了许多。我的故事是够凄惨的，如果照这样讲下去的话，完全可以再消磨一个早晨。

凄惨，而且乏味！在这个善良的女主人走下楼时，我是这样想的，这类故事，其实并不是我想用来解闷的。可是这又有什么关系呢！我要从迪恩太太的苦药草里吸取有益的药品。这一切对我来说太重要了，第一，我要小心凯茜眼神里那怪异的魔力，如果我对那个年轻人动了心的话，我一定会得不到安宁的，那个女儿真是她母亲的翻版啊！

第十五章

一个星期又过去了，我更接近了健康和春天！我现在已经听完了我邻居的全部历史，因为我可爱的管家总是能从她繁忙的生活中抽出一点儿时间来陪我。我要用她自己的话继续讲下去，只是要简短了一些。总的说来，她算是一个讲故事的高手了。

那天晚上，她说：就是我去山庄的那天晚上，我知道希思克利夫就在某个角落里，我好像看到了他。但是我不敢出去见他，因为我并没有把他的信送出去，而且我也不愿意被他恐吓。我现在决定不拿出这封信，一直等到我的主人去了不知什么地方，因为我拿不准凯茜收到这封信会是什么反应。但是结果是这封信三天后才到了她的手里，第四天是星期日，因为全家人都去了教堂，我才敢把信拿到了她的屋子里。这时还有一个男仆和我一起看家，我们经常在做礼拜时把门锁住，可是那天的天异常的好，我就把门都打开。而且，我知道他会来这里，为了履行我的诺言，我就告诉另一个仆人去给女主人买点橘子，他必须去村子里买几个，于是他走了，我就上了楼。

林顿夫人穿着一件宽大的白衣服，像往常一样，坐在一个开着窗子的凹处，一条薄薄的肩带在她身上披着，她那原本很厚的头发在她生病时就给剪短了些，现在她只是简简单单地梳梳，任其自然地垂下来。正像我向希思克利夫说的一样，她的外表是改变了，但是还是有一种超凡脱俗的美。她原先那双烁烁有神的眼睛，现在变得带着梦幻般的温柔，而且总是瞅着遥远的地方，对四周的一切都无视。还有她脸上的苍白和那种憔悴的面貌，这一切在她恢复健康之后就全消失了，虽然很凄惨地暗示了原因，但是她变得更让人怜爱了，这些现象对于任何看见她的人都必然认为她会好起来的，但是那些人是错的，她分明是注定要凋谢了，像过了花季的花儿似的，那是注定的。

窗台上有一本打开的书，不时地被微风掀动着书页。我敢说那是林顿放在那儿的，因为她从来不想读书，他得花上很长时间来让她想起一些使她愉快的事物。她读懂了他的用心，因此在她心情较好时，就听从他做一切事情，只是不时地会压抑一下她那无奈的叹息。在其他时候，她就会突然转向另一边，然后用手掩着脸，或者甚至愤怒地把他推开，然后他就小心翼翼地不要再让她烦恼，因为他真的不能再做些什么了。

吉默顿的钟还在响着，山谷里还不时地传来那优美的潺潺的流水声。这美妙的声音代替了还没有到来的夏日树叶的飒飒声，而树上结满果子的时候，这声音就会淹没了山庄的那种音乐。在呼啸山庄附近，在风雪之后或是雨季的日子里，这小溪总是这样响着的。凯茜认真地倾听着，也就是说，如果她在想着或倾听着什么的时候，那她所想的就是呼啸山庄！可是在她的脸上却呈现出一种迷茫的眼神，这表明她的耳朵或眼睛简直不能辨别任何外界的东西。

“这儿有你一封信，林顿夫人，”我说，轻轻地把信塞到她那垂下的手里，“你必须马上看它，还有人在等着回信呢，我帮你打开吧？”“好吧。”她回答，这并没有使她的眼光跑一会儿神儿。“现在可以了，”我接着说，“看吧。”她缩回她的手，只见信掉到了地上。我又把它重新放到她的怀里，站在一旁等待着她想去看它的时候。可是她总是不动，我终于忍不住说：“我帮你念好吗，太太？这封信是从希思克利夫那里收到的。”

她先是一惊，继而露出痛苦的表情，这是由于痛苦所造成的，她努力使自己镇静下来。她拿起信，好像正在读它，可是当她看到签名时，她又叹了一口气，我发现她应该没有明白信里的内容，因为我急着要听她的回信，她却用一种充满疑惑的眼神指着署名。

“唉，他非常想再见你一面，”我说，我感觉她需要一个人给她做出解释，“他现在就在外边的花园里，他很迫切地想知道我会给他带回什么样的回信。”

在我说话的时候，我看到地下的那条狗竖起了它的大耳朵，仿佛正要吠叫，但是后来却把耳朵垂了下来，尾巴摇了摇表示有人来了，而且它不认为进来的这个是陌生人。林顿夫人向前探身，好奇地期待着。大约过了一分钟，有脚步的声音走过大厅，这开着门的房子对于希思克利夫来说是太具有诱惑了，他竟然走了进来，他大概认为我会言而无信，就决心随心所欲地大胆行事了。这时候凯茜带着紧张的热切神情，眼睛一动不动地盯着她卧房的门口。他并没有准确地找到我们在哪间屋子，她要我过去迎接他，可是还没等我走出去，他已经找到了，并且快步走到她身旁，一下子把她搂在自己怀里了。

时间就那样静止了五分钟，他没说话，也没放松他的拥抱，在这段时间，他不停地吻她，我敢说这是他这辈子吻她最多的一次，但是我清清楚楚地看见是我的女主人先吻的他，他由于沉痛和悲痛，他简直不敢正对她的脸，在见到之后他就确信了，她没有任何复原的希望了，她命中注定，她就要永远离开了。

“啊，凯茜！啊，我的心肝！我怎么能够接受着一切呢？”这是他说出的第一句话，带着失望的语气说的，而现在他只能这么热切地盯着她，他的凝视是那样的深情。但是那对漆黑的眼睛里充满了痛苦，并没化作泪水。

“现在还能做什么呢？”凯茜说，她突然阴沉下了脸来回答他的凝望，她的性子就像风中的帆似的难以控制，“如今你和埃德加把我的心都弄碎了，希思克利夫！你们都为了那件事来看我，好像你们才是应该被怜悯的人，我不会怜悯你的，我不会做。你已经害了我，我想你现在正扬扬自得呢。你多强壮呀！我死后你还会活很多年的。”

希思克利夫本来是用一条腿跪下来搂着她的，但是听到她的话他想站起来，可是她抓着他的头发，不让他站起来。

“我现在只想牢牢地抓住你，”她辛酸地接着说，“一直到我们两个都死掉！我不想要知道你都做些什么事，我才不会去理会你的痛苦。为什么你不会像我这样受苦，你会忘掉我吗？当我埋到地下的时候，你会高兴吗？二十年以后你可能会说，那是凯瑟琳·恩肖的坟。她是我爱过的人，而且失去她我很痛苦，但是一切都过去了。那以后我又爱过好多人，我感到很幸福，因为我有一些比她更亲的孩子，而且，即使到了我该死的时候，我也不会为感觉离她更近而高兴，我会很难过，因为我要离开我的那些孩子们了，你会不会这么说呢，希思克利夫？”

“不要再折磨我了，像你一样的发疯！”他一边大声喊叫，一边扭开他的头，而且咬牙切齿。

在一个局外人看来，真不敢想象，这两个人构成了一幅奇怪而又恐怖的画面。现在在她的脸上，那白白的双颊，没有血色的唇，以及闪烁的眼睛，满脸都充满了怨恨，在她的手心里还有一根刚刚抓掉的他的头发。至于她的同伴，他一边勉强地支撑住自己，一边抓着凯茜的胳膊，她本来是需要温存的，但这些显然与他不相配，在他松手时，我看见在他那没有一丝血色的皮肤上竟然留有紫色的抓痕。

“你是不是被鬼神附身了，”他凶暴地追问着，“你都是要死的人了怎么还会说出这样的话呢？你想没想过这些话会刻在我的脑海里的，而且是在你丢下我之后，将要永远地腐蚀着我，你知道我害死你的这些话不是真的，而且，你知道我只要活着就不会把你给忘了，当你得到安息的时候，而我却要在世上受着地狱般的煎熬，难道这还不够让你那狠毒的自私心得到一丝的满足吗？”

“我不会得到安息的！”凯茜哀哭着，看起来她的身体非常的虚弱，因为在这场过度的激动的情况下，她的心比以前跳得更剧烈了。她简直说不出话来了，直到这阵激动劲过去了，她的情绪才稍微有点儿好转。

“我不愿意看到你比我承受更多的痛苦，希思克利夫。我希望我们永远不会分离，而且如果我有什么话会让你今后难过的话，想想我不在的时候也同样地难过，看在我自己的分上，饶恕我吧！你可是从来就不会伤害我的。是啊！如果你对我生了气，你今后要想起你对我的愤怒要比我的激动还要糟糕！你不愿意再过来了吗？来呀。”

希思克利夫走到她椅子背后，向前探身，却没有让她看到他那青得发紫的脸。她回过头望他，可是他不想让她看到，他突然转过身躯，站在火炉旁，沉默着，没有朝向我们。林顿夫人对他充满了疑惑的目光，他的每一个动作都能让她陷入沉思，在一阵沉默和长久的凝视之后，她竟然开始说话了，带着愤慨的失望声调对我说。

“啊，你瞧，奈丽，他一点儿也不愿意为我发他那慈悲之心，让我在坟墓外多待一会儿。好吧，没关系。他不是我爱着的希思克利夫，我还是要爱我那个，我要带着他跟我一起去，他在我的灵魂里。而且，”她想了一下又说，“使我感到厌烦的终究要归于这个监牢[①]，我简直不能够忍受了，我不愿意再关在这里了。我多想回到那个辉煌的世界，永远在那儿，不是泪眼模糊地看到它，不是在痛苦中渴望着它，而是真的跟它在一起，永远在一起。奈丽，你认为你们比我好些，幸运些，你为我难过，但是过不了多久就会改变的，我反而要为你们感到难过，因为我将要无可比拟地超越你们，在你们所有人的上面。我简直不敢相信他竟然不肯靠近我，”她自言自语地往下说，“我以为他是非常乐意的，希思克利夫，亲爱的！现在你不应该不高兴，到我这儿来呀，希思克利夫。”

① 指肉体。西方通常称肉体为灵魂的监牢。

她激动地站起来，身子靠在椅子上。听到了那真挚的请求，他转身向她，简直顾不得任何的形象了。他睁大了一双漆黑的眼睛，里面充满了泪珠，终于猛地向她一闪，心脏激动得上下起伏着。转瞬之间我简直没能看清楚他们是怎样到一起的，只见凯茜向前一跃，他们就紧紧地拥抱在了一起，我想我的女主人绝不会被活着放开了，实际上在我看来，她是那么的虚弱，好像不经意就会被招了去似的。只见她扑倒在了最近的一把椅子上，我赶忙走上前看看她是不是昏迷了，没想到他竟然对我表现出了十足的厌恶，带着贪婪的嫉妒神色把她抱紧。我不认为他和我是同类的动物，因为即使我跟他说话，他也无动于衷，因此我只好非常惶惑地站开，也不敢再说话了。

只见这时，凯茜身体动了一下，我这才放下了我那颗悬着的心，她伸出手搂住他的脖子，他也抱住她，她把脸紧贴着他的脸，他给了她数不清的疯狂的爱抚，又胡言乱语地说着什么："你现在才使我明白你是那么的残酷，你为什么瞧不起我呢？你为什么自欺欺人呢，凯茜？这是你应得的，我不会同情你的，你害死了你自己。是的，你可以亲吻我，也可以大声痛哭，并且得到我的吻和眼泪，我的吻和眼泪要诅咒你，你爱过我但你为什么又要离开我呢？你究竟有什么权利？快回答我，难道是因为林顿那可怜的怜悯之情，还是因为悲惨、耻辱和死亡以及上天或是魔鬼所能给予的一切痛苦都不能把我们两个人分开，而你，却出于自己的心意，却毫不犹豫地那样做了。

我没有弄碎你的心，那是你自己造成的，而在弄碎它的时候，我的心也跟着碎了。难道就因为我强壮我就要承受更多的痛苦吗？那我还要活吗？那将是什么活法呢，当你，啊，上帝！你愿意带着你的灵魂留在坟墓里吗？"

"离开我吧，离开我吧，"凯茜抽泣着，"如果我做错了，我就要为此而付出代价。够啦！你不要得理不饶人了，你也丢弃过我的，可我并不责备你！我饶恕你了，你也饶恕我吧！"

“看看这对眼睛摸摸这双消瘦的手，让我做到宽恕是非常难的。”他回答，“再亲亲我吧，但是别用你的眼神看着我，我饶恕你对我做过的事。我的爱害了我的人，可是把你害成这样的人，我又怎么能够饶恕他呢？”

他们沉默着脸紧贴着，任凭眼泪从他们的脸颊滑落。至少，我想两个人都在哭泣，在这样一个不同寻常的场合中，真不敢相信，就连希思克利夫也会哭泣。

我越来越感到不安了，因为下午过去得很快，我打发出去的人已经回来了，而且我从照在山谷的夕阳下也能看出吉默顿教堂门外已有一大堆人涌出了，我想是他们回来了。

“做完礼拜了，他们要回来了，”我宣布，“我家主人应该在半小时内就能赶回来了。”

没想到，希思克利夫哼出一声咒骂，他把凯茜抱得更紧，她一动也不动。

不一会儿，我看见一群仆人走过了大路，他们正向那厨房走去。而且林顿先生就在其中，他自己慢慢地打开大门，走了过来。

“现在他真的回来了，”我大叫，“求求你，看在上帝的分上，赶快走吧！你不会在前面的楼梯上遇见什么人的。快点儿吧，你先待在树林里，等他进来了你再离开。”

“我必须要走了，凯茜，”希思克利夫说，想从凯茜那个胳膊里挣脱出来，“我保证只要我还活着，在你睡觉以前，我还要来看你的，我不会离开你太远的。”

“不，你不能走。”她回答，她用尽了一切力量拽住了他，“我告诉你，你不会离开我的。”

“就一会儿，一会儿就会回来的。”他热诚地恳求着。

“不要，我不要你走，一分钟也不行。”她回答。

“我真得走了，亲爱的，因为林顿马上就要进来了。”这受惊的闯入者坚持着。

他站起来试图想掰开她的手指，但她紧紧搂住，喘着气，她的脸上露出了疯狂的想法。

“不，不要，”她尖叫，“啊，别，别走，这是最后一次了！埃德加不会伤害我们的，希思克利夫，我要死啦！我马上就要死了。”

“该死的混蛋！这么快他就来了，”希思克利夫喊道，倒在他的椅子上，“别吵，我亲爱的！别吵，别吵，凯茜！我答应你了我不走了。要是他真的想杀了我的话，我咽气的时候也会感谢上帝。”

接着，他们又紧紧地抱在了一起，生怕被人拆开了似的，这时我听见主人上楼了，我吓得脑门直冒冷汗。

“你这么清醒，你就听她的胡言乱语吗？”我激动地说，“她神志丧失，不能自主，你打算彻底毁了她吗？起来！你可以马上离开这里的。这是你所做过的最恶毒的事。我们每一个人都会被你亲手给毁了的。”

我不知所措地大叫，林顿先生一听声音，便加快了脚步，在我非常着急的时候，我看见凯茜的胳臂松落下来，她的头也垂下来了，但心里是极其地高兴。

“她昏迷了或是死了，”我想，“要是死了更好，与其这么痛苦地活着成为周围人的负担，那还不如让她死了的好，对每个人都好。”

只见埃德加脸色发白地冲向这位来客，这是因为惊愕而引起的。对于他想干什么，我也一头雾水。可是，另外一个人把那仿佛没有生命的东西往他怀里一放，立刻停止了所有的示威行动。

“瞧吧。”他说，“除非你是一个恶魔，不然就去救救她吧，然后再来跟我说话。”

林顿先生走到客厅就坐了下来，林顿先生召唤了我，我们费了好大的劲，用了各种办法，才使她醒过来，可是她精神完全错乱，她又是叹气又是呻吟，可是她谁都不认识了。埃德加为她急得坐立不安，甚至忘记了她那可恨的朋友，但我可没有忘，我一找到机会就劝他离开，同时告诉他，凯茜已经好多了，并且告诉他我明天会

向他汇报今夜的情况。

“我可以答应你离开这里，”他回答，“但是我要待在花园里，奈丽，记着明天你要遵守诺言。记住！不然我还要来，不管林顿在不在家。”

他急忙向卧室里撇去一眼，待他断定了这一切是真的之后，他才离开这所房子。

第十六章

那天晚上十二点左右的时候，你看到的那个小凯茜出生了，仅仅怀了七个月的婴儿，小婴儿出生后两个小时，母亲就离她而去了，走的时候神智没有恢复一点儿正常，不知道希思克利夫离去，也认不得埃德加。埃德加由于丧妻的悲痛而变得失魂落魄，不禁让人有种心疼的感觉，从日后的影响看得出他这场悲痛有多么深。

在我看来，那里还有一个新的烦恼在等待着他，就是他没有一个男继承人。我注视着这个婴儿想着这件事，我心里骂着老林顿，因为他（这也不过是由于天生的偏爱而已）规定把他的财产传给他自己的女儿，而不是给一个女孩。这个可怜的婴儿还真不受到人们的欢迎，她在生下来的头几个钟头里就死命哭断了气，不过谁也没有在意。后来我们补偿了这个疏忽！但是她出世时的母亲的离去，就决定了她的命运。

第二天外面晴和爽朗，那阳光透过窗子照进了那间屋子，一道悦目而柔和的光亮映照在卧榻和睡在上面的人的身上。只见双眼紧闭的埃德加·林顿的头靠在枕头上，如同死去一般，靠在那里一动不动，可是他的脸是极端悲痛之后的安静，她的确得到了宁静，她的容貌是柔和的，只见眼睑紧闭着，嘴唇带着微笑的表情，那是自发的美，就算是天上的天使也不及她的万分之一。我也被她安眠中的永恒恬静所感染，我不自觉地模仿她在几小时前说出的话，仍然是那样的历历在目。

“无可比拟地超越我们，她确实是在我们所有的人之上！无论她在人间还是在天堂，她的灵魂如今都是与上帝同在了！”

我不知道这是不是我的内心感受，但是当我守灵时，除非有人和我一起感到悲痛，否则我是很难不快乐的。我看到一种连上帝和魔鬼都无法破坏的宁静，我感到今后将会有一种无穷无尽的永恒，生命无限延长，爱情无限和谐，欢乐无限充溢。在那时候，我发现林顿先生对他妻子的离去感到惋惜时，我甚至觉得就是在他这种爱情中也存在着某种自私的成分！的确，人们完全可以这样说，在她度过了任性的、急躁的一生后，她是具有资格享受那宁静的安息之地。人们在不断冷静思考的时候可能会这样想，可是，在她的灵前却不能那样做。

她依旧保持着自己的宁静，仿佛对以前和她同住的人给予同样的宁静。

“先生，我很想知道您相信这样的一个人会在那边得到快乐吗？”

“我不会回答她的问题，这问题使我觉得有点儿不安的感觉。”她接下去说：

“回想凯瑟琳·林顿一生的历程，恐怕我都不能说她是幸福的，不过我们还是把她交给她的造物者吧。”

主人看来是睡着了。

日出不久，我大胆地偷偷溜了出去，呼吸一些新鲜空气。仆人们竟认为我是要摆脱守灵之后的不安。其实，我的目的是去见希思克利夫。如果他整夜都待在落叶松的树林中，他可不会听到任何的风吹草动，除非，也许他会听到送信人到吉默顿去的马蹄疾驰声。如果他走近些，大概会看得出来，从闪烁的灯光，知道里面发生了什么事情。我想去告诉他但是我又害怕见到他。我觉得我需要把这个不好的消息快点告诉他，可是又不知道该怎么告诉他。

他在离我仅仅有几码远的地方，靠着一棵老杨树，他没戴帽子，他的头发被那将要开放的花朵上的露水淋得湿漉漉的，而且还在他周围淅淅沥沥地滴着。我想他一定保持了这种姿势很长时间了，因为我看见那里有一对离他不到三米的鸥狸，跳过来跳过去，忙着筑它们的巢，而把他当成了一块大木头。我一走过去，它们便飞走了，他抬起眼睛，说话了："她死了！永远地离开了。"他说："不用你来假惺惺地告诉我，我早就知道了，你们都该死！她才不会在乎你们的眼泪呢！"

我哭，不仅为她也为他，我们有时候会怜悯一些对自己和别人都没有感情的人。我乍一看到他的脸，就感觉他已经知道了她死讯的消息，我忽然愚蠢地想到看来他的心是镇定下来了，因为他在祈祷，他紧闭的嘴唇打着战，双目凝视着土地。

"是的，她死了！"我回答，我擦干我充满了泪痕的脸，"我希望她是上了天堂，如果我们能够接受警告改邪归正，我相信每一个人都可以进入天堂。"

"那么她是因为得到了警告吗？"希思克利夫问，试图讥笑一下，"她像个信徒一样地死去了，来，把实际的情况告诉我，到底？"

他很想说出那个名字，但是没有说出来，他闭着嘴唇和痛苦进行着争斗，同时又以毫不畏缩的凶狠的目光蔑视我的同情。

"她究竟是怎么死的？"

终于，他又开口说话了，虽然他很坚强，但还是不得不找一个可以供他依靠的地方，因为，在这场斗争之后，他不能够控制自己的一切行动。

"真是可怜的人啊！"我想，"原来你和别人一样有着那良心啊，但你为什么一定要把这些隐藏起来呢？你的一切都欺骗不了上帝，你引得上帝要把你的心和神经扭过来。"

"像羔羊一样的安静！"我高声回答，"她叹了口气，像个孩子似的把身体挺直，随后又沉入睡眠，五分钟后我能感觉到她的心脏微弱地跳动了几下，接着就什么都没有了。"

“她难道就没有提到过我吗？”他对于这个问题没有丝毫的把握，好像是唯恐对他所提的这个问题的答复，会得到让他不满意的结果。

“她没有恢复她的神智，从你离开她的那时候起，她就谁也不认得了！”我说，“她脸上带着甜蜜的微笑躺在那里，她临终时候回忆到快乐的童年时光。她的生命是在一个温柔的梦里终止的，愿她在另一个世界里也能够温柔地醒来。”

“不，希望她在苦痛中醒来！”他跺着脚，可怕地喊着，“唉，她临死都不能是一个正常的人呀！她不在天堂，她在哪里？啊！你说过不管我的痛苦！只要我还活着，你永远就得不到安息，你说我害了你，那么你就像鬼魂一样地缠着我吧！我相信世上是有鬼魂存在的。那就永远跟着我，把我逼疯吧！只要别把我一个人放在那个深渊中，在那里我找不到你啊！啊，上帝！这真是没办法啊，没有我的命根子，我根本活不下去啊，没有我的灵魂，我不能活下去啊！”

他把头对着那粗大的树干上撞，看他那漆黑的双眼，简直就不像个人，好像是一头快要被刺死的野兽一般。

树皮上留下了好几块血迹，他的手和前额都沾满了血，我敢说这些情景已经不止一次出现了。这虽然没有激起我的同情，但却让我充满了恐惧，但我还是不愿就这么离开他。然而，他清醒过来发现我正望着他，就怒吼着叫我离开，我服从了。因为我知道我可没有让他能够安静下来的本事。

林顿夫人的安葬定于她死后那个星期五举行。

在出殡之前，她的棺木一直是打开着的，上边撒着鲜花香叶，一直停放在大厅里。林顿像个忠实的守卫者日日夜夜地守护着她，而这时，希思克利夫夜夜在外面度过，至少，也是一个忠诚的保卫者，这些没有人知道。

我没有跟他联系，不过我想，如果可能，他会想尽一切办法的，时间到了星期三，天黑了没多久，我的主人因为极度的疲劳，去休息了一两个钟头，我打开窗户的时候看到了他，我被他的坚韧不拔感动了，便决定再给他一个机会，让他给她做最后的告别。他没有错过这个机会，没有发出一点儿的声音，任何人都不知道他曾经来过。真的，要不是死人脸上的盖布有点儿乱，地板上留有一小缕淡色的头发，我竟然都不会相信他来过。那头发是用一根银线扎着的，我断定是从凯茜脖子上戴着的一个小金盒里拿出来的。希思克利夫把这小装饰品打开了，把他自己的头发装了进去，里边还有一束凯茜的头发。我把这两绺头发拧成一股，把它们全都放了进去。

恩肖先生受邀来参加这个葬礼，当然他没有任何推脱的理由，但他最后也没有来。因此，除了她丈夫之外，送殡的全是佃户和仆人，伊莎贝拉竟没受到邀请。

村里人都感到很奇怪，凯茜不仅没有埋葬在林顿家族的墓碑下，而且也没有埋葬在她自己的家人旁边，而是埋在墓园一角的青草坡上。那里有很矮的围墙，以致那些带花的长青灌木丛和覆盆子之类的东西都从旷野那边爬过来，几乎要覆盖了这个小山丘。如今她的丈夫也葬在了这样的一个地方，他们各自的坟前都竖立着一块简单的石碑，它们的脚下也各有一块没有雕刻的灰石，仅仅作为坟墓的标志。

第十七章

星期五那天是我们这个月最晴朗的日子了，可是到了晚上天气就发生了变化，南来的风变成了东北风，天气冷飕飕的，先飘来了雨水，跟着就是霜和雪。

第二天早上，人们都不敢想象那夏天一直持续，樱草和番红花躲藏在积雪下面，百灵鸟也安静了下来，幼树的嫩芽也被打得发黑。一切都是那么的凄凉，我的主人整天把自己关在屋子里不出来，我就占据了这个冷冷清清的客厅，它是我的天地了，我就把它布置成了一间育婴室，我就把那正在哇哇哭的婴儿抱到我的膝盖上，一边摇晃，一边瞅着外边那漫天飞舞的雪花，只见窗台上的雪越积越厚，这时门开了，进来了一个又喘又笑的人，当时我的气愤超过了我的吃惊，我以为是个女仆，就喊："好啦！你怎么敢在这里放肆，林顿先生若是听见你这样放肆，他会把你怎么样呢？"

"请宽恕我吧！求求你了，"一个熟悉的声音回答，"我知道现在埃德加不在这里，我管不了我自己。"这个人一边说话一边走近了我，大口喘息着。

"我从呼啸山庄一路跑来的！不敢稍有怠慢，"停了一会儿，她接着说，"不要感觉那么吃惊，我不知跌倒了多少次。啊，我现在浑身都痛，你也不用着急，等我想解释的时候自然就会解释的！求求你做做好事把我送到吉默顿去，再叫佣人到我的房间去找几件衣服吧。”

闯入者是希思克利夫夫人，她那种状态真的让人不解，她那给雨雪打湿的头发还在滴着水，她身上穿的还是以前的那身衣服，不符合她的年龄也不符合她的身份，短袖的露胸上衣，什么饰品也没带。身上也被淋湿了，脚上穿的只是一双单薄的拖鞋，此外，一只耳朵下面还有一道深深的伤痕，或许是因为天气的寒冷才能止住她的血不往外流，一张白净的面庞显然有着被打过的痕迹，一个累得都难以支撑的身躯，你可以想象，等我定下心来看了她好久，才减少了我刚才的担心。

“我亲爱的小姐，”我叫道，“我不会听你的，我哪里也不会去，除非你把身上的衣服全都脱下来，换上干的衣服，你今晚不能去吉默顿，所以也用不着马车。”

“我必须得去，”她说，“不管怎么去那里，我想我至少应该穿得体面些，而且啊，现在瞧瞧从我脖子里流淌下来的血吧，一烤火，就痛得火辣辣的了。”

她坚持要我按她说的做，然后才允许我碰她，直到我如她所愿给她准备好了一切之后，她才让我给她包扎伤口，帮她换衣服。

“现在，埃伦，”她说，“你把凯茜的小孩放在一边，过来坐到我身边，我可不喜欢她！你不要认为我刚进来时所表现出的无礼态度，就认为我一点儿也不在乎；不心痛凯茜，那你就误会我了，我很伤心，而且我比任何人都有理由哭得更伤心一些。我不能够原谅我自己，直到她离开我都没来再见上她一面。可是，尽管这样，我还是不能同情那个人，他简直就是个畜生啊！啊，把火钳给我，这是最后一件他的东西了！”她从中指上脱下那只金戒指，狠狠地丢在地板上，“我要把它们全部毁掉！”

她接着说，一边用孩子的那种泄愤方式敲打着，“我还要把它烧了，”她把这个被砸碎的东西随手往炉火里一扔，“哪！他要是想把我抓回去，就不得不再买一个了，我可不敢待在家里，不知道他会做出什么事情来，况且，埃德加现在也不友好，不是吗？我既不想要他帮助，也不愿意给他带来更多的烦恼。我只是想要在这里躲一下，因为我听说他不在这里我才敢来这里的，不然的话我还就会待在厨房，洗洗脸，暖和暖和，等着你给我送来我想要的那个东西，再打算离开，去一个任何人都找不到我的地方，若是他捉到我，他可得火冒三丈！可惜恩肖在力气上不是他的对手，如果不被我亲眼瞧见我才不会就这样跑掉呢！”

“好，小姐！不要着急，”我打断她说，“你这样会再把伤口弄开的，那伤口又要流血了。休息一下喝点儿茶吧，在这个房子里，你的笑容是不合适的。”

“这倒真是一句实话，”她回答，“看看那个一直在哭的孩子吧，把她抱开，让我能安静一分钟吗？我不会在这里很长时间的。”

我拉了拉铃，把小婴孩交给了一个仆人，然后我就问她究竟发生了什么事，把自己弄得这么狼狈，而且，如果她不打算跟我们一起住，那她又打算到哪儿去。

“我当然很愿意留在这里，这里曾经也是我的家，”她回答，“不仅可以好好陪着埃德加，而且还可以照看着那婴儿，但是现在山庄才是我真正的家。他说过他不会饶了我的，我断定他非常憎恨我，而且已经到了这种程度，一提起我，他就十分烦恼，我发现当我走近他时，他的脸上就露出了憎恶的表情。这就足以使我相信，如果一去不回了，他一定不会花费精力去找我的，所以我一定要离开他，我不想要受他的驱使了，我真的希望他能永远地消失，他已经成功地熄灭了我的爱情，所以我很安心。我记得我曾经是如何如何地爱他，即使他宠爱过我，他那恶毒的狐狸尾巴也会露出来。凯茜完全了解他，但却有一种奇怪的想法，居然把他看得那样宝贝。但愿他不再出现在我的记忆里以及这个人世！”

“别说啦，别说啦！他毕竟还是个人啊，”我说，“我们要有善心，并且这世界上还有比他更坏的人啊！”

“他简直就不是人，”她反驳，“我把我的心心甘情愿地交给他，他竟把它捏碎了再还给我。人都是有了心才有感觉的，埃伦，既然是他先对不起我的，我又何必对他同情呢？而且哪怕从今起会为凯茜哭出血来，一直到他的死，我也不会同情他，那是他自作自受。”说到这儿，伊莎贝拉开始哭起来，可是，马上就擦掉了那眼睛里将要流出的泪珠，又开始说，“你问我，我为什么会这么做是吗？我是不得已这么做的。我把他弄得已经失去了理智，而要进行暴力杀害了。我一想到能够激怒他，我就感觉无比的快乐，这种感觉唤醒了我生存的本能，所以我就顺顺当当地逃跑了，如果我再落在他的手里我就不会像现在这样站在这里了。”

“昨天，你知道，恩肖先生本该来送殡的。他本来还做了充足的准备呢，没有像往常那样六点钟才疯疯癫癫地上床，十二点才醉醺醺地起来。当天他没有赖床，他起得很早，不过情绪十分不好，像是想去自杀，他想这样去教堂不是明智之举，所以他哪儿也没去，只是在那里大口大口地喝着白兰地。

“希思克利夫，一提到这个名字我就经不住打战，他从上个星期日一直到今天就没怎么进过这个家门。是天使还是地狱里他的同类①养活他，我也不知道，他也有一个星期都没有和我们一起吃过饭了。他回家时天都亮了，然后就上楼钻到他的卧房里去了，他把自己锁在里头，好像有人会去看他似的，他独自一人待着，祈祷着，不过他所祈求的神明仅仅是没有知觉的灰尘和尸骸而已，而他所祈求的上帝，也和他那死去的父亲混在一起，做一些祷告，直到他喉咙嘶哑喉头噎住，他才想着要离开，总是径直到田庄来！我奇怪埃德加怎么不让警察来把他抓起来，至于我，虽然我为凯茜难过，可是这些日子总算摆脱了那种卑劣的欺凌，我该感到幸运哦。

“我身体恢复了体力，可以去听约瑟夫的说教了，而且也不用像以前那样偷偷摸摸地走来走去。你可不要认为因为约瑟夫的话会再把我弄哭了，可是他和哈顿确实令人厌烦。我宁可坐着听着欣德利那可怕的言语，因为不愿跟这个‘小主人’和他那所谓可靠的助手在一起好！在家的时候，我往往躲到厨房里，在那久不居人的地

① 指魔鬼。

方挨饿，他不在家时，像这个星期一样，我在大厅炉火旁摆上了一张椅子和桌子，我不管恩肖先生在干什么，他也不会在意我在做什么。如果没人惹他，他比往常安静得多了。约瑟夫说他好像换了一个人似的，说是上帝改变了他，他走了好运，'像受过火的锻炼一样'[①]。我也看出了这种转变，觉得十分诧异，可是与我无关。

"昨天晚上，我坐在那个墙角读书，一直读到十二点。外面大雪纷飞，这时我的思绪一下子飞到了墓园和那新修的坟上，我的眼睛简直不敢从我面前的书本中抬起来，只见那幅忧郁的画面突然出现在了我的眼前。欣德利双手托着头坐在对面，或者也在冥想着同一件事。他虽然已不再喝酒了，但那比失去理智更可怕，只见他两三个钟头都一动也不动，也不说话。屋子内外一点儿动静都没有，只有不时吹起的风声，煤块的轻轻爆裂声以及用剪子发出的嘎吱嘎吱的声音，哈顿和约瑟夫大概都上床睡着了，因为周围一片凄凉，我一面看书，一面叹息着，因为我感觉这世界上的快乐消失了，而且永远不会回来了。

"终于这种沉寂被一阵敲门声所打断了，希思克利夫守夜回来了，他比平常更早了一些，我猜，是由于这场突来的风雪的缘故。那个门是闩住的，他从另外一扇门进来的。我站起来，自己也觉得有一种压抑不住的表情要涌出来。

"'我要他在外面待上五分钟，'他叫着，'你感觉如何呢？'

"'我没有任何的意见，你想怎么做都可以，'我回答，'就这样做吧！把钥匙插在钥匙洞里，拉上门闩。'

"恩肖在那个魔鬼还没有走近前就完成了那个动作，然后他过来，把他的椅子搬到我桌子对面，他眼睛里充满了愤怒的火花，也想从我眼里寻求同情。他看起来就像个杀人凶手，他不知道我眼神里是否有那种同情，但是他发现这也足以鼓励他开腔了。

"'你和我，'他说，'那里有一大笔账在等着我们，如果我

① 《圣经·旧约·哥林多前书》第三章第十五节，指虽然得救却饱受磨难之意。

们不是胆小鬼，我们可以考虑联起手来。你难道想象你哥哥那样软弱无能吗？你甘愿忍气吞声，不想报仇吗？’

“‘我不想再忍受下去了，’我回答，‘我喜欢一种不会牵涉到我自己利益的报仇，但是阴谋和暴力是两把尖尖的矛，它们对我们自己也有害，甚至比我们的敌人更大。’

“‘这是以其人之道还治其人之身，’欣德利叫道，‘希思克利夫夫人，我没要求你做什么，你只管坐在那里就好。现在告诉我，你能不能做到？我担保你会亲眼看到那恶魔生命的终结，你也会像我一样的快乐。他会害死你的，除非你先下手，他也会毁了我。你听他的敲门声好像他就是这里的主人一样！你答应我不要出声，你很快就会是个自由的女人了。’

“他正想拿出他的武器，正想吹蜡烛。但是我把蜡烛夺过来，抓住他的胳膊。

“‘我不能再保持沉默了！’我说，‘你千万不要那样做，仅仅这样就好，我们谁也不要出声。’

“‘不！我已经决定了，没有人能够阻止我，我必须要这样做！’这个不顾死活的东西喊着，‘不管你自己怎么样，这对你来说都不是坏事，而且也能为林顿出气，我根本用不着你的帮助，凯茜已经死去了。在世上的每一个人都会为我感到惋惜，即使这时割断我的喉咙，是该做个了结的时候了。’

“我还不如跟只熊搏斗，简直是对牛弹琴。我唯一的方法就是警告那个他所策划的将要牺牲的人。‘今天夜里你最好不要来这里了，’我叫着，‘如果你不听我的话的话，恩肖先生就会把你杀了的。’

“‘你还是给我把门打开吧！’他回答，他竟然用一种很文雅的称呼来叫我。

“‘你不要指望我了，我不会那么做的，’我反唇相讥，‘进来挨枪崩吧，如果你愿意的话，我该做的我已经做了。’

“说完，我就关上窗户。恩肖先生看到，就把我咒骂了一顿，硬说我还在爱那个流氓，真是鬼迷了心窍，而我，在我的心里（良心从来没有责备过我）却在想，如果希思克利夫使他脱离了苦难，那么对他而言没什么坏处，而如果他把希思克利夫送到他应去的地方，对于我又是何等福气啊！正当我在胡思乱想的时候，我背后的窗户一下子掉了下来，只见希思克利夫却在那里张望着。由于窗子栏杆太密了，他的肩膀挤不进来。我微笑着，感觉自己不会受到他的威胁。他的头发和衣服已经被雪给染白了，他那锋利的牙齿，因为寒冷和愤怒而龇露着，在黑暗中闪闪发光。‘伊莎贝拉，快让我进去，不然我会对你不客气的。’他就像约瑟夫所说的‘狞笑’着。

“‘我可不愿意去杀人，’我回答，‘欣德利先生拿着一把刀和实弹手枪站在那儿守着呢。’

“‘让我躲过他。’他说。

“‘欣德利会比我快速的，’我回答，‘真没想到，你的爱情竟然会这么可怜，夏天月亮照着的时候，你还不会构成我们的威胁，可是冬天的大风一刮回来，你可得好自为之了，希思克利夫，如果我是你，我就躺在她的坟前随她死去。现在这个世界上也没有什么值得你留恋的了吧，是吧？你曾经给我这样一个印象，凯茜是你生命里全部的欢乐，我不能相信在你失去她之后还能够苟活在这个世上。

“‘他在那儿，是吧？’我的同伴大叫，冲向窗前，如果我能把我的胳膊伸得更长一些，我就可以尽情地揍他了。

“我恐怕，埃伦，你会以为我是一个恶毒的女人，可是你不了解全部事实，所以不要妄下断言。即使有人要谋害他的性命，我也绝不会参与其中的。我当然希望他能够死去，因此当他扑到恩肖的武器上时，从他手里抢了过来，我就感觉很失望，一想到我刚才嘲弄他的话，我都吓坏了。

“枪响了，刀收了回去，正切着枪主的手腕。这时希思克利夫使劲往回一拉，把肉割开一条长口子，随后他就把那滴着血的武器收到了自己的怀里。然后他用石头敲破了那窗框，就跳进来了。这时他的敌人已经疼痛到了极限了，鲜血流淌了一地，一下子倒在了地上失去了知觉。那个恶棍使劲地折磨他，同时一只手还抓住我，避免我出去喊人来帮忙。他使劲地控制着自己的意志，才使他逃过了一劫，不过他自己也力气大减，最后只好罢手了。他把埃德加的袖子撕下来用来包扎伤口，在进行包扎时，他那粗暴的态度，就跟刚才踢他时一样的狠毒。这时，我才得到了自由，就赶忙去找那老仆人，他好不容易明白了我的意思，赶紧下楼，在他三步并作两步气喘吁吁地下楼时，还大口喘着气。

"'这可怎么办才好呢？现在，该如何是好啊？

"'慌什么，就这么办，'希思克利夫吼着，'你的主人发了疯，如果他再活一个月，我就要把他送到疯人院去。你们真是胆子不小呢，竟然把我关到外边，不要在那儿嘟嘟囔囔地说话啦，来，把地上的血擦干净，小心你蜡烛的火光。'

"'难道你把他杀死了吗？'约瑟夫大叫，吓得手举起来，眼睛也外翻着，'我可不愿看到这样的场面，愿主。'

"希思克利夫推他一下，正好让他跪在了那摊血中间，他手里拿着一块毛巾，可是他并没有想要擦干的想法，而是做起了祷告。他当时那滑稽的动作把我逗笑了，我当时什么都不怕了，事实上，我就像一个将要被上绞刑的犯人一样。'

"'啊，我怎么能把你给忘了，'这个暴君说，'你也应像他一样地跪下去，你和他串通一气反对我，是吧，那才是你应该干的活呢！'

"他抓住我一直摇到我的牙齿作响，又把我猛推到约瑟夫身边，让我和他跪在一起，约瑟夫没什么反应，只是镇定地念他的祈祷词，说他马上就能解脱了。林顿先生是个裁判官，就是他经历了更大的事，他也不会坐视不管的。他的决心如此之大，以至于让我向他重复着刚刚的事，在我勉强地回答他的问题，叙述了这件事情的经过时，他满腔怒火地站在我面前。说实话，我的确很费力气，才满足了这老头子的欲望，使他明白不是希思克利夫首先发起进攻的。无论如何，恩肖先生活了过来，约瑟夫赶紧让他喝了一杯酒，真是奇怪，酒刚一下肚，他主人的身体就能动了。希思克利夫明知道他的对手对刚才的事一无所知，但却说他是发了酒疯，又说不要再看见他凶恶的举动，让他赶快上床睡觉。使我很开心的是，他在说了这些话之后就离开我们，而欣德利直挺挺地躺在炉边。我就回到了自己的房间，一想到我是这样轻易地逃了出来，我都不敢想象了。

“今天早上，我下楼时，那时还不到中午。恩肖先生坐在炉火旁，看得出来他病得不轻，那个恶魔也像他一样的憔悴。两个人都不太想吃什么，一直等到桌上的东西都冷了。我没管他们就自己吃了起来，没有什么可以拦住我吃个痛快，因为我的良心很平静，不像他们。等我吃完了，我就绕过恩肖的椅子，大胆地跪在他旁边的角落里烤火。

“希思克利夫没有向我这边瞅一眼，我就抬起头来，感觉他好像完全变成了一个石头。他的前额，这是我曾经认为最有男子气概的地方，现在我感到它笼罩着一层浓云，他那凶狠的眼睛里也没有了怒火，也许是由于哭泣，因为睫毛是湿的，他的嘴唇被难以言表的悲哀表情给堵住了。如果换作别人，我会心生怜悯之心的。现在是他，我倒算是如愿以偿了，我不想失去侮辱一个倒下来的敌人，虽然它不是那么光明，因为他软弱的时候正是我能尝到冤冤相报的愉快滋味的唯一时机。”

“呸，呸，小姐！怎么能这样说呢？”我打断她说，“如果上帝使你的敌人受罪，你就足够了。除了上帝施加于他的折磨，你还给他无尽的痛苦，那就又卑劣又狂妄了。”

“我可以这么做的，埃伦。”她接着说，“我必须要给他加上我的那一份，不然，不管希思克利夫遭到多大的不幸，我是远远不会感到满足的。如果我引起他痛苦，而且他也知道他的痛苦是我引起的，我倒愿意他少受一点儿苦。啊，我对他的怨恨太深了。只有一种情况，我才会宽恕他。那就是，每回他拧痛我，我也要反拧他一把，让他也受受我的罪。既然是他先对不起我的，他就该主动向我道歉，然后，埃伦，我就可以向你表现出一点儿宽宏大量来了。

但是那样我就不能发泄我心中的怒火了，正因为如此我不能饶恕他。看到欣德利要水喝，我就递给他一杯水，并问他现在感觉怎么样？

“‘没有我想象的那么严重了，’他回答。‘可是我浑身都很痛。’

“‘是的，应该是这样的，’我接口说，‘凯茜经常夸口说她护着你，不会让你受到任何伤害，她想说的是因为有些人会怕她不高兴，所以不会来伤害你。幸亏她不会从坟墓里出来，不然，昨天夜里，她会因看见这一场景而大失所望的，你的胸部和肩膀没有被打坏割伤吧？’

“‘我也不知道，他回答，‘可是你说的这是什么话？难道我倒下来时，他还敢打我吗？’

“‘你都不知道，他又是踩你，又是踢你，还把你往地上撞，’我小声说，‘他还想把你咬得粉碎呢，因为他身上恐怕一半以上都不是人。’

“恩肖先生和我一同抬头望望我们那共同的敌人，只见这个敌人正沉浸在他的悲痛里，任何东西对他来说都形同虚设，他站得时间越久，他那忧郁的表情就越为明显。

“‘啊，只要上帝能在我死前给我一点儿力量的话，我就会欢欢喜喜地下地狱的。’这急躁的人呻吟着，想站起来却还是倒在了那个椅子上，他明白自己是不宜再斗争下去了。

“‘不，他害死了田庄里的一个人那就足够了，’我高声说，‘在田庄里的每个人都知道，要不是希思克利夫的存在，你妹妹会好好地活着呢。在他来之前，我回忆着我们是多么快乐啊！凯茜曾经多么快乐。’

“大概希思克利夫注意到我说的这话是否属实。因为我看到他的目光被吸引了过来，他在哽咽中抽泣，我死死地盯着他，轻蔑地大笑，那阴云密布的地狱之窗（他的眼睛）冲着眨着，无论如何，那个恶魔一样的人竟然会有这样的时刻，所以我禁不住冒昧地笑出了声，起来，走开。

“不过我想他最终还是说出了几个字，虽然他的声音是难以听清的。

“‘不管怎样，请原谅，’我回答，‘可是我也爱凯茜，而她哥哥也同样需要人照顾，为了她我一定要这么做。如今，她死了，我看见欣德利就如同看见她一样，欣德利的眼睛要不是因为你昨天的折磨，倒是跟她的一样呢，而且她的——’‘起来，你这恶魔，我真想把你踩死！’他叫着，移动了一下，我也移动了一下。

“可是啊，’我继续说，时刻做着逃跑的准备，‘如果可怜的凯茜真的信任你，承受了希思克利夫夫人这个头衔，她也不会有好下场呢，她才不会忍受你，而会对你发泄她的情绪的。’

“高背椅子的椅背和恩肖本人把我和他隔开了，因此他不能够来到我跟前了，只从桌上抓把餐刀往我头上猛掷过来。餐刀没长眼，飞到了我的耳朵下边，把我的话打断了，可是，我拔出了刀，一溜烟地跑到门口，又说了一句，我希望能比飞镖刺得更深一些。我最后一眼看见他猛冲过来，却被他的房主给挡住了，两个人滚成一团，乱得不可开交。我跑过厨房去叫约瑟夫，走到门口正好撞见了哈顿，我就像一个从监狱里潜逃出来的罪犯似的，连跑带跳，飞也似的顺着陡路下来，然后避开弯路，直穿过旷野，滚下岸坡，涉过沼泽，实际我是很慌张地跑来的，我宁愿永远住在地狱里，我也不会再在那里待上一夜了。”

伊莎贝拉停下来喝了口茶。然后她叫我给她戴上帽子，披上我给她拿来的一条大披巾。正打算离开，我真希望她能够多待一会儿，可她根本不理会，她蹬上一张椅子，亲亲埃德加和凯茜的肖像，又同样和我亲吻告别，然后就带着范尼上了马车，庆幸小狗再次找到了它的主人。自从她走了以后就再也没有回来过，直到一切都平定了下来，她和我的主人就建立了正常的通信联系，我想她现在正住在靠近伦敦的南部。她出逃没多久，就在那儿生了一个儿子，取名林顿，而且从一开始，她就写信告诉我们说他是一个任性而又多病的孩子。

有一天希思克利夫在村子里遇到我，就问我她去了哪里？我当然没有告诉他，他说那也没什么关系，只是担心她不能到她哥哥这里来，既然他养活她，她就不该跟埃德加在一起。虽然我没有说，但他就从别人口中知道了她的一切。但他没去伤害她，我猜想，她或许会感谢他的这份宽宏大量呢。当他看见我时，就向我询问她那孩子的情况，但一听说他的名字，他就苦笑着说：

“他们想让我也恨他，是吧？”

“我想他们不愿意让你知道关于这个孩子的一切。”我回答。

“可我一定要得到他，”他说，“等到我想要他的时候，你们就等着看吧！”

幸亏孩子的母亲在那之前就已经死去了，那是在凯茜死后十三年左右，林顿十二岁，或许还大了一点儿。

伊莎贝拉突然到来的那天，我没有告诉主人。而且他当时的情况也不允许什么谈话，最后终于他肯听我说话了，我看出他没为他妹妹离开她丈夫的事感到很高兴，因为他对她丈夫憎恶到了极点。他的反感是如此的敏锐，以至于希思克利夫的一切他都不愿意干涉。悲痛，彻底把他变成了一个隐士，他避免了一切可能到村里去的机会，把自己仅仅局限在花园里那一小片地方，过着一种完全与世隔绝的生活。有时也会改变一下生活方式，到旷野上独自散散步，或是去他妻子坟前，而且这些事都是在没有人的时候去做的。时间使人听从了命运的安排，他以热烈、温柔的爱情以及她即将到更加幸福的天堂里去的期望，来回忆她，他相信她是去了天堂。

而且，在这个世上还有能够使他得到慰藉的东西。我说过，他起初并不关心凯茜的孩子，但是没过多久，这种冷淡很快就消失了，在这个小东西还不会说出一个字的时候，她已经占据了林顿的心。孩子名叫凯茜，可他从来不会称呼她全名，这大概是因为希思克利夫有这样叫她的习惯。这个小东西却总是被他叫作凯茜，在他看来，她和她母亲是不同的，但是有着某种的联系，他把她当作手心里的宝，主要原因与其说她是自己的骨肉，还不如说她是凯茜的亲生女。

我总是拿他和欣德利·恩肖相比，我百思不得其解，他们的行为却如此相反。他们都是看重父子之情的丈夫，而且都疼自己的孩子，我不明白他们为什么都没走上一条路。但是，我心里想，欣德利无疑是个比较有理智的人，但他没有表现出来。当他的船触礁时，船长没有履行他的职责，而全体船员，乱作一团，这艘船就沉入了大海，相反，林顿则显出一个忠诚而虔敬的灵魂所具有的真正的勇气。一个满怀希望，而另一个心灰意冷，形成了鲜明的对比，他们各自选择了自己的命运，并且各得其所。可是你不仅仅是要听我的说教吧，洛克伍德先生，至少，你会认为你可以下判断，那就行了。

恩肖的死是在预料之中的，不到六个月的时间，他就紧跟着他的妹妹离开了这个人世。我们住在田庄这边，从来没人过来告诉我们关于恩肖死前的状态。我所知道的一切都是我去帮忙的时候偶然听到的。

“喂，奈丽，”他说，有一天他早早地来到了这所院子，这真令人吃惊，心想他一定是为了说一些坏消息才来的，“现在是你奔丧的时候了，好好想想是谁吧！”“谁？”我慌张地问。“怎么，你猜不到吗？”他回答道，下了马，把他的马缰吊在门边的钩上，“把你那垂下来的裙角卷起来吧，我敢说一定会派得上用场。”

“难道是希思克利夫先生吗？”我叫出来。

“什么？你竟然会为他伤心？”医生说，“不，希思克利夫是个结实的年轻人，我刚刚看到他气色不错呢。自从他的夫人离家出走后，他就渐渐地发福了。”

“那么，是谁呢，肯尼思先生？”我焦急地又问。

“欣德利·恩肖！你的老朋友欣德利，”他回答，“也是一直说我坏话的人，不过太过分了，他竟然骂了我这么久。瞧，我们是有眼泪的。可是不管怎样，打起精神来吧！可怜的孩子！我也感到很难过，一个人怎么能够不替自己的老伴惋惜呢，尽管他是如此的坏，而且也对我要过狠毒的手段，他好像才二十七岁吧！正值青春年少呢，也就是你这个年龄，谁会知道你和他是同岁的呢？”

我承认这个打击比林顿夫人之死所给我的震动还大些，我的心中不断浮现出往日的一幕幕，我坐在门廊里痛苦地哭着，要肯尼思先生另外找人去通报。我自己禁不住在思忖着，“他是不是得到了解脱，”不论我做什么，这个疑问总是缠绕着我。我决定请假到呼啸山庄去，帮着料理后事。林顿先生起初并不愿意答应我，但是我说起死者孤单可怜的情况，我又提到我的旧主人又是我的共乳兄弟，他有权力要求我再这么做，而我也有义务这么做。此外，我又提醒林顿先生，那个孩子哈顿是他的妻子的内侄，由于他没有了亲人，他就该做他的保护人，他应该照顾他以后的生活，并且照料与他内兄有关的一切事情。

他当时的身份地位是不便过问这类事的，但是他吩咐我去跟律师说。他的律师也曾是恩肖的律师，我请他一同到村子里去。他摇摇头，警告我千万不要招惹希思克利夫，而且断定，一旦挑明真相，那哈顿和乞丐就没有什么区别了。

“他的父亲是带着债死去的，”他说，“全部财产都抵押了，现在这位合法继承人最好不要引起他一丝的反感，这样他还可以对他客气些。”

当我到达山庄时，我说我是来看看一切过得怎么样，带着极度悲哀的神情出现的约瑟夫对我的到来表示满意。希思克利夫先生说他不认为我能够在这里做什么，可是如果我愿意的话，他可以安排我留下来，帮忙安排出殡的事。

“按理说，”他说，“那个混蛋的尸体应该神不知鬼不觉地埋在十字路口。昨天下午我碰巧遇到他，他却关上大厅的两扇门，不要我进去，他就整夜喝酒把自己给喝死了，我们早上是砸开房门进去的，因为里边上了锁，他就躺在高背椅子上，我们做了一切能够做的事，也无法使他更清醒一些。我派人去请肯尼思，可是他来了之后，这个畜生已经变成死尸了，他已经僵硬了，所以你做什么都于事无补了。”

老仆人证实了这段叙述，可是嘀咕着：

“我倒真希望他去请医生！我走时，他还没死，至少，一点儿死的样子也没有！”我坚持要把葬礼办得不那么寒酸。希思克利夫先生说在这方面我可以出力，我明白他只是出了办葬礼的钱。他还依旧保持一种严酷的、漠不关心的态度，如果有什么的话，那只能算是完成了一件艰难的工作而已，铁石心肠的人才有的那种心满意足。的确，我有一次看到了他那种狂欢，那时人们正抬起他的灵柩，他便假惺惺地出来送葬，在他出去之前，他把这不幸的孩子举到桌子上，并且带有一种逗乐的情调说：“现在，我的好孩子，你彻底属于我了！”那个天真无邪的孩子挺喜欢这段话，他玩弄着希思克利夫的胡子，抚摩着他那黑乎乎的脸，可是我明白了他的言外之意，便尖刻地说：“那孩子必须和我回到画眉田庄，先生，这个可怜的孩子与你没有任何的关系。”

“林顿是这么说的吗？”他质问。

“当然是这样，而且是他让我来领养他的。”我回答。

“好吧，”这个恶棍说，“我不想和你争论些什么，可是我确实很想自己带个小孩子，所以请你转告你的主人，如果他打算带走他，我就要把自己的孩子要回来。我才不会让他这么白白地走呢，我一定会把我的孩子要回来的！记住告诉他吧。”

他这个警告足够让我胆战心惊。我回去后，把这话的内容重说了一遍，再说埃德加·林顿本来就没多大兴趣，后来他也就没有提过这件事。就算他有意，我想他也不会成功。

局势发生了变化，呼啸山庄现在是反客为主了，他控制着一切，而且向律师和林顿先生证明，恩肖已经抵押了他所有的土地，并把它换成现款，满足了他的赌博狂，而他，希思克利夫，是受押的人。于是，哈顿本该是这一代的富豪，可他现在却要靠他的杀父仇人施舍着过活。他在自己的家里做着被剥夺了工钱的苦工，根本没有翻身出头的日子，这完全由于他的无亲无故，而他自己却被蒙在鼓里。

第十八章

过了这段悲惨的时光之后，不知不觉中，又过了十二年快乐的时光，迪恩太太接着说下去。在那些年里我最大的烦恼也只是我家小姐发烧感冒，像所有的孩子一样都是要经历的。

剩下的事情，就是在她出生之后，就像一棵落叶松[①]似的长大起来，她很快就会说话和走路了。她确实是个最讨人喜欢的小东西，她长了一副天生丽质的脸，有着恩肖家的漂亮的传统。她十分文雅，又配上那敏感的心灵。那种对人极亲热的态度使我想起了她的母亲，可是她并不同于她的母亲，因为她能像鸽子一样的温顺驯良，而且她的声音很柔和，样子也很亲切。她的爱是深沉、温柔的，没有一点儿粗暴的感觉。可是必须承认她也有缺点，她的一个缺点就是性子过于莽撞，意志过于倔强，我想一切被娇惯坏的孩子都会有这样的性格，不论他们脾气好坏。要是哪个仆人不小心惹到了她，她总是说："我要告诉爸爸！让他惩罚你们。"他把教育她的责任完全承担下来，并以此感到快乐。幸亏她的好奇和聪敏使她能够成为一个好学生，她求学心切，以使教她的人感到欣慰。

在她十三岁之前，她从来没有独自离开过田庄。林顿先生偶尔也会带她到外面走一里来路，可是他不会把她交给其他人。在她耳中吉默顿是一个虚幻的名字，除了她自己的家之外，她唯一走过的

① 一种发育成长速度很快的树，容易成材。

就是那教堂。呼啸山庄和希思克利夫先生对她来说，是完全不存在的事物，她是一个名副其实的隐居者，但是她看起来非常的满足。有时候从她的育儿室的窗子向外眺望乡间时，的确，她也会看到和想到的。

“埃伦，我什么时候能到山顶那儿去呢？那边是大海吗？”

“不，凯茜小姐，”我就回答说：“那边和这里一样，都是山。”

“当你站在那些金色的石头底下的时候，它们又是怎样的情景呢？”有一次她问。

彭尼斯顿山崖的陡坡特别地吸引了她的好奇心，尤其是当落日照在岩石上和最高峰的时候，而其余的整个风景都不复存在了。我说那只是一大堆的石头，在那里简直养不活一棵树。

“可是黄昏已过了这么久，为什么那些石头还挺亮呢？”她追问着。

“因为那里很高啊，”我回答，“那太危险了，你不能爬上去。在冬天那儿总是比我们这里先下霜，盛夏时，我还在东北面那个黑洞里发现过雪！”

“啊，你去过那里了？”她高兴得叫起来，“那么等我长大了也能去那里吗？埃伦，爸爸去过没有？”

“爸爸会告诉你，小姐，”我急忙回答，“那个地方没有什么期待的，倒是你和他常常溜达的地方比它更好呢，我们这里是全世界最好的地方。”

“不过我虽然知道，但是我并没有去看过它，”她自言自语地说，“要是我能站在那个最高峰的边上向四周望一望，我一定很愉快的，我相信我的小马敏妮总会有一天带我去的。”

有个女仆不经意地提起了精灵洞，这可是激起了她那颗要涌动的心，就想实现这个愿望，她硬要林顿先生答应这件事，先生没办法，就说她再长大一点儿就可以去了。而凯茜小姐是用月份来计算她的年龄的，“现在，我去盘彭尼斯顿山崖够不够大啦？”这是常挂在她嘴边的问话。到那边的路曲折蜿蜒，而且紧靠呼啸山庄。埃德加不想经过那里，所以她常得到的答案就是：“还不行，宝贝儿，再等等，时机还不够成熟。”

我说过希思克利夫夫人在离开之后又活了十二年左右。她一家都是体质脆弱的人，她和埃德加一样都没有健康的神色。她最后患了什么病，我也不知道，我猜想他们是因为同样的疾病才去世的。她后来来信告诉埃德加她的情况，并且希望她的哥哥能够到她那儿去，因为他必须要处理一些事，而且她希望和他诀别，好把林顿安心地放到他手上。她真心希望把林顿交给他，因为她自己情愿相信，孩子的父亲根本就不想承担任何的义务。我的主人毫不犹豫地答应了她的请求。他把凯茜交给我，要我好好照看，说他不在家，要特别精心照顾，不能让她自己独自跑到园林外面去，至于她独自一人出门，那他连想都没想过。

他大概走了三个星期，一开始我所照顾的那个小家伙安静地待在一个角落，她难过得什么也不想做，她安安静静地待在那儿，但并没给我添什么麻烦。而且我是太忙了，也太老了，不能陪她一起玩，我就想出一个办法让她自己取乐。我总是叫她出去走走散散心。等她回来的时候，我就做她最忠实的观众，听她讲那一切真实的和想象的冒险。

那时正是夏天，她很高兴自己能够出去走走，经常是在吃完早饭到吃茶这段时间在外面溜达，到了晚上我就静静地听她讲那些离奇的故事。我并不会害怕她会跑出去，因为大门总是锁住的，而且我认为即使大门开着，她也不会贸然出去的。

不幸的是，我对她的信任让我失望了。有一天早晨八点的时候，凯茜来找我，说她要当一个阿拉伯商人，要和她的队友一起穿过沙漠，我得为她自己和牲口准备充分的食粮，于是我搞了一大堆好吃的，都给她放到马一旁的篮子里，她高兴得跳了起来，她的宽边帽子和面纱遮着七月的太阳，我劝诫她不要让马奔跑和早些回来，她还作弄我，然后就飞奔而去了。

让我吃惊的是，这个小淘气到吃茶的时候都没有出现。不过其中有一个旅行者，就是那个老狗，它竟然回来了，可是不论是凯茜、小马，或是那两只小猎狗都没有一点儿影子，我急得火烧火燎，马上派仆人们去寻找，而我自己也在迷茫地找着她。我问了庄园上那个工人是否见过我家小姐?

“我在早上看见过她，”他回答着，“她要我给她砍一根木枝来帮助她跳过那矮墙，后来就跑得没影了。”

你可以想象当我知道这一切之后我的心情是如何的。我马上想到她一定动身到彭尼斯顿山崖去了。“她会碰到些什么事啊？”我突然喊叫起来，直往大路跑去。我好像是和人比赛，走了一里又一里，一直到我望见了那个山庄，可是我却没有瞧见凯茜。山岩大概距离希思克利夫的住处一里半，离田庄却有足足四里，所以我开始担心在找到她之前，天就会黑下来的。

“要是她从山崖那边跌了下来怎么办呢，”我想着，“万一要是跌死了，或者摔坏了骨头。”我提心吊胆地想着，当我慌张地经过山庄的时候，看到那条最凶猛的猎狗查理正在窗子下面卧着，看到它的头肿了，耳朵还流着血，我这才把心中的石头放了下来。我跑到房子门前，狠命地敲门想进去。我认识的一个女仆来开门了：自从恩肖死后她就是那儿的女仆。

“啊，”她说，“你是来找你家小姐的吧！不用担心。她现在很安全，我真高兴不是主人回来了。”

“那么你家主人不在，是不是?”我喘息着说。

“不在家，他出去了。”她回答，“他和约瑟夫都出去了，我想他们一时半会儿应该不会回来的，你快进来歇一会儿吧。”

我进去了，看见她坐在一把椅子上摇来摇去，那是她母亲曾经坐过的。她显得十分自在，带着十分高的兴致和哈顿交谈着。哈顿现在已经是一个十八岁的强壮的大孩子，他带着惊奇看着她，她口若悬河，不停地说着问着，他恐怕一句也不能理解。

“好呀，小姐！”我叫着，我对她表现出一副非常生气的表情，并用它来掩盖我喜悦的心情，“在你爸爸回来之前，我敢说这是你最后一次骑马了，你这淘气的姑娘！”

“啊哈，埃伦！”她欢欢喜喜地叫着，跑到我身边，“我正准备今天晚上给你讲一个很动听的故事！你还是找到这里来了，你以前来过这里吗？”

“戴上你的帽子，马上跟我回家，”我说，“我对你太失望了，凯茜小姐，你太任性了。你现在做什么都无济于事，就为找你，我简直是吃尽了苦头。想想林顿先生怎么嘱咐我把你关在家里来着，可是你自己却偷偷跑了出来，你真是一个狡猾的小狐狸，我再也不会轻信你了。”

“我做错了什么吗？”她啜泣起来，但是又马上忍住了，“爸爸并没嘱咐我什么，而且他不会骂我的，埃伦，他从来不会像你这样地大骂我的！”

“得了，得了！”我又说，“我来帮你系好，现在，咱们都别闹别扭啦。啊，多羞呀，你都十三岁啦，应该像个大孩子一样懂事啊！”

因为她把帽子推开，还退到烟囱那边，使我抓不到她，我才大声嚷嚷的。

“别，不要这样，”那女仆说，“迪恩太太，她还小，不要对她这么凶。是我们叫她停下来的。她本来想向前进，可她又怕你不放心，而且哈顿答应陪她一起去呢。山上的路确实是很荒凉的。”

我们谈话的时候，我注意到哈顿双手插在口袋里，看得出来他并不欢迎我的到来。

“我还要在这待多久呢？”我接着说，不顾那个女人说什么，“天马上就要黑了，你的小马呢，凯茜小姐，‘菲尼克斯’呢？你再不快点儿，我就不会管你了，随你的便吧。”

“小马在院子里，”她回答，“‘菲尼克斯’关在那边。它和查理打起来了。我本来是想向你解释清楚的，可是看到你如此气愤，我想你是没心情来听我说话的。”

我拿起她的帽子，准备给她戴上，可是她看出来这房子里的人都向着她，她开始在屋子里四处乱穿，我就去捉她，我们好像上演了一场好戏，逗得哈顿和那个女人都大笑起来，她也跟他们一起笑，而且变得越来越不像话了，直到我的愤怒得到了升华。

“好吧，凯茜小姐，如果你知道了这所房子的主人，你就不会在这里待上一秒种了。”

“那是你父亲的，不是吗？”她转身向哈顿说。

“不是。”他回答，眼睛瞅着地，脸涨得很红。

她无法忍受双瞪着他的眼睛，即使它和自己的一模一样。

“那么，是你主人的了？”她问。

他的表情发生了极大的变化，低声咒骂一句，就把身子转了过去。

“他主人是谁？”这惹是生非的姑娘又问我，“他口口声声说，‘我们的房子’和‘我们家人’，我还以为他是个大少爷。而他又一直没有称呼我小姐，他必须这么做，如果他是个仆人，他怎么可以这样？”

哈顿听了这一套孩子气的话，脸上布满了一层阴云。我悄悄地碰碰我的小主人，庆幸她终于有要离开的想法了。

“现在，把我的马牵来吧，”她对着她所不认识的亲戚吩咐道，“你可以跟我一起去，我想看看沼泽地里‘猎妖者’究竟会在哪里出现，还要听听你讲的‘小仙’，我非常的想听呢。不过得赶快，这是什么情况啊？我让你去牵我的马啊。”

“要我给你当仆人，你就去下地狱吧！”那个男孩子吼起来。

“你说的什么意思呢？[①]”凯茜莫名其妙地问道。

“我要让你下地狱。”他回答。

“好啦，凯茜小姐！你看你交的这是什么朋友啊，”我插嘴说，“你不该对一个小姐说出这种话，求你别再说了，让我们自己找敏妮去，走吧。”

“可是，埃伦，”她喊着，惊愕地瞪着她的那双眼睛，“他怎么能这么跟我说话呢！我叫他做事他不该服从吗？你这坏东西，我

① “下地狱”这样的骂人脏话，当时英国有教养的人绝对不会说，更加不会当着女性的面说，因此凯茜根本不知道这话是什么意思。

要把所有的一切都告诉爸爸，到那时你就会后悔的。”

看得出来，哈顿对她的恐吓无动于衷，于是她十分生气，连眼睛里都充满了泪水。“你把马牵来。”她又转身对那女仆大叫，“去把我的狗放出来！”

“消消气，小姐，”那女仆回答，“你最好能有些礼貌，那对你没有坏处。虽然那位哈顿先生不是主人的儿子，可他是你的亲表哥呢，而且我也不是你雇来的。”

“他，我的表哥！怎么可能？”卡凯茜叫着，讥嘲地大笑一声。

“是的，这是事实。”斥责她的人回答。

“啊，埃伦！我不想再听到他们讲话了，”她接着说，极为苦恼，“爸爸到伦敦接我表弟去了，我的表弟是一个上等人的儿子，他是一个有地位的少爷。那个我的——”她停住了，大声哭起来，她对自己有这么一个下等的亲戚感到很悲痛。

“别吭气啦，别吭气啦！”我低声说，“每个人都会有各种各样的亲戚，凯茜小姐，这没什么不好的，你要是不愿意的话，就不要和他做亲戚好了。”

“他不是我的表哥，埃伦。”她接着说，想了想，又有了新的哀愁，便立刻投入了我的怀抱中来。

我听见她和那女仆彼此都透漏了些不该说的消息，感到十分的苦恼，我毫不怀疑那消息一定要报告到希思克利夫先生那里去的，我同样相信凯茜会向他的父亲询问那个女仆所说的她和那个野蛮人的亲戚关系。哈顿好像恢复了开始的平静，或许是被她的哭泣而感动了，为了弥补刚才的无礼，他把小马牵到门前后，又把一只很好的弯腿小猎狗从窝里拿出来，放在她的手里，让她安静些，因为他并不想让她不高兴。她不再哀哭，而是用一种恐惧的目光看着他，跟着又重新哭起来。

我看到她对这个可怜的家伙实在不能接受，我简直忍不住要笑，这孩子是一个身材匀称的健壮青年，容貌还算可以，只是穿的衣服显得不那么体面，只适于在田里干活，在旷野里追逐兔子和打猎。可是我觉得，他有一颗他父亲不曾有过的善心。优秀的禾苗在没人管的情况下，也会有杂草丛生的，但是，尽管如此，既然已是一块肥沃的土地，那么在有利的条件下，它就会有大丰收的。我相信希思克利夫先生不曾在肉体上虐待过他，多亏他有无所畏惧的天性，根据希思克利夫判断，他不是那种虚有其表的人，因此也不会引起别人虐待他的念头。

看来希思克利夫想要把他培养成一个恶毒的人，因为他从来就没有享受过孩子该享受的待遇，只要没有打扰过主人，他就不会受到任何的斥责，从来没有人在通向美德的道路引领他一步，或者从来没有一句斥责恶行的教诲。据我所知，他之所以会变成这样，约瑟夫可是功不可没，出于一种鼠目寸光的偏执，约瑟夫在他还很小的时候就捧着他，娇惯他，因为他是这古老家庭的主人。以前他就一向习惯于责骂他们的上辈，一直吵得老主人失去耐心，逼得老主人借酒消愁，日益颓废，现在哈顿有了错误，他就把责任推到那个夺取了他田产的人身上。

若是这孩子骂粗话，他也不管，无论孩子做出多么出格的事情来，他都无动于衷。显然，这孩子变得越坏，他越高兴，他就越承认这孩子无可救药了，但是他又想到这一切后果都是由希思克利夫亲手造成的。这么一想倒是让他有了极大的安慰。

约瑟夫给孩子注入了一种对于姓氏门第的骄傲，如果他有勇气的话，他就要挑起新的仇恨了。我不能装作我很熟悉呼啸山庄里的日常生活方式，我只是听说别人说，因为我没有亲眼看见过。村里人都断言希思克利夫很“吝啬”，而且他还是一个残酷无情的地主，但是因为有了女仆又恢复了往日的舒适。主人总是愁眉苦脸的，不论是好人或坏人他都不愿意和他们交往，以前是这样，他现在仍然如此。

看我又说到哪里去了？凯茜小姐不要那猎狗，她不接受他的礼物，她要她自己的狗，“查理”和“菲尼克斯”。只见它们一跛一跛地垂着头来了，我们垂头丧气地回家了。我不能从我小姐口中知道她这一天是怎么过的，我猜想，她一路平安地到达农舍的门前，哈顿正好也出来了，后面还跟着几只狗，它们就袭击了她的行列，它们的主人打算避免这一仗的发生，可是事实并非如此，那儿一定打了漂亮的仗，就这样他们互相介绍，结识了。凯茜告诉哈顿她是谁，她打算去哪里，并且想要他给自己指路。他把仙人洞的秘密以及其他二十个怪诞的地方全揭开了。但是，她对我已经失去了信任，我不能再渴望她能够给我讲一些有趣的事。

无论如何，我想她的向导曾经得到过她的欢心，直到最后把他当作仆人，伤了他的感情，而希思克利夫的管家又说他是她的表兄，同时也伤了她那弱小的心。然后他对她的语气感到了愤怒，本来在田庄，她是那样的被人宠爱，现在她却被一个陌生人这么毫不客气地侮辱了！她怎么能够忍受？我费了九牛二虎之力才说服她不要把这件事情告诉先生。我解释他是多么讨厌那一家子人，他要是知道我们去过那里，他会非常难过的，凯茜受不了那种设想，因为我而信守了承诺，毕竟，她是一个可爱的小姑娘。

第十九章

一封带黑边的信宣布了我的主人要归来的消息，伊莎贝拉死了，他写信来告诉我让我为他的女儿穿上丧服来悼念她的姑姑，并且为他年轻的外甥的到来而做出准备。凯茜一想到她的父亲马上就要回来了，就十分高兴，而且胡思乱想地猜想她那“真正的”亲戚的无数的优点，终于把他们盼到了家。在清晨的早上，她就忙着吩咐她自己做些琐细事情来欢迎他们的归来，现在又穿上她新的黑长袍，她姑姑的死并没有使她感到十分的难过。她时不时地缠住我，非要让我跟她一起出去迎接他们。

“真不敢相信，林顿比我还要小六个月呢，”她喋喋不休地说着，“有他和我一起玩的话，我想我是非常高兴的，伊莎贝拉姑姑给过我爸爸一绺她的美丽的头发，比起我的头发颜色显得更淡黄些，而且十分的细。我已经把它小心地藏起来了，我还常想，要是能见到长着这样头发的人那该是一件多么快乐的事啊！真想看到伊莎贝拉姑姑。啊，我真高兴，我亲爱的爸爸就要回来了，来呀，埃伦，我们加快速度跑吧！”

她跑来跑去，在我的稳重的脚步到达大门以前，她已经重复跑过好多次，然后她就安静地坐在路旁的一片草地上等待着，但那是不可能的，她简直连片刻都停不下来。

“他们要多久才能到啊？”她叫着，“啊，我看见大路上扬起的灰尘了，看，他们来啦！不！他们什么时候才能到这里啊？我们不能走一点儿路吗？埃伦，我们就走半英里！你答应我吧，就在那拐弯的地方。”

我当然没有答应她，最后她这一阵子牵肠挂肚结束了，那辆长途马车已经遥遥在望了，简直唾手可得了。凯茜一看见她父亲从马车上探出了头，便伸出她的双臂要扑向他的怀抱。他下了车，几乎和她一样的热切，像箭似的冲了过来。在他们互相拥抱的时候，我偷看了林顿一下。他在车中被一个很暖和的外套包裹着，好像还在过着冬天。真是没想到，那个男孩子，简直就像我主人的小弟弟一样，两个人是这么相像，不过他的眉宇间有一种病态的神情，那是埃德加·林顿从来没有的。林顿先生瞧见我在望着，就叫我不要去打扰他，因为这趟漫长的旅行已经让他筋疲力尽了。凯茜本来想多看一眼她的这位小表弟，但是他父亲喊她过来，我在前面忙着招呼仆人，他们彼此都走到了花园那边。

“现在，乖宝贝，”林顿先生对他的女儿说，“你的表弟不像你这么健壮，也不像你这么开心，因为他才失去他的母亲没有多久，他心里现在是非常伤心的，所以，你最好不要招惹他，而且也不要说什么惹他生气的话，至少今天晚上让他安静一下，可以吗？”

“可以，当然可以，爸爸，”凯茜回答，“可是我真想看看他，我还没有见过他呢！”

马车停了下来，睡着的人被唤醒了，他的舅舅把他放到了地上。

“这是你的表姐凯茜·林顿，”他说，并把他们的小手叠放在了一起，“她已经十分地喜欢你了，你也最好不要让她感觉不高兴，旅行已经结束了，你们就尽情地玩吧。”

“我想睡觉，”那个男孩子回答，躲开凯茜的招呼，又用手指抹掉了眼角的泪珠。

“得了，坚强点，能做个好孩子吗？”我低声说着，“你这么做会把她也弄哭的，瞧瞧她为了你多么难过呀！”

我不知道他表姐哭丧着脸是不是因为他而难过，最后回到她父亲身边。三个人都走进了那个已经摆好茶的屋子。我就把林顿的帽子和斗篷都脱去，让他坐在桌子旁的椅子上，可是他还是一直哭个不停。我主人问他这是为什么。

“我不能在这里坐着。”那孩子抽泣着。

“那么，你去那边沙发上坐吧，埃伦会给你端茶去的。”他的舅舅耐心地回答。我相信，这一路走来，他应该被他折磨得够受的了。林顿慢悠悠地拖着脚步走了过去，躺下来。凯茜搬来一个脚凳，走到他身边去。起初她沉默地坐在那里没有说话，可是没有过很久，她想把她的表弟当成她的一个宠儿来对待，她开始抚摩他的鬈发，亲他的脸，给他端茶，像对待一个婴孩似的，简直是无微不至。这倒让他很高兴，只见他擦干了自己的眼睛，脸上微微露出了一丝笑容。

“啊，他会慢慢好起来的，”主人注视他们一会儿之后对我说，“会过得很好的，只要我们能留住他，埃伦。有个跟他同年龄的孩子做伴，他不会感觉孤单，再加上他也希望自己更坚强，所以他会做得到。”

“唉，他能够被我们留下吗？”我暗自沉思着，一阵痛苦的疑惧涌进我心头，因为这种希望太渺茫了。后来我想到，这个虚弱的东西生活在呼啸山庄，在他的父亲和哈顿中间，他怎么会好好地生活下去呢？喝完了茶后，我就让孩子们待到了楼上去，主人不准我离开他，一直等到他睡着了我才下了楼，给埃德加先生点上一支要回到寝室去的蜡烛，就在这时一个女仆慌乱地从厨房里走出来，告诉我希思克利夫的仆人约瑟夫在门口，要见我的主人。

“我先去问问他要干什么吧！”我惊慌失措地说，“我主人刚刚长途跋涉回来，这时来拜访真是不礼貌，我想主人不能见他。”

我说这些话的时候，约瑟夫已经出现在了大厅里。只见他穿着他做礼拜的衣服，绷着他那张伪善透顶的、阴沉的脸，一只手拿着帽子，一只手拿着手杖。

“晚上好，约瑟夫，”我冷冷地说，“你这么晚前来有什么急事吗？”

“我必须要和林顿少爷说话。”他回答，轻蔑地挥一下手，让我闪开。

“林顿先生要睡了，你如果没有紧急的事就不要去打扰他了，”我接着说，“你最好坐在一边，把你的目的先告诉我。”

“他在哪间屋子？”那个家伙追问着，并且注视着那关着的一排屋子。

我知道他根本不会按我说的去做，因此我只好违心向我的主人去通报，还劝主人不要见他。我没有机会这样做，因为约瑟夫紧随而至了，而且，他冲进了这屋子，用两只拳头握住他的手杖顶，开始提高了嗓门讲话。

“希思克利夫叫我来要他的孩子，我是不会空手回去的，除非带他一起走。”

埃德加·林顿沉默了一下，他的脸上充满了悲伤的表情，为这孩子打算，他就得为他考虑是不是应该把他送到他父亲的身边，可是，回想起伊莎贝拉的那些希望和恐惧，一想到他要把他交出去，他实在是难过极了。但他无奈无计可施，如果流露想要把他留下来的愿望，反而那个人会更加的纠缠不清。没有别的办法，放弃他是他唯一的选择。然而，他并没有打算把他从睡梦中唤醒。

“告诉希思克利夫先生，”他平静地回答，“他的儿子明天就会回去了。现在他已经太累了，赶了那么长的路。请你转告他，林顿的母亲临死前希望他由我来照管，但是现在，他的身体不得不让人担心。”

“不成！”约瑟夫说，用他的棍子在地板上砰地一戳，“不成！你说的这些都没用。希思克利夫根本不管那个母亲，也不会管你，他只要他的孩子，我今夜必须要带走他，现在你明白了吧”

“无论你说什么，今晚就是不可以！”林顿坚决地回答，“马上下楼去，把我的话告诉你的主人，埃伦，把他带下楼去。”

他抓起这个愤怒的老头，就把他拉出门外去，随手关上了门。

“很好！你是好样的。”约瑟夫大叫，这时他谨慎地向外走去，“主人明天会亲自过来，看你还敢不敢这么放肆。”

第二十章

为了避免出现这种危险的局面，林顿先生早早地就派我送这孩子回家，并让他骑着凯茜的小马去。他说："既然我们不能试图改变他将来的人生，无论结果怎样，你千万不要把这告诉我女儿，今后她不能和他有任何的联系了，最好别让她知道这一切，不然她是不会安心的。你只需要告诉她他被他的父亲接走了就行，所以他不得不离我们而去。"

五点时，费了好大的劲才把林顿喊了起来，他对他还要赶路的事大吃一惊，不过我把事情说得很委婉，说他得跟他的父亲希思克利夫先生住些时候，他的父亲是多么急切地想要看到他，这样才把事情缓和下来。

"我的父亲？我不能相信，"他叫起来，他感到十分的奇怪，"可是妈妈从来没有跟我说我还有个父亲。那他现在住在哪儿？我情愿跟舅舅住在一起。"

"离这里很近呢，"我回答，"就在小山那边，等你身体好些了，你就可以来这边玩了。你一定得试着爱他，就像你爱你母亲那样，那他也就会爱你了。"

"可是我从来就没听说过他啊！"林顿问道，"为什么妈妈不跟他住在一起？"

"他有事情离不开这里。"我回答，"因为你母亲身体不好，必须要住到温暖的地方，所以他们就分开了。"

“可为什么妈妈没跟我说起过他呢？”这孩子固执地问下去，“她倒是向我提起舅舅呢，我从一开始就爱舅舅了。但我怎么去爱爸爸呢？我对他一无所知啊。”

“啊，所有的孩子们都应该爱他们的父母啊。”我说，“也许你母亲觉得她要和你说到他，你会马上闹着去找他的。咱们马上出发吧！在这样美丽的早晨，早早骑马出去比多睡一个钟头可好多了。”

“昨天那个漂亮的小姑娘会和我一起去吗？”他问。

“不，她现在不能去。”我回答。

“舅舅呢？他能去吗？”他又问。

“不去，但我会陪你到那里的。”我说。

林顿又倒在他的枕头上，胡思乱想起来。

“没有舅舅，我哪也不会去的。”他终于叫喊起来了，“我不能相信你们会把我送到安全的地方。”

我企图说服他，说他如果不想见到他父亲的话，那是没有教养的行为，可是他仍然执拗地反抗我，不让我给他穿衣服，我没办法，只好把主人叫来了。我许下了好多渺茫的保证，还有一些毫无根据的诺言。终于，这个小东西终于肯出发了。一路上，那清新空气，那灿烂的阳光以及敏妮那和缓的小跑，渐渐地让他那沮丧的神色缓和了下来。他开始对他那无知的新家有了极大的兴趣。

“呼啸山庄是不是一个跟画眉田庄一样好玩的地方？”他问，同时转过头向山谷里望了最后一眼，这时天空飘起了一朵朵的白云。

“山庄不像这样躲在那树荫里。”我回答，“虽然那里没有这里大，但是你可以看得到四面美丽的乡村景色，而且那里的空气对你的身体十分有利。你不要嫌弃那所房子，因为在这附近数一数二的了，而且你还可以到处去溜达。哈顿·恩肖，凯茜小姐另一个表哥，也就是你的表哥，他会带你跑尽一切有趣的地方的，那里确实是极其的享受的，你舅舅也可以和你一块散步，他常常出来在山中散步的。”

“我父亲是个怎样的人？”他问，“他是不是跟舅舅一样的年轻漂亮？”

“是，他也十分年轻，”我说，“可是他不像你的舅舅，他有着黑头发和黑眼睛，也许一开始你觉得他不是那么好相处，因为他就是那种样子，可是，你得记住，你不能够欺骗他，那样他就会比任何人都喜欢你的，因为你是他亲生的。”

“黑头发，黑眼睛！”林顿沉思着，“那么我们长得并不像，是吗？”

“不太像。”我回答，同时心里想着，简直一点儿也不像，瞧瞧我这个小家伙那白皙的容貌和纤瘦的骨骼，还有他那对大而无神的眼睛，多么的漂亮啊。“他从来没来看过我和妈妈，那是多么不正常的事啊，”他嘀咕着，“他是否见到过我？要是他看见过，我想那也是在我很小的时候。关于他，我一点儿都记不得了。”

“啊，林顿少爷。”我说，“十年对于大人和小孩的意义是完全不同的，很有可能，希思克利夫年年夏天打算去，可是又因为找不到合适的时机，现在又太晚了。如果你一直问他这件事他会不高兴的，那会使他不安的，对你没有一点儿好处。”

后来这孩子一路上就只顾想他自己的心思，直到我们来到了那所房子。只见他聚精会神地打量着那刻花的正面房屋与矮檐的格子窗，然后摇了摇他的头。看得出来他一点儿也不喜欢这里，但是他还懂得先不忙抱怨，里面或许会好一点儿，还可以弥补一下。他还没下马，我就把门打开了。那时全家刚用过早餐，仆人正在收拾和擦桌子，一切将要准备妥当。

“好啊，奈丽！你真没让我失望啊，”希思克利夫看到我时便说，“我本来还担心，你竟把他带来啦，是吧？看看他将来能够被我们培养成什么样吧。”

他站起来，大步走到门口，哈顿和约瑟夫跟着，好奇地张大着嘴。可怜的林顿对这三个人夸张的表情吓得不轻。

“必需的，”约瑟夫严肃地细看一番，说，“他和你调包了，主人，这是他的女娃！”

希思克利夫盯着他的儿子，直到盯得他打战，他嘲笑了一声。

“上帝，真是垂怜我啊！瞧瞧一个多么招人疼，逗人爱的东西！”他叫着，“他们到底是怎样养活他的，奈丽？该死！这比起我原先想的还要糟糕。”

我叫那颤抖着的、迷惑的孩子下马进来。我想他还不能够理解他父亲的意思，也不懂得时不时针对他，的确，他还不大相信这个就是他的父亲。但是他越来越想紧紧地靠着我，而在希思克利夫坐下来，叫他“过来”时，他竟然在我怀里痛哭了起来。

“也罢！”希思克利夫说，然后他就把他拉到他的两腿之间，想尽一切办法让他的头抬起来：别胡闹！我们不会把你怎么样的，林顿，这是不是您的名字？您可真是您母亲不折不扣的孩子啊！在您'的身体里还有我的那部分遗传呢，吱吱叫的小鸡。”

他把那孩子的小帽摘下来，把他的头发往后推了推，摸了一下他的小胳膊和小指头，在他这样检查的时候，林顿竟然停止了哭泣，抬起他的蓝色的大眼睛也审视着这位检查者。

“你知道我吗？”希思克利夫问道，他已经检查过这孩子有非常脆弱的四肢。

“不！一点儿也不。”林顿说，带着一种茫然的恐惧注视着他。

“没有！你那个母亲也太不像话了，压根儿都没向你提过要孝顺我吗？那么，我告诉你吧，你是我的儿子，你母亲是一个非常坏的人，竟不想让你知道你还有个父亲。现在，不要害怕，看你也不像个没有血性的人。做个好孩子，我也会为你付出一切。奈丽，如果你累了，要么你就坐下来，要么你就离开。我猜你会把这里发生的一切都一五一十地告诉那个废物的。”

“好吧，”我回答，“我希望你能善待这个可怜的孩子，希思克利夫先生，不然你就不会长久地留住他，并且记住，他是你在这个世界上唯一的亲人了。”

“我会对他非常慈爱的，你根本不需要担心，”他说，大笑着，“但是我不允许别人对他慈爱。而且，我现在就要好好对他，约瑟夫，快去拿些早餐来。哈顿，你还待在这里干什么？去做你的活去吧。是的，奈丽，”他等他们都走了又说，“我的儿子是你们这里未来的主人，我不会忘记的，而且我会为了这个好好对他的，是不会盼着他死掉的。另外，我还想风风光光地看见我的后代做他们产业的主人，对他本身，我可不愿瞧得起他，而且我还恨他！但是有那个动机就足够了，我会非常细心地照顾他的。我在楼上有间屋子，已经为他收拾得干干净净，我还为他请了一位教师，一星期来三次，他想学什么，他就教他什么。我还命令哈顿要服从他，要他在那些和他在一起的人们之上，培养他的优越感与绅士气质，你根本用不着担心他，但我很可惜，他不配人家这样操心，我想他会是一个让我感到自豪的人，但这脸色苍白、呜呜哭着的东西却使我十分失望！”他说话的时候约瑟夫端着一盆牛奶粥回来了，并且把它放在林顿面前，林顿带着厌恶的神色搅着这盆不可口的粥，看得出来他没有一点儿胃口。我看见那个老仆人跟他主人一样，也轻视这孩子。

“为什么不吃？”他重复着说，他压低了声音瞅着林顿的脸，生怕别人听见。

“我不吃！”林顿执拗地回答着，“快把它拿走吧。”

约瑟夫愤怒地把食物抢去，把它送到我们跟前。

“这吃的到底怎么了？”他问，把盘子向希思克利夫鼻子底下一推。

“哪里不好？”他说。

“对啊！”约瑟夫回答，“还是你这么高贵的少爷看不上这种东西。可我看挺好，他母亲把我种的粮食制成了面包，他倒是嫌弃我们呢。”

“不要在我面前提那个贱人，”主人生气地说，“去给他拿点他能吃的下去的东西不就完了。奈丽，他平常都吃些什么？”

我建议煮牛奶或茶，管家就出去做了。他看到林顿娇弱的体质，倒是对他更加的宽容呢。我要把这告诉我的主人，借以安慰他。我再留下来也没有什么意义了，这时候林顿正在怯懦地抗拒着一条牧羊犬的友好表示。这并骗不了他，他是那么的敏感，我一关上门，就听见一声叫喊和撕心裂肺的狂喊：

“别离开我，不要把我抛下，我不要在这儿！”

接着，门闩抬起来又落下了，他们怎么可能会让他离开呢？我骑上敏妮，叫它快跑，于是我这短暂的义务也就此终结了。

第二十一章

那一天我们对小凯茜可煞费苦心。她很高兴地起了床，迫切地想和她的表弟在一起，可是当听到他离去的消息后，她就悲伤到了极点，使埃德加先生不得不亲自去安慰她，说他会回来的，可是，他又加上一句："如果我能把他弄回来的话。"但那根本是没有什么根据的。但是这个承诺却使她安静了下来，时间的力量更是强大，渐渐地他的容貌已在她的记忆里变得很模糊，或许下一次再见面就不会认得了。

当我有事到吉默顿去时，偶然遇到呼啸山庄的管家，我就向他询问小少爷的情况，因为他和凯茜一样地与世隔绝，也没有人去探望过他。我得知他的身体还是十分的虚弱，现在变得更加的难相处了。她说希思克利夫先生好像越来越不喜欢他了，不过他还是尽量控制着那种感情。他一听见他的声音就反感，所以他们很少交谈上几句。林顿在一间他们所谓客厅①的小屋子里念书，每天都在那里消磨着时间，要么就是一整天躺在床上，因为他经常得病。"我从来没见过还有这样身体虚弱的人，"那女人又说，"也没有见过一个这么自私的人。要是我在晚上把窗子稍微关迟了一点儿，那可了不得了，他就会没完没了地无理取闹。啊！他甚至吸一口夜晚的气都会要了他的那条小命似的，他在大伏天也要靠近火炉。炉台上摆着些面包、水，或别的能一点点吸着吃的饮料。如果哈顿出于怜悯来

① 这户人家的大客厅被称作"house"，可译作"堂屋"。

陪他玩，结果准是这一个骂骂咧咧的，那一个号啕大哭而散伙，他们是这样的不相容。我想如果他不是主人的亲生骨肉的话，他就被活活打死，主人还一定看着津津有味呢，而且我相信如果主人知道他在怎样娇惯自己的话，一定会把他赶出家门的。不过话又说回来，主人可不会干出这样的事来，他从来不到客厅，他几乎都没有下过楼。”

从她的叙述中，我推想小希思克利夫在那里不会被人尊敬了，即使他原本不是这样，我对他也不像以前那样关心了，不过我为他感到极其的悲哀。

埃德加先生鼓励我多打听一下关于他的消息，我猜想他很想他，不管他变成了什么样，他甚至愿意冒着风险去看看他。有一次还叫我问问管家，林顿到不到村里来？她说他来过两次，而在这两次他都没什么精神。如果我没记错的话，那个管家在他来到两年之后就离去了，另一个接替者，我并不熟识，而她如今一直还在。

田庄上还是像以往一样舒舒服服地过日子，直到凯茜小姐长到十六岁。她生日的那天，可悲的是她不曾受到过庆祝，因为这天也是我那已故的女主人的逝世纪念日。而她父亲这时也愿意自己一个人待着，而且在黄昏时还要溜达到吉默顿教堂墓地那边去，一般都会在那里逗留很长时间，所以凯茜总是自娱自乐地过完她的生日。

三月二十日是一个美丽的春日，那天，我们小姐穿戴好打算出去，说她十分想去旷野上去走走。她说她已和林顿先生约好了，他们会在一个钟头内回来。

“那么快来吧，埃伦！”她叫着，你知道我要去那儿，我要到有一群松鸡的地方去，看看它们把它们的窝搭好了没有。”

“那里对它们来说太远了，”我回答，“它们不在旷野边上孵小鸡。”

“不，不会的，”她说，“我和爸爸去过那里，很近的。”

我戴上帽子准备出发，不想那些令人烦心的事情。她在我前面蹦蹦跳跳的，开始我倒觉得很有乐趣，享受着那一切的美好，瞧着她，我的宝贝，她那金黄色的鬈发披散在后面，眼睛散发着无忧无虑的快乐的光辉。我十分高兴她能够这么快乐。真是个幸福的小东西，在这段时光里，她真是个掉在了蜜罐里的天使。

“好啦，”我说，“看到你的松鸡了吗？凯茜小姐？我们应该看到了，我们已经离田庄的篱笆很远了。”

“啊，再走上一点点就好了，埃伦，”她不断地回答，“爬上那座小山，越过那个斜坡，到了那边，我就可以叫鸟出现。”

可是有这么多小山和斜坡要爬、要过，只是我感觉十分的疲惫，就告诉她我们必须往回走了。我对她大声喊着，因为她离我已经很远了。也许她根本就没有听到我在叫她，也许就是根本不打算理我，因为她没有停下来，我别无选择只好在后面跟着她。最后，她钻进了一个山谷，等我再看见她时，她已经离呼啸山庄很近了，我眼睁睁地看着她被两个人给抓住了，我敢说里边一定有希思克利夫。

凯茜被抓大概是因为做了偷盗的事，或者是在搜寻松鸡的窝。山庄是希思克利夫的天下，他可以在这里做他一切想做的事，他正在斥责这个偷盗者[①]。

“我保证我什么都没做，”她说，她把自己的双手摊开表明自己的清白，那时我已经向他们走去，“我并不是想要抓松鸡，我只是对它们感到好奇，所以我只是想看看那些蛋，我想它们是不同寻常的。”

希思克利夫带着恶意的微笑溜了我一眼，看得出来他已经认出了对方，因此，便问：“你爸爸是谁？”

“画眉田庄的林顿先生，”她回答，“我想你不认识我，不然你怎么可以对我这么无礼。”

“那么你以为你爸爸德高望重，他受到大家的尊重是吗？”他讽刺地说。

“你是什么人？怎么这样说话？”凯茜问道，她十分好奇地盯着眼前的这个人，感觉似曾相识，“那个人我以前好像见过，他是你的儿子吗？”

① 英国当时法律中对于偷猎的人按偷盗进行重罚。

她指着哈顿，他比原来仅仅大了两岁，可是除了粗壮些，更有力气些，其他什么都没变，他看起来还是那么的粗鲁。

“凯茜小姐，”我插嘴说，“我们在外边的时间太长了，现在快到三个钟头了，我们必须要马上回家了。”

“不，那个人不是我的儿子，”希思克利夫回答，把我推开，“不过，我确实有一个儿子，而且你也见过他，虽然你的保姆这么忙着走，可是我看你们两个人最好休息一下。你愿不愿意到我家里来呢？你来我家休息一下，再回家就更快了，而且你会受到热烈的欢迎。”

我低声对凯茜说她不能接受那个请求，那完全是一个陷阱。

“为什么？”她大声问着，“我已经跑累啦，并且我们不能一直在这吧，让我们去吧，埃伦。而且，他竟然说我见过他的儿子，不过我猜得出他住在哪里，在我从彭尼斯顿山崖过来时，路过的那个农舍，是不是？”

“是的，来吧，奈丽，别啰唆了，看来她很乐意去我们家呢！哈顿，带着这姑娘往前走吧。奈丽，我们也一起去。”

“不，她不能够去那里！”我叫着，可是她已经走了，而且离我很远了。她那位指定陪伴着她的人并不愿意保护她，因为他偷偷地溜掉了。

“希思克利夫先生，你又犯了大错，”我接着说，“我知道你心里肯定在密谋些什么，她如果把她看到的一切都说出来的话，我会受到责备的。”

“我只是想让她来看看林顿，”他回答，“并且他也不是那么随便就让人看的，等会儿我们可以劝她把这次拜访保密，这有什么不好呢？”

“如果他父亲知道的话，就会记恨我，而且我相信你这样做是有目的的。”我回答。

“我可以把我的打算全告诉你，”他说，“就是要这两个表亲相爱而结婚，他这位年轻的闺女不能有什么期望了，要是她能达成我的心愿，她就跟林顿一同做了继承人。”

“如果林顿去世了呢，”我回答，“他的命不会长久的，那么凯茜就会成为继承人的。”

“不，她不会，”他说，“在遗嘱[①]里并没有说她能够这么做，他的财产就归我所有，但是为了避免不必要的麻烦，我会促成他们结合的。”

“我们不会再踏进你们家门半步。”我回嘴说，这时我们已经走到大门口，凯茜小姐正在那儿等着我们。

希思克利夫叫我闭嘴，并且走到我前边，连忙去开门。我家小姐不知道怎么看待他，不过他一碰上她的眼光时，就面带微笑，并且语调也变得平和了许多，我竟然相信他因为与她母亲的感情而不会去伤害她。林顿刚从田野回来，因为他还戴着小帽，要约瑟夫帮他拿双干净的鞋。就他的年龄来说，他已经算是够高大了，他的相貌挺好看，比我记忆中的好多了。

“看，认识他吗？”希思克利夫转身问凯茜，“你能说出他是谁吗？”

“你的儿子？”她十分的疑惑，把这两个人打量了一番，然后说。

“是啊，是啊，”他回答，“难道这是你第一次看见他吗？你记性简直太坏了，林顿，这是你向我哭着闹着要见的表姐啊！”

“什么，他叫林顿？”凯茜兴奋地叫起来，“那就是小林顿吗？他比我还高啦！你是林顿吗？”

这年轻人走到她跟前，算是承认了自己的名字。他们彼此凝视着，凯茜已经长得很高了，她的身材也很好，整个人的外貌看起来都是那么的健康。相比之下，林顿的神气和动作都很不活泼，他的外形也不像哈顿那么健壮，但是他偶尔还会透出那么一点儿文雅。他向她再三再四地表示好感之后，他的表姐走到希思克利夫先生跟前。

① 指伊莎贝拉留下的遗嘱。

“这么说来，你是我的姑父了？”她叫着，并向他行礼，“虽然你看起来不怎么友好，但我还是喜欢你的。我们住的这么近，你怎么不带林顿去我家里呢？你为什么要这样呢？”

“在你出生以前我倒是很常去，”他回答，“唉，别提了，真是倒霉。”

“淘气的埃伦！”凯茜叫着，“坏埃伦！你这个心怀不轨的埃伦。我以后每天都要来这儿，可以吗，姑夫？我带爸爸来的话，你会欢迎我们吗？”

“当然，”姑夫回答，脸上却露出一股狞笑，“可是等等，”他转身又对小姐说，“我想我还是对你说实话吧，林顿先生对我有成见，我们曾经狠狠地争吵过，你跟他说你来过这的话，他就不会让你来的，因此你要守口如瓶，除非你今后并不再想看到你表弟。”

“你们为什么吵得那么厉害？”凯茜问，一副垂头丧气的样子。

“他认为我根本没有资格娶他的妹妹，”希思克利夫回答，“但是最后我得到了她，他对此很不开心，他永远也不能宽恕这件事。”

“那是不正确的，”小姐说，“我会跟他说的，可是那不关林顿和我的事啊。”

“我不能去那里，”他的表弟嘀咕着，“它对我来说实在太远了，我会累死的，不，来吧，凯茜小姐，还是你来这里好了。”

父亲朝他儿子轻蔑地瞟了一眼。

“奈丽，我怕是要白费力气了，”他小声对我说，“凯茜小姐（这呆子是这样称呼她的），知道他的真面目后，就不回来看他了。要是哈顿的话，我每天都会很羡慕他的，这小子如果是别的什么人，连我都会爱他，我要使哈顿跟那个不中用的东西争一争，除非他赶快发奋振作起来。啊，该死的窝囊废，林顿！”

“啊，父亲。”那孩子答应着。

“快领着你的表姐到处转转吧，你先别换鞋，带她到花园里去，还可以看看你的马。”

“你不是累了吗？”林顿问凯茜，看得出来他不愿意再动了。

“我也不知道。”她回答，十分渴望地朝门口望了一眼。

他挨火炉更近些地坐着，希思克利夫站起来，走到院子叫哈顿。哈顿答应了，两个人立刻又进来了。那个年轻人刚洗完澡，他的头发还在滴着水呢。

“啊，请你告诉我，姑夫，”凯茜喊着，“他不是我的表哥吧？”

“是的，”他回答，“他是你母亲的侄子，你不喜欢他吗？”

凯茜神情很古怪。

“他看起来不漂亮，是吧？”他接着说。

这个没礼貌的小人儿踮起了脚尖，朝希思克利夫的耳朵里说了一句话。他大笑起来，哈顿的脸沉下来，我想他是很敏感的，他可能猜到是对他的一番侮辱。但是他的主人或保护人却把他的怒气赶掉了，叫着：

“你真是我们的一个活宝贝，哈顿！她竟然说你是一个——是什么？好吧，反正是奉承人的话。喏，你们现在去外边走走吧。记住，动作千万要优雅，在这位小姐不看你的时候，你别死死盯着她，当她看你时，你就赶紧把脸扭过来，你要慢慢地说话，而且不要再把手放在口袋里，去吧。”

他注视着这一对年轻人从窗前走过，哈顿把脸转向了别处，好像什么都没看到似的。凯茜偷偷地看了他一眼，没有表示出一点儿的好感。然后她就把注意力转移到一些让她感兴趣的事上面去了，而且唱着曲子以弥补没话可谈的冷场出现。

“他的舌头已经被我拴住了，”希思克利夫观察着，“他不会轻易地说一句话，奈丽！你记得我在他那年纪的时候吧？不，好像更小些，我也表现得这样傻吗？像约瑟夫所谓的这样‘傻不愣怔’吗？”

“简直比那更糟，”我回答，“因为你是更加的忧郁。”

“我才在他身上找到一种乐趣，”他接着说，大声地表达出自己的想法，“他满足了我的心愿，我能够同情他所有的感受，一因为我与他也有过同样的感受。他不会从那种野蛮粗野中挣脱出来的，我不会不管他的，我要像他父亲对我那样加倍地还给他，你不认为欣德利有这样的一个儿子而感到骄傲吗？可是有这个区别，一个是金子却当作铺地的石头用了，另一个是锡擦亮了来仿制银器，是个冒牌货。我的儿子一文不值，可是我有本事使他受到人类的尊敬。他的儿子就算是很有天赋，我也有办法让他颓废。我并不觉得有什么可惜的，最妙的是，哈顿非常喜欢我，我相信我在这一点上是胜过了欣德利。”

希思克利夫一想到这里就咯咯地发出一种魔鬼似的笑声。我没有理睬他，这时候坐在离我们很远的伙伴，开始表示出不安来了，或许是后悔和凯茜一同出去玩了。他的父亲注意到了他那种不安的神情。

“起来，你这个讨人厌的孩子，”他叫着，“快追他们去，他们离这还没多远呢。”

林顿精神焕发，当他走出去时，他正好看到凯茜在向那个侍从询问着什么，只见哈顿抬头呆望着，抓着他的头活像是一个傻瓜。

“我也不知道，”他回答，“我认不出。”

“认不出？”凯茜叫起来，我能念，那是英文，可是它们怎么会被刻在这里呢。

林顿痴痴地笑了，这是他第一次流露出高兴的表情。

“他根本就不认字，”他对他的表姐说，“你能相信世界上还会有这样的果子吗？”

“他原来就是这样吗？”凯茜小姐严肃地问道，“或者是他头脑简单，我问过他两次话了，我以为他听不懂我的话呢。”

林顿嘲笑着哈顿，哈顿在那时还不能了解到底发生了什么事情。

“仅仅是因为懒惰，是吧？”他说，“我的表姐猜想你是个白痴，这就是你不肯‘啃书本’的作用。凯茜，你注意到他那可怕的口音没有？”

“哼，那能有什么用处？”哈顿嘀咕着。他还想再说下去，可是这两个年轻人忽然一齐大笑起来。

“你那句话里那个‘鬼’字有什么用呢？”林顿嗤笑着，“爸爸不许你说任何的脏话，可你还是老样子，努力学做一个绅士吧。”

“要不是看你这么文弱，我真想马上把你打倒，可怜的瘦板条！”这大怒的乡下人回骂着，当时他的脸涨得通红，因为他意识到被侮辱，但又不知道该如何缓解这一局面。希思克利夫和我一样，也听见了这番话，他看见哈顿走开就微笑了，但是他又用他那可恶的眼神去看那两个人，他们还待在门口瞎扯着，这个男孩子只要一谈到哈顿的缺点，他就特别的来劲，小女孩对他十分无礼的话，也听得津津有味呢。但是我开始不喜欢林顿了，我渐渐地开始理解他的父亲了。

我们一直到了下午才离开，但是幸亏主人不知道我们出去了很长的一段时间，在我们走回去的时候，我真想让她看到这些人的本质，可是她已经有了成见，反倒说我对他们有偏见了。

“啊哈，”她叫着，“你和爸爸是一伙的，埃伦。我知道你是有心机的，不然你就不会骗我这么多年。我真是哭笑不得，但是我不许你再说我姑夫，记住，而且我还要埋怨爸爸不应该跟他吵架。”

她就这样说个不停，我也任由其发挥。那天晚上她没有把拜访的事告诉她的父亲。可是，使我懊恼的是第二天她却都说出来了，我还不是完全后悔，我想指导和警诫的担子由他担负比由我担负会有效多了。

“爸爸，”在请过早安之后她就叫起来了，“猜猜我昨天在旷野上散步时看见了谁？啊，爸爸，你肯定想不到了，你意识到你错了是吧？我终于看透了你，还有埃伦，她和你串通一气，我一直希望林顿回来，可是你们总是让我失望，还要装出多么同情我的样子。”

她把她这次出游和发生的事原原本本地说了，我的主人，不止一次地向我投来了谴责的目光，直到她把话说完，都没有说一句话。然后他把她拉到跟前，问她他为什么要瞒着她这件事，难道她以为只是为了不想让她幸福？

“那是因为你不喜欢希思克利夫先生。”她回答。

“那么你认为，我对你不关心了，凯茜？”他说，“不，那不是因为我不喜欢希思克利夫先生，而是因为希思克利夫先生不喜欢我，他是个有着狠毒良心的人，只要他有一点点机会，他就要陷害和毁掉他所恨的人。我怕他会对你不利，没有别的，我才不想让你去见林顿。我没想过要把你一直瞒下去，我很抱歉我把它拖延下来了。”

“可是希思克利夫先生对我很热情的，爸爸。”凯茜说，“而且他并不反对我们见面，只是要我绝对不能告诉你，因为你们曾经发生过不愉快的事，你不能饶恕他娶了伊莎贝拉姑姑。你才是该受责备的人，他希望我们能够做朋友，至少林顿和我，而你却不这样想。”

我的主人看出来她对她姑父的恶毒是完全不相信的，便把希思克利夫对伊莎贝拉的行为，以及呼啸山庄如何变成他的产业，都草草地说了个大概，在他眼中，希思克利夫就像是一个不能让他原谅的杀人犯。凯茜小姐她自己因暴躁脾气或轻率而引起的不听话，误解或发发脾气而已。而总是犯了错误，马上就能改过，所以无法理解，对一个埋藏在心里的复仇计划的人，这点使凯茜大为惊奇。这种对人性的新看法，仿佛给她留下了很深的印象，并且使她大为震惊，这看法超出了她所有的学习与思考范围之外的，因此埃德加先生认为没有必要再谈这题目了。他只是又说了一句：

“以后你就会明白的，亲爱的，为什么我不希望你和他们有来往，现在你去做你原来的事，照旧去玩吧，把这些都忘了吧！”

凯茜亲了亲她父亲，就坐下来做她的功课，跟平常一样，读了两小时。然后他们像平常一样一起去外边散步。但是到晚上，我到她房间时，我发现她跪在床边哭。

“天啊，亲爱的，你在做什么呢？”我叫着，“你就为了这点小事而悲伤吗？你还从来没有看见过真正的悲哀的半点影子呢，凯茜小姐。假如说，主人和我一下子都死了，就剩你自己活在世上，那么你会感觉如何呢？把你现在的情况和这么一种苦恼比较一下，你应该感到庆幸，不要再贪心啦。”

“我不是在哭自己，埃伦，”她回答，“是为他，他希望明天能够见到我的，可我恐怕要让他失望啦！他会等着我，而我却身不由己。”

“无聊！”我说，“你认为他离不开你吗？他身边不是还有一个哈顿吗？林顿只不过想想，他才不会再为你烦恼的。”

“可是我能向他写一个短信吗？”她问，站起来了，“就把我答应借给他的书送去？他非常想看看这些书呢，他的书才不会这么有趣呢。我不可以这么做吗，埃伦？”

“不行，绝对不可以！”我斩钉截铁地回答，“这样他就会没完没了地回信。不，凯茜小姐，你们必须完全断绝来往，你爸爸既然不希望这样，我就得按他说的办。”

“仅仅一张小纸条能怎么样呢？”她又开口了，做出一脸的恳求相。

“别瞎说了！”我打断她，“不要再胡思乱想了，上床去吧。”

她调皮地朝我挤了挤眼睛，我十分不高兴地给她盖好被子，关上门，可是，走到半路我就后悔了，我就悄悄回来了，瞧！小姐正在偷偷写着什么，我一进去，她就偷偷地把笔藏起来了。

“别白费力气了，凯茜，”我说，“就算你要写信，现在我可要把你的蜡烛熄灭。”

我把灭熄烛器放在火苗上的时候，手被打了一下，还听见一声无礼的叫骂：“骗人的东西！”然后我就离开了她，她愤怒地把门关上了，我敢说这是她有史以来最厉害的一次。信还是写完了，而且还被送到了目的地。但是我很久以后才知道。几个星期过去了，凯茜的脾气也平复下来，不过她总是一个人躲在角落里，不愿与人说话，而且往往在她看书的时候，她就更不会希望有人去打扰。据我观察她还有个诡计，一清早地就下楼，在厨房里溜达，好像她正在等待什么东西到来似的，在图书室的一个书橱中，她有一个很特别的小抽屉，她常在那里折腾一会儿，离开的时候也确保把它锁上。

一天，她在那翻这个抽屉时，我看见里边有一些奇怪的纸张。这激起了我的好奇心，我决定偷看她那神秘的宝藏。所以那天晚上，我费了好大一番周折，一打开抽屉，我把里面的东西全都倒在了我的围裙里，再带到我自己的屋子里从容地检查着。虽然我本来就对她有所怀疑，可是当我发现那么一大堆信件还是大吃一惊，几乎是一天一封，都是她写去的信的回信。

一开始信写得十分简短，但是渐渐地，这些信竟然发展成了一封封热情洋溢的情书，看得出来有很多话是出自有经验的人之手。有些信使我觉得简直古怪，它们以强烈的情感开始，却以啰唆的语调结束，就像一个中学生写给他的一个幻想的、不真实的情人一样。我不知道这些是否会让凯茜满足，不过，对我而言那就是一堆废物。等我翻看过一些觉得够了，我就重新锁上这个空抽屉。

我家小姐和平常一样，老早就下楼，到厨房里去了，我眼看着一个小男孩一来，她就来到门口，塞给挤奶的工人一个什么东西，又从里面掏出什么东西来。我偷偷地藏起来，等待着这一切的发生，他不顾一切地争夺，以保护他的受委托之物，连牛奶都被我们打翻了，但是我终于还是把那封信抢到手了，还威胁他说如果他现在不离开，我就会让他后悔的，我就留在墙根底下仔细阅读凯茜小姐的爱情作品。那天下雨，她不能到处溜达，所以早读结束后，她去抽屉那儿找安慰去了。她父亲正在那边看书，我故意找点事做，眼睛一刻也不放过她。只听她说："啊！"林顿先生抬头望望。

"发生什么事了，宝贝儿？碰痛你哪儿啦？"他说。

他的声调和表情使她确信他不是发现宝藏的人。

"不是，爸爸！"她喘息着，"让埃伦上楼来吧，我病了！"

我遵照她的吩咐，陪她出去了。

"啊，埃伦！你把它们都拿走了，"当我们走到屋里，她马上就开口了，还跪了下来，"啊，求求你把它们还给我吧，我再也不敢了，求你别告诉爸爸。你没有告诉爸爸吧，埃伦？我是太不听话了，可是我以后再也不这样啦！"

我摆出一副极严肃的神情叫她站起来。

“所以，怎么样呢？”我大声叫喊，“凯茜小姐，你真是太过分了，你该为这些感到羞耻，咳，写得多好呀，都可以拿去出版啦？如果我把它们都给了主人，你以为他会怎么想呢？我还没有给他看，可是你也不要指望我会给你保密。我想一定是你先开头这么做的。”

“我没有！我没有！”凯茜伤心地抽泣着，“我从来没打算去爱他，直到——”

“爱！”我叫着，“真是还没见过这样的事呢？那我也可以对一年来买一次我们谷子的那个磨坊主大谈其爱啦。好一个爱，你才爱林顿多久，喏，我要把信带到书房里去给你父亲去看，看看他会吃惊到什么程度呢？”

她跳起来想抢她的宝贝信，可是我把它们举得很高，然后她又发疯地一再请求，恳求我，只要事情不被公开，我怎么处置这些信都行。我真是哭笑不得，最后我还是多少发了善心，便问道：

“如果我把这些信全部烧掉，你能答应我和他断绝来往吗？不再送一些乱七八糟的东西吗？”

“我们没有送过这样的东西。”凯茜叫着，她的自尊心压倒了她的羞愧感。

“那么，好吧，从此什么都不要再送了，”我说，“你要是不答应，我这就走啦。”

“好吧，埃伦，”她叫着，拉住我的衣服，“啊，求求你把它们烧掉吧！”

但是当我用火钳拨开一块地方时，看着这她是如此的痛苦。她热切地哀求我留下一两封。

“一两封，埃伦，为了林顿的缘故留下来吧！”

我解开手绢，打算把它们送进坟场。

“我就要一封，你这狠心的坏家伙！”她尖声叫着，把手伸到火里，抓出烧了一半的信纸。

“好极了，我正好拿着它给主人看看。”我回答着，把剩下的又都抖回到了手绢里，重新转身向门口走。

她把那从火中抢出的那些信又重新扔到了火里，并且用手势向我示意，让我完成这场祭祀。烧完以后，我把这些都埋葬了起来，她怀着委屈的心情一声也不吭，退到她自己的屋里，我下楼告诉我主人，说小姐的病好了。可是我认为最好还是让她躺一会儿，因为她不愿意下来吃饭，可是在吃茶时她又出现了，面色苍白，眼睛也是红红的，没露出一丝的破绽。

第二天早上我用一张纸条当作回信，上面写着：“请希思克利夫少爷不要再写信给林顿小姐，她不会那样做的。”自此以后那个小男孩来时，口袋便是空空的了。

第二十二章

夏天结束了，接着是早秋天气，虽然已经过了秋收季节，但是那年秋收晚，我们的田里还有一些没有收割。林顿先生和他的女儿常常一起去收割，在搬运最后几捆时，他们一直逗留到黄昏，因为那天天气很不好，我的主人得了重感冒。而这场感冒始终没有离开过他的身体，他一冬天几乎都待在屋子里。

可怜的凯茜，她为那段浪漫的事担惊受怕了半天，事过后，她就变得闷闷不乐了，她的父亲劝她多多运动，少看点书。她再也没法找爸爸做伴了，我以为能好好地做个替补者，但是很显然我这个替补没多大作用。因为我有很多的家务要做，几乎没有时间陪她，再说，我的陪伴与她爸爸比起来，显然不那么称心如意。

十月的一个下午，空气清新，但是湿气很重。草皮与小径上的潮湿的枯叶簌簌地发出响声，一团团的深灰色的流云从西边迅速地涌起，这些都预示着一场大雨即将到来，我想让小姐别出去散步了，因为我肯定会有一场大雨到来的。但是她不肯，我没办法，只好陪她溜达到园林深处去，这是她平时不开心的时候最常走的一条路，埃德加先生比平时病得更厉害了，她的心情也一直很低落。她闷闷不乐地往前走着，虽然这冷风满可以引诱她跑跑，但她不会跑了，而且我会从眼角边看到她时不时地会抬起胳膊，从她脸上蹭掉些什么。

我向四周打量，想找个办法分散她的注意力。“瞧，小姐！快看啊！”我叫道，指着一棵扭曲的树根下面的一个凹洞，“冬天还没有到这里来呢。那边有一朵小花，每逢七月的时候，那一层草坡上密密麻麻长满了风铃草，那淡紫色的花迷迷蒙蒙连成一片，这是今年的最后一枝了。你要不要摘下来给主人看看？”

凯茜看着它们望了很久，最后回答：“不，我不要碰它，它们使我忧郁，是不是，埃伦？”

“是的，”我说，“它们像你一样都没有精神。让我们手拉着手跑吧，你这样无精打采，我敢说你都追不上我了。”

“不。”她又说，继续向前走着，不时地，她的手总是抬起到她那扭转过去的脸上。

“凯茜，你怎么哭了？”我问，用胳膊搂着她的肩膀，“你不要因为你的父亲生了病就流泪，那不是什么大事。”

她再也忍不住她的眼泪，抽泣起来了。

“啊，他会变得更严重的，”她说，“等到爸爸和你都离开了我，我就会无依无靠，那我怎么办呢？等到爸爸和你都死了，我将怎么生活下去？世界将变得多么凄凉啊！”

“这个谁也不能保证，”我回答，“预测不祥不是个好事情，我们得盼着在我们死去之前还有好多好多年要过，主人还年轻，我的身体很好，我母亲活到八十，直到最后还是个利索的女人。假定林顿先生能活到六十，那也比你想的要多出好多年的，小姐，不幸的事还没来，你这样想不是一个很愚蠢的事吗？”

“可是伊莎贝拉姑姑比爸爸还年轻哩。”她说，抬头凝视着，希望能得到一点儿安慰。

“伊莎贝拉姑姑没有人照顾，”我回答，“她可不会像主人这么幸福，你要做的仅仅是好好地照看你的父亲，你高兴他就会高兴，记住，凯茜！如果你轻狂胡来，那我可不骗你，你是会气死他的。”

“除了爸爸的病，在这个世界上我不会为其他的事苦恼的，”我的同伴回答，“和爸爸比起来，没有任何的事值得我关心。只要我还有脑子，我永远不会做一件事或说一个字使他烦恼。我爱他远远超过了我自己，埃伦，这你是知道的，因为每天晚上我都祈求上帝，让他走在我前面。因为我宁愿自己难过，也不愿让他替我难过，这证明，我爱他甚于爱我自己。”

“很好，”我回答，“可是不能只靠说的，等他病好之后，你要记住你说的这些话。”

我们说着说着，走近了一个通向大路的门，因为又走到阳光里，我家小姐就活泼了起来，只见她爬上墙去，想摘点野蔷薇树顶上所结的一些猩红的果实，低处的果子已经被人摘光了，可是除了在凯茜现在的位置以外，只有鸟儿才能摸得到那高处的果子。她伸手去扯这些果子时，一不小心把帽子弄下去了。因为门是锁住的，她就想着爬下去把它捡回来。我叮嘱她要小心，别摔着了。不过回来可不是一件这么容易的事，那堵石墙很光滑，攀爬起来相当的不容易。我像个傻子似的站在那里，“埃伦！你必须去拿钥匙了，不然我就得跑好远。从围墙这边我攀不上去！”

“你待在那别动，”我回答，“我打算试试我口袋里的那串钥匙是否能打开这把锁，要不然我就去拿。”

我把所有的钥匙都一把一把地试了个遍，凯茜就在门外来回来去地跳舞玩，结果一个也不行，因此，我就叮嘱她待在那里别动。我正想往家赶，一阵由远及近的声音把我留住了。那是马蹄的声音，凯茜也停了下来。

“那是谁啊？”我低声说。

“埃伦，你快把门打开。”我的同伴焦急地小声回话。

“喂，林顿小姐！”一个深沉的嗓门（骑马人的声音）说，“我很高兴再次遇见你。别慌着进去，我想向你弄明白一件事。”

“我不能够和你说话，希思克利夫先生，”凯茜回答，“爸爸说你是一个大坏蛋，你不仅恨他，而且你也恨我，埃伦也是这么说的。”

“但是这毫不相关，”希思克利夫（正是他）说，“你不会恨我儿子吧。我想让你听听他的事，两三个月以前，你们不是有彼此写信的习惯吗？你们竟敢把爱情当儿戏，真的应该受到严重的惩罚。特别是你，你比他受的伤害就轻些。如果你要表示出任何的无礼的话，我就把这些信寄给你父亲。我猜你只不过玩玩罢了，是不是？好呀，你把林顿和他的爱情一起丢到了万丈深渊。可他却深深地爱上了你，他为了你就要送命了，因为你的不在乎，让他的心都碎啦。尽管哈顿已讥笑了他六个星期了，我也对他实施了严厉的策略，希望能打消他的那个念头，但他还是一天比一天糟，我想他活不长了，除非你能救救他！”

“对这可怜的孩子，你怎么能胡说八道呢？”我从里面喊着，“请你离开这儿，凯茜小姐，我要用石头把这锁敲下来啦，你可不要听信那个人的胡言乱语。你自己也能想想，一个人因为爱上一个陌生人就要死去，这是根本不可能的事。”

“竟然还有人在这偷听呢，”这被发觉了的流氓嘀咕着，“尊贵的迪恩太太，我喜欢你，可是我讨厌你的虚伪。”他又大声说：“你怎么能够说出这样的弥天大谎，硬说我恨这个‘可怜的孩子’？凯瑟琳·林顿（就是这名字都使我感到温暖），我的好姑娘，今后这一个礼拜我都不在家，希望你有时间就去我家看看吧，去看看吧，那才是乖宝贝儿！你换位思考一下，想想你的父亲他亲自来请求，他都不肯走上几步路安慰安慰你，那你将会怎样看待你这爱人呢？我起誓，如果我说假话，就让我的魂飞魄散，他就要入土啦，除了你，没有谁能够救他了！”

锁终于打开了，我冲了出去。

“我发誓林顿真的快死了，”希思克利夫重复着，无情地望着我，“奈丽，如果你不让她去，那么你自己可以亲眼去看看，而我要到下个礼拜这个时候才回来，我想林顿先生也不会反对的。”

“我们走。”我说，拉着凯茜的胳膊，一边说，一边强拉她进来，因为正犹豫不决地望着说话人的脸，那张脸太严肃了，以至于他那真实的感情都不能显现出来了。

他把他的马拉近前来，弯下腰，又说："凯茜小姐，我得向你承认，我们所有的人对林顿都没有了耐心。他渴望得到和善，还有爱情，哪怕是你嘴里的一句亲热话，都会胜过任何的名贵药材。别管迪恩太太那些无情无义的警告，发发慈悲去看看他吧。他日日夜夜地梦着你。"

我关上了门，用一块大石头把门顶住，因为锁已被破坏。我给我那要保护的人撑着伞，雨开始越下越大，警告我们不能再耽搁了。在我们往家跑时，没有说一句话，而且根本来不及谈论刚才看见希思克利夫的事。可是我凭直觉知道凯茜心中正忧心忡忡呢，她满面愁容，简直都不像她的脸了，显然，她没有对他说的话有一丝的怀疑。

我们回家以后，主人已经休息去了。凯茜悄悄地走到他房里去看看他怎么样了，可他已经睡着了。我陪着她在书房里坐着，我们一块吃茶，然后她就躺在了地毯上，叫我不要说话，因为她说她很累想要好好休息，于是我就假装在看一本书。当她认为我真的在看书的时候，她就开始了她那无声的抽泣。我让她自我放松了一阵，然后才劝慰她，我对于希思克利夫所说的关于他儿子的一切嗤之以鼻，我希望她能够赞同我的，唉！事实并非如此；我却没有本事抵消他那番话所造成的影响，而那正是他的如意算盘。

"可能你是对的，埃伦，"她回答，"可是我想把事情搞清楚，我必须告诉林顿，我不写信是另有原因的，我还是原来的我。"

对于她那样糊里糊涂的轻信，愤怒和抗议又有什么用呢？那天晚上我们不欢而散，可第二天我又跟在我那执拗的年轻女主人的小马旁边，我们朝着那呼啸山庄而去。我不想看到她难受，不忍心看到她那抑郁的表情，所以我只好怀着一丝的希望依着她，只求林顿能够以他对我们的接待来证明希思克利夫的故事是没有多少事实根据的。

第二十三章

夜里下了雨，一个雾气蒙蒙的早晨，我的脚全弄湿了，我满肚子的不高兴，无精打采，我不高兴的情绪正好让我觉得这些事讨厌到了极点。我们走近了农舍的屋子，想弄清楚希思克利夫先生是不是真的不在家，因为他的话总是让我那么的不放心。

约瑟夫坐在一堆熊熊燃烧的烈火旁，他旁边的桌子上有一杯麦酒，桌子上高高地堆放着烤麦饼，他嘴里衔着他那从来都不愿拿下来的黑而短的烟斗，凯茜跑到炉边取暖。我问他家主人在吗？

我的问题没有得到回复，我以为这老人已经变聋了，只好更大声地重复了一遍。

“没在，”他咆哮着，“他不在，你从哪儿来，就滚回哪儿去。”

“约瑟夫！”从里屋传来的一个抱怨的声音几乎是跟我同时叫起来的，“你到底还要叫几次啊？现在只剩一点儿红灰烬啦，约瑟夫！马上来。”

他使劲地喷着他的烟，呆望着，好像根本不想理会这个请求似的。很长时间都没看到管家和哈顿的影儿，我想大概一个有事出去了，另一个在干活吧。

“啊，但愿你活活地饿死在楼上。”这孩子说，听见我们走进来，误以为是他那怠慢的听差来了呢。

他一发现是我们就马上停住了口，他的表姐一下冲到他的跟前。

“是你吗，凯茜小姐？”他说，从他靠着的大椅子扶手上抬起头来，“求你别亲我，这会弄得我喘不过气来的。”他继续说，等他缓过神来，这时她懊恼地站在旁边，“你能把门关上吗？那些仆人不肯为我加煤，我太冷了。”

我搅动了一下那些快要灭了的余烬，就去给他取了一桶煤。他抱怨说我把煤弄了他一身。可是看他咳嗽个没完，所以我也没有斥责他。

“喂，林顿，”等他皱着的眉头舒展开时，凯茜喃喃地说，“你看到我高兴吗？我的到来有没有让你感觉好点？”

“你为什么那么久都不来看我呢？”他问，“你应该来看我而不是写信，写那些长信把我累死啦，我宁可跟你谈谈也比写信高兴。现在我什么都干不成了。不知道泽拉上哪儿去了？你能不能（望着我）到厨房里去帮我找一下？”

我刚才为他做的一切，他竟没有向我说一句感谢的话，我也就不想再替他跑腿了，我回答说：

“除了约瑟夫，那里什么都没有。”

“我要喝水，”他烦恼地叫着，转过身去，“自从爸爸一走，泽拉就常常到吉默顿闲逛去，我没办法只好下楼到这儿，因为不管我在楼上怎么叫，他们都不回应我的。”

“你父亲对你照顾得好吗，希思克利夫少爷？”我问。

“照顾？不要再提了。”他叫喊，“那些想要造反的坏蛋，你知道吗，林顿小姐，那个野蛮的哈顿还笑我！我恨透了这里的每一个人，他们都是一群讨厌的人。”

凯茜开始为他找水喝，幸好她在食橱里发现一瓶水，就倒满一大杯，端过来。他让她给他在那里边加了点酒，他喝下了一点，很明显的比刚才平静多了。

“你见到我高兴吗？”她重复她以前的问话，他的脸上稍微露出了一丝的笑容。

“是的，我非常高兴，”他回答，“不过我一直心里烦得慌，因为怕你不肯来。爸爸说全都是因为我自己，他骂我是一个可怜的、阴阳怪气的、不值一文的东西，说你看不起我，还说他要是我的话，那边田庄的主人就是他了。但是你不会瞧不起我吧，是吗，小姐？”

“我希望你叫我凯瑟琳或是凯茜，”我的小姐打断他的话，“怎么可以说出这种话来，除了爸爸和埃伦，你是我在这世界上最爱的人。不过，我不爱希思克利夫先生，等他回来，我就不会来了。他出远门需要很长时间吗？”

“没有好多天，”林顿回答，“可是自从猎季[①]开始，他就常常到旷野去，你答应我在他不在的时候你一定要来陪我。我们彼此都会很和睦，而且你也愿意帮助我，不是吗？”

“是的，”凯茜说，抚着他的柔软的长发，“要是爸爸答应我的话，那我就可以花我一半的时间来陪你。漂亮的林顿！你要是我的弟弟该多好。”

“那你会像喜欢你父亲那样喜欢我吗？”他说，比刚才愉快些了，“可是爸爸说，如果你是我的妻子，你就会爱我超过任何一个人，所以我宁愿你是我的妻子。”

“不，我永远不会爱任何人超过爱爸爸，”她严肃地回嘴，“人们有时候会恨他的妻子，但是永远不会恨他们的兄弟姊妹，如果你是我的亲弟弟，那么我们就能永远在一起，爸爸就会跟喜欢我一样地喜欢你。”

显然林顿不相信会有人恨他们的妻子，可是凯茜相信，而且她凭着她的那股聪明劲，举出他自己的父亲对她姑姑的厌恶为例。我想阻止她，可是我没有拦住她，她把她知道的一切都说了出来。希思克利夫少爷大为恼火，硬说她在欺骗他。

“爸爸告诉我的，爸爸不会对我说谎的。”她干脆地说。

“我的爸爸瞧不起你爸爸，”林顿大叫，“他骂他是一个胆小如鼠的人。”

① 英国狩猎法规定的可以打猎的季节，相应的，也规定有禁猎期。

“你爸爸才是一个恶毒的人，”凯茜反骂起来，“真可恶，你竟然和他说出同样的话。他一定是很恶毒的，所以才会使伊莎贝拉姑姑离开了他。”

“她并没有离开他，”那男孩子说，“不许你顶撞我。”

“她是！”我的小姐嚷道。

“好，那就让我说点什么吧，”林顿说，“你的母亲根本不爱你的父亲，是吧。”

“啊！”凯茜愤怒地大叫。

“因为她爱着我的父亲。”他又说。

“你是个大骗子，我现在不喜欢你啦。”她气呼呼的，满脸涨得通红。

“她是的！”林顿叫着。他们彼此注视着。

“不要再说了，希思克利夫少爷！”我说，“我想那是你父亲为了逗你玩儿编的故事吧。”

“不是这样的。”他回答，“她是的，她是的，凯茜！你要相信我，她是的，她是的！”

凯茜管不住自己了，愤怒一下子让她把林顿推倒在椅子的扶手上。他马上咳嗽得背过去了，他那种得意的劲头也消失了。他咳得这么久，连我都吓住了。至于他表姐呢，她被吓得号啕大哭，不过她并没说什么。我扶着他，一直等到他咳嗽咳够了。可是他却把我推开，一声不响地低下了头。凯茜也停下了她的哭泣，坐在对面的椅子上，神情严肃地注视着火。

“你现在感觉怎么样了，希思克利夫少爷？”等了十分钟，我问道。

“我希望她也能尝一下我刚才的滋味，”他回答，“狠心的人，哈顿从来不会这么对我，没有人敢对我无理，今天我才好一点，就——”他的声音消失在呜呜咽咽的哭泣中了。

“我也没有打你啊！”凯茜嘀咕着，咬住她的嘴唇，尽量抑制自己的冲动情绪。

他叽里呱啦地不知在说些什么，就像是在忍受着什么巨大的痛苦。他哼了有一刻钟之久，故意让他表姐难过。

“对不起我让你难过了，林顿，”她终于说了，“可是那样轻轻一推，连我都不会受伤，我没有想到会是这样，你没伤着吧，是吗，林顿？回答吧！求求你跟我说话呀。”

“我可不想再和你说话了，”他嘀咕着，“你把我伤得这么厉害，咳得简直喘不过气来。要是你有这病，你就会知道我的感受了，但是在我受罪的时候，你却在舒舒服服地享受，而且没有一个人在我身边陪伴我。我倒想知道如果让你过着我的这种生活，你会觉得怎么样？”他因为怜悯自己，情不自禁地哭了起来。

“既然你习惯过那可怕的长夜，”我说，“那就不是我家小姐破坏了你的安宁啦，她要是不来，你也不会有什么变化。无论如何，她今后不会再来了，也许我们离开你，你就会得到更多的安宁了。”

“我必须要走吗？”凯茜忧愁地俯下身对着他问道，“你希望我离开吗，林顿？”

“你不能让刚才的事发生改变。”他急躁地回答。

“好吧，那我就只好走了。”她又重复说。

“至少，让我一个人安静一会儿，”他说，“光听你说话我就不能忍受了。”

她踌躇着，不肯离去，我费了好大力气才把她劝走，可她就是不听。既然他不抬头，也不说话，最后她只好向门口挪动，我就跟着过去了。但是我们又被一声尖叫召回来了，林顿从他的椅子上滑到了那地板上，好像是一个撒娇的孩子，故意做出那种令人悲哀和受到了折磨的样子，让人看着就难受。他的举动使我看透他的性格，要想迎合迁就他，那才傻。可我的同伴却不认为是这样，她又怕又惊地跑回去，又是安慰又是哀求的，他直到没了劲儿，才安静了下来，根本不是因为感到良心不安。

“让我把他抱到那高背椅子上，”我说，“随便他怎么样吧，我们不能留下来守着他。我希望你满意了，凯茜小姐，因为你并不是治愈他疾病的良药，他的健康状况也不是因你而造成的。现在，好了，让他自己留在那吧！走吧，等到他一知道没有人会理睬他的胡闹时，他就会很安静地待在那里了。”

她把一个靠垫枕在他的头下，又给他一点儿水喝。可是他拒绝喝水，又在那里翻来覆去，好像极不舒服，就像是枕着一块石头一样。她试着把它放得让他舒服些。

“我不要这个，”他说，“它太低了。”

凯茜又拿来一个靠垫加在上面。

“那太高了。”这个惹人厌的东西嘀咕着。

“那你想怎么样呢？”她无可奈何地问道。

他靠在她身上，他就把她的肩膀很舒服地当作枕头支撑了。

“不，那样不可以，”我说，“你枕着靠垫就足够了，希思克利夫少爷。小姐已经在这里待了太长的时间了，我们连五分钟也不能多待了。”

“不，不，我们可以再多待一会儿的，”凯茜回答，“现在他好了，如果是因为我的来访才把他弄成这样的话，那我会比他更难受的，而且我再也不敢来了。说实话吧，林顿，如果我对你有害的话，我就不会再来了。”

“你一定得来，”他回答，“你应该来，因为是你弄痛了我，你知道你害得我好苦，你进来时，我可不是这个样子吧！”

“你现在情况是你自己造成的，”他的表姐说，“不管怎样，现在我们要做朋友了。而且你需要我，还愿意看到我，这是真的吗？”

“我说过我现在已经很高兴了，”他不耐烦地回答说，“坐在长椅子上，让我靠着你的膝。妈妈总是这样让我靠着。静静地坐着，别说话。可是，你可以唱个歌，或者讲个故事。不过，我还是愿意听到一首歌谣！”

凯茜背了一首她所能记住的最长的歌谣。这件事让他们都很高兴，林顿听完还要听一个，丝毫不顾我拼命反对，就这样他们一直玩到了半晌午，我们听见哈顿在院子里，他回来吃中午饭了。

“明天，凯茜，明天你还会来吗？”小希思克利夫问，他不舍地拉着她的衣服。

“不，”我回答，“后天也不。”可是很明显，她没有和我表达一致的意见，因为在她俯身向他耳语时，他的前额明显的开朗了起来。

“小姐，你明天不能来！”当我们走出这所房子时，我说，“你真的不能那样做。”她微笑。

“啊，我要对你特别小心，”我继续说，“我可得把那把锁弄好，这样你就没办法溜了。”

“我能爬墙，”她笑着说，“田庄不是监牢，埃伦，你也不是一个看守者。再说，我已经长大了，我是个大人了。如果让我去照顾林顿的话，他的身体会好起来的。你知道，我比他大，也比他聪明点儿，不是吗？当他好的时候，他是个讨人喜欢的漂亮宝贝呢。我们永远不会吵架，等我们彼此了解了，我们就不会吵架了，你不喜欢他吗，埃伦？”

“喜欢他！”我大叫，“一个勉强挣扎到十几岁的病人，这真叫幸运，如希思克利夫所料，他是活不到二十岁的。无论什么时候他死了，对他的家庭来说，都不会是什么损失。幸亏他父亲把他带走了，对他越好，他就越欺负你，越自私。我很高兴你不会碰上他这样的丈夫，凯茜小姐。”

我的同伴听着这段话时，神色变得十分的严肃，好像伤害了她的感情。

“他比我小，”沉思好久之后，她答道，“他应该活得最长，他会跟我一样的。我非常确定他现在的身体跟才到北方来时一样强壮。他就像爸爸一样只是受了点凉，你说过爸爸会康复的，那他为什么不能康复呢？”

“好啦，好啦，”我叫着，“反正我们没有必要自寻烦恼，你听着，小姐，我说话可是算数的，如果你打算再去呼啸山庄，不管有没有我的陪伴，我都会把它告诉我的主人的，除非得到他的准许，不然你就不能和你的小表弟再见面了。”

“那已经有过了啊。”凯茜执拗地嘀咕着。

“那么一定是不能够了。”我说。

“那我们就走着瞧吧。”这是她的回答，然后就骑马疾驰而去，丢下我一个人在后边跟着。

午饭之前我们都到了家，我家主人一直都以为我们在花园里，因此没要我们解释不在家的原因。我一进门，就赶忙把我那湿透了的鞋袜脱下来了，可是我还是病了。第二天早上我就起不来了，足足有三个星期我都没有履行我的职责，在这之前我还从来没有遭受过这样的灾难，而且感谢上帝，以后就再也没有过了。

我的小主人就像是一个天使，来伺候我，让我打起精神。对于一个忙碌好动的人来说，整天待在屋子里，那简直就有要死的感觉。比起其他人，我是不应该抱怨的。凯茜一离开林顿先生的屋子，就出现在我的床边来照顾我。她几乎把她一天的时间都给了我，她简直就是一个讨人爱的天使，所以在爱着他父亲的时候，还能这么无微不至地照顾我。

第二十四章

到了三个礼拜的末尾，真是感谢上帝，我能够随意走动了。那天晚上我头一次坐在那没去躺下，请凯茜念书给我听，因为我的眼睛不太好使。我们是在书房里，主人已经睡觉去了。她不太愿意地答应了，我以为我看的这类书不合她的胃口，我就让她随便挑一本她喜欢的书，她挑了一本她喜欢的，一下子念完了，然后就总是问我："埃伦，你不累吗？你现在躺下来不是更舒服吗？你生病啦，要早点睡觉，埃伦。"

"不，不，亲爱的，我一点儿也不感到累。"我不停地回答着。

当她明白无法劝动我时，又试着用另一种方法，表示出她对这件事一点儿也不感兴趣，这就变成了打打哈欠，伸伸懒腰，并且说：

"埃伦，我可真的累了。"

"那么别念啦，我们说说知心话吧。"我回答。

那就更糟糕了，她坐立不安的，又急躁又叹气，还不时地看她的表，一直到八点，最后终于回她自己的屋子里去了。她那抱怨的语调和不停地揉着眼睛，完全可以断定她是困极了。

第二天晚上她明显对我表现出不耐烦的神色，第三天就不愿再陪我了。我觉得她的行为有点儿古怪，我独自待了很久，然后决定去看看她怎么样了，想叫她下楼来躺在沙发上，省得待在黑洞洞的楼上。可是我竟没有看到她的人影，仆人们也说没看见她。我在埃德加先生的门前听听，也没有一点儿声音。我回到她的屋里，吹熄了蜡烛，独自坐在窗前。

地上是一层晶莹的积雪被月亮照得很亮，我想她可能是去花园了。在那里，我的确发现了一个人影，但那不是我的小主人。当那人影走进亮处时，我认出那是一个马夫。

他站了好一会儿，好像他侦察到了什么似的，快步地迈步过去，不一会儿他又出现了，牵着小姐的马，她刚刚从马上下来，这人偷偷地把马牵到了马厩里，凯茜从客厅的窗户那儿进来了，简直没有发出一点儿的声音，然后就溜到我正等着她的地方。她轻轻地关上门，还不知道我在注视着这一切，她正要脱下斗篷，我突然出现在了她的面前。这个意外使她大吃一惊。

“我亲爱的凯茜小姐，”我开始说，她最近对我的好使我不忍心再骂她，“这个时候你骑马到哪儿去啦？你为什么要对我撒谎呢？”

“到花园那边去了，”她结结巴巴地说，“我没撒谎。”

“真的没去其他地方吗？”我追问。

“没有。”她喃喃地回答。

“啊，凯茜。”我难过地叫道，“你意识到你错了吗？不然你也不会硬着头皮跟我说瞎话。我真的对你很失望啊！我宁可病三个月，也不愿让你对我编造谎话。”

她向前一扑搂着我的脖子，开始号啕大哭。

“啊，埃伦，我就是怕你会生气，”她说，“如果你答应我不生气，我就一五一十地告诉你，我也没想过要骗你。”

我们坐在窗台上，我告诉她说我不会骂她，当然，我也猜到了，所以她就开始说：“我是去呼啸山庄了，埃伦，自从你病倒了以后，我几乎每天都去，只有几天例外。我给迈克尔[①]一些书和画，叫他每天晚上把敏妮给我准备好，但是，求你不要骂他。我总是六点半到山庄，通常待到八点半就回家了。我去并不是为了我自己，

① 林顿家的马夫。

因为这段时间我很心烦。不过，有时候我也快乐。起初，我想要说服你肯定很费事，因为我们离开他的时候，我就约好了第二天再去看他的，可是第二天你就下不了楼了，这样我就省了好大的事。我第二次去时，林顿看来精神挺好，泽拉（那是他们的管家）给我们预备出一间干净的屋子，而且告诉我们，我们想做什么都可以，因为约瑟夫参加一个祈祷会去了，哈顿带着他的狗出去了。她十分和气给我拿来了一点儿温酒和姜饼，林顿坐在安乐椅上，我坐在壁炉边的小摇椅上，我们有说有笑地说了很多话，我们还计划好，夏天来了我们去干些什么。我不想再说了，因为我想你会说这是愚蠢的。

“可是有一次，我们争吵了起来。他说，在一个炎热的七月，要打发无聊的一天，最高兴的办法就是整天躺在旷野的草地上，听着蜜蜂嗡嗡地叫，百灵鸟在头顶上高兴地歌唱，还有那蔚蓝的天空万里无云，耀眼的太阳光芒四射。那就是他对天堂幸福的向往。而我想坐在一棵簌簌作响的绿树上摇荡，迎着西风[①]，不时还有那洁白的云一飘而过，不只有百灵鸟，还有画眉雀、山鸟、红雀和杜鹃在各处婉转啼鸣，整个世界都已苏醒过来，沉浸在疯狂的欢乐之中。他希望万物都是令人心碎神秘的，而我则希望一切在灿烂的欢欣中闪耀飞舞。

“他说他在我的天堂里简直不能呼吸了，于是他开始变得狂躁不安。最后我们同意，等到适合的时机我们就验证一下，然后我们互相亲吻，成了朋友。

“一动不动地坐了一个钟头之后，我看着那间光滑的、不铺地毯的大屋子，我想如果我们把桌子挪开，那是多么好玩啊！我要林顿叫泽拉进来帮我们，我们可以一起玩捉迷藏，要她捉我们。这是你常玩的，埃伦。他不答应和我玩捉迷藏，他说那是没有意思的，但是他答应和我一起玩球。我们在一个碗橱里找到了两个球，那里的旧玩具真多。有一个球写着C，有一个是H，我想要那个C，因为那是代表凯茜，H可能是代表他的姓：希思克利夫，可是H球里的糠

① 指来自大西洋的温暖湿润的季风。

都漏出来了，林顿很是伤心。而我老是赢他，他又不高兴了，又咳起来，只好回到他的椅子上面。不过，到了晚上他就好多了，他出神地听我给他唱了两三支歌呢，当我临走的时候，他让我第二天晚上再来，我就答应了。敏妮和我像风似的飞奔到了家，我梦见呼啸山庄和我的可爱的宝贝表弟，这些美梦一直持续到天亮。

"早晨我很难过，一方面是因为你的病还没好，一方面也是因为我希望我父亲知道我出游的事，并赞成我的出游。但是喝完茶后，我骑着马跑出去的时候，我心里的忧愁就消除了，心想：一个快乐的晚上又将要来临了，而且更使我愉快的是林顿也与我有同样的感受。我飞快地骑马来到他们的花园里，恩肖那个家伙看见我了，他拉着我的缰绳，警告我要走前门。他拍着敏妮的脖子，看样子他好像要跟我说说话。我告诉他不要碰我的马，不然他就会受伤的。'他土气的口音说，即使那样，他也不会受伤的。还看看它的腿，微微一笑。可是他又走过去开门了，当他拔起门闩时，抬头望着门上的字，带着一种又窘又得意的傻相说：'凯茜小姐，现在我知道上边写的是什么了。

"'妙呀，'我嚷道，'请念给我们听听，你变得这么能干了。'

"他慢吞吞地念着这个名字：'哈顿·昂休。'

"'你认识有些数目的字呢。'我看他停下来，就鼓励他大声喊出来。

"'你写我还不能念出来。'他回答。

"'啊，你这笨蛋。'我说，看他念成那样大笑起来。

"那个傻瓜呆呆地愣着，嘴上挂着痴笑，他好像不知道该不该和我一起大笑，也不知我的笑是什么意思，我一下子又收起笑脸，叫他走开，这才解除了他的疑惑，因为我马上就恢复了往日的严肃，我是来看林顿的，跟他没有关系。他脸红了，躲躲闪闪地溜掉了，一种虚荣心被羞辱了的模样。我猜想，因为他能够念他自己的名字了，想象着像林顿一样的有才能可是我并不这么认为，所以他才会感觉很囧。

“别说啦，凯茜小姐，亲爱的宝贝，”我打断她，“我不会骂你，但是我不喜欢你这么做。如果你还记得哈顿是你的表哥，你就会觉得那并不是合适的事情。他渴望和林顿一样地有成就，也许他不是因为向你炫耀才去学习的，你以前曾使他因为无知而感到羞耻，这点我不怀疑，他愿意重新得到你的欢心。因为他做得不好，你就嘲笑他，这是很不礼貌的。要是你在他的环境中长大，你就不会那么做了，他其实是一个和你同样聪明的孩子，现在我感觉很伤心，只因为那个卑鄙的希思克利夫这么不公平地对待他。

“啊，埃伦，你别为这个哭，好不好？”她叫起来，“可是等等，我进去的时候，林顿正躺在高背长椅上，就站起身来欢迎我。

“‘今晚我病了，凯茜！’他说，‘所以只能让你自己说话了。我知道你不会食言的。’

“这时我知道是不能和他逗乐的，因为他病了，我必须向他轻轻地说话，而且避免说任何激怒他的话。我给他带来一些有趣的书，随便挑了一本念一点给他听，我正要读，不料这时恩肖把门冲开，很显然他不怀好意。他径直走到我们跟前，把坐在椅子上的林顿拉了下来。

“‘滚回你自己屋里去！’他激动得话都没说清楚，‘她要是来看你的，把她也带去，你们两个滚！不要让我再看到你们。’

“他对我们咒骂着，也不顾林顿回答，几乎把他扔到厨房里，我也跟了过去，他握紧拳头，好像想把我一拳打倒似的。当时我吓得把一本书都掉了下来，随后他一脚把书踢过来了，然后把我们关在外面了。这时一阵恶毒的笑声从火炉旁传了过来，我转过身来，正瞅见那个可恶的约瑟夫得意地站着。

“‘我就知道你们会被赶出来的！真是个有种的家伙，唉，他和我一样知道。谁应该是这里的主人——呃、呃、呃！他做得很好，呃、呃、呃！’

“‘我们现在去哪里呢？’我问表弟。

“林顿还在哆嗦着，那时他的脸色可是十分的难看，埃伦。啊，不，他看起来真吓人。他握住门柄，使劲摇它，可是里面却闩上了。

“‘快点让我进去，不然我就杀了你，’他简直是在尖叫，而不是在说话，‘恶魔！恶魔！我一定要杀了你。’

“约瑟夫又发出那嘶哑的笑声来。

“‘喏，简直就是他父亲的影子在叫。他就像他的父亲，身上都有他父亲传下来的东西。不要理他，哈顿，孩子，别害怕，他碰不到你。’

“我抓住林顿的手，想把他拉开，可是他那喊叫声不敢让我走近了。最后他的叫声被一阵可怕的咳嗽呛住了，一股血从他的口里涌出来，他倒在了地上。我吓得跑到院子里，我声嘶力竭地大声喊叫泽拉让她来帮忙。她正在谷包后面的一个棚子里挤牛奶，赶忙丢下活儿跑来，问我发生了什么事情，我来不及解释，便把她拉进去，马上就去找林顿。恩肖已经出来想看看自己闯下了什么祸，他把那个可怜的家伙抱到了楼上。泽拉和我也跟着上去了，可是他却把我拦住了，说我现在必须回家了。我喊着他害了林顿，我必须要进去看着他。约瑟夫把门锁上，宣称我不要白费力气了，又问我是不是以前也是这样的疯癫[1]。我站在那儿哭，直到管家的再次出现。她确信地对我说他马上就会好的，她拉着我，几乎是把我活活拖出去的。

“埃伦，我真想把我的头发从头上拽下来！我哭得很伤心，你同情的那个恶棍就站在我对面，竟敢对我无理，最后因为我声称我要告诉爸爸。他才怕了，他哭了起来，并且跑出去了。但是我没有挣脱掉他。他们最终还是让我离开了那所房子。当我走了还不过几百码时，他忽然从路边的阴影处蹿了出来，拦住敏妮，抓住了我。

“凯茜小姐，我感到很难过，’他开始说，‘那简直太糟糕了。’

“我给了他一鞭子，我想他会对我不利。可是他放我走了，吼

① 原文使用的是当地土语。

出一句可怕的咒骂，我骑马飞奔回家，吓得心都要跳出来了。

“这就是那天晚上我没有向你道晚安，第二天我也没有去呼啸山庄的原因，我非常想去，可是我感到了一种莫名的不安，有时候生怕听说林顿死了，有时一想到啥顿就要发抖。第三天我鼓起勇气来，因为我不能够再忍受了，我又偷着出去。我是五点走着去了那里的，心想我可以偷偷地溜进林顿的屋子里，不让人瞅见。可是，那些狗知道我的到来。泽拉让我进去，说‘这孩子好多了’，便把我带进了那个干净的小房间，我真是说不出的高兴，因为我看见林顿躺在一张小沙发上读着我的书。我们足足有一个钟头没说话，而且他也不看我。埃伦，他就是有那么一种怪脾气。使我颇为无语的是，他开口说话了，并且认为是我引起的那场祸端，不怪哈顿！我没有回答，气得走出了这间屋子。他没想到我会有这么大的反应，于是在我后面送来一声微弱的‘凯茜！’可是我真的不愿意回去，第二天，就是我又在家的第二天，我真想不去看他了。可是就这么得不到一点儿关于他的消息，让我非常的难受，因此我向我的自尊心妥协了。以前到那儿去好像是不对的，可是现在又像是不去才不对了。迈克尔问我要不要套上敏妮，我说：‘当然要。’当敏妮驮我过山时，我认为我是在尽一种义务。我必须经过前面的院子，想隐藏我的行踪是没有意义的。

“‘小少爷在屋子里。’泽拉看见我就对我说。我进去了，恩肖也在那儿，可是他看见我来了就马上离开了那间屋子。林顿坐在那张大椅子上半睁着眼睛，我走进了他，用一种严肃的声调和他说起话来。

“‘你既然如此讨厌我，林顿，如果你认为我是来害你的，而且总是这样地想我，那么这就是我们最后一次见面了。我们就此分别吧，以后再也不要相见了，告诉希思克利夫先生你并不想见我，他也不用费尽心思地编造些谎话了。’

“‘坐下，把你的帽子拿下来，凯茜，’他回答，‘你确实比我幸福多了。爸爸尽说我的缺点，他并不重视我，所以我对我自己都怀疑。我常常怀疑我是不是完全像他说我的那样没有出息，我觉得痛苦、苦恼，我恨每一个人，我是没出息，脾气坏，精神也坏，差不多总是这样，你要是愿意的话那我们就不要再见面了，这样你就可以摆脱掉一个麻烦了。可是，凯茜，请对我公平一点，如果我能像你一样受到人们的疼爱，我是非常乐意的，甚至更好。你要相信，你的善良使我深深地爱上了你，而且比起你的爱（如果我配承受你的爱的话）还要深些，其实我并不值得你爱，而且我也不可能不暴露出我的什么缺点，我很抱歉，我要抱恨到死！’

“我觉得他说的都是真的，而且我觉得我一定要原谅他，虽然过一会儿他又要吵，但我还是要原谅他。我们和解了，但是我们都哭了，一直哭到我离开的时候，不仅仅是因为悲哀，而我真的很难过，因为林顿有那样的天性。他是不会让朋友们舒服的，而他自己也不会舒服的，自从那天夜晚，我总是去他的小客厅，因为他的父亲出游回来了。

“我想大概有三次吧，我们过得非常开心和快乐，而且充满希望，就像我们第一天晚上那样，以后的拜访又恢复了那种凄凉，要么是因为他的自私和怨恨，要么是因为他的病痛，可是我已经渐渐地学会了容忍他，就像我得容忍他的病痛一样。希思克利夫故意避开我，我几乎都没有碰到过他。上个礼拜天，的确，我去自己比平时早了一些，我听见他恶毒地骂可怜的林顿，是因为他头天晚上的行为。我不知道他怎么会知道那件事。林顿的举止当然是惹人生气的，不过，那和我无关，我进去打断了希思克利夫先生的话。他大笑起来，然后就离开了，说他十分欣赏我的这种看法。现在，埃伦，这就是你生病期间发生的所有的事。我不能不去呼啸山庄，可是，我求你不要告诉我爸爸，你不会告诉吧，是不是？”

“我要到明天才能把我的决定告诉你，凯茜小姐，”我回答，“我需要好好想想，所以我要你休息去，这事我必须要认真考虑一下。”

我所谓的考虑，是把一切都告诉了我的主人，从她的屋子出来我就径直去了主人的屋子，把这事和盘托出，只是没说她跟她表弟的对话以及关于哈顿的人和事。林顿非常吃惊，也非常难过，不过并没有向我表现出来。早晨，凯茜知道我欺骗了她，也知道了她那秘密拜访的旅程就要结束了。她又哭又闹地反抗着，并且求她父亲可怜可怜林顿，他答应会写信通知林顿，让他来田庄做客，这是凯茜所得到的唯一的安慰了。不过信上还要说明，他不要指望凯茜再去那里了。要是他知道他侄子的性格以及他那糟糕的身体，说不定他连这点小小的慰藉都不会给予她了。

第二十五章

“这些事是在去年的冬天发生的，先生，”迪恩太太说，“差不多一年之前。去年冬天，我不敢想象，十二个月以后，我会把这些告诉一个陌生人。可是，谁晓得你会在这里待多久呢？你太年轻了，不会愿意一个人在这里孤独地待下去的，我想任何人要是见了凯瑟琳·林顿都会喜欢上她的。可是，一谈到她的时候你就笑了，你干吗显得这样快活而很感兴趣呢？而且你为什么要把她的画挂在壁炉之上呢？”

“别说啦，我亲爱的朋友，”我叫道，“我可能是爱上她了，可是她肯爱我吗？我很怀疑这一点，所以我是不会对她心动的，再说我又不是这里的人。我是来自那个熙熙攘攘的世界，我始终是要回去的。接着往下说吧，凯茜答应她的父亲没有？”

“她服从了，”管家继续说，“这是她心中最有分量的感情，而且他讲话也不带火气，他说话的时候怀着温情，只要她能够记住他的话，那是她得到的唯一帮助了。”过了几天，他对我说：“我希望我能得到我外甥的消息，埃伦。对我说实话，你感觉他怎么样了，他是不是变得好一点儿，他能变好吗？”

“他实在很娇弱，先生，”我回答，“可是有一点我可以肯定，他一点儿也不像他的父亲，如果凯茜小姐不幸嫁给他，他是不会听小姐的话的，除非她极端愚蠢地纵容他。可是，主人，你还有足够的时间来观察他，来看看他们是否相配，要经过四年多他才会成年呢。”

埃德加叹息着走到窗前，向外望着吉默顿教堂的情景。那是一个有雾的下午，但是，我们还可以分辨出墓园里的两棵枞树以及那些零零落落的墓碑。

“我经常独自祷告，”他一半是自言自语地说，“祷告该来的就都来吧，现在我开始畏缩了，开始害怕了。我曾经这样想，与其回忆以前我结婚时的幸福场景，还不如预想被人抬起来放进冰冷的土坑，那将会更为甜蜜！埃伦，我和我的小凯茜在一起曾经非常快乐，她是我的所有的希望。可是我真的曾快乐过，在那些漫长的六月的晚上，躺在她母亲的身边，企盼那个时候我也能躺在下面。我能够为凯茜做些什么呢？我怎样做才会对她更好呢？我一点儿也不在乎林顿是希思克利夫的儿子，也不在乎她会离开我，只要他能安慰她，让她高兴让她承受住失去我的哀痛。但是如果林顿没出息，仅仅是他父亲的一个工具，我是不会把她交到他的手上的，尽管她热情似火，可我是不会让步的，在我活着的这段时间就让她难过，在我死后撇下她孤独好了。亲爱的，我宁愿在死之前把她交给上帝，把她先埋在土地里。”

“像现在这样，把她交给上帝，先生。”我回答，“凯茜小姐是一个好姑娘，我并不担心她会做出什么傻事。”

春天来了，但是我的主人并没有康复，即使他能够和她一起去散步。以她那毫无经验的眼光来看，能出外散步是好事，而且他的面颊常常发红，她完全相信他马上就会康复了。

在她十七岁生日那天，主人没有去墓地，那天下着雨，我就说：

“你今天晚上不会去外边了吧，先生？”

他回答：“不出去了，我想以后再去。”

他又再次写信给林顿，告诉他他很渴望见到他，如果那个病人能见人的话，我毫不怀疑他父亲肯定会让他来的。但在当时的情况下，他根本不可能会出去，便遵嘱回了一封信，暗示着希思克利夫先生不答应他到田庄来，但是舅舅的关心让他十分高兴，他希望他有时在散步时会遇到他，也希望他不要阻止他与表姐再见的机会。

他的信上把这部分写得很简单，我想这大概是他自己的话。

“我不让她来这里，”他说，“难道我就永远见不到她了吗，因为我父亲不想让我去她家，而您又不许她到我家来？请你让她到这里来吧！让我们当着您的面说几句话！我们并没有做错什么事，您不生气吧？您没有什么理由来生我的气。亲爱的舅舅！明天给我一封和气的信吧。我相信见一次面会让您感觉到我和我父亲有着天壤之别的，他总是说我更像是您的外甥而不像是他的儿子，您问起我的健康，不过现在好些了。可是我如果一直处在这样的环境中，我怎么能够快活而健康起来呢？”

埃德加虽然很同情那可怜的孩子，但他没有答应他的请求，因为他不能陪凯茜去。他说，到了夏天，他们或许可以相见。同时，他希望他有空来信，并且在信上说了一些安慰他的话语，因为他知道他在家里的处境。

林顿同意他舅舅的意见，但是他的父亲像看犯人一样地看着他，当然我主人送去的信，每一个字他都要知道，所以他并没有写个人特有的痛苦和悲伤，他暗示，林顿先生必须早些允许见面，不然他会认为林顿先生是在敷衍他了。

凯茜在我们家里是个有力的同盟者，他们最终说服了我的主人，在我的保护之下，同意他们每星期左右在一起骑马或一起散步，因为他感觉他一直在衰弱下去。他想到唯一的希望就是让她和他的继承人结合，可他万万没想到，任何人也没想到，他的继承人竟然和他一样地衰落下去，我相信，没有医生去过山庄，也没有人遇到过希思克利夫少爷。在我这方面，我感觉我原来的猜想是错的，当他提起到旷野骑马和散步的时候，而且他追求自己的目标又显得那样的认真，他一定是真的要康复啦。我无法想象，一个父亲怎么能够对他将要死去的儿子这么残忍，像希思克利夫一样，这是我后来知道的。

第二十六章

在盛夏将要过去的时候，埃德加勉强答应了他们的恳求时，凯茜和我头一回骑马出发去见她的表弟。那是一个炎热闷人的天气，没有阳光，但也不像是要下雪，我们相见的地点约定在十字路口的指路碑那儿。然而，当我们到那里时，有个小牧童对我们说：

“林顿少爷就在不远的地方，如果你们去看他的话，他将会很感激的。”

“那么林顿少爷已经忘了他舅舅的禁令了吗？”我说，“老爷吩咐过我们只能在田庄上。”

“那等到我们去了那里再往回走吧，”我的同伴回答，“我们再回家。”

但是当我们到达他那里时，发现离他家已经很近了，他没有带马，我们只好下马，让马去吃草。他正在那里等着我们，而且一直等到我们快走近他时他才站了起来，看到他走路这么软弱无力，脸色又是这么的苍白，我立刻嚷起来：“希思克利夫少爷，你这是怎么啦？”

凯茜上下打量着他，他们久别重逢的庆贺变成了一句焦急的问话：他是不是比以前更加严重了呢？

“好多了！”他喘着，颤抖着，握住她的手，他那对人蓝眼睛怯懦地向她望时，眼睛周围都深深地陷了进去，他原先那种无精打采的神情，现在变得更是憔悴不堪。

“可是你看起来比以前严重了，”他的表姐坚持说，“真的严重了，而且你瘦啦，你——”

“我累了，”他急忙打断她，“早上，我常常不舒服，爸爸说我长得太快了。”

凯茜很不满意地坐下来，他躺在她的身边。

“这里还真是你的天堂呢，”她说，尽力愉快起来，“下星期，要是你能行的话，我们就骑马去试试我的方式。”

看来林顿不记得她说过的事了，他对于她所提到的一些话都没有什么兴趣，他也同样不能说出使她快乐的话，她再也不能掩饰她的感情了。他整个人发生了很大的改变。凯茜也像我一样看出来了，他认为我们陪伴他，是一种惩罚，而不是一种喜悦，她立刻建议就此分手。出乎意料，那个建议却把林顿唤醒了。他害怕地向山庄溜了一眼，求她再在这里陪陪他。

“可是我想，”凯茜说，“你回家会是更好的选择，看来今天我没法给你解闷了，在这六个月里，你变化很大，我的那些东西，对你来说已不算什么了。不然，我很愿意留下的。”

“留在这歇歇吧，”他回答，“凯茜，你别说我身体不好，只是这闷热的天气使我兴味索然，告诉舅舅我很健康，好吗？”

“我会告诉他你是这么说的，林顿。但是我怎么知道你是健康的呢？”我的小姐说。

“下周四我们还到这里来，”他接着说，“替我感谢他能让你出来，凯茜。还有，要是你真的遇见了我父亲，不要告诉他我是沉默的，而且你这个样子，会让他难过的。”

“我才不在乎他的感受呢。”凯茜想到他会生她的气，就叫道。

“可是我在乎，”她的表弟说，不要让他责骂我，凯茜，因为他是十分严厉的。”

“他对你很凶吗，希思克利夫少爷？”我问，“他已经厌烦你了吗？”

林顿望望我，没有回答，她在他旁边又坐了十分钟，什么也不说，只是不时地会发出痛苦的呻吟。

“现在还有一些时间吧，埃伦？”最后，她在我耳旁小声说，

“我不明白我们为什么要一直待在这里。他睡着了，爸爸在期盼着我们。”

“我们不可以这样丢下他，”我回答，“等他醒过来吧，忍一会儿。你本来是很热心的啊！”

“他为什么要见我？”凯茜回答，“我还是比较喜欢原来的他，总比他现在的阴阳怪气强。可是我来这不是为了给他父亲制造笑料的。虽然他的健康状况我很高兴，但是他看起来一点儿都不高兴，而且对我也不亲热，让我很难过。”

“那么你真以为他的身体好些了吗？”我说。

“是的。”她回答。

“我和你意见是不同的，”我说，“我猜想他是糟透了。”

这时林顿从迷糊中惊醒过来，问我们是不是有人在叫他。

“没有，”凯茜说，“除非你是在做梦。”

“我以为是父亲叫我呢，”他喘息着，“你们肯定刚刚没人讲话吗？”

“没错儿，”他表姐回答，“林顿，你是真的比我们在冬天分手时强壮些吗？”

“是的，是的，我是变得强壮了。”在他回答的时候，眼泪涌出来了。这时凯茜站起来。“今天我们该分手了，”她说，“说实话，我对于我们的见面非常失望，不过我不会告诉第三个人的。”

“嘘，”林顿喃喃地说，“别吭气，他来了。”他抓住凯茜的胳膊，想留住她，可是一听这个宣告，她连忙挣脱。

“下星期四我会到这里来的，”她喊，跳上了马鞍，“再见，快走，埃伦！”

于是我们就离开了他，但他并不知道我们离开了他。

我们没到家之前，凯茜的不快已被缓解了，虽然我劝她不要下这么早的结论，或许再一次的出游可以使我们做出更好的判断。我主人要我们说一下出门的情况，凯茜小姐把他外甥的致谢转达了，其他也没多说什么，对于他的追问，我也没说什么。

第二十七章

一个星期的时间过去了，埃德加·林顿的病情每一天都在加剧。我们还想瞒住凯茜，但她的机灵可是欺骗不了她。当星期四又来了的时候，她不想骑马去了，因为图书室（她父亲每天只能待一会儿他只能坐极短的时间）和父亲的卧房，已经成了她全部的世界这些天来，她简直不愿离开她父亲半步。我主人也希望她能够离开，那样她就不至于孤苦伶仃了。

他有一个执着的想法，这是我从他的谈话中猜到的，就是，他认的外甥既然长得像他，他的心地一定也像他。我自问，在他面临的时刻，即使他知道了又能怎么样呢?

我们把我们的出游延迟到下午，这是在八月里一个难得的好天气。

凯茜的脸时而阴影时而光亮，但阴影停留的时间长些，阳光则短暂。

我们看见林顿还在老地方等着我们。我的小主人下了马，她决定在这里待少一些的。希思克利夫少爷这一次是极其兴奋地接见了我，可是更像是害怕。

“你们迟到了！”他说，说得短促吃力，“你父亲的病是不是加重了？我想你不会来了呢？”

“你为什么不说实话呢？”凯茜叫着，“真奇怪，林顿，你又一次把我骗到了这里，这无疑让我们彼此都受罪。”

林顿战栗着，然而他的表姐可不想去考虑他这暧昧的态度。

“我父亲是不太好，”她说，“我为什么离开他来见你呢？我完全没有心情和你瞎聊，对你那些虚情假意的表演，我可是不奉陪了。”

“你认为我在装腔作势，”他喃喃着，“那是什么样的呢？看在上帝的份上，凯茜，别生气了，我是一个没出息的可怜虫，但是我没有资格让你生气啊！”

“无聊！”凯茜激动得大叫，“真是个傻瓜！你用不着要求蔑视，林顿，只要你愿意，谁都会这么对你的。滚开！我要回家了。放开我的衣服！如果我会为你可怜兮兮的表情而去怜悯你，你也不应接受这种怜悯。埃伦，告诉他这种行为有多么的不体面。”

林顿带着痛苦的表情泪流满面，将他那软弱无力的身子扑在地上。

“啊，”他抽泣着，“我不能忍受了，凯茜，我不敢告诉你我是一个背信弃义的人，你不要离开我，不然我就会被杀死的。请你别走吧？”

我家小姐看不了他那痛苦的表情，就过去扶他。

“答应什么？”她问，“答应为你留下来吗？这句话是什么意思呢？你不会伤害我的，林顿，是不是？如果你可以的话，你也不会让任何人伤害我的。”

“那些都是我父亲让我做的，”那孩子喘着气，“我怕他，我不敢跟他说啊！”

“好吧！”凯茜说，“继续保守住你的秘密吧，我可不像你，我可不怕！”

他的眼泪因为她的宽宏大量流了出来，却还是不能鼓起勇气说出来。我正在想着这个秘密到底是什么的时候，这时我听见了一阵阵的响声，我猛地抬起了头，看见希思克利夫正在走下山庄，而且离我们越来越近了。他不屑看那两个人，但是他还是装出了一种诚恳的声音。他说：“能看到你们的到来真让人感到高兴啊，奈丽。

你们在那边过得好吗？”他放低了声音又说：“传说埃德加·林顿病危了，应该是别人把它夸大了吧？”

“不，我的主人快死了，”我回答，“这对我们来说确实是一件难过的事，对于他倒是福气。”

“那他还能活多久呢？”他问。

“我不知道。”我说。

“因为，”他接着说，“因为那个孩子实在让我不知道怎么办，我巴不得他的舅舅抢先一步，这小畜生一直在玩他的小把戏吗？他跟林顿小姐在一起时，应该是高兴的吧？”

“高兴！不，”我回答，“看他那样子，我必须说，他应该听医生的话，好好躺在床上。”

“过不了多久，他就能彻底躺下了，”希思克利夫嘀咕着，“可是，现在马上站起来，林顿！起来！”他吆喝着。

林顿吓得一下子瘫倒在地上，他好几次竭力想遵照他的吩咐站起来，可是他无能为力。希思克利夫走向前，把他提到了一堆草堆上。

“现在，”他强压住他的凶狠说，“如果你不振作的话，我就要生气了。”

“父亲，我马上起来，”他喘息着，“只要让我自己来。我保证我已经照你的愿望做了。凯茜会告诉你，我本来是很开心的。”

“拉住我的手，”他父亲说，“站起来。林顿小姐，我就是魔鬼本人吧，还是让人这么害怕，请你做做好事陪他一起回家吧，可以吗？我一碰他，他就发抖。”

“林顿，亲爱的！”凯茜低声说，“我不能去，他又不会伤害你，你干吗这么害怕呢？”

“我不会再回到那里了，”他回答，“你要是不陪着我，我永远不会进去的。”

“住口！”他的父亲喊，“奈丽，那你就把他送进去吧，我这就照你的主意去请大夫，绝不耽搁了。”

“那你可以带他去啊，”我回答，“我不能和小姐分开，我才不管照料你儿子的事呢。”

“你就是这么固执的，”希思克利夫说，“我知道的，但你非要逼我把这婴儿掐痛，才能打动你的慈悲之心吗？那么，来吧，你愿意回去吗，我领着你？”

他再次走近，做出想捉住那个生病的人的样子，但是林顿向后缩着，紧紧地贴着他的表姐。说真的，他怎么能够拒绝他呢？到底是什么使他这样的害怕，我们不得而知。我们到达了门口，凯茜走进去，我站在那儿等着，这时希思克利夫先生把我往前一推，叫道：“我的房子可是很干净的，奈丽，我今天很乐意招待客人的。”

他关上门，又锁上。我大吃一惊。

“你们现在先在这里休息一下，然后再回家，”他又说，“现在只有我自己一个人，虽然我习惯于一个人，但我还是希望有几个同伴陪我的。林顿小姐，坐在他旁边吧。我把我所有的都送给你，虽然这份礼物不值得接受，我没有别的什么可送的了。你干吗瞪眼？”

他倒吸一口气，拍打着桌子，对着自己诅咒着：“我恨他们。”

“我可不会害怕你！”凯茜大叫，只见她走近他，“把钥匙给我，”她说，“我就是饿死，我也不会吃这里的一粒饭。”

希思克利夫把摆在桌子上的钥匙拿在手里，她的勇气让他感到很惊奇。她抓住钥匙，差一点儿就从他手里夺了过来，但是她这个动作把他唤醒过来，他赶紧又把钥匙抓紧了。

“现在，凯瑟琳·林顿，”他说，“站开，不然我会把你打倒的。”

不顾这个警告，她再次抓住了他手里的东西。“我要离开这里。”她重复说，希思克利夫望了我一眼，这一眼可把我吓愣了，来不及去阻挡。他忽然张开手指，把那对他反抗的东西狠狠地一扔。但是，在她还没有拿到以前，他用双手把她抓了起来，让她在他前边跪了下来，用手对着她的脸暴打。

看此情景，我十分愤怒地跑了过去。“你这坏蛋！”我开始大叫，他当即给了我一拳，我昏昏沉沉地蹒跚倒退。

很快这场大闹就结束了，凯茜被放开了。但她却在桌边惊慌失措地哆嗦着。

“你瞧，我可有办法对付她，”这个无赖汉凶恶地说，这时她弯腰去捡钥匙，“现在，去林顿那儿哭个痛快吧，明天我就是你父亲了，你以后要受的罪还多着呢。”

凯茜没有到林顿那边去，却跪到了我跟前，将她那张脸靠近我的膝盖，大声地哭起来。她的表弟早就缩到躺椅的一角，竟像个耗子。希思克利夫看我们都吓呆了，就去沏茶了。

“改改你的脾气吧，”他说，“去给他们倒杯茶吧，我可没下毒，我现在要去找你们的马。”

他一走开，我们就有了要逃出去的想法。这时厨房的门在外边拴着，我们望望窗子，但它们太窄了。

“林顿少爷，”我叫着，“你知道你的凶恶的父亲想做什么，你快告诉我们。”

“是的，林顿，你一定得告诉我们，”凯茜说，“我是为了你才来到这里的，你不能这样忘恩负义。”

“给我倒上茶，”他回答，“迪恩太太，我不喜欢你待在这里。瞧，凯茜，你把那杯茶弄脏了，再给我倒一杯。”

凯茜换了一杯给他。他一走进呼啸山庄，他以前所表现出来的痛苦全部都消失了。

“爸爸要我们结婚，”他啜了一点儿茶后，接着说，“他怕我会死掉，就让我们早点结婚，如果你照他所希望的做了，第二天你就能离开这里，而且还可以把我一起带走。”

“你这个白痴，”我叫起来，“和你结婚，你以为我们都是傻子吗？难道你以为我们小姐会乖乖地做你的妻子吗？你真是一个卑鄙的人，而且现在，别显出那股愚蠢劲儿啦！我真想狠狠地揍你一顿。”

我轻轻地摇了他一下，他竟又做出了他那呻吟咳嗽的老一套，凯茜责备了我。

“不可以！”她说，慢慢地望望四周，“埃伦，我要毁了这里，反正我要离开。”

她正要实行她的威胁，但他用他的两个瘦胳臂抱住她，抽泣着：

“你不愿意救我吗？啊，亲爱的凯茜！你千万不要丢下我。你一定要听我父亲的话。”

“我必须听我自己的父亲的话，”她回答，“我不会让他为我担心的，别闹了！你没有危险，我可是爱爸爸甚于爱你！”

凯茜几乎是精神错乱了，但是她仍然坚持要回家，并且劝他抑制他那自私的苦恼。

他们正在这样纠缠不清，我们的看守走了进来了。

“你们的马不在这里了，”他说，“而且，林顿你怎么了，她又怎么着你了，上床去吧。你很快就有力气对付她了。你是为纯洁的爱情而憔悴的，不是吗，她会要你吗？今晚泽拉不会在这儿，你就自己伺候自己吧。嘘！别吭声了，你也用不着害怕啦。其余的事就交给我好了。”他就打开门让他儿子走进去，那小子胆怯地进去了。希思克利夫走近火炉前，我和我的小主人就安静地站在那儿。凯茜抬头望望，又本能地将她的手举起放到她的脸上。可是他对她皱眉而且嘀咕着：

“你装起勇敢来倒是很不错，但是我看你很害怕呢？”

“现在我是怕了，”她回答，“因为我不回去爸爸会难过的，我怎么可以让他难过呢？希思克利夫先生，让我走吧，我答应嫁给林顿，爸爸会愿意我嫁给他的，而且我爱他。你为什么要强迫我做我本来就愿做的事啊！”

“他不能强迫你做什么！”我叫，“这个国家还有法律，哪怕他是我亲生儿子，我也要告他。”

“住口！”那恶徒说，“这儿怎么会有你说话的份。林顿小姐，一想到你父亲会难过，我就高兴得睡不着。至于你答应嫁给林顿，我不会让你失信的，如果你不照办，就别想离开这里。”

“那么叫埃伦回家去给我报个平安吧！”凯茜叫着，苦苦地哀哭着，“或者现在就娶我，可怜的爸爸，埃伦，他会以为我们走丢了。”

“他才不会！”希思克利夫回答，“你违背了他的禁令，在你这样的年纪，看护一个病人，即使那个病人是你自己的父亲，你也会不耐烦的。凯茜，我敢说，他诅咒你，因为你来到了这个世界（至少，我诅咒）。我不爱你，我怎么会爱你呢？伤心了就去哭吧！除非林顿弥补了其他的损失。他给林顿写的劝告和安慰的信使我大大开心。在他最后一封上，他劝我的宝贝要关心他的宝贝，而且要他娶了她，就要让她高兴。但是林顿却是个自私的人，他会折磨死成群的猫。我向你担保，等你再回去的时候，你就能够编造些谎言告诉他舅舅了。”

“你说得对！”我说，“有其父必有其子，我想，凯茜小姐在她接受这毒蛇[①]之前可要三思啦！”

“现在我倒是愿意说说他的可爱呢，”他回答，“要么她答应，要么就被关在这里，而且还有你陪着，直到你的主人死去。我要把你们秘密地留在此地。如果你怀疑，鼓励她撤回她的话，你就要有机会做出自己的判断了！”

“我不会撤回我的话的，”凯茜说，“如果我结完婚可以去画眉田庄，我愿意马上和他结婚，希思克利夫先生，你是一个残忍的人，你不是魔鬼。如果在我回去之前他死了，我怎么还能够活得下去呢？我要跪在你面前，我不要起来，直到你肯回头看我一眼！不，我不恨你，即使你狠狠地打我。姑父，你一生难道从没爱过任何人吗？你就不能够怜悯我一回吗？”

“拿开你的手指，”希思克利夫大叫，“你怎么可以叫我可怜你？我简直恨透了你！”

他耸了耸肩，并且把他的椅子向后一推，这时我站起来，打算痛快地骂一顿。但是还没等我开骂就被恐吓了回去。天快黑了，我们听到花园门口有说话的声音。宅子的主人马上就出去了，他们在那儿谈了两三分钟，他就回来了。

“我还以为是哈顿，”我对凯茜说，“他能站到我们这边，谁

① 原文为一种鸟头、蛇围的妖怪名字，比喻阴险诡诈的人。

知道呢？”

“是从田庄派来找你们的，”希思克利夫说，听见了我的话，“你本来可以向外求救的，但我肯定，她很高兴被留下来。”

我们确实失去了一个大好的机会。然后他叫我们上楼，到泽拉的卧房里去，我叫我的伙伴同行，或者我们可以设法从那窗子出去，从天窗出去呢。但是，楼上的窗子和楼下的一样的窄。我们谁都没有去睡，我不断地劝她休息一下，可回应我的总是一连串的叹息。我坐在那里责备着我的失职。我如今才明白，实际上根本不是这回事。

七点他来了，问林顿小姐起来没有。她马上跑到门口，回答着：“起来了。”“那么，来这里吧。”他说，把她拉出去。可是又把门锁上了，我要求他把我放出去。

“学着忍耐吧，”他回答，“会有人来的。”

我愤怒地捶着门板，凯茜问他为什么关我？他说我还需要再忍耐一些时候，他们走了。我忍了两三个钟头，最后，我听见脚步声，但是不是希思克利夫的。

“来拿吃的，”一个声音说，“把门打开。”

我急忙照办，看见了哈顿，他拿来了足足一天的食物。

“拿去吧。”他又说。

“等一下。”我开始说。

“不行。”他叫，我开始苦苦哀求他，可他却对我不理不睬。

我在那里关了五夜四天，几乎看不见人，除了哈顿来给我送吃的，而他简直是一个木头。

第二十八章

第五天早晨，也许更准确的是下午[①]，我听见了一阵轻而短促的脚步声，这一次，是泽拉。

“哎呀！迪恩太太！”她叫，“好呀，在吉默顿听到有人谈论你们了，我从来没想到你会和小姐一起陷在黑马沼里，听说是主人找到了你们，怎么，迪恩太太？不过你脸色怎么这么差，你受了什么罪吗？”

“你的主人是个十恶不赦的坏蛋！”我回答，“他迟早会遭到报应的。”

“怎么这样说话？”泽拉问，“那不是他编的，人们都这样说的，那个漂亮的小姑娘怪可惜了，还有奈丽也完了。主人听着，他自己对自己微笑着，还说，泽拉，迪恩·奈丽这会儿正在你的房间里，你上楼时可以叫她快走吧，把钥匙拿上。她神经错乱了，可是我留住了她，直到清醒过来。如果她能走，你就叫她回去稍个信儿，说她的小姐跟着就来，可以赶得上送殡。”

“埃德加先生没死吧？”我喘息着，“啊，泽拉，泽拉！”

“没有，没有，你别激动，我的好太太，”她回答，“他正病着呢，肯尼思医生认为他可以再多活一天。”

我立刻抓起我的帽子，赶忙下楼，因为这路开放了。一进大厅，我希望有人会告诉我关于凯茜的消息。可是眼前好像看不见一

① 早晨指的是午餐以前的时间，而用过午餐后便为下午。

个人，我犹豫不决该怎么办，忽然一声轻微的咳嗽引起了我的注意。“凯茜小姐在哪儿？”我严厉地问他，心想可以吓唬他说出点儿情报。

“她离开这里了吗？”我说。

“没有，”他回答，“她现在在楼上，她还不能走。”

“你们不放她走？”我叫着，“快带我去见她，否则我对你不客气。”

“那样的话爸爸会对你不客气的，”他回答，“他说我不必对凯茜温和。他说她恨我并且愿意我死，好把我的钱拿走，可是她拿不到，她永远回不了家。”

他又继续吮着糖，闭着眼，像睡着了似的。

“希思克利夫少爷，”我又开始说，“你忘了小姐对你的恩情了吗？你那时候觉得，她比你好几百倍，可现在你却不相信她了，你还和你父亲联合起来害她。”

林顿的嘴角撇下来，他把棒糖从嘴里抽出来。

“她到这儿来是因为她不喜欢你吗？”我接着说，“你自己好好想想吧！至于你的钱，她全然不知啊，你竟然让她独自承担痛苦，我都掉眼泪了，希思克利夫少爷，你瞧，我只不过是一个上了年纪的仆人，你呢，说自己那么多情，却不愿为她流一滴泪，还挺安逸地躺在那里。啊，你真是没有良心啊！”

“我怎么会和她在一起，”他烦躁地回答，“我不愿意一个人待在那里，她哭得我受不了。虽然我说要叫我爸爸来啦，可还是没有用。我真叫过他一次，不过结果还是没改变。”

“希思克利夫先生出去了吗？”我盘问着。

“他在院子里，”他回答，“跟肯尼思医生说话，医生说舅舅没多长时间了。”

“你愿意看着她被打吗？”我问，有意鼓励他说话。

“我闭上眼睛，”他回答，“我看见我父亲打狗或打马，我都会闭上眼睛，他打得可真是够狠。”

“要是你愿意的话，你能告诉我钥匙在哪里吗？”我说。

“能，我上楼的时候能，”他回答，“可是我不能上楼。”

“在哪间屋子？”我问。

“啊，”他叫，“那是秘密，没有人知道。哎呀！你让我很累，走开！”他把脸转过去，靠在他的胳膊上，又闭上了双眼。

我想最好还是在看到希思克利夫先生之前就离开了这里，再从田庄带人来救我的小姐。一到家，伙伴们都非常的激动要去告诉主人，但我要亲自通报，才几天的时间，我发现他发生了很大的变化。他惦记着凯茜，因为他在喃喃地叫着她的名字。我摸着他的手说：

“凯茜马上就回来了，”我低声说，“她好好地活着呢。”

这消息最初引发的效果令人震撼，他撑起半身，急切地向这屋子四下望着，跟着就晕过去了。等他恢复过来，我就告诉了他我们是怎么进入山庄以及在山庄怎么被扣留的都说了。

他已经识破他的敌人目的之一就是夺得他的财产，好给他的儿子，但他也知道他的外甥马上就要像他一样死去了。无论如何，他觉得有必要改变一下遗嘱，至少不会让希思克利夫得到他的遗产。

我得到这一命令之后，就派一个人去请律师，带上合适的武器，去把我的小姐救回来。两批人都回来得很晚。单个派出去的仆人先回来。他们说小姐病得不能离开她的屋子了，希思克利夫不许他们去见她，我狠狠地把那伙家伙骂了一顿，因为这明显不是真的，我也不愿意把谎话向主人说明，我决定再次进入虎穴。他父亲一定要见到她，我发誓。

幸好，我三点钟下楼去拿一罐水，一阵猛烈的敲门声把我吓了一跳。我仍然向前走，打算去叫别人把门打开，可是门又敲起来，虽然声音不大，但是很急促。我连忙去开门。那不是律师，而是我自己的可爱的小主人，她哭着搂着我的脖子：“埃伦，埃伦！爸爸还在吗？”

“是的，”我叫着，“是的，你爸爸还在，谢谢上帝，你终于回来了。”

她喘着跑到林顿的屋子，但是我强迫她坐在椅子上休息休息。然后我说我必须去通报，又求她对林顿先生说，她现在过得很幸福。她愣住了，但是她马上就明白了。

我不忍心待在那儿看他们见面，我就待在外边。但是，一切都相安无事。

他幸福地死去了，洛克伍德先生，他是这样死的，他亲亲她的脸，低声说：“我去她那儿了，你将来也会去那里的。”就再也没动，也没说话，不过他一直注视着他那宝贝孩子，没有人能注意到他去世的准确时刻，简直没有一丝的骚动。

也许凯茜已经把所有的眼泪都哭干了，以至哭不出来，她就这么欲哭无泪的样子一直到天明，直到我把她劝走。幸亏我把她劝走了，因为午饭时律师来了。他投靠了希思克利夫先生了，这就是他在我主人召唤以后迟迟不来的原因。

格林先生自行地负责着这里的一切。他把所有的仆人，除了我，都辞退了。他要执行他所收到的委托，坚持埃德加·林顿不能葬在他妻子旁边，而是要跟他的家族的先人在一起。可是遗嘱与此不符，我反对着一切违反遗嘱的事。丧事就这样急急忙忙地办完了。凯茜，如今的林顿·希思克利夫夫人，被允许住到了田庄，直到她父亲起灵为止。

她对我说她的痛苦最终打动了林顿，他终于冒险把她放走了。她听见我派去的人在门口争论，她听出了希思克利夫真正的意思。这驱使她铤而走险。凯茜在天还没亮就偷偷溜了出去。她不敢开门，生怕惊动了那些狗，很幸运，她走到她母亲的房间，她从那里的窗台上很容易地出来了。她的同谋者最后还是为了这件逃脱的事吃了苦头。

第二十九章

丧事办完后的那天晚上，小姐和我一起坐在书房里，一会儿哀伤地悼念，一会儿又对那暗淡的未来进行猜测。

我们一致认为对凯茜来说，让她住在田庄是最好的办法，至少是在林顿活着的时候，他们还可以在一起，而我还是做管家。这样的安排有点儿像是太好了，真是不敢想象，我不觉得高兴起来，不料，这时候一个仆人急急忙忙地冲进来说“那个魔鬼希思克利夫”正在向这边走来，要不要给他点苦头吃。

即使我们生气地吩咐他闩门，可是也来不及了。他没有一点儿礼貌，他是主人，就利用了做主人的特权。进来报告的那个人的声音把他引来了，他关上门就进来了。

这间屋子还是那间十八年前他被当作客人所引进去的一样。虽然我们没点上蜡烛，但屋子的一切都看得那么清晰，甚至墙上的肖像，林顿夫人漂亮的头像以及她丈夫那张文雅的头像。岁月没有让他发生多大的变化，还是这个人。凯茜一看见他就想跑出去。

“站住！”他一边说，一边抓住她的胳臂，“你要去哪儿？我是来接你回家的，我希望你做个孝顺的儿媳妇。当我发现他参与了这件事时，我都不知道如何去惩罚他，总而言之，他现在非常怕我了，不管你是否喜欢你的那个伴侣，你一定得去。”

“为什么不能让凯茜留在这儿？”我恳求着，“也可以把林顿带到这里。”

“我要为田庄找一个房客，”他回答，“而且我希望我的孩子留在我身边。不管怎么说，现在，赶快准备好吧，不要敬酒不吃吃罚酒。”

“我这就去，”凯茜说，“林顿是我在这个世界上最爱的人了，我不会让你控制我们的。”

“你真是一个大言不惭的人，”希思克利夫回答，“可是我还不至于因为你而去伤害他，他有这样一种心思，他的软弱能够让他的机灵更敏锐地去寻找一种代替力气的东西。”

“我知道他的脾气不怎么好，”凯茜说，“可是他是你的儿子。可是我高兴我天性比较好，对于他的坏脾气我可以原谅，我知道他爱我，因此我也爱他。但是希思克利夫先生，不会有人会爱你的。你是悲惨的，难道不是吗！等你死了，也没有人会哭你，我可不愿这样。”凯茜带着一种凄凉的胜利口气说着话。

“你会为你的神气难过的。”她的公公说，“滚，你这个妖精，收拾你的东西去吧！”

她轻蔑地退开了。等她走开，我就提出我去山庄干泽拉的活，让她来干我的，但是他没有答应。这时候他头一回让自己把这房间打量了一遍，特别地望了望那些肖像。注视一会儿那肖像之后，他说：“我要把它带走。”他猛然转身向着壁炉，带着一种我无法用语言来形容的表情，他接着说：“我找到了给林顿掘坟的教堂司事，我就让他把那棺木打开，我打开了那棺木。我想我以后也会待到这里的，我又看见了她的脸，她还是老样子，可是他说如果吹了风，那就不会是这样了，所以我打开了棺木的一边，又盖上点土。我勾结了掘坟的人等到把我下葬的时候，把它抽出来，把我的尸首也扒出来，我要那样做，等到林顿到我们这儿来，他就不能认出谁是谁了。”

“你是非常残忍的，希思克利夫先生！”我叫起来，“你难道都不能让死者安息吗？”

“我并没有打扰到任何人，奈丽，”他回答，“我只是给我自己一点儿安宁罢了，等我到那儿的时候，你就有更好的机会让我待在地下了。我扰了她吗？不是这样的，是她扰了我十八年。”

“要是她已经化入了泥土，或者更坏，那你就不会梦到什么了？”我说。

“要是梦见和她一起化入泥土，我会很快乐的。”他回答，“你以为我担心会有这一类的变化？你知道她在死后我发狂了，每天我都会祈求她的灵魂能来到这里，我相信它们是确实存在的，她下葬的那天，下了雪。我是单独一个人，而且我知道我们之间仅仅隔了两码深的泥土，我对我自己说我要把她抱在我怀里，如果她是冰冷的，我就认为是北风吹得我冷，如果她一动不动，那就是她睡着了。”

“她和我同在。你想笑你就笑吧，可是我真的看见她了，我确信她跟我在一起，而且我们还一起说着话。”

希思克利夫终于肯停下来了，擦了擦他的额头，他的头发被他的汗全部贴到了额头上。他的眼睛死死盯住壁炉的红红的余烬。他这番话不仅仅是对我说的，所以我一直没吭声，因为一点儿也不喜欢他说话。

过了一刻，他又恢复了对肖像的想象，他取下来把它靠在沙发上，以便更方便地注视，就这么认真看着的时候，凯茜进来了，她说她已经准备好了。

“明天再送吧，”希思克利夫对我说，然后转身向她，又说，“今天天气并不坏，你不用用小马，而且你在那里也用不着它，你还有双好脚呢，走吧。”

“再见，埃伦！”我亲爱的小主人低声说，她用冰冷的嘴唇亲我，“埃伦，一定要来看我。”

“当心，你可不能犯傻，迪恩太太！”她的新父亲说，“我需要跟你说话时，我就回来找你，我不允许你去我家里。”

他让她走到他前边，她回头望了一眼，她听从了安排。我从窗前望着他们顺着花园走去，简直心如刀绞。

第三十章

我曾去过山庄一次，但是自从小姐离开后，我再也没有见过她，泽拉告诉过我他们的一些情况，泽拉本来就是一个心胸狭窄的女人，当然很乐观。凯茜对于这种怠慢表示出了孩子气的恼怒，她记下了仇，好像她做了天大的对不起她的事似的。大约六个星期以前，我曾和泽拉长谈，因为我们在旷野遇到了，以下就是她告诉我的。

“林顿夫人所做的第一件事，”她说，“她把自己关在屋子里，一直待到早上。后来，在吃早餐的时间，她到大厅里来，问是否可以请一个医生来，她的表弟病得很重。

“‘这不用你说，’希思克利夫回答，‘但是我不会在他身上浪费我的一分钱。’

“‘可我不知道怎么办，’她说，‘要是没人来帮我，他就会死的。’

“‘离开这里，’主人叫道，‘永远别让我听到关于他的任何事，没有人会关心他。你要是关心，那就自己去照顾他，要么你就离开他。’

“然后她开始来麻烦我，我都已经被她烦死了。

“我不知道他们在一起是怎么做的，有时候她狼狈地跑到厨房来，想要求人帮忙，但是我可不打算违背主人，即使他做得不对，我一向不愿多管闲事。

“有那么一两回，我们都睡了，我偶尔打开我的房门却看到她在那里伤心地哭，我就马上关上门，怕让她哭动了心，我会可怜她，可你知道，我当然不愿意丢掉我的饭碗。

“最后，她终于在一天晚上鼓起了勇气来到我的屋里，她说的话让我非常糊涂。‘告诉希思克利夫先生他的儿子要死了，马上起来告诉他，这次是真的。’

“说完这话，她就离开了。我又躺了一刻钟，倾听着四周静悄悄的一切。

“她应该弄错了，我自言自语。林顿不会有事，我也不必去打扰他们。我就瞌睡起来。可是我的睡眠第二次被尖锐的铃声打断了，主人让我看看发生了什么事情，然后告诉我他不愿意再听到那个声音。

“我向他传达了凯茜的话，他自言自语地咒骂着，过了一会儿，他拿着蜡烛走进了他们的屋子，我也跟着过去了。希思克利夫夫人手抱着膝盖坐在床边。她公公走上前，用烛光照了照林顿的脸，然后他转身向她。

“‘现在，凯茜，’他说，‘你觉得情况怎么样？’

“她没有回应他。

“‘你觉得怎么样，凯茜？’他又说。

“‘他平安了，我自由了，’她回答，‘我应该感到高兴的，’她带着一种无法隐藏的悲痛说，‘你们丢下我一个人跟死亡挣扎这么久，所以只能够感觉到死亡。’

“她看上去真的和死了一样，我给她了一点儿酒。哈顿和约瑟夫被吵醒了，在外面听见我们说话，他们也进来了。我相信约瑟夫很高兴除掉了这个孩子，哈顿倒是有点儿不安，不过他盯住凯茜比想念林顿的时间还多些。但是主人吩咐让他去睡觉，这里不需要他。然后他叫约瑟夫把遗体搬到他房间去，也让我回了屋，仅仅留

下希思克利夫夫人一个人。

“早上，他让我叫她下来吃饭，她说她不舒服，这是人之常情。我告诉了希思克利夫先生，他答道：‘随她去吧，到出殡后再说，你好好照顾她。’”

据泽拉说，凯茜在楼上整整待了两个星期，泽拉一天去看她两次，本来打算对她好些，但被她高傲地拒绝了。

希思克利夫上楼去过一次，给她看林顿的遗嘱。无论如何，希思克利夫先生根据他妻子的权利，把一切都抢了回来，我想是合法的，因为凯茜无权无势。

“始终没有人去看过她，”泽拉说，“除了那一次。她第一次下楼到大厅里来是在一个星期日的下午。在我给她送饭的时候，她待在一个很冷的地方，我跟她说主人去画眉田庄了，她一听见希思克利夫的马奔驰而去，她就出现在了我们面前。

“约瑟夫和我一般在周日去礼拜堂。（你知道，现在教堂没有牧师了，迪恩太太解释着，他们把吉默顿的卫理公会或是浸礼会的地方，我说不出是哪一个，叫做礼拜堂。）约瑟夫已经走了，”她接着说，“我想我最好还是留在家里，年轻人有个年纪大的守着总要好多了。现在，迪恩太太，”泽拉接着说，她看到我并不在意，“你也许以为你的小姐太好，哈顿先生根本配不上她，也许你是对的。但对于这一切，那又有什么用呢？”

哈顿允许泽拉帮他忙，她夸他，这让他很高兴，所以，当凯茜进来时，据那管家说，他已把以前她对他的侮辱忘到九霄云外了。

“夫人走进来了，”她说，“像个冷冰冰的高贵的公主。我起身把我坐的扶手椅让给她。但她对我不理不睬。恩肖也站起来了，请她坐在高背椅上，挨着炉火，他说她肯定饿了。

“‘我已经饿了一个多月了。’她回答。

“她自己搬了张椅子，离我们很远坐着，等到她坐暖和了，她开始向四周望着，发现柜子上有些书，或者找些什么可看的。哈顿的目光却集中到了她那漂亮的头发上，他看不见她的脸，她也看不见他的脸。也许，他也不知道他在做些什么，他从开始的两眼盯着瞧到最后动手去碰了。那个不得了了，好像是有人在她的脖子上捅了一刀似的，她猛然转过身来。

"'马上滚开！你怎么敢碰我？'她厌恶地大叫，'我受不了你！'

"哈顿先生向后退，他安静地坐在椅子上，她继续翻她的书，大约又过了半个钟头，恩肖走过来，跟我小声说：'泽拉，你请她给我们念念好吗？我很喜欢她念呢，但别说我要她念的，就说你想让她念。'

"'哈顿先生想让你给我们念一下，太太，'我马上说，'他会十分高兴的。'

"她把皱着的眉头抬起来，回答说：'你们每一个人，请放明白点儿，我可不吃你们那一套，收起你们的假仁假义吧，我真看不起你们，滚开吧，我不是来给你们寻开心的。'

"'我做错了什么？'恩肖开口了，'你为什么要这样对我呢？'

"'啊！你算什么？'希思克利夫夫人回答，'我从来都不会在乎你怎么对我。'

"'但是我不止一次地请求过，'他说，被她的无礼激怒了，'我求过希思克利夫先生让我代你守夜。'

"'住口吧！我宁可现在就走出去，也不愿意听到你那讨厌的声音。'我的夫人说。

"哈顿嘀咕着说，在他看来，她希望他下地狱，她立刻觉得还是最好保持她原有的冷漠，她虽然骄傲，但是还是渐渐地靠近了我们。打那以后，我们彼此都板着脸，在我们中间没有爱她的或喜欢她的人，因为，无论是谁，她都相当的无理。甚至对主人她也会开火，并且也不害怕他，她越挨打，她的心就变得越狠毒。"

起初，听了泽拉这一段话，我决定带着凯茜一起离开这里，可是要希思克利夫先生答应，简直是比登天还难，眼下我又想不出什么办法，除非她再嫁，我已无能为力了。

迪恩太太的故事就这样结束了。尽管有医生的预言，但我还是很快地康复了，虽然这不过是元月的第二个星期，但是我还是希望骑马到呼啸山庄，告诉我的房东我将会离开这里半年，而且，如果他愿意的话，他可以在我走后另寻房客。我真的不想在这里过那个冬天了。

第三十一章

昨天天气晴朗，宁静而又寒冷。我按着原先的打算，来到山庄里，并帮我的管家给她的小姐捎封信。房子的前门开着，我敲了门，我就毫不客气地走了进去。对于一个外来人来说，这个家伙够漂亮了。可是他很明显并没有发现他自己的优点[①]。我问希思克利夫先生在不在家？他回答说不在，但在午饭的时候可以回来，我就打算在那里等他。

我们一同进去，凯茜在那儿，她正在忙着准备做饭用的蔬菜，她变得更加没有精神。她几乎没抬眼看我。

“她真是令人讨厌。”我想，“不像迪恩太太想使我相信的那样。”

恩肖非让她把蔬菜弄到厨房里。“你自己搬吧。”她说。我走近她，假装想看看花园景致，自以为很自然地把迪恩太太准备的短笺扔给她，可是她大声问：“这是什么？”而冷笑着把它丢开了。

“你的老朋友给你写的信。”我回答，我害怕引起误会。她听了这话原本很高兴，正准备把它拾起来，可是哈顿先她一步，他塞到了他的口袋里，说希思克利夫先生得先看看。于是凯茜擦着她的眼睛，她的表哥经过了激烈的心理斗争之后，他妥协了。凯茜拿到了，热切地读着，然后，她询问我一些她家里的情况，并且呆望着那些小山，喃喃自语着：

① 暗指恩肖仍然谈吐、举止粗俗，尽管外貌尚可，但难以让人喜欢。

“我多想去那里看看啊，可是我被关起来啦，哈顿！”她将她那漂亮的头仰靠在窗台上。

“希思克利夫夫人，”我默坐了一会儿之后说，“你还不知道我们是熟人吧！我的管家给我讲了你的很多事，我很了解你，如果我不能够带回去你的一丁点儿的信息的话，她会很伤心的。”

她看起来十分的惊讶，就问：

“埃伦喜欢你吗？”

“是的，很喜欢。”我毫不踌躇地回答。

“那么麻烦你告诉她。”她接着说，“我非常想给她写信，但我什么都没有。”

“没有书！”我叫着，“恕我冒昧，你在这儿没有书，怎么能活得下去？虽然我有个很大的书房，但我感觉还是很闷，如果再把我的书拿走，那我就会拼命的。”

“从前我有书的时候，我常常看它们的，”凯茜说，“而希思克利夫从来不看书，所以他就打消了我读书的念头。我已经好长时间没有看过一本书了。有一次，哈顿，我在你的屋子里发现了一堆藏书，有些拉丁文和希腊文，全是些老朋友。你把我带来的诗歌收藏起来，仅仅是出于爱偷东西的习惯吧[①]，它们对你并没用，即使这样你们也不能夺走它，它印在我的脑子里。”当他的表妹宣布了他私下收集文学书时，恩肖超级紧张，恼怒地否认对他的指控。

“哈顿先生是渴望能够长些见识和本事的。”我说，为他解围。

“让我变成一个傻瓜。”凯茜回答，“是的，我听见他自己试着拼音朗读，他出了多少错来呀！因为你不了解这一切！”这个年轻人真是太糟了，我记起迪恩太太所说的那段趣闻，说到他是如何如何地努力，想从野蛮愚昧中觉悟过来。我就说：

“可是，希思克利夫夫人，我们每人都会有个坎坷的开始。要是我们的老师只是嘲笑我们，而不是帮助我们，我们会怎么样呢，恐怕还不如他呢。”

“啊。”她回答，“我并不是想讽刺他，可是，他怎么能够把

① 欧洲民间传说中喜鹊喜欢偷走银匙藏在自己的窝里。

我的东西占为己有。”哈顿不能忍受着这屈辱而无动于衷，不一会儿，他手中捧着半打的书，将它们扔到凯茜的怀里，叫着：“拿去吧！我永远也不会再读它们了！”

“我现在也不要了，”她回答，“我一看到它们就会想起你。”

哈顿随后就把这些书收集起来全扔到火里，我从他脸上看得出来他是那样的痛苦。

“是的，你就是一个畜生！”凯茜叫着，但眼中充满了愤怒。

“现在你最好闭嘴吧！”他凶猛地回答。

他激动得说不下去了。他急忙走出去，但是在他迈过门阶之前，希思克利夫先生走上砌道正碰见他，抓住他问：“你这是怎么了？”

“没什么，没什么。”他说，便挣脱身子。

希思克利夫在他背后凝视着他，长长地叹了一口气。

“我自己给我自己找事呢。”他嘀咕着，不知道我在他背后。

他双眼紧盯着地面，闷闷不乐地走进去。他脸上表现出来的表情是我从来都没见过的，他的身子也显得消瘦了一点儿。他的儿媳妇一看到他就逃跑了，所以就只有我一个人了。

“我很高兴你能够出门了，洛克伍德先生，”他说，“可是，你怎么会到这里来的？”

“恐怕是一个奇怪的念头，先生，”这是我的回答，“我打算下星期到伦敦去，我想最好通知你一下，我们之前约定的租期，你可以重新调整了。”

“啊，真的，你不想再过隐居的生活了吗？”他说，“我想如果你是为减免房租的话，你这趟旅行算是白费了，我在催讨房租的时候，对任何人都不会留情面的。”

“我不是来求谁的，”我愤怒地叫起来，“如果你想要的话，我们现在就可以算清楚。”

“不，不，”他冷淡地回答，“我不忙，坐下来在这里吃了饭再走吧！不再登门拜访的客人通常是被欢迎的。凯茜！你在哪呢？开饭了！”

凯茜这时端着一盆刀叉出现了。

“你可以跟约瑟夫一块吃饭，”希思克利夫暗地小声说，“在厨房里别出来，直到他离开。”

坐在我一边的是冷酷阴森的希思克利夫，另一边是一声也不吭的哈顿，我吃了一顿不愉快的饭，很早就离开了。

“这家人的生活真是很憋闷！”我骑着马在大路上走的时候想着，“如果林顿·希思克利夫夫人和我恋爱起来，那对她来说，简直比神话更浪漫了！”

第三十二章

一八二〇年，这年九月我被北方一个朋友邀请去狩猎，不料想来到了离吉默顿不到十五英里的地方。这时路旁一家客栈的马夫就说："你们从吉默顿来的吧，啊！他们总是很晚收工。"

"吉默顿"我再三念着，我在那里居住的记忆像梦一样模糊了。

"啊！我知道了。那里离这儿有多远？"

"过了山大概有十四英里吧，不过，路不很好走。"他回答。

我把仆人留在那儿，一个人去了那边。那灰色的教堂显得更加灰暗了，那孤寂的墓园也更加孤寂。不过还好，我在日落之前就到了那里，正打算敲门进去，但我却看到这家人已经搬到后屋了，所以他们没有听见应门声。在走廊下面，一个九岁或十岁的女孩子坐着正在编织着什么东西，一个老妇人抽着烟斗靠在台阶上。

"迪恩太太在里面吗？"我问那妇人。

"迪恩太太？没有！"她回答，"她在山庄上。"

"那么，你是这里的管家了？"我又说。

"是啊，有什么事吗？"她回答。

"你好，我是主人洛克伍德先生。不知道我可不可以在这里住一夜？"

"主人！"她惊叫，"喂，谁会想到你来啊？现在可没有干净的地方。"

“山庄上的一切还好吧？”我问那妇人。

“我知道的都还好。”她回答。

过了一会儿，我离开了这里，攀登上通往希思克利夫住所的石砌的岔路。我并没有从大门外爬进去，也没有敲门，就那么进去了。

门窗都敞开着，因此屋子里的每一个人都离窗子不远。在我进来之前，就先看见他们了，也能听到他们讲话，我站在那里继续听着看着。

“相反的！”一个声音甜美的人说，“傻瓜，这是我第三次告诉你了。”

“好，相反的，”另一个回答，是深沉而柔和的声调，“现在，亲亲我好吧！”

“不，先要准确地把它们念完，不能有一个错。”

那说话的男人开始念了，他是一个年轻人，穿着也很体面，坐在一张桌子旁，在他面前有一本书，他的漂亮面貌因愉快而焕发光彩，他的眼睛总是不安定地从书页上溜到他肩头上的一只白白的小手上，但是一旦被那个人发现他心思转移了，他就会受到惩罚，可是小手的主人一发现他有这种分心的迹象，就在他的脸上轻快地扇一下他。有这小手的人站在后面，在她俯身指导他读书时，她轻柔发光的鬈发有时和他的棕色头发混在一起了，而她的脸，幸亏他看不见她的脸，不然他怎么会这么的安稳。我倒看得清，我怨恨地咬着我的嘴唇，因为我已经失掉了本来有望获得的机会，现在只有傻看着那个美人了。

课上完了，可是学生要求奖励，至少得了五个吻，他自然慷慨地回敬了一番。然后他们就到旷野上去散步了。我猜想如果我这个尴尬的人在他的附近出现，哈顿·恩肖就是口里不说，心里也会诅咒我到第十八层地狱里去的。我觉得自己很自卑。我的老朋友迪恩·奈丽坐在门口，一边唱歌，一边做针线。她的歌声常常被里面传来的讥笑和放肆的粗野的话打断。

“老天在上，我真的不想再听你瞎叫唤了！”厨房里的人说，这是回答奈丽的一句，刚才奈丽说了什么，我也不知道。“可真是不知羞耻啊，啊，现在你是个没出息的，她又算个啥，那可怜的孩子落到你俩手里就完了，”他又说，加上一声呻吟，“他敢说他中魔了。啊，主啊，审判他们，在他们眼里简直就没有王法。”

“不！”唱歌的人反唇相讥，“老头，闭嘴吧！像个基督徒似的念你的《圣经》吧，不要管我。”

迪恩太太刚要再开口唱，我就走了过去，她马上就把我认出来了，叫着：“好啊，天保佑你，洛克伍德先生！你怎么想起回来了，你应该提前给我们通知的。”

“我都安排好了，别担心，”我回答，“明天我又要走了，你怎么，迪恩太太？”

“在你去伦敦不久，泽拉就走了，希思克利夫先生要我来这儿住下，直到你回来。可是，你怎么不进来呢？你从哪里来？”

“从田庄来，”我回答，“趁着他们正在为我收拾房子，我要跟你的主人把我的事结束，因为我想再也没有忙中偷闲的时候了。”

“出了什么事吗，先生？”奈丽说，把我领进大厅，“主人暂时不会回来的。”

“关于房租的事。”我回答。

“啊，那么你一定得和希思克利夫夫人接触了，”她说，“也可以和我说，她还没有学会管理她的事情呢，我就替她办。”

我流露出惊讶的表情。

“啊，看来你并不知道希思克利夫去世的消息。”她接着说。

“希思克利夫死啦！”我叫道，大吃一惊，“多长时间了？”

“已经有三个月了，不过你还是把帽子给我，然后坐下来，我要告诉你这一切，等一下，你是不是还没吃点什么？”

“我已经让他们准备晚饭了，不用麻烦了，你也坐下来吧。让我听听怎么回事，我简直怎么也不会想到他会去世。你是说那两个年轻人一时还不会回来吗？”

“不会回来的，我几乎每天晚上都要责怪他们那么晚还要去散步。可是他们根本都不理会我。至少你要喝点我们的陈年老酒吧，它会给你提提神的。”

我来不及拒绝，她赶忙去取了。我听见约瑟夫在问：“像她这样年纪的人，还要卖弄风流，真是太不要脸了，而且，竟然从主人的地窖里拿出了酒！真不知害臊。”

她并没有说什么，带着一个大银杯走了进来，我称赞了这杯酒。喝了酒，她就提供给我关于希思克利夫的故事的续篇。正如她所说，他有一个“古怪”的结局。

你离开两个星期我就来到了这里，她[1]说，为了凯茜的缘故，我无条件地服从了。刚和她见面就让我难过。自从我们分别以后，她变得非常的厉害。希思克利夫先生并没有说我来这里要干什么，他只吩咐我过来，他不愿再看见凯茜了，我必须把小客厅作为我的起居间，而且我们两个人能够在一起了。

她对这种安排倒是很高兴，我偷偷搬运来一大堆的书，还有她喜欢的一些玩意儿，我原以为我们会这样舒服地生活下去。但这种幻想没多久就结束了，凯茜起初满足了，不久就变得暴躁不安。她被禁止走进花园，春天来了，她却只能待在这个狭小的地方，这是使她十分冒火的原因之一，另一件事就是我由于管理家务，常常不在她身边，而她就抱怨寂寞，她宁可跟约瑟夫在厨房里拌嘴，也不愿意一个人孤独地待在那里。

对他们的争吵我倒不怎么在乎，可是，当主人要一个人占着大厅时，哈顿也会到厨房里，虽然开始时她一见他来了就走，可是没多久，她就发生了巨大的变化，她开始议论他，毫不客气地批评他的笨相和懒散，表示她的惊奇，他怎么能够在这样的生活中活下去啊，他怎么能一个晚上都只盯着一个地方，打着瞌睡。

“他是一条狗吗？埃伦？”她有一次说，“或者是一匹马呢？他永远做着他自己的事，他可能都没有什么思想！你做过什么梦吗，哈顿？你要是做过，都梦见了什么呢？你为什么不和我说话呢？”

① 此处“她”指代奈丽，后面都是奈丽的叙述。

然后她就看着他，但他还是不吭声，也不会抬头望望他。

“可能他现在就在做梦，”她继续说，“他扭动他的肩膀，像朱诺女神[1]在扭动她的肩膀似的。你问问他，埃伦。”

“要是你不能安静点儿，哈顿先生要请主人叫你上楼了！”我说。

他不只是扭动他的肩膀，还握紧他的拳头，大有动武之势。

“我知道当我在厨房的时候，哈顿干吗永远不说话。”又一次，她叫着。“他怕我会笑他。艾伦，你认为是不是？有一回他开始自学读书，我笑了，他就烧了书，走开了。他不是个傻子吗？”

“那你是不是淘气呢？”我说，“你回答我这话。”

“也许我是吧，”她接着说，“可是我没料想到他这么呆气。哈顿，如果我给你一本书，你现在肯要吗？我来试试！”

她把她正在阅读的一本书放在他的手上。他甩开了，咕噜着，要是她纠缠不休，他就要扭断她的脖子。

“好吧，我就放在这儿，”她说，“放在抽屉里，我要上床睡觉去了。”

然后她小声叫我看着他动不动它，就走开了。可是他不肯走近来；所以我在第二天告诉了她，这使她大失所望。我看出她对他那执拗的抑郁和怠惰感到难受；她的良心责备她不该把他吓得放弃改变自己：这件事她做得生效了。

但是她的机灵已在设法治疗这个伤痕，在我熨衣服，或干其他的不便在小客厅里作的那类固定的工作时，她就带来一些挺有意思的书，大声念给我听。当哈顿在那儿时，她经常念到一个有趣的部分就停住，却敞开书走了：她反复这样做；可是他固执得像头骡子；而且，他并不上她的钩，而在阴雨时他就和约瑟夫一道抽烟；他们像自动玩具一样的坐着，在火炉旁一人坐一边，幸好年纪大的耳聋，听不懂她那套他所谓的胡说八道，年轻的则表示他不听。天气好的晚上，后者就出去打猎，凯茜又打呵欠又叹气，逗我跟她说

① 指开始时被叙述者称为朱诺的那条狗。

话，我一开始说，她又跑到庭院或花园里去了；而且，作为一个最后的消遣手法，就哭开了，说她活腻了——她的生命是白费了的。

希思克利夫先生，变得越来越不喜欢跟人来往，已经差不多把恩肖从他的房间里赶出来了。由于三月初出了个事故，恩肖有几天不得不待在厨房里。当他独自在山上的时候，他的枪走火了；碎片伤了他的胳膊，在他能够到家之前已经流了好多血。结果是，他被迫在炉火边静养，一直到恢复为止。有他在，凯茜倒觉得挺合适：无论如何，那使她更恨她楼上的房间了，她逼着我在楼下找事做，好和我做伴。

在复活节之后的星期一，约瑟夫赶着几头牛羊到吉默顿市场去了。下午我在厨房忙着整理被单。恩肖坐在炉边角落里，和往常一样的阴沉，我的小女主人在玻璃窗上画图来消遣时光，有时哼两句歌，有时低声喊叫，或者向她那个一个劲地抽烟，呆望着炉栅的表哥投送烦恼和不耐烦的眼光。当我对她说不要再挡我的亮时，她就挪到炉边上去了。我也没大注意她在干什么，可是，不一会儿，我就听她开始说话了：

"我发现，要是你对我不这么烦躁，不这么粗野的话，哈顿，我要——我很喜欢——我现在愿意你做我的表哥。"

哈顿没理她。

"哈顿，哈顿，哈顿！你听见了吗？"她继续说。

"去你的！"他带着不妥协的粗暴吼着。

"让我拿开那烟斗，"她说，小心地伸出她的手，把它从他的口中抽出来。

在他想夺回来以前，烟斗已经折断，扔在火里了。他对她咒骂着，又抓起另一只。

"停停，"她叫，"你非先听我说不可；在那些烟冲我脸上飘的时候，我没法说话。"

"见你的鬼！"他凶狠地大叫，"别跟我捣乱！"

"不，"她坚持着，"我偏不：我不知道怎么样才能使你跟我说话，而你又下决心不肯理解我的意思。我说你笨的时候，我并没有什么用意，并没有瞧不起你的意思。来吧，你要理我呀，哈顿，你是我的表哥，你要承认我呀。”

“我对你和你那臭架子，还有你那套戏弄人的鬼把戏都没什么关系！”他回答。“我宁可连身体带灵魂都下地狱，也不再看你一眼。滚出门去，现在，马上就滚！”

凯茜皱眉了，退到窗前的座位上，咬着她的嘴唇，试着哼起怪调儿来掩盖越来越想哭的趋势。

“你该跟你表妹和好，哈顿先生，”我插嘴说，“既然她已后悔她的无礼了。那会对你有很多好处的，有她做伴，会使你变成另一个人的。”

“做伴？”他叫着，“在她恨我，认为我还不配给她擦皮鞋的时候和她做伴！不，就是让我当皇帝我也不要再为求她的好意而受嘲笑了。”

“不是我恨你，是你恨我呀！”凯茜哭着，不能再掩饰她的烦恼了。“你就像希思克利夫先生那样恨我，而且恨得还厉害些。”

“你是一个该死的撒谎的人，”恩肖开始说，“那么，为什么有一百次都是因为我向着你，才惹他生气呢？而且，在你嘲笑我，看不起我的时候，——继续欺侮我吧，我就要到那边去，说你把我从厨房里赶出来的。”

“我不知道你向着我呀，”她回答，擦干她的眼睛，“那时候我难过，对每一个人都有气；可现在我谢谢你，求你饶恕我。此外我还能怎么样呢？”

她又回到炉边，坦率地伸出她的手。他的脸阴沉发怒像雷电交加的乌云，坚决地握紧拳头，眼盯着地面。

凯茜本能地，一定是料想到那是顽固的倔强，而不是由于讨厌才促成这种执拗的举止；犹豫了一阵之后，她俯身在他脸上轻轻地亲了一下。这个小淘气以为我没看见她，又退回去，坐在窗前老位子上，假装极端庄的。我不以为然地摇摇头，于是她脸红了，小声说——

“那么！我该怎么办呢，艾伦？他不肯握手，他也不肯瞧我：我必须用个法子向他表示我喜欢他——我愿意和他做朋友呀。”

我不知道是不是这一吻打动了哈顿，有几分钟，他很当心不让他的脸被人看见，等到他抬起脸时，他却迷瞪地不知朝哪边望才好。

凯茜忙着用白纸把一本漂亮的书整整齐齐地包起来，用一条缎带扎起来，写着送交“哈顿·恩肖先生”，她要我做她的特使，把这礼物交给指定的接受者。

“告诉他，要是他接受，我就来教他念得正确，”她说，“要是他拒绝它，我就上楼去，而且绝不会再惹他了。”

我拿去了，我的主人热切地监视着我。我把话又说了一遍，哈顿不肯把手指松开，因此我就把书放在他的膝盖上。他也不把它打掉。我又回去干我的事。凯茜用胳膊抱着她的头伏在桌上，直等到她听到撕包书纸的沙沙声音；然后她偷偷地走过去，静静地坐在她表哥身边。他直抖，脸发红；他所有的莽撞无礼和他所有的执拗的粗暴全离弃了他。起初他都不能鼓起勇气来吐出一个字回答她那询问的表情和她那喃喃的恳求。

“说你饶恕我，哈顿，说吧。你只要说出那一个字来就会使我快乐的。”

他喃喃地，听不清他说什么。

“那你愿意作我的朋友了吗？”凯茜又问。

“不，你以后天天都会因我而觉得羞耻的，”他回答，“你越了解我，你就越觉得可羞，我可受不了。”

“那么，你不肯作我的朋友吗？”她说，微笑得像蜜那么甜，又凑近些。

再往下谈了些什么，我就听不到了，但是，再抬头望时，我却看见两张如此容光焕发的脸俯在那已被接受的书本上，我深信和约已经双方同意；敌人从今以后成了盟友了。

他们研究的那本书尽是珍贵的插图，那些图画和他们所在的位置魔力都不小，使他们直到约瑟夫回家时还坐着不动。他，这可怜的人，一看见凯茜和哈顿坐在一条凳上，把她的手搭在他的肩上，完全给吓呆了。对于他所宠爱的哈顿能容忍她来接近，他简直不明白是怎么回事：这对他刺激太深了，使他那天夜晚对这事都说不出一句话来。直到他严肃地把圣经在桌上打开，从他口袋里掏出了一天的交易所得的脏钞票摊在圣经上，他深深地叹几口气，这才泄露了他的情感。最后他把哈顿从他的椅子上叫过来。

“把这给主人送去，孩子，”他说，“就待在那儿。我要到我自己屋里去。这屋子对我们不大合适；我们可以溜出去另找个地方。”

“来，凯茜，”我说，“我们也得‘溜出去’了。我熨完衣服了，你准备走吗？”

“还不到八点钟呢！”她回答，不情愿地站起来。“哈顿，我把这本书放在炉架上，我明天再拿点来。”

“不管你留下什么书，我都要拿到大厅去，”约瑟夫说，“你要是再找到，那才是怪事哩；所以，随你的便！”

凯茜威吓他说要拿他的藏书来赔她的书；她在走过哈顿身边时，微笑着，唱着，上了楼。我敢说，自从她来到这所房子以后，从来没有这样轻松过；或者除她最初来拜访林顿的那几趟。

亲密的关系就是这样开始很快地发展着；虽然也遇到过暂时中断。恩肖不是靠一个愿望就能文质彬彬起来的，我的小姐也不是一个哲人，不是一个忍耐的模范；可他们的心都向着同一个目的——一个是爱着，而且想着尊重对方，另一个是爱着而且想着被尊重，——他们都极力要最后达到这一点。

你瞧，洛克乌德先生，要赢得希思克利夫夫人的心是挺容易的。可是现在，我高兴你没有作过尝试。我所有的愿望中最高的就是这两个人的结合。在他们结婚那天，我将不羡慕任何人了；在英国将没有一个比我更快乐的女人了。

第三十三章

那个星期一之后，恩肖仍然不能去做他的日常工作，因此就逗留在屋里，我很快地发觉要像以前那样担任照顾我身边的小姐之责，是行不通的了。她比我先下楼，并且跑到花园里去，她曾看见过她表哥在那儿干些轻便活；当我去叫他们来吃早点的时候，我看见她已经说服他在醋栗和草莓的树丛里清出一大片空地。他们正一起忙着栽下从田庄移来的植物。

在短短的半小时之内竟完成这样的大破坏把我吓坏了；这些黑醋栗树是约瑟夫的宝贝，她偏偏在这些树当中选了布置她的花圃的地方。

“好呀！这种事只要一被发觉，”我叫，“那可全要给主人发现了。你们这样自由处理花园有什么借口呢？事到临头，我们可要有场热闹了：没有才怪呢，哈顿先生，我不懂你怎么这样糊涂，竟听她的吩咐胡闹！”

“我忘记这是约瑟夫的了，”恩肖回答，有点儿吓呆了，“可是我要告诉他是我搞的。”

我们总是和希思克利夫先生一道吃饭的。我代替女主人，做倒茶切肉的事。所以在饭桌上是缺不了我的。凯茜通常坐在我旁边，但是今天她却偷偷地靠近哈顿些。我立刻看出她在友谊上比以前在敌对关系上还更不慎重。

“现在，你可记住别跟你表哥多说话，也别太注意他，”这就是在我们进屋时我低声的指示。“那一定会把希思克利夫先生惹烦了的，他就会跟你们俩发火的。”

“我才不会呢，”她回答。

过了一分钟，她侧身挨近他，并且在他的粥盆里插些樱草。

他不敢在那儿跟她说话——他简直不敢望她；可她仍逗他，弄得他有两次差点儿笑出来。我皱皱眉，然后她向主人溜了一眼，主人心里正在想着别的事，没注意到和他在一起的人，这是从他的脸上看得出来的；她一下子严肃起来，十分认真严肃地端详着他。这以后她转过脸来，又开始她的胡闹；终于，哈顿发出一声压制的笑声。希思克利夫一惊：他的眼睛很快地把我们的脸扫视一遍。凯茜以她习惯的神经质的却又是轻蔑的表情回望他，这是他最憎厌的。

“幸亏我够不到你，”他叫。“你中了什么魔了，总是不停地用那对凶眼睛瞪我？垂下眼皮！不要再提醒我还有你存在。我还以为我已经治好你的笑了。”

“是我。”哈顿喃喃地说。

“你说什么？”主人问。

哈顿望着他的盘子，没有再重复这话，希思克利夫先生看他一下，然后沉默地继续吃他的早餐，想他那被打断了的心思。我们都快吃完了，这两个年轻人也谨慎地挪开一点儿，所以我料想那当儿不会再有什么乱子。这时约瑟夫却在门口出现了，他那哆嗦的嘴唇和冒火的眼睛显出他已经发现他那宝贝的树丛受到劫掠了。他在检查那地方以前一定是看见过凯茜和她表哥在那儿的，因为这时他的下巴动得像牛在反刍一样，而且把他的话说得很难听懂，他开始说：

“给我工钱，我非走不可；我本打算就死在我侍候了六十年的地方；我心想我已经把我的书和我所有的零碎搬到阁楼上去，把厨房让给他们；就为的是图个安静，撂下我自己的炉边本来很难，可我想我也办得到，可是，她把我的花园也给拿去啦，凭良心呀！老爷，我可受不了啦，你可以随便受屈——我可不管；一个老头儿可不能一下子习惯这些个新麻烦。我宁可拿个榔头到马路上去混饭吃！”

“喂，喂，呆子！”希思克利夫打断他说，“说干脆点儿！你怨什么？你要是和奈丽吵架，我可不管，她尽可以把你丢到煤洞里去，我才不管呢。”

“没有奈丽的事！”约瑟夫回答，“我不会为了奈丽走掉——她现在也挺糟糕。谢谢老天爷！她可不能偷走任何人的魂！她从来也没有怎么漂亮过，谁要瞧她都只能眨眼睛。那是你那调皮的、无礼的皇后，用她那胆大的眼睛和她那一贯任性的办法迷住了我们的孩子——直到——不！简直伤透了我的心啦！他全忘了我为他作过的事，和我对他的照顾，竟在花园里拔去了一整排最好的黑醋栗树！”说到这里，他放声悲泣；他所感到的委屈，加上恩肖的忘恩负义及其处境危险的感觉使他连一点儿男子汉气概都没了。

“这呆子是喝醉了吗？”希思克利夫先生问。“啥里顿，他是不是在跟你找碴儿？”

“我拔掉两三棵树，”那年轻人回答，“可是我是要把它们栽上的。”

“你为什么要拔掉它们呢？”主人说。

凯西聪明地插了嘴。

“我们想在那里种点儿花。”她喊着。“就怪我一个人吧，因为是我要他拔的。”

“哪个鬼允许你动那地方一根树枝的？”她的公公十分惊讶地问。“又是谁叫你去服从她呢？”他又转过身对哈顿说。

后者无言可对，他的表妹回答——

“你不该吝惜几码地给我美化一下，你已经占有了我所有的土地！”

“你的土地，你这傲慢的贱人！你从来没有什么土地！”希思克利夫说。

“还有我的钱，”她接着说，回瞪他，同时啃着她早餐吃剩的一片面包皮。

“住口——”他叫，“吃完了，滚开！”

“还有哈顿的土地和他的钱。”那胡闹的东西紧跟着说。

"现在哈顿和我是朋友啦，我要把你的事都告诉他！"

主人仿佛愣了一下。他变得苍白了，站起来，一直望着她，带着一种不共戴天的憎恨的表情。

"如果你打我，哈顿就要打你，"她说，"所以你还是坐下来吧。"

"如果哈顿不能把你撵出这间屋子，我要把他打到地狱里去，"希思克利夫大发雷霆。"该死的妖精！你竟找借口挑动他来反对我？让她滚！你听见了吗？把她扔到厨房里去！丁艾伦，要是你再让我看见她，我就要杀死她！"

哈顿低声下气地想劝她走开。

"把她拖走！"他狂野地大叫。"你还要待在这儿谈天吗？"

他走近来执行他自己的命令。

"他不会服从你的，恶毒的人，再也不会啦！"凯茜说，"不久他将要像我一样地痛恨你。"

"嘘！嘘！"那年轻人责备地喃喃着，"我不要听你这样对他说话。算了吧。"

"可你总不会让他打我吧。"她叫。

"算了，别说啦！"他急切地低声说。

太迟了。希思克利夫已经抓住了她。

"现在，你走开！"他对恩肖说。"该诅咒的妖精！这回她把我惹得受不了啦，我要让她永远后悔！"

他揪住她的头发。哈顿企图把她的卷发从他手中放开，求他饶她这一回。希思克利夫的黑眼睛冒出火光来。他仿佛打算把凯茜撕得粉碎；我刚刚鼓起勇气去冒险解救，忽然间他的手指松开了；他的手从她头上移到她肩膀上，注意地凝视着她的脸。然后他用手捂着他的眼睛，站了一会儿，显然是要镇定他自己，又重新转过脸来对着凯茜，勉强平静地说——"你必须学着别让我大发脾气，不然总有一天我真的会把你杀死的！跟丁太太去吧，跟她待在一起，把你傲慢的话都说给她听吧。至于哈顿·恩肖，如果我看见他听你的，我就要赶走他，让他自己在外边混饭吃！你的爱情将使他成为一个流浪汉和一个乞丐。耐莉，把她带走；躲开我，你们所有的人！躲开我！”

我把我的小姐带了出去。她能逃掉使她高兴得很，也不想反抗了；那一个也跟着出来，希思克利夫先生自己一直待到吃午饭的时候。我已经劝凯茜在楼上吃饭，可是，他一看见她的空座位，就叫我去找她。他没对我们任何人说话，吃得很少，以后就径直出去，表示他在晚上以前是不会回来的。

这两个新朋友在他不在时就占据了大厅；在那儿我听见哈顿严肃地阻止他的表妹揭露她公公对他父亲的行为。他说他不愿意忍受诽谤希思克利夫一个字；即使他是魔鬼，那也无所谓，他还是站在他一边的；他宁可像往常那样地让她骂自己一顿，也不会对希思克利夫先生挑衅，凯茜对这番话有点儿烦恼；可是他却有办法使她闭嘴，他问凯茜要是他也说她父亲的坏话，她是否会喜欢呢？这样她才理解到恩肖是把主人的名誉看得和他自己的一样；他们之间的关系不是理智能打断的——是锁链，用习惯铸成的，拆开它未免太残忍。从那时起她表现出好心肠来，对于希思克利夫避免说抱怨和反对的话；也对我承认她很抱歉，因为她曾尝试在他和哈顿之间煽起不和来。的确，我相信她这以后一直没有当着哈顿的面吐出一个字来反对她的暴君。

这场轻微的不和过去后，他们又亲密起来，并且在他们又是学生又是老师的各种工作上忙得不可开交。等我做完我的事，进去和他们坐在一起；我望着他们，觉得定心和安慰，而使我竟然没有注意时间是怎么过去的。你知道，他们俩多少有几分都像是我的孩子：我对于其中的一个早就很得意；而现在，我敢说，另一个也会使我同样满意的。他那诚实的、温和的、懂事的天性很快地摆脱了自小沾染的愚昧与堕落的困境；凯茜的真挚的称赞对于他的勤勉成为一种鼓舞。他头脑中思想开朗也使他的面貌添了光彩，在神色上加上了气魄和高贵，我都难以想象这个人就是在凯茜到山岩探险以后，我发现我的小姐已到了呼啸山庄的那天所见到的那同一个人。在我赞赏着他们，他们还在用功的当儿，暮色渐深了，主人随着也回来了。他相当出乎我们意料地来到我们跟前，是从前门进来的，我们还没来得及抬头望他，他已经完全看到我们三个人了。嗯，我想没有比当时的情景更为愉快，或者是更为无害的了；要责骂他们将是一个奇耻大辱，红红的炉火照在他们两人的漂亮的头上，显出他们那由于孩子气的热烈兴趣而朝气蓬勃的脸。因为，虽然他二十三岁，她十八岁，但他们都还有很多新鲜事物要去感受与学习，两人都没有体验过或是表示过冷静清醒的成熟情感。

我们一起抬起眼睛望望希思克利夫先生。也许你从来没有注意过他们的眼睛十分相像，都是凯瑟琳·恩肖的眼睛。现在的凯茜没有别的地方像她，除了宽额和有点儿拱起的翘鼻子，这使她显得简直有点儿高傲，不管她本心是不是要这样。至于哈顿，那份模样就更进一步相似：这在任何时候都是显著的，这时更特别显著；因为他的感觉正锐敏，他的智力正在觉醒到非常活跃的地步。我猜想这种相像使希思克利夫缓和了：他显然很激动地走到炉边；但是在他望望那年轻人时，那激动很快地消失了：或者，我可以说，它变了性质，因为那份激动还是存在的。他从哈顿的手中拿起那本书，瞅瞅那打开的一页，然后没说一句话就还给他，只做手势叫凯茜走开。她的伴侣在她走后也没有待多久；我也正要走开，但是他叫我仍然坐着别动。

"这是一个很糟糕的结局，是不是？"他对他刚刚目睹的情景沉思了一刻之后说："对于我所做的那些残暴行为，这不是一个滑稽的结局吗？我用撬杆和锄头来毁灭这两所房子，并且把我自己训练得能像赫库里斯一样的工作，等到一切都准备好，并且是在我权力之中了，我却发现掀起任何一所房子的一片瓦的意志都已经消失了！我旧日的敌人并不曾打败我；现在正是我向他们的代表人报仇的时候：我可以这样做；没有人能阻拦我。可是有什么用呢？我不想打人；我连抬手都嫌麻烦！好像是我苦了一辈子只是要显一下宽宏大量似的。不是这么回事：我已经失掉了欣赏他们毁灭的能力，而我太懒得去做无谓的破坏了。

"奈丽，有一个奇异的变化临近了；目前我正在它的阴影里。

我对我的日常生活如此不感兴趣，以至于我都不大记得吃喝的事。刚刚出这间屋子的那两个人，对我来说，是唯一的还保留着清晰的实质形象的东西；那形象使我痛苦，甚至伤心。关于她我不想说什么；我也不愿想，可是我热切地希望她不露面。她的存在只能引起使人发疯的感觉。他给我的感受就不同了；可是如果我能做得不像是有精神病的样子，我就情愿永远不再见他！如果我试试描绘他所唤醒的或是体现的千百种过去的联想和想法，你也许以为我简直有精神失常的倾向吧，”他又说，勉强微笑着，“但是我所告诉你的，你不要说出去：我的心一直是这样的隐蔽着，到末了它却不得不向另外一个人敞开来。

“五分钟以前，哈顿仿佛是我的青春的一个化身，而不是一个人，他给我许多各种各样的感觉，以至于不可能理性地对待他。

“首先，他和凯茜的惊人的相像竟使他和她连在一起了。你也许以为那最足以引起我的想象力的一点，实际上却是最不足道的；因为对于我来说，哪一样不是和她有联系的呢？哪一样不使我回忆起她来呢：我一低头看这间屋里的地面，就不能不看见她的面貌在石板中间出现！在每一朵云里，每一棵树上——在夜里充满在空中，在白天从每一件东西上都看得见——我是被她的形象围绕着！最平常的男人和女人的脸——连我自己的脸——都像她，都在嘲笑我。整个世界成了一个惊人的纪念品汇集，处处提醒着我她是存在过，而我已失去了她！

“是的，哈顿的模样是我那不朽的爱情的幻影；也是我想保持我的权力的那些疯狂的努力，我的堕落，我的骄傲，我的幸福，以及我的悲痛的幻影——

但把这些想法反复说给你听也是发疯：不过这会让你知道为什么，我并不情愿永远孤独，有他陪伴却又毫无益处：简直加重了我所忍受的不断的折磨：这也多少使我不管他和他的表妹以后怎么相处。我不能再注意他们了。”

“可是你所谓的一个变化是什么呢，希思克利夫先生？”我说，他的态度把我吓着了；虽然他并不像有精神错乱的危险，也不会死。据我判断，他挺健壮；至于他的理性，从童年起他就喜欢思索一些不可思议的事，尽是古怪的幻想。他也许对他那死去的偶像有点儿偏执狂；可是在其他方面，他的头脑是跟我一样健全的。

“在它来到之前，我也不会知道，”他说，“现在我只是隐约地意识到而已。”

“你没有感到生病吧，你病了吗？”我问。

“没有，奈丽，我没有病，”他回答。

“那么你不是怕死吧？”我又追问。

“怕死？不！”他回答。“我对死没有恐惧，也没有预感，也没有巴望着死。我为什么要有呢？有我这结实的体格，有节制的生活方式和不冒险的工作，我应该，大概也会，留在地面上直等到我头上找不出一根黑发来。可我不能让这种情况继续下去！我得提醒我自己要呼吸——几乎都要提醒我的心跳动！这就是像把一根硬弹簧扳弯似的；只要不是由那个思想指点的行动，即使是最微不足道的行动，也是被迫而做出来的；对于任何活的或死的东西，只要不是和那一个无所不在的思想有联系，我也是被迫而注意的。我只有一个愿望，我整个的身心和能力都渴望着达到那个愿望，渴望了这么久，这么不动摇，以至于我都确信必然可以达到——而且不久——因为这愿望已经毁了我的生存：我已经在那即将实现的预感中消耗殆尽了。我的自白并不能使我轻松；可是这些话可以说明我所表现的情绪，不如此是无法说明的。啊，上帝！这是一个漫长的搏斗；我希望它快过去吧！”

他开始在屋里走来走去，自己咕噜着一些可怕的话，这使我渐渐相信（他说约瑟夫也相信），良心使他的心变成人间地狱。我非常奇怪这将如何结束。虽然他以前很少显露出这种心境，甚至神色上也不露出来，但他平常的心情一定就是这样，我是不存怀疑的。他自己也承认了；但是从他一般的外表上看来，没有一个人会猜测到这事实。洛克乌德先生，当你初见他时，你也没想到，就在我说到的这个时期，他也还是和从前一样，只是更喜欢孤寂些，也许在人前话更少些而已。

第三十四章

那天晚上之后，有好几天，希思克利夫先生避免在吃饭时候遇见我们；但是他不愿意正式地承认不想要哈顿和凯茜在场。他厌恶自己完全屈从于自己的感情，宁可自己不来；而且在二十四小时内吃一顿饭在他似乎是足够了。

一天夜里，家里人全都睡了，我听见他下楼，出了前门。我没有听见他再进来，到了早上我发现他还是没回来。那时正是在四月里，天气温和悦人，青草被雨水和阳光滋养得要多绿有多绿，靠南墙的两棵矮苹果树正在盛开时节。早饭后，凯茜坚持要我搬出一把椅子带着我的活计，坐在这房子尽头的枞树底下，她又引诱那早已把他的不幸之事丢开的哈顿给她挖掘并布置她的小花园，这小花园，受了约瑟夫诉苦的影响，已经移到那个角落里去了。我正在尽情享受四周的春天的香气和头顶上那美丽的淡淡的蓝天，这时我的小姐，她原是跑到大门去采集些樱草根围花圃的，只带了一半就回来了，并且告诉我们希思克利夫先生进来了。“他还跟我说话来着，”她又说，带着迷惑不解的神情。

“他说什么？”哈顿问。

“他告诉我尽可能赶快走开，”她回答。“可是他看来和平常的样子太不同了，我就盯了他一会儿。”

“怎么不同？”他问。

“唉，几乎是兴高采烈，挺开心的。不，几乎没有什么——非常兴奋，急切，而且高高兴兴的！”

“那么是夜间的散步使他开心啦，”我说，做出不介意的神气。其实我和她一样地惊奇，并且很想去证实她所说的事实，因为并不是每天都可以看见主人高兴的神色的。我编造了一个借口走过去了。希思克利夫站在门口。他的脸是苍白的，而且他在发抖，可是，确实在他眼里有一种奇异的欢乐的光辉，使他整个面容都改了样。

“你要吃点早餐吗？”我说。“你荡了一整夜，一定饿了！”

我想知道他到哪里去了，可是我不愿直接问。

“不，我不饿，”他回答，掉过他的头，说得简直有点儿轻蔑的样子，好像他猜出我是在想推测他的兴致的缘由。

我觉得很惶惑。我不知道现在是不是奉献忠告的合适机会。

“我认为在门外闲荡，而不去睡觉，是不对的。”我说，“无论怎么样，在这个潮湿的季度里，这是不聪明的。我敢说你一定要受凉，或者发烧：你现在就有点儿不大对了！”

“我什么都受得了，”他回答，“而且以极大的愉快来承受，只要你让我一个人待着：进去吧，不要打搅我。”

我服从了，在我走过他身边时，我注意到他呼吸快得像只猫一样。

“是的，”我自己想着：“要有场大病了。我想不出他刚刚做了什么事。”

那天中午他坐下来和我们一块吃饭，而且从我手里接过一个堆得满满的盘子，好像他打算补偿先前的绝食似的。

“我没受凉，也没发烧，奈丽。”他说，指的是我早上说的话，“你给我这些吃的，我得领情。”

他拿起他的刀叉，正要开始吃，忽然又转念了。他把刀叉放在桌上。对着窗子热切地望着，然后站起来出去了。我们吃完饭，还看见他在花园里走来走去，恩肖说他得去问问为什么不吃饭：他以为我们一定不知怎么让他难受了。

“喂，他来了吗？”当表哥回转来时，凯茜叫道。

“没有，”他回答道，“可是他不是生气。他的确仿佛很少有这样高兴；倒是我对他说话说了两遍使他不耐烦了，然后他叫我到你这儿来；他奇怪我怎么还要找别人做伴。”

我把他的盘子放在炉栅上热着，过了一两个钟头，他又进来了，这时屋里人都出去了，他并没平静多少：在他黑眉毛下面仍然现出同样不自然的——的确是不自然的——欢乐的表情。还是血色全无，他的牙齿时不时地显示出一种微笑；他浑身发抖，不像是一个人冷得或衰弱得发抖，而是像一根拉紧了的弦在颤动——简直是一种强烈的震颤，而不是发抖了。

我想，我一定要问问这是怎么回事；不然谁该问呢？我就叫道：

“你听说了什么好消息，希思克利夫先生？你望着像非常兴奋似的。”

“从哪里会有好消息送来给我呢？”他说。“我是饿得兴奋，好像又吃不下。”

“你的饭就在这儿，”我回答，“你为什么不拿去吃呢？”

“现在我不要，”他急忙喃喃地说。“我要等到吃晚饭的时候，奈丽，就只这一次吧，我求你警告哈顿和别人都躲开我。我只求没有人来搅我。我愿意自己待在这地方。”

“有什么新的理由要这样隔离呢？”我问。“告诉我你为什么这样古怪，希思克利夫先生？你昨天夜里去哪儿啦？我不是出于无聊的好奇来问这话，可是——”

“你是出于非常无聊的好奇来问这话，”他插嘴，大笑一声。“可是，我要答复你的。昨天夜里我是在地狱的门槛上。今天，我望得见我的天堂了。我亲眼看到了，离开我不到三尺！现在你最好走开吧！如果你管住自己，不窥探的话，你不会看到或听到什么使你害怕的事。”

扫过炉台、擦过桌子之后，我走开了，更加惶惑不安了。

那天下午他没再离开屋子，也没人打搅他的孤独，直到八点钟时，虽然我没有被召唤，我以为该给他送去一支蜡烛和他的晚饭了。

他正靠着开着的窗台边，可并没有向外望；他的脸对着屋里的黑暗。炉火已经烧成灰烬；屋子里充满了阴天晚上的潮湿温和的空气；如此静，不只是吉默顿那边流水淙淙可以很清楚地听到，就连它的涟波潺潺以及它冲过小石子或穿过那些它不能淹没的大石头中间的汩汩声也听得见。我一看到那阴暗的炉子便发出一声不满意的惊叫，我开始关窗子，一扇一扇地关，直到我来到他靠着的那扇窗子跟前。

"要不要关上这扇？"我问，为的是要唤醒他，因为他一动也不动。

我说话时，烛光闪到他的面容上。啊，洛克乌德先生，我没法说出我一下子看到他时为何大吃一惊！那对深陷的黑眼睛！那种微笑和像死人一般的苍白，在我看来，那不是希思克利夫先生，却是一个恶鬼；我吓得拿不住蜡烛，竟歪到墙上，屋里顿时黑了。

"好吧，关上吧，"他用平时的声音回答着，"哪，这纯粹是笨！你为什么把蜡烛横着拿呢？赶快再拿一支来。"

我处于一种吓呆了的状态，匆匆忙忙跑出去，跟约瑟夫说——"主人要你给他拿支蜡烛，再把炉火生起来。"因为那时我自己再也不敢进去了。

约瑟夫在煤斗里装了些煤，进去了，可是他立刻又回来了，另一只手端着晚餐盘子，说是希思克利夫先生要上床睡了，今晚不要吃什么了。我们听见他径直上楼；他没有去他平时睡的卧室，却转到有嵌板床的那间：我在前面提到过，那间卧室的窗子是宽得足够让任何人爬进爬出的，这使我忽然想到他打算再一次夜游，而不想让我们生疑。

"他是一个食尸鬼，还是一个吸血鬼呢？"我冥想着。我读过关于这类可怕的化身鬼怪的书。然后我又回想在他幼年时我曾怎样照顾他，守着他长成青年，几乎我这一辈子都是跟着他的，而现在我被这种恐怖之感所压倒是多么荒谬的事啊。

“可是这个小黑东西，被一个好人庇护着，直到这个好人死去，他是从哪儿来的呢？”在我昏昏睡去的时候，迷信在咕哝着。我开始半醒半梦地想象他的父母该是怎样的人，这些想象使我自己很疲劳；而且，重回到我醒时的冥想，我把他充满悲惨遭遇的一生又追溯了一遍，最后，又想到他的去世和下葬，关于这一点，我只能记得，是为他墓碑上的刻字的事情特别烦恼，还去和看坟的人商议；因为他既没有姓，我们又说不出他的年龄，就只好刻上一个“希思克利夫”。这梦应验了；我们就这样作的。如果你去墓园，你可以在他的墓碑上读到只有那个字以及他的死期。

黎明使我恢复了常态。我才能瞅得见就起来了，到花园里去，想弄明白他窗下有没有足迹。没有。“他在家里，”我想，“今天他一定完全好了。”

我给全家预备早餐，这是我通常的惯例，可是告诉哈顿和凯茜不要等主人下来就先吃他们的早餐，因为他睡得迟。他们愿意在户外树下吃，我就给他们安排了一张小桌子。

我再进来时，发现希思克利夫先生已在楼下了。他和约瑟夫正在谈着关于田地里的事情，他对于所讨论的事都给了清楚精确的指示，但是他说话很急促，总是不停地掉过头去，而且仍然有着同样兴奋的表情，甚至更比原来厉害些。当约瑟夫离开这间屋子时，他便坐在他平时坐的地方，我便把一杯咖啡放在他面前。他把杯子拿近些，然后把胳臂靠在桌子上，向对面墙上望着。据我猜想，是看一块固定的部分，用那闪烁不安的眼睛上上下下地看，而且带着这么强烈的兴趣，以至于他有半分钟都没喘气。

“好啦，”我叫，把面包推到他手边，“趁热吃点、喝点吧。等了快一个钟头了。”

他没理会我，可是他在微笑着。我宁可看他咬牙也不愿看这样的笑。

“希思克利夫先生！主人！”我叫，“看在上帝的份上，不要这么瞪着眼，好像是你看见了鬼似的。”

“看在上帝的份上，不要这么大声叫。”他回答。“看看四周，告诉我，是不是只有我们俩在这儿？”

“当然，”这是我的回答，“当然只有我们俩。”

可是我还是身不由己地服从了他，好像是我也没有弄明白似的。他用手一推，在面前这些早餐什物之间清出一块空地方，更自在地向前倾着身子凝视着。

现在，我看出来他不是在望着墙；因为当我细看他时，真像是他在凝视着两码之内的一个什么东西。不论那是什么吧，显然它给予了极端强烈的欢乐与痛苦；至少他脸上那悲痛的而又狂喜的表情使人有这样的想法。那幻想的东西也不是固定的；他的眼睛不知疲倦地追寻着，甚至在跟我说话的时候，也从来不舍得移去。我提醒他说他很久没吃东西了，可也没用，即使他听了我的劝告而动弹一下去摸摸什么，即使他伸手去拿一块面包，他的手指在还没有摸到的时候就握紧了，而且就摆在桌上，忘记了它的目的。

我坐着，像一个有耐心的典范，想把他那全神贯注的注意力从它那一心一意的冥想中牵引出来；到后来他变烦躁了，站起来，问我为什么不肯让他一个人吃饭？又说下一次我用不着侍候：我可以把东西放下就走。说了这些话，他就离开屋子，慢慢地顺着花园小径走去，出了大门不见了。

时间在焦虑不安中悄悄过去：又是一个晚上来到了。我直到很迟才去睡，可是当我睡下时，我又睡不着。他过了半夜才回来，却没有上床睡觉，而把自己关在楼下屋子里。我仔细听着，翻来覆去，终于穿上衣服下了楼。躺在那儿是太烦神了，有一百种没根据的忧虑困扰着我的头脑。

我可以听到希思克利夫先生的脚步不安定地在地板上踱着，他常常深深地出一声气，像是呻吟似的，打破了寂静。他也喃喃地吐着几个字；我听得出的只有凯茜的名字，加上几声亲昵的或痛苦的呼喊。他说话时像是面对着一个人；声音低而真挚，是从他的心灵深处发出来的。我没有勇气径直走进屋里，可是我又很想把他从他的梦幻中岔开，因此就去摆弄厨房里的火，搅动它，开始铲炭渣。这把他引出来了，比我所期望的还来得快些。他立刻开了门，说：

“奈丽，到这儿来——已经是早上了吗？把你的蜡烛带进来。”

“打四点了，”我回答。“你需要带支蜡烛上楼去，你可以在这火上点着一支。”

“不，我不愿意上楼去，”他说。“进来，给我生起炉火，就收拾这间屋子吧。”

“我可得先把这堆煤煽红，才能去取煤。”我回答，搬了一把椅子和一个风箱。

同时，他来回走着，那样子像是快要精神错乱了；他的接连不断的重重的叹气，一声连着一声，十分急促，仿佛没有正常呼吸的余地了。

“等天亮时我要请格林来，”他说，“在我还能想这些事情，能平静地安排的时候，我想问他一些关于法律的事。我还没有写下我的遗嘱；怎样处理我的产业我也不能决定。我愿我能把它从地面上毁灭掉。”

“我可不愿谈这些，希思克利夫先生，”我插嘴说，“先把你的遗嘱摆一摆；你还要省下时间来追悔你所做的许多不公道的事哩！我从来没料到你的神经会错乱；可是，在目前，它可错乱得叫人奇怪；而且几乎是完全由于你自己的错。照你这三天所过的生活方式，连泰坦也会病倒的。吃点儿东西，休息一下吧。你只要照照镜子，就知道你多需要这些了。你的两颊陷下去了，你的眼睛充血，像是一个人饿得要死，而且由于失眠都快要瞎啦。”

“我不能吃、不能睡，可不能怪我，”他回答。“我跟你担保这不是有意要这样。只要我一旦能做到的话，我就要又吃又睡。可是你能叫一个在水里挣扎的人在离岸只有一臂之远的时候休息一下吗！我必须先到达，然后我才休息。好吧，不要管格林先生：至于追悔我做的不公道的事，我并没有做过，我也没有追悔的必要。我太快乐了；可是我还不够快乐。我灵魂的喜悦杀死了我的躯体，但是并没有满足它本身。”

“快乐，主人？”我叫。“奇怪的快乐！如果你能听我说而不生气，我可以奉劝你几句使你比较快乐些。”

“是什么？”他问，“说吧。”

“你是知道的，希思克利夫先生，”我说，“从你十三岁起，你就过着一种自私的非基督徒的生活；大概在那整个的时期中你手里简直没有拿过一本圣经。你一定忘记这圣书的内容了，而你现在也许没工夫去查。可不可以去请个人——任何教会的牧师，那没有什么关系——来解释解释这圣书，告诉你，你在歧途上走多远了；还有，你多不适宜进天堂，除非在你死前来个变化，这样难道会有害吗？”

“我并不生气，反而很感激，奈丽，”他说，“因为你提醒了我关于我所愿望的埋葬方式。要在晚上运到礼拜堂的墓园。如果你们愿意，你和哈顿可以陪我去：特别要记住，注意教堂司事要遵照我关于两个棺木的指示！不需要牧师来；也不需要对我念叨些什么。我告诉你我快要到达我的天堂了；别人的天堂在我是毫无价值的，我也不稀罕。”

“假如你坚持固执地绝食下去，就那样死了，他们拒绝把你埋葬在礼拜堂范围之内呢？”我说，听到他对神这样漠视大吃一惊。

“那你能怎么样呢？”

“他们不会这么做的，”他回答，“万一他们真的这么做，你们一定要把我偷偷运出去。”

他一听到家里其他人在走动了，我就回到了自己的房间，我也呼吸得自在些了。但是等到下午，当约瑟夫和哈顿正在干活时，他带着狂野的神情来到厨房，叫我到大厅里去陪他。我拒绝了。

“我想你认为我是一个魔鬼吧，”他说，带着他凄惨的笑，“在一个体面的家里，你怎么会怕些什么呢。”然后他转身对凯茜半讥笑地说着，凯茜正好在那里，看到他进来，她就躲到我身后了，“宝贝儿，我不会伤害你的。好吧，有一个人不怕陪我！她是残酷的。啊，这太难堪了，我都不能忍受了。”

他不再请求谁来陪他，到晚上他就回卧室了。我们早上的时候听见他呻吟自语，哈顿极想进去，但我叫他去请肯尼思先生，他应该马上回来。

等他来时，我想把门打开，我却发现门锁上了，希思克利夫叫我们滚。

到了晚上下了大雨，一直下到天亮。在我清晨沿着屋子散步时，我发现主人的窗户荡来荡去的，雨水全打进去了。我想，他要么起来要么出去了。但我也不想再胡乱猜测了，干脆鼓起勇气进去了。

我用另一把钥匙开了门，进去之后，我就发现那卧室是空的，我赶忙把板子推开，希思克利夫先生在那儿仰卧着。他用凶狠的眼神注视着我，我大吃一惊，但他好像是在微笑。

我想不到他已经死了，他的脸和喉咙被雨水冲洗着，床单也在滴水，但他却一点儿也不动弹。我用我的手指一摸，我不敢再怀疑了，他死了很长时间，尸体都僵硬了！

我给他扣上扣子，并梳了梳他那额头黑黑的头发，我想帮他合上双眼，因为如果可能的话，我是不想让任何人看到这可怕的一幕的。可他的眼睛怎么也合不上，它们像是嘲笑我的企图，他那分开的嘴唇和鲜明的白牙齿也在嘲笑！我感到一阵胆怯，就大声喊叫约瑟夫。约瑟夫拖拖拉拉地上来，拒绝管任何闲事。

“魔鬼把他抓去了，”他叫，“拿走他的尸体更好呢，我可不在乎，他真是个魔鬼，到死还龇牙咧嘴地笑！”这老罪人也讥嘲地龇牙咧嘴地笑着。

我还以为他会狂欢一阵呢，可是他忽然镇定下来，跪在那里感谢上帝使这家合法的主人重新获得了应有的权利。

这件事使我非常害怕，我不禁怀着一种深沉的痛苦想起以往的岁月。但是可怜的哈顿，却是唯一一个为他真正难过的人呢。他整夜坐在尸体旁边，真挚地苦苦悲泣。他紧紧握住死人的手，吻着那张别人都不愿直视的脸。他怀着深切的悲痛哀悼他，令人动容。

肯尼思先生对于主人死于什么病不知道说些什么。我隐瞒了他四天没有吃饭的事实，生怕会引起麻烦来[①]，可我并不认为他是故意绝食，那是他可怜的病的原因，谁知道呢。

我们遵照他愿望的那样把他埋葬了，邻居们都很奇怪。恩肖和我、教堂司事和另外六个人一起抬棺木，这便是所有送殡的人。那六个人在他们把棺木放到坟穴里后就离去了。我们一直把他埋葬好才离开。哈顿泪流满面，亲自掘着那坟堆。目前这个坟已像其他坟一样的光滑青绿了，我真希望里边的人能得到安宁。但是如果你问起乡里的人们，他们就会手按着《圣经》起誓说他还在走来走去，有些人说曾经见过他。你会说这是无稽之谈，我也是这么想的。可是厨房火边的那个老头子肯定说，自从他离开之后的每一个雨夜，他就看到了有人朝窗子里望，大约一个月之前我也亲眼见到了。

有天晚上在我去田庄的路上，我遇见一个赶着一只羊和两只羊羔的男孩。他哭得十分厉害，我以为是那羊不听他的话。“怎么回事，小家伙？”我问。

“希思克利夫和一个女人在那边，”他哭着，“我不敢走过去。”

我什么也没看见，可是他们却不肯走，因此我就叫他从下面绕过去。但是现在我不会晚上一个人出去了，也不会一个人待到那黑漆漆的屋子了。我也没办法。等他们离开这儿搬到田庄去时我就高兴了。

“那么，他们要搬到田庄啦？”我说。

“是的，”迪恩太太回答，“等他们一结婚就会搬去的。”

“那么还会有谁留下呢？”

“哪，约瑟夫照料这房子，或许会找个人。他们只能住在厨房，其余的房间都要关起来。”

“这两个鬼魂就可以来这里住了。”我说。

“不，洛克伍德先生，”奈丽摇摇她的头说，“我相信死者已

① 此处指埃伦作为管家照顾不周，故隐瞒事实。

经得到安宁了。”

这时花园的门开了，出游的人回来了。

“他们倒是不害怕什么，”我嘀咕着，从窗口望着他们走过来，“两人在一起就可以勇敢地应付一切了。”

他们踏上门阶，停住了脚步对天上的月亮看了最后一眼，或者，更确切地说，借着月光四目相对，我情不自禁地想躲开他们。我把一件纪念物塞到她手里，我就从厨房里溜掉了，要不是我在约瑟夫脚前丢下了一块金币，让他认为我是个体面的人，他一定会以为他的同伴真的在搞风流韵事。

因为我又去了一趟教堂，所以推迟了我回去的时间。当我走到教堂的墙脚下，我看出，它大不如从前了。许多窗户缺了玻璃，显得黑洞洞的，屋顶右边的瓦片有好几块地方凸出来，等到秋天的风雨一来，它们都会掉光的。

我找到那三块墓碑，不久就发现了，中间的一个是灰色的，只有一半埋到土里，埃德加·林顿的墓碑脚下刚刚被草皮青苔覆盖，希思克利夫的一直是光秃秃的。

我站在那天空之下，留恋着这三块墓碑，望着飞蛾在石南丛和兰铃花中扑飞，听着柔风在草间吹动，很难令人相信，在这样平静的土地下面，长眠者却没有得到安静的沉睡。